魏子雲　著
李壽菊　主編

魏子雲著作集

金學卷

6

金瓶梅劄記

萬卷樓圖書公司

第六冊

目次

《金瓶梅箚記》

金瓶梅箚記

魏子雲　著

版本源流
1　臺北　巨流圖書公司　1983年12月。
2　本書據巨流圖書版重製　橫排印行。

何序

何　欣

　　子雲兄十餘年來，辭掉了教書職務，移居較清靜之郊區，潛心於研究工作，所研究者是傳統中被認為是淫穢之作的《金瓶梅》。《金瓶梅》不是一部巨著，何以會使子雲埋首書案十餘年而且要繼續「埋」下去呢？從他已經出版的《金瓶梅探原》（巨流圖書公司，六十八年）及《金瓶梅的問世與演變》（時報出版公司，七十年），還有三巨冊的《金瓶梅詞話註釋》（增你智文化事業有限公司，七十年）中，就知道他下的功夫了。打開前兩書每章〈附註〉就知道為了解決他提出的問題而閱讀的參考資料之豐了。這些書籍，他都逐字逐句讀過，逐段逐篇想過，經過他的分析、比較、思索，得到答案。這種研究工作需要有耐心，需要有豐富的知識，需要有冷靜的頭腦，需要有敏銳的想像力，缺一不可。子雲具備了這些，他的論文就是最好的說明。說實在的，雖然我讀過《金瓶梅探原》和《金瓶梅的問世與演變》，對他討論的這些問題，我一點兒也不內行，對於《金瓶梅》的些微知識，不足以使我對這麼專門的學問置一詞。我有一次問他：「子雲兄，你覺得《金瓶梅》是一部值得你閣下十年寒窗苦苦研讀的偉大作品嗎？」他以極肯定的口氣說：「你仔細讀過後，就知道它確實是一部很好的寫實主義的作品。」「將來你是不是要從藝術的觀點來討論它呢？」我說。「我的意思是說，從主題、結構、人物、技巧各方面來作剖析。」他當時笑著做了個簡單的回答說：「我正在做，不過這是件大工作。」

　　一個多月前，子雲抱著他這本《箚記》的一分校樣來舍下，說已

經校過幾次了，不久即可問世，他把這分留在我這裏，囑我有功夫的時候仔細讀一遍。因為這本《箚記》，如他在自序中說明的，是「一疊疊為了寫作『人物論』與『藝術論』去進行研讀時，隨手記錄出的卡片。」而這些卡片「記錄的範疇，也只著眼於人物穿插及故事情節的演變方面。」重點是在這方面，有時候他也「旁及一些曲詞淵源，或詞句之誤，也只是附帶一句而已」，除了這些，他仍不時有簡單的敘述，舉出例證，肯定他在前兩書——《金瓶梅探源》和《金瓶梅的問世與演變》——裏提出的一些重要問題，如《金瓶梅詞話》是集體創作，而參與的人彷彿缺乏合作精神，各寫各的，最後沒有一個人主其事，以致造成不少的矛盾之處。這些人在寫《金瓶梅詞話》的時候，手頭已經有一本《金瓶梅》做藍本，這部《金瓶梅》是怎樣的一本書，尚不得而知。此外，他列舉出來的錯誤，對於研究這部《第一奇書》的學者們是有幫助的。因為這些錯誤大部分是前人不曾發覺的，那些「囫圇吞棗」的讀者和專家學者應該把這部《箚記》常置案頭以備不時之需。研究一部文學作品需要精讀，需要逐字逐句理解，如果書裏有一大堆錯誤而不知，在錯誤裏蹣跚而行，將會有怎樣的結果呢？也許，如子雲所說，「《金瓶梅詞話》斠誤」這樣的一種校訂本是急需的吧。

　　《箚記》中對於書中的人物，從主角西門慶到他的妻妾，他的狐朋狗黨，直到許多不重要的小人物，都不曾遺漏。對於他們的言行性格等尚未做詳盡分析，因為這裏只是零碎的卡片，但每記一筆，卻能抓住每個人物的最基本的特徵，將來他必是根據這些特徵而發揮的。例如在「第十四回」，略述西門慶接受李瓶兒的財物時，吳月娘不惟沒有阻止丈夫，還提出了接運的妥當方法。「這情形，吳月娘又如何不加規勸呢？清人張竹坡說吳月娘是最大惡人，此也理由之一也。」在這裏，作者對吳月娘的評價只引述張竹坡的「是最大惡人」，如何

「惡」法？必然會有一大堆的事實做為證據，這些「證據」零零散散地出現在《箚記》中，將來經過整理，即成為一個完整的「吳月娘」了，作者費的事可真不小啊！又如他論及李瓶兒已經私通西門慶，而後又招贅醫生蔣竹山，為甚麼呢？「笑笑生們為李瓶兒安排的理由是『夢境隨邪，夜夜有狐狸假借西門慶的姓名，來攝取精髓，漸漸形容黃瘦，飲食不進，臥病不起。』」後來又有蔣竹山的一番說詞，使李瓶兒相信嫁西門慶是有禍無福。這些理由可信嗎？如果研究李瓶兒的行為動機，根據這些理由會得到正確結論嗎？《箚記》中指出，在第十九回有李瓶兒說蔣竹山的話是：「我把你當塊肉兒，原來是個中看不中吃的臘鎗頭，死王八。」於是子雲獲得了他對李瓶兒的看法：「那麼，李瓶兒招贅蔣竹山，目的「在『當塊肉兒』，但兩月已還，方始感於她所當求的解饞藥物，在西門慶身上啊！說來，這一穿插，還是烘托西門慶的。」原來這「穿插」——招贅蔣竹山的故事—不是沒有意義的。它說明了李瓶兒不能隨隨便便一個男人就能令她滿足的，這與潘金蓮不同。作者提出「潘金蓮等的是男人，李瓶兒等的則又不祇是個男人，還應是個像趙子龍那樣勇猛的將軍啊！」也許準備在人物分析時，把李瓶兒和潘金蓮，以及其他的女人們，做一番比較吧。

　　讀這部《箚記》時，我們應該注意的當是作者的意見。有些地方，意簡言賅，但卻非常重要乾淨俐落的批註；如在析第三十五回時，「平安挨打，孟玉樓卻獨自一個在軟墊後覷聽。老實說，西門家如無孟玉樓這種女人，潘金蓮的是非準會減少一些。說來，此處寫孟玉樓的偷聽，孟玉樓的性格塑造，誠謂佳筆墨也。」同章又論及吳月娘：「我認為吳月娘是西門家最能幹的女子，西門慶的『賢』內助，試看這一段描寫，亦足見吳月娘的才具之駕乎西門矣。」前曾說吳月娘是「最大惡人」，此處說吳月娘「最能幹」。吳月娘是「最能幹的最大惡人」。待日後做詳細分析時，這就是「基石」了；更有好幾

處，提及陳經濟之能有機會私通潘金蓮，責在吳月娘，是她叫陳經濟
到內房見那些娘兒們的，「姐夫又不是別人，見個禮兒吧。」月娘又
成為引賊入室的了。由此我們知道，《箚記》雖從各章回中挑選了幾
個片斷做分析與簡單說明；但作者在擷取這些片斷時，心裏「有數
兒」，有了大原則做指導，不是隨手亂記也。

　　子雲認為《金瓶梅》是寫實主義的佳作，所以我們時常看見他對
笑笑生們精於寫實，大為讚賞，這可能是他計畫發展的一個題目吧？
試看他這些話：社會學家如認真的去研究明萬曆年間的社會，《金瓶
梅詞話》是第一手的好資料。笑笑生們寫這些婆婆孃孃的事，誠然一
等高手。像這裏寫李瓶兒洞房挨打，玉樓金蓮偷聽，春梅參予拿茶遞
酒，都瑣碎得現實如見，令人讀來如身在其中；尤其寫金蓮不時在言
談中，不忘她前些日子挨了漢子兩腳的事，以及與孫雪娥嘔氣的事。
說來亦心理寫實也。《金瓶梅詞話》插入的許多笑話，……都極有趣
味，說來，也寫實之藝也。若是，則笑笑生們寫實之藝也。插寫平安
揶揄來旺媳婦，言詞行動，情致如見其人，真寫實之佳筆墨也。《金
瓶梅》之被譽為小說中寫實主義的開山鼻祖，自基於此也。斯即《金
瓶梅》之寫實。這部《箚記》中點明何處為寫實之作的地方甚多，可
見子雲重視《金瓶梅》之寫實風格了。

　　關於這一部小說的敘述技巧，《箚記》中談到的也不少。整個說
來，因為集體創作又未密切聯繫之故，有很多地方寫得矛盾，不相連
貫，失去比例感。但作者對於笑笑生們使用各寫作方法，相當欣賞。
他提出的最值得注意的是「《金瓶梅詞話》的情節發展，採用搓草繩
的方式。新情節的演入，是一邊搓一邊續進去的，而且不時續了些不
同質不同色的進來，是以他的情節演進，與其他章回小說，大異其
趣。」他說第三十四回的「情節，在演進時多麼委婉，可以說每至一
處，都是曲徑幽壑的。」在析三十八回時，有「試看這一回的七宗情

節，在演進過程中，居然有三宗是重新開筆的，與我前面根據第三十四、三十五兩回情節之演進技巧，比喻出的『搓草繩方法』，無從倫比矣。」《箚記》中自然沒有做更廣泛深入的解釋與探討，就是這種敘述法的優點在那裏，是笑笑生們首先使用的麼？諸問題尚待專論。

在故事敘述中，笑笑生們善用伏筆，作者也時常提醒我們注意。在析第十六回時，「李瓶兒還要求嫁過去後，把住所蓋在與五娘潘金蓮一處。……後來，李瓶兒之死，又何嘗不是由於她與潘金蓮緊鄰呢！此處之寫，應該是伏筆吧！」「在回目到主要情節中，插寫以後回目的伏線，是笑笑生們的長技，譬如這裏寫陳經濟的掌鑰匙出去，給他與潘金蓮的勾且舖路，極盡自然的舖陳。……」「吳典恩恩將仇報的情節，寫在後面第九十五回，此處則已預言出了。可見這《金瓶梅詞話》的故事，所有情節均預作構想者也。」。

關於描述精致的部分，作者也一一點出，使讀者在閱讀《金瓶梅詞話》時不可因為有很多粗劣部分而忽略這些好的部分。請翻到一二三頁，「試看這一筆，寫春梅的此一小動作」如見其人「此類美好的寫實手法，非其他說部可與之比擬也。」

要想徹底了解這部《箚記》的價值，必是熟習《金瓶梅詞話》的讀者，至少要讀過三、五遍，才知道《箚記》中何以提出那些問題。

如果想使書名「現代化」一些，也可稱為「《金瓶梅》導讀」。

何　欣

李序

李殿魁

　　在三十年代，由於胡適之先生等的提倡，古典小說的研究，倒是熱鬧了一陣子；前幾年，由於國內大學中文系紛紛開小說、戲曲的選讀課，也引起了一陣風。可是小說畢竟是「小道」，有些人談了一陣子，便放下了；要談，那也僅限於《三國》、《水滸》、《紅樓夢》之類的「健康」小說。只有魏子雲先生，不僅對小說研究入了迷，尤其他毫不隱諱地全力研究中國第一本「壞」書——《金瓶梅》，真是令人覺得這位老書生真是「書生」本色；他的《金瓶梅詞話註釋》公諸於世時，一方面被唯利是圖的出版商坑了一「季」，一方面還引起了國會議員諸公專案討論。雖然不了了之，但對寂寞中獨自把「《金瓶梅》頭上的王冠」摘起，去掉了《金瓶梅》淫穢的一面，卻揭開了「金學」研究的新途徑。從故事題材，內容寄託，到作者、成書、版本等各方面，他都討論到了！記得前年蒙他贈了一本《金瓶梅的問世與演變》與我，我是懵懵懂懂地看，也十分驚訝他的新發現。因為那個時候紅學界也正傳說《紅樓夢》不是索隱派的反清復明，而是雍正朝前期奪位傾軋的政治隱喻小說。無獨有偶地在這時魏先生把《金瓶梅》的底蘊，也掀起同樣一角來了，這是多麼有趣的一件事哩！

　　前年，我住在東園，魏先生常常大熱天抱著他的「成果」，老遠從新店趕到淡水河邊的舍下，我們談小說，欣賞戲劇；讓我從談話中有機會向他學習。他為了尋找資料，求得證據，遠到美洲大陸和東鄰日本，每次他印到了新資料，總會連夜打電話告訴我，或者也印一份滿足我的好奇與貪心。那時他有許多論證，他談得頭頭是道，我則是

聽得迷迷糊糊，從他所涉及的人物、書籍、資料看來，他這一發現，可不是弄著玩兒的。

去年暑假，我去劍橋開會，回來後從東園搬家到「南山」，離開淡水河，傍著仙跡岩。但不是平房，而是公寓五樓，雖然離魏先生的住處近了，但爬五樓對一位兩鬢添霜魏老來說，有些虐待！但魏先生氣都不喘，一通電話立即就從他家的四樓來到我家的五樓。我想看的資料全給送來，因為我的書還未集中到新居來，常常發生讓他以為某書我該有而白跑一趟的事。但更令我佩服的幾年中他不僅連接出了《金瓶梅探源》、《金瓶梅的問世與演變》、《金瓶梅詞話註釋》、《金瓶梅編年紀事》、《金瓶梅審探》，今年春天他告訴我正在每天不間斷地作《金瓶梅劄記》，以備將來寫《金瓶梅》人物論、藝術論、文學論……等各種專題研究。沒想到今年初夏，他便抱來了五大本劄記的原稿。先睹對我來說到是一快，可是魏先生要我這個窮忙而未涉入的門外漢寫篇序，這倒是給了我一份苦差事！那五大本稿子，我是寢食以俱，看得神龍不見首尾，偷偷地又把藏在櫃底的《金瓶梅詞話》拿來對照，才覺得這本《劄記》已不是普通人可以一目瞭然，一定要是「梅」迷，才知道魏先生每天早上在拿著筆對誰娓娓「論」道！從很多地方劄出來的資料，蛛絲馬跡，草蛇灰線，一一被他點明了！如果沒有長時間的走進這本書，如果沒有他的新發現的理論作根據，如果沒有這幾年他對《金瓶梅》的許多外在的研究，怎樣也劄不出這許多令人不得不信服的內證來。

讀了這本《劄記》，令我也產生了幾點感想：第一‧魏先生這本《劄記》做得很基本、很仔細；第二‧集體改寫編刊的事實，是這本《劄記》的一個最主要的重心；第三‧找出更多的問題使得《金瓶梅》這本小說更耐人尋味。第四‧讀了之後免不了要跟著魏先生一起找證據。

　　談到《金瓶梅》的初刊及作者，傳統說法都是根據沈德符的《野
獲編》，魏先生已證其訛與偽；但在一九七八年偽北大中文系集體編
寫的《中國小說史》第三篇第十章，根據王曇的「《金瓶梅》考證」（未
見原文），認為約成書於隆慶二年（1502）至萬曆三十年（1602）之
間，最初以抄本流傳。萬曆三十八年（1610）始有刻本。現存最早的
兩個版本：一是萬曆四十五年（1617）東吳弄珠客作序的《金瓶梅詞
話》，一是天啟年間（1621-1627）刊刻的原本《金瓶梅》。……兩本
八十四回、五十三、五十四回差異較大，想是出於復刻者的加工。這
些論點都還是老套，難怪魏先生要慨歎「大陸無人」！但在抗戰期
間，馮沅君在二十九年及三十四年寫了〈金瓶梅詞話中的文學史
料〉，及〈跋〉。這兩篇文章後來收在一九五五年的《古劇說彙》中，
是比較有系統地站在文學戲曲的觀點，來討論《金瓶梅》裏的戲曲。
我覺馮氏論到戲曲資料，對研究《金瓶梅》而言，是非常重要的，但
馮氏只在臚列資料，已經可以看出有七十六條曲詞是出於《雍熙樂
府》，和《詞林摘艷》；而非作者杜撰。這一點不能證明成書的確切
年代，但從引的這許多曲詞，可以證明作者或改編一定是一位深通及
熟悉戲曲的人，那麼擁有詞山曲海的李開先被疑為作者，自非無由。
在這兒，我想補充箚記中數條論證。

　　在四十一回的箚記裏魏先生說：「家妓，唐宋間極為普遍，此一
風氣，抵晚明尚在流行，斯一證也。」其實蓄家妓奏樂、唱曲、演戲
等，清朝前期，亦復如是，像李漁便自己養著家妓，自己訓練他們到
處替王公大臣們上壽、賀喜；乾隆年間《紅樓夢》裏不還有家妓演
戲？

　　二十四回插寫韓回子老婆罵街，潘金蓮問她為了什麼來，韓婆
子唱耍孩兒：「太平佳節元宵夜」為證，魏先生說：「這寫法則與明
朝當時流行的戲曲訴說方式一樣，今之平劇，仍有這種簡略述說方

式，如……聽了！」這樣的方式，在《金瓶梅》中不止一次，馮沅君
還舉了卷一（頁74）、卷二（頁216）、卷六（頁702、706）、卷八……
等十四個例子，也足可證明一定先有個像話本一樣的說唱本子，再湊
成現在這個《金瓶梅》，則此人又是個懂得說唱戲曲的了！正如七十
七回裏，崔本稱許苗青給西門慶尋的姬妾楚雲，說她「腹中有三千小
曲、八百大曲」。小曲是小令，大曲是套曲。

　　四十三回裏，魏先生記的是：「喬太太點唱的是元曲〈王月英元
夜留鞋記〉。按此劇乃曾瑞卿著。」馮氏在史料一文中有一些說明，
我覺得該採納：「〈留鞋記〉譜郭華與王月英的故事，事本《太平廣
記》，這也是個北雜劇和南傳奇都曾歌詠過的題材，雜劇方面有曾瑞
卿的〈王月英元夜留鞋記〉，傳奇方面有無名氏的〈王月英月下留
鞋〉。喬太太所點的究竟是那一種？既未見曲文，是無從確定的！其
餘六種自應都是傳奇。」明代中期以後，北雜劇已衰，大約不可能演
北雜劇了！可是在五十四回裏吳銀兒唱了一首《青杏兒》：「風雨替
花愁。」馮文只說出自《太和正音譜》，其實這是一首老曲子，見唐
圭璋《全金元詞》中《滏水集》，作者是金人趙秉文，字周臣，河北
滏陽人。五十八回金蓮教吳銀兒、桂姐唱慶七夕：「暑儴消，大火即
漸西。」也是一首南北合套，明刊徽藩本《詞林摘艷》及《北詞廣正
譜》都作金元之際杜仁傑作。此人一定是曲家老手，方有如此功力
也。像六十五回西門慶叫韓畢問周采唱「洛陽花、梁園月。」也是元
人張鳴善的作品。

　　當然，最耐人尋味的是八十二回魏先生記（潘金蓮）：「懷疑陳
經濟和孟三兒也有一手，陳經濟說是在花園中拾的，金蓮不相信，竟
氣得背著身子睡了一夜。笑笑生們還寫了一闋〈醉扶歸〉詞來描寫陳
經濟的這夜情景：我嘴搵著他油鬂髻，她背靠著胸肚皮。」魏先生以
為是笑笑生們寫的，其實這一首仍是元人小令，《北宮詞紀》外六以

為元人作，《雍熙樂府》卷二十、《彩筆情辭》卷六以為呂上軒作，
陽春白雪說是和關漢卿同時的王和卿作。同樣地八十三回：魏先生
記：「在這一回，笑笑生們用詩詞形容潘金蓮與陳經濟兩人的交情，
比上一回多，上一回九篇，這一回十篇……其中詞曲八闋，看得出全
是笑笑生們的新作，不是抄錄前人的舊作。譬如這裡陳經濟寫給潘金
蓮的寄生草：「動不動將人罵，一經把臉兒摑。……」這一首也見馮
氏〈金瓶梅詞話中的文學史料〉三、曲的盛行註三、此曲出《雍熙樂
府》卷十九無名氏，所以也不是笑笑生們所作。由於引用的作品太
多，一時不能查核，但僅是全書所引各種詩、文、詞、雜劇、傳奇、
笑樂院本、等，是以作一篇大文章來推敲一下他們引用的來源及用
意，以及清曲、劇曲在晚明表演的情形。自可從而探知作者究竟是何
種身分、學養、知識程度等關係了！

　　二十七回的箚記，魏先生指出重複寫了來保與吳主管晉京的
事，前後血脈不貫，作為集體改寫時，分回各寫各的，無人總其成，
寫好了就匆匆付梓，也未校正；看出刊本金書不是成於一人之手；但
接著談到「明朝文士抄襲之風盛行，凡是經過他們的手編纂過的前人
著作，沒有不被增增刪刪的！」真是行家的話；明朝刻的書不及宋元
或清，在版本上講，好動手腳，自以為是的附會風雅，亂改一通，所
以這是明刻的通病。魏先生從《金瓶梅》中都能細心地找出這些證
據，真是令人佩服。同樣在三十八回箚記裏，看出回目與內容不同，
上半回目是「西門慶夾打二搗鬼」，夾打的情節只占了六分之一，「大
部份的篇幅寫的是西門慶與王六兒的再度苟且，韓道國反而認為自己
的妻子能與他的東家勾搭上，乃是他們難得走上的一條路。……可以
說，這一回回目應是「韓道國縱婦私東主」，從內容與回目來討論非
出一人之手，同時也提到相同情形還有三十三回；這些地方都看出魏
先生的細心、深入。尤其後面談到：「試看這一回的七宗情節，在演

進過程中，居然有三宗是重新開筆的，與我前面根據第三十四、三十五兩回情節之演進技巧，比況出的搓草繩方式、無從倫比矣。」用了他自己撰的一個文學創作名詞——搓草繩，真是令人叫絕！沒搓過草繩的人，還真是不易體會這個詞兒的妙處呢！

　　箚記本來就是隨筆，隨想隨記，不拘什麼故事因果，也不必詳為說明，但魏先生字裡行間，總不忘他的基本理論，隨看隨說隨證，處處不離主題，又處處沒忘了相關的學問，讓人讀了一定有更多的收穫。像五十七回：「此說前日山東有個大官，這語氣好像永福寺不在山東似的，顯然地，這作者不是山東人，方始有此種語氣。」一點都不放過那些蛛絲馬跡！在七十四回寫海鹽戲子唱的一套《南西廂》的詞兒，魏先生借機會底下接著把葉德鈞誤以為李景雲是李日華這件事弄清楚，特別指出崔時佩、李景雲是嘉靖時人，李日華是萬曆時人。均可見時間、人物都是考證上重要的條件，不能有一絲含糊，多仔細。

　　魏先生要找證據，證明作者們是南方人，而非鄭振鐸、吳晗他們所說的山東人，《箚記》中也處處在弄證據。譬如三十五回寫應伯爵「醉的只像提線兒提的！」根據全國劇種調查，在江蘇、浙江、福建、江西、以及新疆南部有提線傀儡；在山東多為杖頭傀儡；這也是從所寫事物證明產地的好佐證。像五十五回，西門慶晉京去祝壽，潘金蓮在家想她那小相好陳經濟，用了「呆登登」三字，真是標準的吳語也！三十九回魏先生記道：「我認為《金瓶梅詞話》是南方人的作品，曾舉語言為證，這裡西門慶有一句話：『正是小頑還小哩……』，其中小頑一詞，即吳語。今寫作小囝。」幾乎要用到方言知識；四十二回寫把小孩寄名到玉皇廟，這也是南方習俗。記得我們家鄉江南，很多人家單丁子，怕養不大，多半記名在出家人那兒，小名有時故意叫得不成格調，像小和尚、阿狗……之類，不知山東人也如此不？

　　三十五回從四個楞小子去捉姦，引到萬曆朝的許多「忠臣」們的楞，知道底細的，看了真是會心；後面又記到平安挨打，聯想到神宗的十俊，更令人發噱。也許這些就是當時頗涉政治實況的事，後來改了，才讓人看不出來。本來末世政治就是很亂的，誰能理得出某人即某人，某事即某事；赤裸裸地記上還能刊行嗎？《箚記》除了要把金書大事研究之外，也不忘指點讀者一些新方向，像在六十二回裏討論到《金瓶梅》裏的宗教觀，又指出可與馮夢龍《三遂平妖傳》合併研究，這是非常有意思的！這樣，當然叫人開卷有益了！

　　我不是研究《金瓶梅》的，本來也不夠資格來寫序，但讀了《箚記》之後，覺得當個忠實讀者或學徒總是夠的！亂糟糟地寫了一堆，算是我的讀書筆記吧。

李殿魁

民國七十二年（1983）八月於仙居岩傍山居

杜序

杜松柏

　　久聞魏子雲先生的盛名，可是在國內卻緣慳一面，後來以魏先生赴日收集《金瓶梅》資料的關係，因而識荆於京都大學。自負笈上庠，即聞《金瓶梅》的大名，卻由於「淫書」之說和禁書的緣故，未曾寓目，由魏先生贈送的《金瓶梅詞話》和他的《金瓶梅詞話註釋》，方得讀這一部奇書。在與魏先生近三年的交往中，又得讀他全部有關《金瓶梅》的論文專著，以及行將出版的《金瓶梅箚記》。大概魏先生回溯異地追陪，插架訪書之情，所以囑我掇拾蕪詞，以冠篇首。在辭不獲已的情況下，只有不度德不量力，以蠡測海，謹抒所知，以酬這樁由書及人，因人及書的風雅公案。

　　我在京都大學研究一年，觀風扶桑，攬俗異域，所見所感，不禁形之文字，以本名發表於《青年戰士報》的居多。魏先生寓目之後，特訪我於主編胡秀先生，在他準備來日之前，遂先以書信垂詢，問及日本生活的種種，原來竟打算專程來日，蒐集《金瓶梅》的相關資料，準備短期逗留。生活在米珠薪桂的地方，付出的代價太高昂了。我在震驚、感動、佩服之餘，自告奮勇，願意代他收集有關這方面的資料，至於遠在東京、天理的，也函告以收集之法。可是魏先生拒絕了我的好意，理由是不親身目覩，不能放心。於是這位年紀已踰六旬、不懂日語、豪邁碩健的作家而兼學者，翩然而至。蕭索的行囊，只有換洗衣物，在日本所搜購的，除了圖書資料之外，無一件日本產物。有關《金瓶梅》方面的，雖間接有關，可能涉及的，鉅細不遺，連謝肇淛的《小草齋詩話》，也在搜羅之列，理由是這本國內亡

佚的明人詩話，可能記載了有關袁中郎、沈德符等的交遊活動、生平
佚事。其時魏先生有關《金瓶梅》的研究，已獲得中外有關學人的重
視，故遊履扶桑時，日本學者，多倒屣以迎，發佳槧精刻，以供觀摩
取資。如京都大學的清水茂先生，雖以往無一面之雅，除了安排起
居，派助教追陪訪問之外，並親自引導入京大的特藏室參觀，這一隆
重的禮遇，當與魏先生的研究成果有關，我與魏先生成為忘年交，亦
始於此時。

　　《金瓶梅》問世之後，在說部之中，始則由異書變為淫書，好之
者推為奇書，更有譽為第一奇書書者。可是近世因淫書之說，自清以
來，與查泰來夫人的情人一樣，成了禁書。雖然因時代的不同，看法
的別異，但這本書的價值，正如耀眼的明殊，雖光芒有掩翳的時刻，
但價值卻獲得了超越時空的肯定，所以繼《紅樓夢》——「紅學」之
後，逐漸成為「金學」了。「紅學」的形成，胡適、俞平伯是劃時代
的人物，為「紅學」揭開了新的史頁，在「金學」逐漸形成中，魏先
生更是劃時代的人物，在他的系列著作中有《金瓶梅探源》、《金瓶
梅的問世與演變》、《金瓶梅審探》、《金瓶梅詞話註釋》和其他的散
篇論文。糾正前人的誤說，如前人誤認《金瓶梅》作者為山東人，經
魏先生的確切考證，已確定為江南人。最近大陸的學者，根據魏先生
這一定說，考定真正的作者為屠隆，正如胡適之考定《紅樓夢》的作
者為曹雪芹一樣，一掃以往的迷霧。以往的研究者，根據沈德符的
《萬曆野獲編》，確認《金瓶梅》的最初刻版在萬曆三十八年，經魏
先生的考證，萬曆以前有抄本無刻本，流傳至今的《金瓶梅詞話》，
刻成當在天啟三年左右，而且是改寫本；更證明《金瓶梅》是以淫書
掩飾政治的諷諭，在諷諫神宗的寵幸鄭貴妃，廢長立幼。這些都是研
究「金學」的基原問題，都在魏先生努力的研究下，如庖丁解牛，不
但切中肯綮，而且「謋然已解，如土委地。」方之「紅學」，其功誠

不在胡俞二人之下，應係知言，而非妄譽了。

　　魏先生研究《金瓶梅》，已達十二年，研究的方向，一是就《金瓶梅》所涉及和發生的問題，作深入的探論，而且深有所得；一是就書中的方言俚語，雅詞麗句作注釋，可以《金瓶梅詞話註釋》作代表；既入其環中，又超以象外，以此書為藍本，進而探討小說寫作的「人物論」與「藝術論」。於是先作卡片記錄的工夫，其始僅著眼於人物穿插與故事情節的演變，旁及詞曲淵源與辭句之謬誤，後來感於這部書的情節穿插，如藤糾蔓結，非預想的「人物論」和「藝術論」所可範圍，而糾謬正誤，又為「二論」的體例所不許，在就布裁衣，以資料為主的情形下，寫成了《金瓶梅箚記》。這不是一本以述為作的書，也不止於是學院派的校勘考據之作。不但保留了原書的回目，而且在每一回中有釋說：掌握了每一回的人物、故事、情節，加以分析、綜合，以見原作者的苦心、巧慧；有論評：以定是非、得失，及求出原作者幽意隱情；有考證：細密地考訂誤失，糾正了書中的誤字、別字之外，更訂正了許多衍詞奪語，及不可解的語句。以之導讀原書，於是疑難冰釋，讀者有蕪穢盡去，菁英大顯之樂。雖然魏先生謙稱是「以詩話薈說及才子書評的方式著墨的」，可是籀讀全文，毫無考據瑣碎、游辭無根、艱澀難明的感覺，加上用功的勤苦，讀書的細心，解釋的合情中理，使有此一書，才可以真正的說：「《金瓶梅》始可讀、始能讀」。以前張竹坡評《金瓶梅》，列有以下的十五目：

　（一）凡例
　（二）竹坡閒話
　（三）西門慶房屋
　（四）西門慶家人名數
　（五）西門慶家人媳婦
　（六）西門慶淫過婦女

不啻為《金瓶梅》的研究開示了一些途徑，可是有的無意義，有的過於細碎，而且張氏的研究，並沒有達到他所揭示的目標。魏先生這本書，顯然未依從張氏的徑道，但是卻無形中達到了所揭示的某些目標，尤於「寓意」、「趣談」、「讀法」方面，有戛戛獨造的成就。最難得的，是這本《箚記》雖然有既定的目的，但在緊要之處，仍在為魏先生以往研究的成果作證明和釋說，使此書既便於大眾，也有益於專門研究者，實屬難能可貴。

　魏先生研究「金書」十二年，在這本書的序中，自謂「日起有功」。顯然是指他的研究，日有進步。其實他的研究結果，大有功於「金學」，這本《箚記》，是大火猛煎下的產物，於「金學」的讀者，固大有裨益，但尚未達到魏先生所揭示的──寫作「人物論」與「藝術論」的最高目的。個人既樂見《金瓶梅箚記》的成書，尤渴望「二論」的早日完成，成為寫作的明燈，切玉的利刃。相信以魏先生用功之勤之猛，會很快達到筆者和廣大讀者的期盼的！

　　　　　　　　　　　　　　　　　　　　杜松柏

自序

一

　　這本《箚記》，原是一疊疊為寫作「人物論」與「藝術論」去進行研讀時，隨手記錄出的卡片。正由於這些卡片乃為寫作「人物論」與「藝術論」所準備，是以記錄的範疇，也只著眼於人物穿插及故事情節的演變方面；雖有時也旁及一些曲詞淵源，或辭句之誤，也只是附帶一句而已。《金瓶梅》這部書，篇幅鉅大，內容豐饒，在進行研讀時，不易作綜觀而徧全豹，所以我每次進行研讀只選單一目標進行。譬如我研判西門慶等人的干支生屬，在進行研讀時，則只著眼於這一部分；寫《編年紀事》時，也只著眼於編年紀事這一部分。若不是這樣去研讀，就會顧此失彼，一事也做不精確的。就是這樣去作記錄，猶未免有遺漏或錯誤呢！

　　《金瓶梅》這部書，有不少資料，應作專題立論而個別研讀，非箚記之點滴餘墨，所能竟其事。說來，我這本《箚記》，也只作了人物穿插及故事情節演變兩個問題的記述而已。原先，並未想到要它成書出版，在研讀進行踰半時，方始感於書中詿誤太多，尤其是情節穿插方面，決非將來所寫之「人物論」及「藝術論」兩書所能包容，而且想到像我箚記出的這多錯誤，十之九都非前人所曾發覺，遂因而觸發了先來把這箚記整理成書，公之於世，豈不既有益於己，亦有助於人。於是我便把手中的千餘張卡片，逐一整理，完成了這本《箚記》。

　　記錄這一項卡片的工作，在距今兩年前便進行了，因有他事絆
羈，時斷時續。但這本《箚記》的寫作，則一鼓作氣，未曾間斷一
日，從客歲十二月一日動筆，每天上午六時左右即開始工作，除了早
餐及閱報占去約一小時的時間，一直到十一時或十二時，方始休歇；
有時午睡起來再繼續。就這樣，一直寫到今天（四月六日）始行全部
寫完。六百字一頁的稿紙，居然累積了近五百頁之厚，良非始料所及
也。

二

　　在我這次的研讀進行過程中，竟發現《金瓶梅詞話》的錯誤之
多，非我過去所曾注意。不僅是誤字多，別字多，更多的是衍詞奪
語，甚而有些文句，也錯得無法了解其意；更有些話，雖反覆推敲，
也莫知其所云然。譬如第三十二回第五頁反面，李桂姐與鄭愛香等人
在西門家吳月娘處講閒話，談到清河縣的張小二官，李桂姐要表示她
與張小二官兒沒有首尾，這裡寫有這樣一段：

　　吳銀兒道：「張小二官兒，先包著董貓兒來。」鄭愛香道：「因
　　把董貓兒的虎口內，火燒了兩醮，和他丁八著好一向了。這
　　日只散走哩！」因望著桂姐道：「昨日我在門外庄子上收頭，
　　會見周肖兒，多上覆你，說前日同矗鋮兒到你家，你不在。」
　　桂姐使了個眼色，說道：「我來爹宅裡來，他請了俺姐姐桂卿
　　了。」鄭愛香道：「你和馮（此字應是「他」字或「張」字之誤。）
　　沒點兒相交？如何卻打熱。」桂姐道：「好合的劉九兒，把他
　　當個孤老？甚麼行貨子，可不砢磣殺我罷了。他為了事出
　　來，逢人至人說了來，嗔我不看他。媽說你只在俺家，俺倒

買些什麼看看你不打緊。你和別人家打熱，俺傻的不匀了。
真是硝子石望著南兒丁口心。」說著都一齊笑了。月娘坐在炕
上聽著，她說：『你們說了這一日，我不懂，不知說的是那家
話？』。

試看這一段話，我們必須仔細推敲，方能了解。然而「南兒丁口心」
一語，還是很難明白。不過，整段話的意思，還是可以理解的。

這張小二官兒，也是西門慶一類人，經常在妓家跑跑的人物，
這裡已經寫了，「那張小官兒，好不有錢，騎著大白馬，四五個小廝
跟隨。」這種人自是妓家歡迎的恩客了。但李桂姐在西門家，怎能說
她與這張小官兒有往還呢？所以，當鄭愛香望著李桂姐說她在門外庄
子遇見周肖兒及聶鉞，（想必是張小二官的小廝們），要她上覆桂姐，
李桂姐便使眼色要鄭愛香兒不說，可是鄭愛香兒偏要問她，既然與那
張小二官不相交，如何卻打熱？因而逼得李桂姐說了這麼一番撇清的
話。她說她從來就沒有把他當作孤老，甚麼行貨子，那模樣兒就把她
砢磣殺了。於是再說那張小二官「為了事出來」（想是因案入獄出
來），到處說她不去看他，（想是怪李桂姐未去探監。）她便引述她
媽的話，說那張某又不是只與她們一家有來往，也與別的妓家打熱。
若是只與她一家打熱，買些什麼去看看他也不打緊，這種人既然也跟
別的妓家打熱，如果買東西去看他（指探監什麼的，）豈不是「傻的
不匀了！」遂再說了一句比喻：「硝子石望著南兒丁口心。」這話只
是比喻她與張小二官的交情，指摘那張小二官兒「為了事出來，逢人
至人說了來，嗔我（李桂姐）不去看他」的話，是「硝子石望著南兒
丁口心。」至於這「南兒丁口心」是何意思？可就頗費推敲了。

按「硝子石」是一種假水晶，玻璃一類的東西，或者說是假寶
石，「南兒丁口心」則難解其意。若按《金瓶梅》中的作者，善作拆

字成語的情事來推究此一文詞，可能有手民致誤的字，如「南」字，或為「丙」字之誤，果爾則「丙兒丁口心」一詞，便可索解了。蓋「丙丁」乃火也，南方也。五行之說有「東方甲乙木，西方戊己金，南方丙丁火，北方壬癸水；中央庚辛土。」丙丁口心乃熱心也。「丙兒丁」中的「兒」字，乃語詞。此所謂「硝子石望著丙兒丁口心」，意為假心假意對熱心；換言之，何必把熱心去換那假心假意呢！

捨此理解，則別難索說。書此就教知音，並以之作答老友水晶（楊沂）兄。（水晶於今年三月三日來函問此問題。）

至於其他詿誤之處，多得比比皆是，再如第二十七回第七頁，李瓶兒與孟玉樓一同離開西門慶要出角門回後邊去，潘金蓮也要一起走，被西門慶一把拉住了。說道：「小油嘴兒，妳躲滑兒，我偏不放妳。」拉著只一輪，險些不輪了一交。婦人道：「怪行貨子，我衣服著出來的看勾了。我的肐膊（胳臂）。淡孩兒，他兩個都走了，你留下我做什麼？」我們看其中的一句「我衣服著出來的看勾了我的肐膊……」顯然是文詞有誤。「我衣服著出來的」這七個字，必然錯了，下面一句應是：「看勾斷了我胳臂，」那麼，上一句或是說的把衣服都扯破了。在崇禎本，則刪去了這十七字，從「怪行貨子」，便下接「他兩個都走了……」。

說來，《金瓶梅詞話》中的這類錯誤，太多了。頗想費些時間，作出一部校勘本出來，待之來日矣！

三

《金瓶梅詞話》之所以是一部難讀的書，其中的駁雜語言，固為其中之一，在辭句上的過多錯遺、錯字、別字以及文詞奪衍或錯簡，更是因素之一。雖說，我寫這本《箚記》，為了摘出情節演變上的問

題，固曾記錄了一些這類錯誤，但只是其中的極少部分，尚無補於全
書的註誤。再說，我摘錄出的錯誤，著眼點放在我研究金書的理論體
系上面，並未向整體註誤處去著眼，譬如上述的兩項錯誤，在《箚
記》中便未記述。若是這樣詳盡去箚記，那這《箚記》的篇幅，就太
龐大了；字數可能超過原書。因而想到還應去寫一本「《金瓶梅詞話》
斠誤」，必更有助於該書的研究者；尤其是西方人，更需要這樣的一
本書。近年來，西方人對於《金瓶梅》的研究，已逐漸熱烈起來。元
月間，《紅樓夢》學者趙岡先生告訴我，美國印第安那大學將召開《金
瓶梅》討論會，在此預祝他們成功。

　　我的這本《箚記》，在體裁上，採取的是詩話薈說與才子書評批
方式著墨的，當然，論點仍基於我研究《金瓶梅》理論的體系，一一
去尋求證言。我想，賢明的讀者，必能從我箚記出的證言中，理出了
我論點的根本深而且實。考據的原則，是先破而後立，同一問題，前
人既有說詞，應先把前人的說詞，考辨清楚，是者立，誤者破。關于
《金瓶梅》的成書年代及作者，往者悉循沈德符《萬曆野獲編》之說，
先有張竹坡王世貞的苦孝說，繼有吳晗、鄭振鐸之作者必為山東人之
說。前說之成書年代在嘉靖末，後說之成書年代在萬曆中。這兩說都
未能擺脫沈德符在《萬曆野獲編》中的說詞。是以魯迅、吳晗、鄭振
鐸等人，都據沈德符之說，判定《金瓶梅》初版於萬曆三十八年，《金
瓶梅詞話》是北方再刻本。此一誤說，已被我尋出的《吳縣志》及馬
仲良的《妙遠堂集》等證詞，確定了在萬曆四十五年（1617）東吳弄
珠客序的《金瓶梅詞話》之前，不可能再有刻本。這一鐵證，無人可
以否定。至於我從《金瓶梅詞話》的第七十回到七十二回尋出了內容
所隱喻的一年兩個冬至的證言探討，因之推斷《金瓶梅詞話》的成書
在天啟初年，而且推斷《金瓶梅詞話》是泰昌元年與天啟元年間的
人，集體分回改寫成的。沈德符的話之不可信，請看我這本《箚記》

尋出的證言，豈不是更加堅實了我論點的理論基礎！

　　《金瓶梅詞話》之非嘉靖間作品，距今五十年前的吳晗與鄭振鐸的兩篇論文，吳晗〈金瓶梅的著作時代及社會背景〉；鄭振鐸〈談《金瓶梅詞話》〉，業已肯定。後人若是提不出更有力的證據，無論怎樣說《金瓶梅詞話》是嘉靖間作品，也只是自說自話而已。我在前面說了，考據的原則，是先破而立，如無新證把吳、鄭兩人的論據一一破除，是無從獲得基地去建立自擬的論點的。此一問題，我的論點是《金瓶梅詞話》與袁中郎時代閱及的《金瓶梅》，極可能是兩部不同內容的書，由《金瓶梅》到《金梅瓶詞話》，袁氏兄弟這一夥友朋，或許就是參予者呢！

　　如果不是這樣，在明朝那個淫書不犯公禁的時代，像《金瓶梅》（詞話）這樣內容的書，怎會二十餘年沒有刻本問世？縱然原書的作者沒有完成它，也準會有人為之續成付梓的。沈德符不是說了嗎：「此等書必遂有人板行，但一刻則家傳戶到，」但此書居然出世後二十餘年無人板行，自有其極大的阻礙原因；這原因，除了涉及政治因素，在萬曆那個淫靡的社會間，其他任何原因，都阻擋不住像《金瓶梅》（詞話）這等書，居然問世二十餘年沒有人梓行。所以我據以推想袁中郎閱及的《金瓶梅》或許是一部有關政治諷喻的小說，諷刺的對象乃其「今上」萬曆爺也！

　　證明《金瓶梅詞話》是改寫本，乃集體分回改寫而成的，我這本《箚記》尋出的證言，就是此一推斷的有力說明。

四

　　《金瓶梅》的作者必是山東人之說，自吳晗與鄭振鐸提出此一說法（民國二十二年間），四十年來幾無異辭；只有我獨持異議。我的

說法是《金瓶梅》的作者乃江南人，縱非江南人，也必是一位養成了
江南生活習尚的人。我的證據是寫在《金瓶梅詞話》中的南人飲食所
尚的食品，以及南人生活所習用的事物，捨此而外，還有不時流洩出
的吳語越語。這些證據都一一寫在書中，可以說，都是最直接的證
言，用不著多所辯說；這些，我已寫在《金瓶梅探原》中。此一《箚
記》，雖偶爾舉出一句兩句證言，證明作者是南方人，並未加意著墨
及此。我認為此一問題，毋須再多所強調，《金瓶梅探原》中的例
說，已足夠建立起我這一論點矣！

　　近來，執教於香港中文大學的友人黃慶萱教授，剪寄兩份新聞
資料給我，報導江蘇運河師範學校有位名叫張遠芬的教師，作文說
《金瓶梅》的作者是山東嶧縣人賈三近，此人生於嘉靖卒於萬曆（二
十年），因未見其文，證言如何？不得而知。雖無從置喙，卻欣喜大
陸上已在進行《金瓶梅》的研究，甚慰。據說北大的吳曉鈴去年還在
美國柏克萊演講《金瓶梅》的作者是李開先的說法。此一說法，我只
讀過徐朔方的一篇短論，已有兩文指出此說的不可能，本書後附錄之
〈殘紅水上飄衍說〉一文，即證說《金瓶梅詞話》是萬曆間作品，不
可能是李開先作也。

五

　　對於《金瓶梅》一書的研究，迄今我已進行十有二年未輟，我的
研究成果，可以自誇的說是「日起有功」，《金瓶梅探原》提出了《金
瓶梅》的初刻本，即東吳弄珠客序於萬曆四十五年（1617）的《金瓶
梅詞話》，否定了《金瓶梅》初版於萬曆三十八年（1610）之說，證
言了《金瓶梅詞話》的作者是江南人，否定了必是山東人之說；在
《金瓶梅的問世與演變》一書中，證言了《金瓶梅詞話》是改寫本，

改寫於泰昌元年及天啟元年，成書於天啟二、三年之間（1620-
1623），而且是集體分回改寫。懷疑袁中郎時代的《金瓶梅》，可能
是一部政治諷喻性的小說；在《金瓶梅審探》中，考證了袁中郎向謝
肇淛函索《金瓶梅》的那封信，乃偽造的。我的這些論斷，無不繫有
堅實的理論根據。我這本《箚記》，不是又給我的理論體系尋出了更
多的盤錯根蒂嗎？

　　我的《金瓶梅詞話註釋》及《金瓶梅編年紀事》，必能給《金瓶
梅》的研讀者一些幫助，我的這本《箚記》，自信必能給與《金瓶梅》
的讀者更多助益。我敢豪邁的說，我這《箚記》中記述的有關《金瓶
梅詞話》間的那多誑誤，十之九都不是前人所曾發現的，但由於《金
瓶梅詞話》這部書，篇長幅廣，而又盤錯綜深，我的《箚記》或有遺
漏錯失，自屬難免，極盼賢者指正，則感激非淺焉！

　　繼續要寫的尚多，除了已擬定的「人物論」與「藝術論」，他如
飲食、服飾、語言、劇曲、社會、經濟等等，無不可成專書，當一一
進行，決不會半途而廢，尚乞賢智不吝賜雅也。

　　　　　　　　　　　民國七十二年（1983）四月七日晨

序跋

　　序跋三篇：（一）欣欣子、（二）廿公（跋）、（三）東吳弄珠客。

　　「欣欣子」、「笑笑生」，看來似是二而一者。說他們是同一人，自有可能，但也許是寫作該詞話本的一夥，假笑笑生為作者，假欣欣子為序者而已。

　　欣欣子的序，已說明笑笑生作「金瓶梅傳」是「寄意於時俗，蓋有謂也。」我在《金瓶梅探原》中已論及。

　　序中言明是「明人倫，戒淫奔，分淑慝，化善惡，」以之「知盛衰消長之機，取報應輪迴之事，如在目前。」但也說明了此書之作，旨在闡明循環之機，因果之報。蓋《金瓶梅詞話》乃因果論者也。

　　〈廿公跋〉亦說：「蓋有所刺也。」更說：「中間處處埋伏因果，亦大慈悲矣。」不是也指明了這部《金瓶梅詞話》是一部功德於因果論的著作嗎。

　　〈東吳弄珠客序〉亦說：「然作者亦自有意，蓋為世戒，非為世勸也。」又說：「如諸婦多矣，而獨以潘金蓮、李瓶兒、春梅命名者，亦楚檮杌之意也。」兼且闡其己意云：「讀《金瓶梅》而生憐憫心者，菩薩也；生畏懼心者，君子也；生歡喜心者，小人也；生效法心者，乃禽獸耳。」此說實乃強調「為世戒」之要旨。

　　又插說友人褚孝秀偕一少年同赴歌舞之筵，衍至霸王夜宴，少年垂涎曰：「男兒何可不如此。」孝秀曰：「只為這烏江設這一著耳！」同座聞之，歎為有道之言。若有人識得此言，方許他讀《金瓶梅》也。

　　按《金瓶梅》所寫，亦西門慶家之荒誕淫樂生活，後來，西門慶

以淫樂喪命，跟著是妾婦們嫁的嫁，逃的逃，雖只餘大婦吳月娘壽到
七十，但卻連個送終的兒子也不在身邊了。殆亦《千金記》之夜宴，
為烏江設也。

《千金記》明人沈采所撰，〈夜宴〉在第十四折；寫君臣妃嬪為
項王設宴祝壽。那時的項羽，正如他在夜宴中唱的〈風入松〉句：「咸
陽宮闕已成灰，霸業功高趁我為，衣錦欲東歸，這英雄蓋世無對。」
正是項羽之英雄蓋世，急欲衣錦還鄉以夸江東父老時也。

褚孝秀其人，尚未能查出在世事略，待考。

〈四季詞〉

回目前的詞四闋，所寫純為出世之思，而《金瓶梅詞話》，則全
篇所賦，悉為清河縣惡霸西門慶的身家興衰，所寫乃官場入世的榮辱
之事。這四闋詞的出世之思，極難冠乎西門慶的故事頭上。看來，這
四闋詞的傅設，不是為了《金瓶梅詞話》吧！

基乎此，我們或者可以想到《金瓶梅詞話》以前的《金瓶梅》，
（最先傳抄於袁中郎董其昌手上的抄本，）其內容似乎是另一傅設。

〈四貪詞〉

這一回目前的〈四貪詞〉，寫明是酒、色、財、氣之有損乎人，
不可貪。酒，損精神，破喪家；色，損身害命；財，親朋道義因財
失，父子懷情為利休；氣，一時怒發無明穴，到後憂煎禍及身。像這
些說詞，雖可因西門慶的身家興衰而牽連到一些關係，卻還未能絲絲
入扣，只能切合得部分而已。

關於〈四貪詞〉，在萬曆十七年之冬，大理寺評事雒于仁，為了

當時的神宗遲不冊立東宮，寵愛鄭貴妃，頗有廢長立幼之意，上了一封〈四箴疏〉言，勸諫皇上應戒除酒色財氣，而且一件件指出了皇上干犯了這四大病害的事實，色之一項，指明是貪戀了鄭貴妃。這事使朱翊鈞大怒，要親自審問。幸好大學士申時行進言，說是如果擴大了事端，會惹得臣民疑皇上確有此事，不如湮沒了這事為好。就這樣，只是陰跌雒于仁請歸了事。試想，在萬曆十七八年的時際，居然有臣子敢上四箴之疏，直言皇上有酒色財氣之病，又怎的不會有人用小說來諷喻明神宗呢！瞧這〈四貪詞〉不是與雒于仁〈四箴疏〉異曲而同工嗎？

看來，這〈四貪詞〉與它前面的四首出世之思的詞，都可能是早期《金瓶梅》的內容證詞，後來那些位改寫《金瓶梅》為《金瓶梅詞話》的人，沒有把它刪掉，因而令吾人讀來，深深感於它之與小說內容不相切合。

第一回

景陽岡武松打虎
潘金蓮嫌夫賣風月

　　開頭引詞，是南宋詞人卓田之〈眼兒媚〉，但與卓田的原詞略有出入。原詞：

　　　丈夫隻手把吳鈎，能斷萬人頭。如何鐵石打作心肺，卻為花柔。
　　　嘗觀項藉並劉季，一怒世人愁。只因撞著虞姬戚氏，豪傑都休。

今在《金瓶梅詞話》中，則將第二句的「能斷」改為「欲斷」，第四句的「打作心肺」改為「打成心性」；第二片第一句的「嘗觀」改為「請看」，第二句的「一怒世人愁」改為「一似使人愁」，《清平山堂話本》〈刎頸鴛鴦會〉亦引此詞，「能斷」改為能斬，「一怒世人愁」改為一以使⋯⋯。

　　按卓田是宋寧宗開禧元年（1205）進士，字稼翁號西山，福建建陽人。

　　《詞話》說「此一詞兒，單說著情色二字，乃一體一用。」但觀乎一百回，僅有「色」字，何嘗有「情」？亦足證西門慶的故事，是改寫後的情節。（〈刎頸鴛鴦會〉有情寓也。）

　　此寫西楚霸王屈志於婦人——虞姬，則非史實。被困垓下時，手拉虞姬，悲歌「時不利兮騅不逝」，歌罷泪下數行而已，何嘗因虞氏而屈志？項羽之敗，失在無謀，以及其「匹夫之勇，婦人之仁，」何關乎虞姬也。卓田之詞，所謂「豪傑都休」，也只是說他們「為花

柔」而已。

　　劉邦之寵戚夫人，萌廢嫡立庶之意，則史有明志。可是，作者
引述此一史事，入話於《金瓶梅詞話》的前面，作為小說的楔子，若
從今之《金瓶梅詞話》看來，則未免不倫。因為今見之《金瓶梅詞
話》，其內容乃西門慶之身家興衰，西門慶乃山東東平府清河縣一個
土霸，雖買官到五品千戶之職，終究無法與開國稱孤的帝王將相比
擬。質之明代說部如《三國》、《水滸》、《西遊》之前言楔子，益發
令人懷疑到所謂明朝四大奇書之前三部，所寫入話無不一句句可以引
發出全書的故事梗概，獨有《金瓶梅詞話》的入話，與書中所寫的故
事情節，無有相關。自不得不令人去推想這《金瓶梅詞話》是改寫過
的，不是原來的《金瓶梅》。

　　《金瓶梅》最早出現於萬曆二十四年（1596）秋末冬初，有袁中
郎給董其昌的書信可證[1]。《金瓶梅》（詞話）的梓行，已在萬曆四十
五年之後了。去其問世之初，已踰二十年。

　　說到宋徽宗政和年間的政治，認為是寵信高（俅）楊（戩）童
（貫）蔡（京）四個奸臣所致，遂天下大亂，黎民失業，百姓倒懸，
四方盜賊蜂起，罡星下生人間，四處反起了四大寇。如山東宋江、淮
西王慶、河北田虎、江南方臘，轟州劫縣，放火殺人，僭稱王號。但
惟有宋江替天行道，專報不平，殺天下贓官污吏，豪惡刁民。雖所寫
西門慶的故事，涉及宋江極少，但卻可從作者的這些少言詞上，了悟
到作者寫《金瓶梅詞話》的心態，乃藉徽宗朝以諷當代也。

　　作者說：「如今這一本書，乃虎中美女，後引出一個風情故事
來。一個好色的婦女，因與了破落戶相通，日日追歡，朝朝迷戀，後
不免尸橫刀下，命染黃泉，永遠不得著綺穿羅，再不能施朱付（傅）

1　見〔明〕袁中郎：《錦帆集》〈尺牘〉。

粉。靜而思之,著甚來由,況這婦人他死有甚事?貪她的斷送了堂堂六尺之軀,愛他的丟了潑天關產業,驚了東平府,大鬧了清河縣,端的不知誰家婦女,誰的妻小,後日乞何人占用?死於何人之手?」看來,我們會認為指的潘金蓮。但若與《金瓶梅詞話》的內容一對照,卻又似是而非,不能一一對證。

不錯,潘金蓮嫁了西門之後,日日追歡,朝朝迷戀,終不免尸橫刀下,但《金瓶梅詞話》的故事,並不祇是潘金蓮一個婦女的故事。再說潘金蓮之死,只是武松為兄報仇,情節單純,「這婦人他死有甚事?」也沒有太多值得研究的問題。西門慶之死也非潘金蓮的罪過,又是誰「貪她的斷送了堂堂六尺之軀」呢?又是誰「愛她的丟了潑天關產業」呢?至於「驚了東平府,大鬧了清河縣」,也不是《金瓶梅詞話》的情節。武松誤打李外傳,殺了潘金蓮,卻還不曾到了驚府鬧縣的情況。所以我想,《金瓶梅詞話》後面的情節,可能改寫過了。

武松打虎,兄弟相會,全是抄自《水滸》的情節。

武大在《水滸》中,由清河遷居陽穀。在本書則正好相反,由陽穀遷到了清河。還有,武大遷到清河,原在張大戶家臨街房屋居住。連房錢也不要。何以?因為使女潘金蓮被張大戶占用,不容於大婦,送給了武大為妻房。又由於張大戶還不時去偷情,得病死了,張大戶的大婦遷怒到潘金蓮頭上,一怒將武大夫婦趕出,只得又尋紫石街西王皇親房子,賃內外兩間居住。可是住了不久,更由於潘金蓮的風騷妖冶,引得一些浮浪子弟逐日在門前彈胡博詞兒,說油滑言語,因此武大在紫石街住不牢,湊了十幾兩銀子,典得縣門前上下兩層四間房屋居住。第二層是樓兩個小小院落,甚是乾淨。一家三口住了下來。武大夫婦之外,還有武大前妻遺下的女兒迎兒,年十二歲。

潘金蓮是清河縣南門外潘裁縫的女兒,因為自小纏得一雙小

腳，所以取名金蓮；排行第六，所以又取名六姐。像這些話，《水滸》都沒有寫。如果說「金蓮」之名是「纏」得腳小而來，應是後來的名字。以小腳為名，也不合邏輯。

又說金蓮在九歲時賣到王招宣府裡習學彈唱，王招宣死後，十五歲時，三十兩銀子賣與了張大戶。把金蓮的出身，寫得一清二楚，是以潘金蓮的做張做勢，喬模喬樣，其來有自呢！

馮夢龍的四十回《平妖傳》，張無咎序言說：「余昔見武林舊刻本，止二十回，首如暗中聞炮，突如其來；⋯⋯且張鸞、彈子和尚、胡永兒及任、吳、張等，後來全無設施；而聖姑姑竟不知何物？突然而來，杳然而滅。」因此馮氏改寫的四十回本，把這些人的來龍去脈，都加以寫述清楚。像《金瓶梅詞話》借來的水滸人物，如西門慶潘金蓮等人，無不予安排個來龍去脈。那麼，像潘金蓮的這些身世增潤，得非當初改寫《金瓶梅》為《金瓶梅詞話》，馮夢龍殆亦參予者乎？

潘金蓮與武松見面時，敘出年齡，武松二十八歲，長金蓮三歲，自然是二十五歲了。在《水滸》，武松則「虛度二十五歲」，長金蓮三歲。《水滸》中的潘金蓮年紀小三歲。

金蓮戲叔，武松罵嫂的情節，仍是《水滸》的原文，增潤不多。殆亦《水滸》把這情節，已經寫成功了，無須更改。

第二回

西門慶簾下遇金蓮
王婆貪賄說風情

　　縣尊派武松晉京公幹，《水滸》只寫在任二年多，賺了些銀錢，要人送上京去，交與親眷處收貯。這裡則把這個親戚也寫上了名姓，竟是殿前太尉朱勔，只是要武松送去一擔禮物，捎封書去問安。這樣一加增潤，則《金瓶梅》的社會，比《水滸》可就更加糜爛了。做官要靠背景啊！清河縣的太爺，是太尉的親戚，也不忘時時送禮孝敬的。

　　孔子云：「禮乎！禮乎！玉帛云乎哉？」在《金瓶梅詞話》中寫及的官場玉帛往還，已公然風行矣。

　　這裡介紹西門慶，比《水滸》可加得多了，不僅加上了妻妾，連他愛在勾欄裡以及低級妓戶南街子都去的下流行徑，也寫上了。

　　不過，說西門慶「專一飄風戲月」則是，說他「調占良人婦女，娶到家中，稍不中意，就令媒人賣了。一個月倒在媒人家去二十餘遍，人多不敢惹他。」則與書中所寫情節，未能絲絲吻合。當是指《金瓶梅詞話》以前的《金瓶梅》情節吧。（若金蓮、瓶兒之類，算得是良家婦女嗎？）

　　武松打虎，事在宋徽宗政和二年，西門慶潘金蓮則相遇於政和三年春三月。全部故事的演進，是編年體的，亦即張竹坡所謂「《史記》中有年表，《金瓶》中亦有時日也。」讀《金瓶梅》應特別注意及此。

第三回

王婆定十件挨光計
西門慶茶房戲金蓮

　　潘金蓮的出身，上一回已經介紹過了，當王婆向西門慶獻上十大挨光計時，又介紹了一遍。才能卻增加了，「雖然微末出身，卻倒百伶百俐，會一手好彈唱，針指女工，百家奇曲，雙陸象棋，無般不知。」又說：「原是南關外潘裁縫的女兒，賣在張大戶家，學彈唱，後因大戶年老，打發出來，不要武大一文錢，白白與了他為妻。」

　　雖說後一段話與前一回的介紹略有出入，但這一段話是出於王婆之口，傳述之言，自難一律了。如果寫得前後一字不錯，則非寫實作品矣。

　　同一件事，重複再三的描寫，是《金瓶梅詞話》慣用的手法。

　　王婆介紹自己的兒子（王潮）十七歲了，跟了個客人在外邊。向金蓮介紹西門慶時，除了再介紹他家有大娘子是千戶之女外，又加上了兒女親家是東京幾十萬禁軍教頭楊提督親家陳宅，女婿陳經濟才十七歲。兼且把兩個媒婆文嫂與賣翠花的薛嫂也在此介紹，以備後面情節上場。

　　文嫂與薛嫂不也在《金瓶梅》中貫串了不少情節嗎！

　　西門慶與潘金蓮相對談話敘庚，連吳月娘的年齡也一併敘出來，金蓮月娘同庚，都是二十五歲，屬龍。潘金蓮正月初九，吳月娘八月十五日。

　　王婆當面向西門慶插口介紹潘金蓮時，說：「好個精細的娘子，

百伶百俐，又不枉了做得一手好針線，諸子百家，雙陸象棋，拆牌道字皆通，一手好字。」不是又把金蓮的才能再增加了嗎？搓草繩的手法也。

在西門慶上場時，西門慶的家世性行，已寫了一部份，這裡又由西門慶的嘴自述，說：「休說我先妻，若是她在時，卻不恁的，家無主，屋倒豎。如今身邊枉自有三五七口人吃飯，都不管事。」那婦人便問：「大官人恁幾時沒了大娘子？得幾年？」西門慶道：「說不得，小人先妻陳氏，雖是微末出身，卻倒百伶百俐，是件件都替得小人，如今不幸他沒了，已過三年也。繼娶這個賤累，又常有疾病，不管事，家裡的勾當，都七顛八倒。為何小人只是走了出來，在家裡時便要嘔氣。」西門慶這番話，不但表達了男人意圖討好新交婦女時的卑劣心理，卻也說明了繼娶的吳月娘為時不過三年，也許還不到三年呢！

這裡說吳月娘常有疾病，但全書之吳月娘出現情節，絕少病態的描寫。

同時，又由王婆口中，說出西門慶在東街上還養有外宅張惜春其人，答說已因她是「路妓人」，不喜歡了。勾欄院中的李嬌兒與卓丟兒，也娶在家中了，嬌兒是二房，丟兒是三房。

至此，西門家的人口等等，已介紹得差不多了。

第四回

淫婦背武大偷姦
鄆哥不憤鬧茶肆

王婆設計撮合西門慶與潘金蓮成姦，故意撞破，看來似是作耍，但卻向狗男女雙方提出條件，還進一步要二人留下表記，真是個老牽頭了。這些都原是《水滸》的好筆墨，移於《金瓶梅》，無須改得。

西門慶屬虎，二十七歲，比金蓮大兩歲。

這一年是政和三年，若以此年向上推算西門慶的生年，應生於元祐二年丁卯，非屬虎。再上推一年，方是丙寅。若以虛歲計，這年的西門慶應是二十八歲。若以政和四年算，則西門慶方是二十七歲。卻又不屬虎了。

關於西門慶與潘金蓮的年齡生屬，在《金瓶梅》中是一大問題，在年代上看，總是參差重疊著一歲，生屬，可就丙寅或戊寅，庚辰或戊辰，令人迷惑難決矣！

在第一回中，已明明寫著武大與潘金蓮從張大戶臨街房屋，遷居到紫石街，賃住的是王皇親的房子。住了不久，因為天天受到浮浪子弟的騷擾，住不下去了，逼著武大想辦法，湊了十幾兩銀子，典得縣門前上下兩層四間房屋居住。已經搬離紫石街了，可是以後所寫，武大夫婦則仍住在紫石街。譬如這裡寫：「西門慶刮剌上賣炊餅的武大老婆，每日只在紫石街王婆茶房裡坐的。」按王婆與武大住在隔壁，當然，潘金蓮還是住在紫石街。

　　武大家住紫石街王婆的茶坊隔壁，在《水滸》的陽穀縣就是如
此，可是《金瓶梅詞話》的作者，業已把它改為清河縣了，又從紫石
街搬縣門前了。按理，西門慶與潘金蓮相識的地點，應是縣門前大
街；王婆家的茶局子，也應在縣門前大街。但這第三回以前的這一情
節，則仍一如《水滸》之舊，住在紫石街。揣摩不出，誤在誰手矣。

　　郓哥鬧茶坊，領著武大到王婆家捉姦，全是《水滸》原寫的情
節，一直到後來的酖武大，燒夫靈，都無大幅更動。但卻在《水滸》
之後，再為西門慶與潘金蓮另闢了一個新的天地。

　　曾有人問我，《金瓶梅》與《水滸傳》相較，其兩者的優劣如何？
我認為可以舉長江與洞庭湖相擬，《水滸》，長江也；《金瓶梅》，洞
庭湖也。長江，有長江之長，三峽之險，沿岸之饒；洞庭湖乃長江支
流出的一個湖泊，然其浩瀚際涯，汹湧波譎，銜遠山，吞長江，朝暉
夕陰，氣象變化萬千之勢，則又何嘗是長江之長可比與三峽之險可倫
也。尤其，洞庭湖的獨成煙波，直逼海洋，長江雖長，其濶則未能匹
焉！

第五回

郓哥幫捉罵王婆
淫婦鴆殺武大郎

　　這一回的第四頁反面，寫西門慶飛起腳來，正踢中武大心窩，撲地往後便倒了，下刻「武大打鬧，一直走了。」此處的這一句是「西門慶踢倒了武大，打鬧裡一直走了」，奪了七個字「西門慶見踢倒了」，而且把句讀也刻錯了，便不成語矣。這些話都是《水滸》的原文，可以對證。

　　《水滸》寫武大捉姦，西門慶也是躲到床底下，被潘金蓮罵了一頓，方始壯了膽子，開門出來，飛腳踢倒了武大。這寫法，倒恰如替《金瓶梅》安排似的。後來寫獅子樓，《金瓶梅》中的西門慶，與《水滸》可就判然兩人了。

　　《水滸》中的西門慶與潘金蓮之設，全是為了武松，安排武松之投奔梁山也。到了《金瓶梅》則恰恰相反，武松的打虎認嫂，以及獅子樓為兄報仇行動，全是為了西門慶而傅設。反主為從，武松變成西門慶的配腳了。

　　既然《金瓶梅》沿循了《水滸》的這一段通姦故事，又怎能沒得武松，是以《金瓶梅詞話》先以武松進入故事，——援用了《水滸》上的這兩回情節，先為西門慶舖設了家庭妻妾僕婦，然後再演出西門慶的身家興衰，以之反射出明末那個荒淫的社會，斯所謂「知盛衰消長之機乎」？

　　若論故事,《金瓶梅詞話》的前幾回,舍此而外,委實乏善可
陳。蓋在在悉傳《水滸》之原貌耳。

第六回

西門慶買囑何九
王婆打酒遇大雨

　　回目上明寫的是何九，那位主持驗屍的仵作頭子，上一回也寫明了。但這一回的開頭第一句，則把何九寫成了「胡九」，當然是手民之誤了。但也許是傳抄者之錯。

　　像這一類的手民之誤，在《金瓶梅詞話》中，不知凡幾，如一一校勘出來，可能超出千字。但也有些通假字的使用，自難免有人指斥《金瓶梅詞話》是部庸俗的作者筆下的低劣作品呢！

　　「便是家中小妾，昨日沒了，殯送忙了兩日，今日往廟上去。」這些話，便是指的卓丟兒死了，特地在此予以交代。

　　時間是端陽節，西門慶拜的廟，是「岳廟」，嶽王廟。卓丟兒原是妓家女，死後到岳（嶽）廟去拜什麼呢？如果這「岳廟」是岳武穆廟，則背景乃杭州矣！

　　作者在這一回，特別為王婆寫了打酒遇大雨的回目，是《水滸》沒有的一個情節。看來，在技巧上，乃上下回目的湊成，但卻也切切符合了寫實的風格。一寫五月之大雨時行，二寫王婆遇雨時的躲雨情致，雖祇一言片語，亦寫實之動態筆墨也。

　　寫潘金蓮彈奏琵琶，唱了一個兩頭南調兒，以應金蓮之能彈會唱。嫁到西門家，卻極少弄此了。

第七回

薛嫂兒說娶孟玉樓
楊姑娘氣罵張四舅

　　作者在西門慶與潘金蓮正如蜜似膠的交往時期，突然加寫了說娶孟玉樓的事，目的何在呢？

　　我的看法有三：

　　一、為了小說人物的安排。孟玉樓在《金瓶梅詞話》中，是一個相當重要的角色，祇有她這個小老婆，是經過大婦吳月娘代為張羅嫁妝，大模大樣嫁出去的。同時，也正由於她能在西門慶與潘金蓮的熱戀期間，一說即妥先金蓮嫁到西門家，方始烘托了西門慶之為人，不但貪色，兼且貪財。西門慶娶孟玉樓，且馬上迎娶，乃為了娶孟玉樓的財也！孟玉樓手中有私房，小說已明說著了。

　　二、暗喻西門慶之於婦女，只有淫欲財欲二貪，絕無情字存乎其心。西門慶與潘金蓮是《金瓶梅詞話》中，第一個被「括剌」成姦的情節，當媒人婆賣翠花的薛嫂向他說娶孟玉樓，他就馬上把潘金蓮丟下了。

　　三、也深切符合了寫實的手法。像後段的「楊姑娘氣罵張四舅」，寫得多麼現實啊！

　　在這一回介紹了在西門家生藥舖子中的主管傅夥計，傅二叔──傅銘字日（自）新。孟玉樓則是南門外布販楊家的正頭娘子，販布出門，死在外鄉，守了一年多寡了。

　　娘家住在臭水巷，也是「百伶百俐，針指女工，雙陸棋子都會，

又會彈一手好月琴。」

　　這裡也都說明了明代的婦女，若想在家庭中能籠絡住丈夫，需要具備多少才能啊！

　　說來，楊姑娘、張四舅與孟玉樓的夫家，都是血緣上的親戚，姓楊的姑娘也好，姓張的舅父也好，算起來都是楊家的外戚，但楊姑娘卻仗著她楊家的關係，便說張氏舅父是「山核桃差著一槅兒哩。」小說上寫著說：「這婆子原嫁與北邊半邊街徐公公房子裡住的孫歪頭，歪頭死了，這婆子守寡了三四十年，男花女花都無。只靠姪男姪女養活。」試想，像這麼一位嫁出去已經三四十年的姑娘，正因為她姓楊，是楊家現還活在世上的一位最年長的親人，便理直氣壯起來，張龍仗著他是親娘舅，也不相讓。

　　小說的作者描寫這兩人，當著眾親鄰爭吵不休，可沒有加上主觀意見，在爭吵的語言上，也任著他們各表立場。小說家並沒有寫在場的親鄰有所仲裁，當兩人吵得不能開交，要相打起來的時候，眾鄰舍方去勸止，要張四舅讓姑娘一句吧！

　　二人只顧嚷鬧，媒人薛嫂卻率領著西門家的小廝伴當，以及發來的眾軍牢，趕在人鬧裡七手八腳將婦人床帳妝奩箱籠，搬的搬，抬的抬，一陣風都搬去了。這一點，已是諷刺小說的筆墨矣！

第八回

潘金蓮永夜盼門慶
燒夫靈和尚聽淫聲

陳宅那邊，使文嫂兒來通信，六月十二日就要娶大姐過門。

這時的西門大姐，年紀不過十四歲，（上一回張四說了，我打聽他家還有一個十四歲未出嫁的閨女，）陳經濟只十七歲，就行婚禮了。

想必讀者會疑問到，這時的西門慶不過二十七歲或二十八，女兒卻十四歲了。算起來西門慶十四五歲就做父親了，雖說是早婚，西門慶卻也未免早熟太過。

西門慶在家是獨子，早娶早生養，「十八歲的姑娘九歲的郎，」不是司空見慣的事嗎？只有如此想了。

這一回寫潘金蓮的期盼情郎到來的心理，可以說入骨三分，虐待迎兒的描寫，更是小說家的昇華之筆。

武松東京公差三個多月，因路上雨水所阻，要到八月內方能轉回清河。不僅有土兵先行趕回報與知縣，又私自寄了一封家書與他哥哥武大。所以潘金蓮知道武二快要回來了。於是，訂下了迎娶潘金蓮過門的日子，八月六日燒夫靈，八月八日就要把潘金蓮抬回家去了。

按說，武松東京公幹，來回那能要得如此多的時日，最多一個月足矣。若是一個月的來回時日，說娶孟玉樓的時間，就穿插不進來了。是以作者非得把此東京公幹的時間拉長不可。如何拉長呢？說：「去時三四月天氣，回來卻炎暑新秋，路上水雨連綿，且過了日限，

前後往回也有個月光景。」雖然如此交代了，在行程上還是不能與以後其他之由清河往東京來回的時間相合，何況武松奉派進京，只是押送些財物寄放在京城中的親友處，到京城交卸了就完事，用不著耽擱三個月。武松進京，還是三月初頭，那能遲得這許多時日？

不過，總有筆墨交代了，像潘金蓮預知武松八月間將返回清河，都有交代，也算是顧慮到了。

從這第八回起，小說的情節便逐漸從《水滸》支流出來了，如虐待迎兒以及燒夫靈的法事，招來和尚聽淫聲，都是《金瓶梅詞話》新創意的好筆墨。我常想，潘金蓮的淫婦之號，究竟出於《水滸》呢？還是出於《金瓶梅》？潘金蓮的姦情，在《水滸》時代即已有之矣。想想《水滸》，還寫有另一淫婦潘巧雲，她背夫通姦的情節，超出潘金蓮多多，卻不曾奪得淫婦之名的頭籌。他如閻惜姣也是背夫與人通姦的女人，更是比不上兩位潘氏了。這三個女人全死在男人刀下，亦云慘矣。

那麼，若是想來，潘金蓮的「淫婦」大名，應說是來自《金瓶梅》，她在《金瓶梅》中的葡萄架下，真是鬧得出類而拔萃也。

第九回

西門慶計娶潘金蓮
武都頭悮打李外傳

　　西門慶娶了潘金蓮到家，給她收拾的住處是：「花園內樓下三間，與她做房，一個獨獨小院，角門進去。設放花草盆景，白日間人跡罕到，極是一個幽僻去處。一邊是外房，一邊是內房。」還特別花了十六兩銀子，為她買了一張黑漆歡門描金床，大紅羅圈金帳幔，寶象花揀庄（是梳粧台吧），桌椅錦几，擺設齊整。看來比孟玉樓闊綽多了。

　　大房原有的兩個丫頭春梅、玉簫，撥出一個春梅給金蓮使喚，另買一個小丫頭名喚小玉伏侍月娘。再花六兩銀子買一個上灶的丫頭，名喚秋菊，也給了金蓮。

　　我們看，作者為什麼要如此的折騰一番，要把月娘的使女撥給金蓮，再為月娘另買一個？想來是為了以後的情節，有所安排的。第一，何以春梅在月娘手下無所施展，到了潘金蓮手下，就小姐樣驕貴起來了。第二，必須把春梅安排到金蓮房中，方能演繹出更多的情節出來。

　　娶了潘金蓮過門，西門家的妾婦，方始給予讀者一個排名次第，李嬌兒第二，孟玉樓第三，孫雪娥第四，潘金蓮第五。實際上，在這幾位女人中，孫雪娥纔是最早進入西門家的女人，她是西門慶的第一位結髮夫人陳氏的陪房丫頭，當然比吳月娘進門的早了。丫頭本是男主人的口邊肉，孫雪娥收房也可能在吳月娘之前呢，居然排了第

四。論年齡，她最少，潘金蓮進門時，她纔二十歲。西門家的妾婦排名，根據的什麼理由？很難揣摩。

　　若論《金瓶梅詞話》的吳語，則隨處可以俯拾，如此處的「世上婦人，眼裡火的極多，隨你甚賢慧婦人，男子漢娶小，說不嗔，及到其間，見漢子往他屋裡同床共枕，歡樂去了，雖故性兒好殺，也有幾分臉酸心歹。」這其中的一句「雖故性兒好殺（煞），」不就是純粹的吳語嗎？其他如「物事」、「事體」等等，更是不勝枚舉了。

　　初次進入吳月娘眼簾中的潘金蓮，作者寫了這麼一段形容詞：

　　　　眉似初春柳葉，常含著雨恨雲愁；臉如三月桃花，暗帶著春
　　　　風月意；纖腰婀娜，拘束的燕懶鶯慵；檀口輕盈，勾引得蜂
　　　　狂蝶亂；玉貌妖嬈花解語，芳容窈窕玉生香。

又說：

　　　　從頭看到腳，風流往下跑，從腳看到頭，風流往上流。論風
　　　　流，如水晶盤內走明珠，語態度，似紅杏枝頭籠曉日。

真一段佳筆墨也。

　　李嬌兒是胖子，孫雪娥是五短身材。尤其李嬌兒胖得是「身體沉重，在人前多咳嗽一聲，上床賴（嬾）追陪。」可是「解數」，則又「名妓者之稱。」委實令人解不透李嬌兒是怎等的「解數」了。

　　我常想，像李嬌兒這樣的胖女人，怎的能成為名妓的呢？卻又為西門慶愛上，娶到家來作了二房。論風月，卻又不及金蓮，難道明朝還流行唐美女型乎？

　　這裡寫吳月娘「舉止溫柔，持重寡言。」可是後來與潘金蓮吵嘴，潘金蓮那麼利的嘴頭子，也比不過。「寡言」，則未必也。深具

大婦氣派就是了。

　　說孫雪娥雖是五短身材，卻體態輕盈，應是一個小巧玲瓏型的女人吧。孟玉樓則是長挑身材，瓜子臉兒，卻有稀稀多幾當微麻的天然俏麗。至此，可說西門家的女人，已是修長肥短具備了。

　　武松回來，到縣府交待了公事，回到下處，換了衣服，鎖了房門，一逕投紫石街來。第二回，已寫明武大由紫石街遷到了縣前大街，武松前次在哥哥處，就是縣前大街，如今卻又寫回了紫石街，顯然是一大誤處。

　　說來，《金瓶梅詞話》中的這類情節之誤，甚多。

　　武大顯魂，雖一如《水滸》寫法，獅子樓則是另一場打鬥。西門慶在獅子街酒樓正與縣中一個皂隸李外傳吃酒，當他一眼看見武二從轎下直奔酒樓而來，便更衣從樓後窗，只一跳，順著房山跳下人家後院內去了；扒伏東院牆下走不迭。那兒敢和武松對手鬥打呢！

　　正由於誤打了李外傳，吃上官司，發配孟州，《金瓶梅》方由長江似的《水滸》支流出了一個洞庭湖。誤打李外傳是《金瓶梅詞話》的關鍵情節。

第十回

武松充配孟州道
妻妾翫賞芙蓉亭

　　武松打死了李外傳的官司，西門慶差心腹家人來旺餽送了知縣一副金銀酒器，五十兩雪花銀，上下吏典也使了許多錢，只要休輕勘了武二。像這，可真應了一句俗話：「八字衙門朝南開，有理無錢莫進來。」得非歷代若是乎？

　　知縣老爺李達天收受了西門慶的賄賂，真個是「拿人錢財，與人消災。」提來武松，又是杖，又是拶，早把景陽岡打虎除害，東京公幹等功勞，一筆勾銷。狠狠地判了武二一個死刑，罪狀是：

> 犯人武松年二十八歲，係陽穀縣人氏。因有膂力，本縣參做都頭，因公差回還，祭奠亡兄，見嫂潘氏守孝不滿，擅自嫁人，武松在巷口打聽，不合與獅子街王鑾酒樓上，撞遇先不知名今知名李外傳，因酒醉索討前借錢三百文，外傳不與，又不合因而鬭毆，互相不依，揪打踢撞，傷重當時身死。現有娼婦牛氏包氏見證。致被地方保甲提獲，委官前至屍所，拘集使忤甲鄰人等，檢驗明白，取供具結，填圖解繳，前來覆審無異詞。擬武松合依鬭毆殺人，不問手足，律絞。酒保王鑾并牛氏包氏，俱供明，無罪。今合行申明到案，發落請允施行。

　　這紙判詞，捏造的理由與事實出入夠多大。真所謂「狀子入公

門，不賴不成訟。」我常說，法庭是一個不能說真話的地方，大家為了脫罪減刑，怎能不謊話連篇。法官為了減免那花錢的老爺們的罪刑，在判詞上也不得不大耍花招。這情事古今一例也。

東平府尹陳文昭，雖然是個清廉的官，審過武松就知是知縣貪了贓賣了法，準備提解西門慶潘金蓮一干人犯到府重審。西門慶得知雖不敢打點這清官府尹，卻有力派人上京，央求親家公陳府，下書與楊提督，再轉央內閣蔡太師。於是一封緊要密書帖兒，下與東平府陳文昭，著免提西門慶潘氏。這陳府尹是蔡太師的門生，原由大理寺正陞任東平府尹，獲知西門慶與楊提督有牽連，楊提督是今日朝庭面前說得話的官，怎能不聽。只得做個人情兩受，把武松免死，問了個脊杖四十刺配二千里充軍。況武大已死，屍傷無存，事涉疑，似無論。其餘一干人犯，釋放還寧家。這個案子就這樣結了。

清廉的官，所能做到的公平，也只有如此了。

說真的，縱然連武大之死也翻了案，屍已火葬，還有誰對證呢？在《水滸》，連武大的骨殖也被何九盜換了。

皂隸李外傳的替死，方使西門慶多活了五年，又搬演了一些映照社會黑暗的戲劇，此處應是《金瓶梅詞話》引發西門慶故事的一大轉捩點。

武松發了配，西門慶的銀子總算沒有白花。「妻妾宴賞芙蓉亭」，酒池肉林的荒淫生活，開始在西門慶家一幕幕演映出來了。

隔壁花太監家的侄媳婦李瓶兒，派了一個小廝天福，一個頭髮纔齊眉的小女兒（小丫頭）綉春，送來一盒朝庭上用的菓餡椒鹽金餅，一盒新摘下的鮮玉簪花兒。

李瓶兒平空送禮作什麼？他們兩家緊鄰，顯然是看上了西門慶的粗壯高大吧。西門慶說：「這裡間壁住的花家，這娘子兒倒且是好，常時使過小廝丫頭，送東西與我，我並不曾回些禮兒與她。」那

麼，李瓶兒中意於西門慶不止一日了。

　　李瓶兒的丈夫花子虛，是西門慶十兄弟中新補上的一位，其中的卜知道故了，由花子虛遞補的。吳月娘說：「前者上月裡，他家老公公死了，出殯時我在山頭會他一面，生得五短身材，團面皮，細彎彎兩道眉兒，且自白淨。……」於是西門慶再介紹李瓶兒的出身：「她原是大明府梁中書妾，晚嫁花家子虛。」又加了一句：「帶了一分好錢來。」所以吳月娘認為：「咱休差了禮數，到明日也送些禮物回答她。」看來，又是故作安排的呢。

> 只因政和三年正月上元之夜，梁中書同夫人在翠雲樓上，李逵殺了全家老小，梁中書同夫人各自逃生，這李氏帶了一百顆西洋大珠，二兩重一對鴉青寶石與養娘媽媽，走上東京投親，那時花太監由御前班直陞廣南鎮守，因任男花子虛沒有妻室，就使媒人說親，娶為正室。太監廣南去，也帶她到廣南，住了半年有餘。不幸花太監有病，告老在家，因是清河縣人，在本縣住了。如今花太監死了，一分錢都在子虛手裡。

這一段話，是我們研究李瓶兒的最原始的重要資料。如以政和三年正月計算，到這時還不過半年多。武松發配是政和三年八月以後不久的事，西門說：「花二哥他娶了這娘子兒，今不上二年光景。」就是一年，也在情節上湊不夠數。譬如李瓶兒逃入東京投親，說嫁花子虛，隨太監叔公去廣南半年，再告病還鄉，死於五六月間，都需要時間的累積，那麼，梁中書的血案，應寫作「政和二年」纔對。按李逵殺了梁中書全家之事，《水滸》無此情節，在這裡自是作者杜撰的了。

　　西門慶取得潘金蓮同意，收用了春梅。這是養成春梅與金蓮沆瀣一氣的開始。從此不令他上鍋抹灶，只在房中鋪床疊被遞茶水而已。

第十一回

金蓮激打孫雪娥
門慶梳籠李桂姐

　　金蓮滿肚子不快活，只因送吳月娘出去送殯，起身早些，也有些身子倦。這一筆，卻也寫出了大婦在家庭中的地位，出去送殯，妾婦們都得起來送。此一禮數，如今只在官場中還存在著小官送大官，在家庭中，小老婆已不普遍存在了。

　　再下寫潘金蓮、孟玉樓下棋，一聽西門慶回來了，慌的兩個婦人，收拾棋子不迭。可基以見及當時男主人在家庭中的崇高地位，看來真個像皇帝似的。

　　到城外送殯，還有西門慶，不知是誰家的喪事，「齋堂裡都是內相同官」呢！看來，想必是花老太監的葬禮。這裡沒有寫明，似是改寫者留下的痕跡。

　　西門家的大娘吳月娘，在正房居住，常有疾病，（但卻極少診病）不管家事，只是人情看往出門走動，出入銀錢，都在李嬌兒手裡；換言之，李嬌兒是西門家的出納，有關金錢的收入，還是大婦吳月娘，論不到他人。後來，李嬌兒的這分差使，移給潘金蓮掌管。孫雪娥只在廚房上灶，打發各房飲食。譬如西門慶在那房裡宿歇，或吃酒吃飯，造甚湯水，俱經雪娥手中整理。由各房丫頭，自往廚下拿去。試看孫雪娥在西門家，雖名列第四房，實際上也只是個廚娘而已。

　　正由於孫雪娥在西門慶的地位低，被主人收用過的春梅，也就不把她放在眼裡。自己挨了主人的罵，心頭不耐煩，便走到廚房搶臺

拍盤，孫雪娥看不過，只說了一句玩笑話：「想漢子便別處去想，怎的在這裡硬氣。」便使得春梅暴跳起來，孫雪娥不敢開口。回到房中還向潘金蓮編造了一些是非。因而當西門慶回來，歇在潘金蓮房中要吃荷花餅，主婢二人便加油添醬的極盡挑撥之能事了。

聽春梅趕到廚房去催秋菊，罵出的一句話是：「賊餂奴！」顯然在罵的是孫雪娥。回到房裡，則當著主子倆挑撥著說：

> 我去時還在廚房裡雌著（意為母雞抱窩），等他慢條絲理兒纏和麵兒。我自不是，說了一句，爹在前邊等著，娘說你（指秋菊）怎的就不去了，使我來叫你來了。倒被小院裡的，千奴才萬奴才，罵了我恁一頓。說爹馬回子拜節，來到的就是。只相那個調唆了爹一般，預備下粥兒不吃，平白新生發起要餅和湯。只顧在廚房裡罵人，不肯做理。

這一頓話，當然激怒了西門慶，跑到後邊大罵又拳打腳踢的把孫雪娥折騰了一頓。

孫雪娥那裡還有小老婆的地位，連春梅還不如呢！西門慶罵著說：「你罵她奴才，你如何不溺泡尿把你自家照照。」這事雖也惹得吳月娘不平，在背後狠狠地數落了潘金蓮主婢一通，卻又被金蓮偷聽去，以後的是非，自然更多了。不是從廟上回來，聽了潘金蓮一番哭訴，又一陣風似的跑到後邊，採過雪娥的頭髮，又拿短棍來打嗎！

打了孫雪娥之後，跑到前邊，把從廟上買來的珠子，送給金蓮。良是尖銳的對比。

西門慶的十兄弟，是怎等樣人？應伯爵是嫖家，自己把家財嫖光了，便在這一行中混吃喝。謝希大雖是千戶之後，卻遊手好閒，丟了前程，只有幫閒渡日。吳典恩是革職的陰陽生，專在縣前放官使債，近與西門交往上了。孫天化雖已五十餘歲，卻專在妓院中混風流

　　錢過日腳。雲裡守是陣亡參將之弟，尚未奉准襲職。花子虛就是花太監的侄子，新補上卜知道的缺。祝日念、常時節、白來創也只是幫閒西門混吃喝的痞子。

　　西門慶就靠著這夥把兄弟發跡起家。他做大哥，每月輪流會茶擺酒。這幫人之所以能在清河縣混出了氣候，自是由於那個社會需要他們。後來的西門慶，不是步步高陞了嗎！

　　麗春院的李桂姐，是西門慶的二房李嬌兒的下一代，被稱為姪女兒。可是，當李嬌兒獲知自己的丈夫梳籠了她的姪女桂姐，居然歡喜非常，連忙拿了一錠大元寶付與玳安，拿到院中，打頭面、做衣服、定桌席，吹彈歌舞，花攢錦簇，擺了三天的喜酒。想來亦云奇矣！

　　蘭陵笑笑生的若是一筆，已把西門慶與妓家連成了一體，不知人倫為何物？不知羞恥為何事？後來，吳月娘還收桂姐為乾女兒呢！

第十二回

潘金蓮私僕受辱
劉理星魘勝貪財

在此為西門慶寫上了一首六言律，詩云：

> 堪笑西門暴富，有錢便是主顧。
> 一家歪斯胡纏，那討綱常禮數，
> 狎客日日來往，紅粉夜夜陪宿；
> 不是常久夫妻，也算春風一度。

這四十八字良是西門家庭的寫照。真個是「一家歪斯胡纏，那討綱常禮數」也。

蘭陵笑笑生筆下的潘金蓮，著眼於她是一位一天也少不了漢子的女人，所以當西門慶梳籠了李桂姐，住在院中半月不來家，潘金蓮白天是倚門而坐，坐到黃昏，到晚歸房，「粲枕孤幃，鳳台無伴，」睡不著了。

孟玉樓帶來一個小廝，纔十六歲，取名琴童，西門慶派他看管花園門，並打掃清潔。金蓮、玉樓二人時常在一起花園中做針黹，這小子常獻小殷勤，水性楊花的潘金蓮可也早就喜歡上了。這長久的日子男人不回家，於是潘金蓮便把這小廝勾引上了手。

像這些，也正是寫潘金蓮之淫，與李瓶兒的大不同處。

作者不時在情節中，插入了一些小笑話，適時適情而適地的由某些人說了出來，無不恰如其分的達到諷喻的效果。如此處謝希大說

的泥水匠堵溝的故事，李桂姐說的老虎請客的故事，都針鋒相對。怎
的不是？妓家人無不「有錢便流，無錢不流。」而應伯爵謝希大這般
人，在西門慶身邊幫閒，也只是混吃混喝的「白嚼人」也。

　　作者還把他們這般人的吃相，寫了一大段喻詞：

> 人人動嘴，個個低頭，遮天映日，猶如蝗蝻一齊來。擠眼搯
> 肩，好似餓牢纔打出。這個如搶風膀臂，如經年未見酒和
> 餚，那個連二快子，成歲不逢筵與席。一個汗流滿面，恰似
> 與雞骨朵有冤讎；一個油抹唇邊，把豬毛皮連唾嚥。吃片
> 時，杯盤狼藉，啖良久，筋子縱橫。杯盤狼藉，如水洗之光
> 滑，筋子縱橫，似打磨之乾淨。這個稱為食王元帥，那個號
> 作淨盤將軍。酒壺翻晒又重斟，盤饌已無還去探。正是珍饈
> 百味片時休，果然都送五臟廟。

可說極盡諷喻之能事。

　　看來，也只是借題發揮而已。再看這夥人在吃喝時，還偷藏妓
家的物件，連把兄弟西門慶手中的扇子也不放過。可說呢，這是一幫
子何等友朋？

　　常言說得好：「船載的金銀填不滿煙花寨。」

潘金蓮的這句引言，可沒有說錯。卻忘了家中還有個從妓家來的李嬌
兒，居然因此結了暗仇。後來，與孫雪娥聯合起來，再加上秋菊的眼
線，潘金蓮私通琴童的事，被揭發出來了。

　　琴童挨打被逐，潘金蓮也被剝了衣裳，揚起馬鞭，抽在白馥馥
的肉上。這是潘金娘嫁到西門家來，第一次嚐到男人的威風。卻也在
此寫上了春梅之所以能與潘金蓮沆瀣一氣的才能。所以到後來，連情

人（陳經濟）都兩相與共了。

　　到此算來，孟玉樓與潘金蓮娶到家，不過一年有餘，西門家的四個小老婆，便結成了兩幫。李嬌兒與孫雪娥一幫，孟玉樓與潘金蓮一幫。金蓮房中的春梅、秋菊，則一親一離，春梅親主，秋菊離主。另外，再加上月娘房中的小玉與玉簫，也分屬了兩幫，小玉傾向李、孫，玉簫傾向孟潘。因而西門家的口舌葛藤，枝纏得可就夠難解難分了。

　　由於琴童是孟玉樓帶來的，被逐了。孟玉樓遂在漢子耳邊為金蓮緩頰，硬說漢子冤枉了她。

　　李桂姐在西門慶的生日席上唱了一日，拜辭月娘回院，向潘金蓮拜別，潘不開口。氣得李桂姐逼西門慶剪得潘金蓮的一綹頭髮，墊在鞋底裡，踩在腳下，以作報復。像這些婆婆媽媽的筆墨，殆亦當時社會之實錄耳。

　　西門慶包攬了李桂姐，如膠如漆纏一些日子，回家纔過了生日一晚，再回到院中，李桂姐便打扮起來另陪著客人坐檯子了。聽見西門來了，連忙走進房去，洗了濃粧，除了簪環，倒在床上，裹衾而臥。這簡單的幾筆，卻寫盡了娼家女子的心性。這怎能不是笑笑生們從經驗中感觸來的事實呢！

　　劉理星魘勝，更是當時社會的一種風尚。時至今日，人類已登陸月球，像劉理星魘勝馭魔這種事，不是還在人類社會流行著嗎！

第十三回

李瓶兒隔墻密約
迎春女窺隙偷光

　　這裡一下筆就寫：「話說一日，六月十四日，西門慶從前邊來……」上一回的情節，明明已寫到西門慶的生日（七月廿八日），已經過了。如按編年行程；此處應是八月，怎又往回寫了呢？

　　若以小說的情節穿插手法論之，這是一處回頭插寫，再補述西門慶圖謀李瓶兒的這段經過。按李瓶兒第一次送禮給西門家，時在政和三年八月間（寫在第十回），到了第十一回，情節便演進到政和四年五、六月間了。七月初頭，十兄弟茶會，跟著西門慶梳籠李桂姐，過了生日，八月初旬，西門慶騙剪潘金蓮的頭髮一絡，潘金蓮請劉理星魘勝。沒有閒筆去寫西門慶圖謀李瓶兒的情節，于是從這第十三回起，一下筆便迴述西門慶與李瓶兒的勾搭，「話說一日，」自是章回小說紆迴筆墨的交代了。是以此一情節，一直寫到八月間，接上西門慶生日宴過，李瓶兒再送禮物來。仔細對應，卻也接連得頗為嚴實。

　　寫西門慶與花子虛同去吳銀兒家，一同起身上馬，「西門慶是太平、平安兒，花子虛是天福天喜兒，四個小廝跟隨。」西門慶帶去的那個小廝「太平」，僅僅出現這一次，其他情節，均未再見有「太平」其人的出現。

　　那麼，「太平」其人是怎樣出現在這一回中的呢？看來雖是小事。可是，卻不能不令我們推想，這小廝怎會跟在西門慶身邊呢？

　　推想起來，頗多問題。第一，在西門家的小廝中，類似的名

字，只有一個平安，業已同寫在一起，不可能一化為二。第二，像玳安、鈚安、琴童、書童，字形完全不同，不可能產生手民之誤。第三，是傳抄者的心猿意馬寫誤了嗎？第四，最可信的可能，應是原本如此，後來的改寫者，把「太平」改為另一名字，或玳安、鈚安，未曾洗清而已。要不然就是改寫者非一人，在協調上有了誤失。

　　總之，此一「太平」小廝在此，足以作為《金瓶梅詞話》是改寫過的證人，應是不成問題的。（名見該回第二頁反面）。

　　從第十回李瓶兒第一次向西門家送禮起，至此業已充分的寫明李瓶兒之戀上西門慶，西門慶之圖謀花家財產，吳月娘也從中插上一腳。

　　表面上看，李瓶兒時常著人送禮物來，吳月娘為了禮數，不得不為禮作答。實際上，卻又何嘗不是給他那風流丈夫製造機會呢。她不惟見過李瓶兒，也知道李瓶兒的出身，更知道李瓶兒手中有一大把財富。在第十回西門慶已一一說明了。

　　不僅如此，卻又加上個潘金蓮願為看風，最愛妬忌的潘金蓮也不妬忌了。要求西門慶的條件不過三個，第三件竟是要漢子睡了來家，全部道出，一字不許漏。因而李瓶兒的好風月，以及她從她太監叔公處得來的春畫還有工具，都傳給了潘金蓮。李瓶兒與老太監間的不正常關係，也都側面寫出，為瓶兒的「以孽死」，下了伏筆。

第十四回

花子虛因氣喪身
李瓶兒送奸赴會

　　花子虛被隸到官府去了。在西門慶這幫弟兒的聚會之日，正在鄭愛香家吃酒時捉去的。因為花家兄弟爭產，花大、花三、花四在東京狀告花二子虛侵占，發交本縣拿人。顯然是西門慶從中製造的圈套，西門慶回家還裝作滿副愁容呢。這時的吳月娘方始勸丈夫莫在外邊胡撞，早晚撞出事來。當西門慶一聽花家娘子使小廝來，要他過去說話，西門慶得不的一聲要去，月娘也只說了一句：「明日沒的叫人扯你把。」並沒有力勸丈夫不要參予這場是非。

　　尤其，當西門慶花家歸來，把李瓶兒給了他元寶六十定，以及箱籠等等，也要搬運過來擺放時，吳月娘不惟沒有阻止丈夫，兼且提出了接運的妥當辦法。她說：

> 銀子不便用食盒叫小廝抬來，那箱籠東西，若從大門裡來，
> 教兩邊街坊看著不惹眼！必須如此如此，夜晚打牆上過來，
> 方纔隱密些。

　　李瓶兒手上的那筆財物，就是採用了月娘的這一辦法運輸過來的。接運的人，由吳月娘領頭，金蓮、春梅幫忙。在月上的時分，那邊李瓶兒用兩個丫頭放桌凳把箱櫃抬到牆上，這邊則用梯子接著，牆頭上鋪苫毡條，一件件都打發過來，送到月娘房中。

　　這情形，吳月娘又如何不加規勸呢！清人張竹坡說吳月娘是最

大惡人，此亦理由之一也。

如從這一回寫花二被補入獄，李瓶兒見了西門慶時的說詞，可以想知李瓶兒並不是同謀者。所以作者在下面第十六回的回目上直書：「西門慶謀財娶婦。」

由此可見西門慶的對付女人，以及其斂財之道的手段巧而技法高矣。試觀西門慶的此一舉措，何嘗動變聲色！

李瓶兒拜託西門慶關說人情，一出手就是六十大定三千兩。西門慶道：「只消一半足矣，何消用得許多。」可是李瓶兒則說：「多的大官人收去。」兼且把手中所有的財物，都傾囊給了西門慶。說：

> 奴床後邊有四口描金箱櫃，蟒衣玉帶，帽頂絛環，提繫條脫，值錢珍寶，玩好之物，亦發大官人替我收去，放在大官人那裡，奴用時取去。理由是：趁子奴（吳語）不思個防身之計，信著他往後過不出好日子來。眼見得三拳疊不得四手，到明日沒的把這些東西，吃人暗算奪了去。坑閃得奴三不歸。

想來，西門慶只是一個姘夫，論肌膚之親，只不過數夜之間的綢繆之情，居然如此死心蹋地傾其私藏。是鬼迷心竅嗎？不是，乃李瓶兒一心一意要作西門慶的小老婆也。花子盧未死，官司已清，官斷房產拍賣時，李瓶兒便從容西門買下她家的房子，說：「到明日，奴不久也是你的人了。」豈不是兩人早就暗構好了的麼！

笑笑生寫這西門慶的謀財娶婦，純用暗筆，絕不明寫，卻偶作點示。如上說的，子盧未死，李瓶兒就向西門慶說：「奴不久也是你的人了。」當官府拍賣花家房產，李瓶兒要西門慶買下隔壁他花家的房子，吳月娘則勸丈夫不可買，說：「你不可承攬他這房子，恐怕他漢子，一時生起疑心來怎了？」於是「西門慶記在心。」這句話便點示西門慶下一步要想點子整治花子盧了。

　　首先，使花子虛在官司上輸得一無所得。再繼著便是李瓶兒的嘮叨與生活的勒逼，雖然湊了二百五十兩在獅子街買了一幢小房，勉強棲身，但日子卻一落千丈。擺酒請西門慶一再派人催請也不見踪影，這都是西門慶與李瓶兒的設計，花子虛自然一命嗚呼了！

　　這位承辦花家爭產訟案的開封府尹，笑笑生說：「極是個清廉的官。」這位極是清廉的官也不得不做情分，他是蔡太師的門生。斯亦諷喻之筆乎！還特別為他寫了十二句的四六對仗頌詞呢！真是譏諷極矣！

　　花子虛一死，李瓶兒便公開的做了西門家座上貴賓，潘金蓮正月初九生日，李瓶兒的孝服未過五七，就坐上轎子去作客了。

　　在酒席上，大方得幾乎人人都有禮物敬上，連丫頭也不例外，稱得上是有錢的姐兒。

　　花二的財產，由清河縣委下縣丞，丈估拍賣，計太監大宅一所，坐落大街安慶坊值銀七百兩，賣與王皇親為業；南門外庄田一處，值銀六百五十五兩，賣與守備周秀為業；止有住居小宅，值銀五百四十兩，因在西門慶隔壁，沒人敢買。花子虛再三使人來說，西門慶只推沒銀子，延挨不肯上帳。縣中緊等要回文書，李瓶兒急了，暗暗使過馮媽媽來，對西門慶說，教他拿她寄放的銀子，兌五百四十兩買了罷。這西門慶方纔依允：當官交了銀兩，花大哥都畫了字，連夜做文書回了上司。

　　這段記述，道出了二事，一是西門慶在地方上的惡勢力，已到了無人敢惹的地步，這時的西門慶還無官位呢。二是李瓶兒的倒貼西門慶，可以說是傾其所有。真是個隔牆撩五臟，死心踏地。

　　三處住宅，一處七百兩，一處六百五十五兩，一處五百四十兩，加起來是總共一千八百九十五兩，書上寫著「共該銀二千八百九十五兩」，多寫了一千兩了。

第十五回

佳人笑賞翫燈樓
狎客幫嫖麗春院

在上一回寫到李瓶兒把手中財物由牆頭舖毡條，月夜運到西門家，作者寫了一首證詩：

富貴自是福來投，利名還有利名憂；
命裡有時終須有，命裡無時莫強求。

這詩顯然是宿命論的強調，但這詩卻與西門慶的謀財娶婦情節，不相貼切。雖說西門慶的一生，都是用非法的手段，儳的來財物，年壽也只活了三十三歲，卻享盡了富貴榮華。官雖不大，小小的五品，在生活上的享受，則亞賽王侯，怎能說他命中無有？此一證詩卻證不上了。倒是寫花子虛死時的證詩，極為貼切。詩云：

功業如將智方求，當年盜跖卻封侯。
行藏有義真堪羨，好色無仁豈不羞。
浪蕩貪淫西門子，背夫水性女嬌流。
子虛氣塞柔腸斷，他日冥司必報仇。

果然，李瓶兒死時，便連番夢魘花子虛討命。可是十五回的證詩，則又另是一番意想。

詩云：

> 日墜西山月出東，百年光陰似飄蓬，
>
> 點頭纔羨朱顏子，轉眼翻為白髮翁。
>
> 易老韶華休浪度，掀天富貴等雲空。
>
> 不如且討紅裙趣，依翠偎紅院子中。

這詩豈不是又在頌揚西門慶的生活，乃應羨的人生乎？與上一回的人生哲思，判然異途。這問題，是寫實的筆法呢？還是集體分寫各人哲思有異呢？值得我們探討了。

寫李瓶兒在獅子街新買的房子；門面四間，到底三層，臨街是樓，儀門去兩邊廂房三間，客座一間，稍間過道穿進第三層，三間臥房，一間廚房，後邊落地，緊靠著喬皇親花園。這處房屋，也是《金瓶梅》的故事演出的重要場地。

正月十五日在山東一地，還是冰天雪地的日子，西門家這夥女人，李嬌兒、孟玉樓、潘金蓮等人的穿著，「都是白綾襖兒藍緞裙。」在今天，我們就會感到特別，冰凍的天氣，穿白色的襖子，不適襯吧！但在《金瓶梅詞話》中，婦女在冬日穿白色衣著，不時寫出，蓋寫實也。

讀袁中郎〈西湖遊記〉，記述他們二月中旬的西湖之遊的雨後遊六橋，說：

> 午霽，偕諸友至第三橋，落花積地寸餘，遊人少，翻以為
> 快。忽騎著白紈而過，光晃衣，鮮麗倍常，諸友白其內者，
> 皆去表。

可見明朝萬曆年間人之尚白。

我判斷《金瓶梅詞話》的作者是江南人，曾舉語言中的「兒」音為例證。這一回中的「兒」音之用極夥，譬如這第五頁反面第六頁正

面：「你兩個天殺的好人『兒』，你來和哥遊玩，就不叫俺一聲『兒』。」又「到大酒樓吃三杯『兒』，」又「大官人通影邊『兒』不進裡面看他看『兒』。還有他處的「姐姐兒」，「一句兒」，「怎麼兒」，「酒菜兒」，加入的『兒』音之多，讀來拗口。若此情形，只有南方人聽北方人說話，纔能聽出如此多的『兒』音來，北方人說習慣了，「兒」音融在末一字的音聲之內，不會有感覺的。上述情事，不也是例證《金瓶梅》的作者是江南人的重要證見嗎。

這裡特別寫了「架兒」們的行徑，他們穿著藍縷，手上拿著三四升瓜子兒，就跪向西門慶討節賞了。

西門慶收了他們孝敬上的瓜子「兒」，打開銀子包「兒」，捏一兩一塊銀子，「掠在地下」，這些人便跪在地上接了。

給錢竟是如此的打發，比起他上敬蔡太師，可說是天壤之別了。想來這班「架兒」竟是如此為生，未免可憐亦可鄙矣。作者還為這班架兒寫了一段證詞呢：「這家子打和，那家子撮合。他的本分少，虛頭大（此大字讀叶韻之音，必須讀如「多」，亦證此詩是南人之筆。）一些兒不巧人騰挪。遶院裡都蹅過，席面上幫閒，把牙兒閒磕。攘一回纔散火，轉錢又不多，歪斯纏怎麼？他在虎口裡求津唾。」蓋亦當時社會之賤民也。

另外還有一類專門陪人踢球的「圓社」手，，蓋亦當時社會上，不願出勞力混生活的混混，亦幫閒之流也。也寫有證詞：

> 在家中也閒，到處刮涎，生理全不幹。氣球兒不離在身邊，每日街頭站。窮的又不超，富貴他偏羨，從早晨只到晚，不得甚飽餐。轉不的大錢，他老婆常被人包占。

可以想知不願出勞力幹正經生理的人物，歷代悉不乏人；社會之寄生蟲耳！

第十六回

西門慶謀財娶婦
應伯爵喜慶追歡

西門慶用李瓶兒的錢，買下了他隔壁花家的宅第，準備二月興工，打兩院闢作一院，把這一邊與那邊花園取齊，前邊起蓋山子捲棚，再蓋三間玩花樓。連建築的費用，李瓶兒都要再寫出來。「奴這床後茶葉箱內，還藏著四十斤沉香，二百斤白蠟，兩罐子水銀，八十斤胡椒。你明日都搬出來，替我賣了銀子，湊著你蓋房子使。」已經罄起所有了吧。

為了什麼呢？為的是捨不得西門慶，竟願罄起所有達成下嫁西門慶的願望。她說：

> 你若不嫌奴醜陋，到家好歹對大娘說，奴情願只要與娘們作個姊妹。隨問把我做第幾個的也罷，親親，奴捨不得你。

說著，眼淚紛紛的落下來。

試看這女人夠多麼特別，為了要嫁西門慶，竟傾其所有，誠是天下倒貼漢子的第一豪婦也。

李瓶兒還要求嫁過去後，把住所蓋在與五娘潘金蓮一處，說：「奴捨不得她，好個人兒。」後來，李瓶兒之死，又何嘗不是由於她與潘金蓮緊鄰呢！此處之寫，應該說是伏筆吧！

西門慶得到李瓶兒手上的這一份花家財產，真是如虎添翼，川廣客人都上門了；有許多細貨押兌。

「滿清河縣，除了我家舖子大，發貨多，隨問多少時，不怕他不來尋我。」聽這西門慶的口氣，可真是大財主了。

李瓶兒家的那批沉香、白蠟、水銀，賣了三百八十兩銀子，只留下一百八十兩，交二百兩給西門慶蓋房子，擇定二月初八日興工動土。由賁四與家人來招管工計帳。

這賁四名叫賁地傳，媳婦原是大人家的奶娘，被他拐出來做了渾家。雖然品行不好，卻是生意好手，所以西門慶的生藥舖，不時照顧他，舖子擴大了，請他作了主管。

三月初十日是花子虛的百日忌，李瓶兒準備燒靈後嫁過西門家來。潘金蓮說：「巴不得騰兩間房與她住。」吳月娘則認為不能娶。第一，孝服未滿，第二，與她男子漢是把兄弟，第三，與李瓶兒連手買了她家房子，又收藏著她家許多東西。又說「他家族中的花大是個刁皮，倘一時有些聲口，倒沒的惹虱子上頭。」潘金蓮也附和了這意見，而且說：「既作朋友，沒絲也有寸交，官兒也看喬了。」於是娶李瓶兒過門事不得不暫擱下來。但如何回覆李瓶兒呢？遂又採納了潘金蓮的建議，推說房舍不夠，等新蓋的房子完工，再行迎娶。這理由極其充分，李瓶兒只得再待一時了。此處寫西門慶的善納忠言，斯亦西門慶的成功性行之一。

凡是讀《金瓶梅》的人，大多對李瓶兒懷有好感。尤其嫁到西門家之後，性情之好，與潘金蓮是一大對比。可是，李瓶兒又何嘗是個簡單的角色。她在梁中書家，不惟能從李逵這個黑煞神的刀下逃過，還能帶走梁家的重要財寶。逃到京城居然能謀得太監頭兒之一的花太監作為庇護。更有手段把花老太監的內官財富，全部掌握到己手。算得是個好角色呢。請看這一回中所寫，當西門慶向她表示，怕她家大伯子干擾，她卻答說：

他不敢管我的事，休說各衣另飯，當官寫立分單，已到斷開
了的勾當。只我先嫁由爹娘，後嫁由自己。自古嫂兒不通
問，大伯管不了我暗地裡事。我如今過不的日子，也顧不的
我。他若待放出來個屁來，我叫那賊花子坐著死不敢睡著
死。大官人你放心，他不敢惹我。

聽她這番言語，與嫁到西門家之後的李瓶兒，判然兩人矣。

還有，下面第十九回她潑水趕出蔣竹山的時候，罵出的言語，
做出來的事情，無不使我們感於李瓶兒可不是個省油的燈。那麼，何
以嫁到西門家就變成另一個人？我們還應該一回回向下讀，方能推敲
出笑笑生等人塑造人物性格的技巧高明。這裡不多說了。

五月十五日，李瓶兒燒夫靈，西門慶拿了五兩銀子，教玳安買
辦酒菜，晚夕為李瓶兒除服。應伯爵生日，卻只封了三錢銀子人情。
十弟兄全去了，花子虛死後，由賁地傳補缺。可是吳銀兒家的兩個小
優兒彈唱，看賞則每人二錢銀子。在下一回五月廿日周守備生日，西
門慶只封了五星分資，兩分手帕。何以西門慶的人情出手，有若是不
同的厚薄，似也值得研究。也是集體分寫的原因吧！（一說明朝人說
的五星乃五錢，此則五錢矣。）

李瓶兒燒夫靈待嫁，西門慶要玳安觀察花家的人有怎樣的反
應？當他獲知花家人並無反對的跡象，兼且對此事極為漠然，花三花
四都沒有參加，只有花大夫婦在場。花大吃了一日齋飯就走了。花大
娘子得了李瓶兒十兩銀子兩套衣服，還說趕明日李瓶兒嫁到西門家，
更希望繼續走動呢！

由此，亦足見西門慶的為人小心，他暗中獲得了李瓶兒手上的
財物，總在心虛著花家會生事的。花家兄弟之所以未生是非，何嘗不
是期望與李瓶兒維持著關係比對立的好處多呢！

第十七回

宇給事劾倒楊提督
李瓶兒招贅蔣竹山

　　李瓶兒為什麼那樣中意西門慶？數次交合之後，便罄其所有的私房去巴結？在這裡，笑笑生便為她寫出來了。說：「誰似冤家這般可奴之意，就是醫奴的藥一樣。白日黑夜，教奴只是想你。」說句粗話，西門慶纔是她最需求的男人哩。

　　再說，李瓶兒與她叔公太監之間的那層關係，這裡也有一段說明：

> 　　他逐日睡生夢死，又那裡耐煩和他幹這營生。他每日在外邊胡撞，就來家，奴等閒也不和他沾身。況且老公公在時，和他另一間房裡睡著，我還把他罵得狗血噴了頭。好不好，對老公公說了，要打白棍兒，也不算人。甚麼材料？奴與他這般頑耍，可不砢磣殺奴罷了。

　　這裡業已說明，她老公公在時，「和他另一個房裡睡著。」花子虛之所以經常院子裡玩樂，非無因也。

　　西門慶已訂妥五月二十四日行禮，六月初四日迎娶，怎想到橫生枝節，楊提督被參，聖旨下來，拿到南牢問罪。門下親族用事人等，都問擬枷號充軍。陳經濟與西門大姐攜帶了家伙箱籠，由京城躲到清河岳家來了。

　　這件突生的事端，使西門慶一時慌了手腳。除了打掃廳前東廂

房三間與他兩口兒居住，把箱籠細軟都收拾月娘上房來，陳經濟取出他那五百兩銀子交與西門慶打點使用。這樣一來，迎娶李瓶兒的事，只得暫擱下來了。

宇文虛中的參本，主要的對象雖是蔡京、王輔、楊戩，但卻牽連了黨人，因而西門慶也牽涉在內了。可是，宇文虛中的參本，寫的是賈廉，並非西門慶，資政殿大學士兼禮部尚書李邦彥，受了西門慶的賄賂，將西門慶改成了「賈慶」。但經對照，這一本章中，只有「賈廉」可與下一回中的改為「賈慶」相擬，並無「西門慶」之名。這一漏洞，也是我們研究《金瓶梅詞話》改寫問題的重要證據之一。顯然的，這「賈廉」之名，定是「西門慶」的前身。換言之，《金瓶梅詞話》之前的《金瓶梅》，極可能是另一些人演出的另一個故事，西門慶的故事，是後來改寫者據《水滸》編成的。這宇文虛中本章中的「賈廉」，不就是尋究《金瓶梅》演變問題的源頭嗎！

這一事件之生，西門家的花園工程停了，每日將大門緊閉，家下人無事不准外出，他自己也只在家中走動。來保、來旺星夜上京打點。

吳月娘則認為冤有頭債有主，這是親家那邊的事，焦的什麼？可是西門慶知道他的行為早為街坊鄰舍側目，加上陳經濟夫婦已搬來他家居住。若有小人指戳，拔樹尋根，豈不身家不保！惡人莫不如此，既知所為非是，又何必作夕？

李瓶兒焦出病來了。請醫生看病，卻又把個醫生蔣竹山招贅到家中來了。李瓶兒的這一行為的心理因素，值得我們探討。

笑笑生們為李瓶兒安排的理由是「夢境隨邪，夜夜有狐狸假借西門慶的姓名，來攝取精髓，漸漸形容黃瘦，飲食不進，臥床不起。」後來，她向西門慶解釋她何以招贅了蔣竹山，提出的辯白理由，也是這一點。但在我想來，這一理由，實乃不能忘西門慶之好風雨也。

另一理由，是蔣竹山的一番閒話，說西門慶是：

> 此人專會在縣中，抱攬說事，舉放私債，家中挑販人口。家
> 中不算丫頭，大小五六個老婆。著緊打偢棍兒，稍不中意，
> 就令媒人領出賣了。就是打老婆的班頭，坑婦女的領袖，娘
> 子早時對我說，不然進入他家，如飛蛾投火一般，坑你上不
> 上下不下，那時悔之晚矣。

又說：

> 況近日他親家那邊為事，紆連在家，躲避不出。房子蓋的，
> 半落不合的，多丟下了。東京門下文書，坐落府縣拿人。到
> 明日他蓋這房子，多是入官抄沒的數兒。娘子沒來由嫁他則
> 甚？

這番話固是說動了李瓶兒的理由，可也不是實際的原因。我認
為實際的原因，寫在第十九回，說：「把你當塊肉兒，原來是個中看
不中吃臘鎗頭；死王八。」

那麼，李瓶兒招贅蔣竹山，目的只在「當塊肉兒」，但兩月以
還，方始感於她所需求的解饞藥物，在西門慶身上啊！說來，這一穿
插，還是烘托西門慶的。

寫潘金蓮之等，寫李瓶兒之等，所用筆墨完全不同。潘金蓮等
的是男人，李瓶兒等的則又不祇是個男人；還應是個像趙子龍那樣勇
猛的將軍啊！

第十八回

來保上東京幹事
陳經濟花園管工

此一回首的證詩云：

　堪嘆人生壽似蛇，誰知天眼轉如車，
　去年妄取東鄰物，今日還歸北舍家，
　無義錢財湯潑雪，倘來田地水推沙。
　若將奸狡為活計，恰似朝雲與暮霞。

　　亦與此回內容不切。此回內容寫的雖是西門慶受到楊提督被參入獄詔命大捕餘黨的牽連，正派來保等東京打點，但帶去的賄賂也不過「白米五百石」（白銀五百兩），就這樣把本中的「西門慶」三字改成了「賈慶」。於是，西門慶在清河的那分神氣，更神揚起來，花園的工程又動工了。何嘗能與「去年妄取東鄰物，今日還歸北舍家」的詩句相合？至於以下四句，更是普蓋的言詞了。

　　是以我總覺得像這些證詩之不切合內容處，良與改寫一事有關。譬如我上面提出的一首宿命論證詩一樣，都值得深入研究。下面許多回中還有呢！

　　來保來旺抵達京城去打點門路，關關都得花錢，問一句話也得送上一兩銀子，安排傳見就要花上十兩。可以說西門慶是一位最會用錢也最會花錢的人，所以他能由地痞流氓買得五品之職。說來，還不是政無紀綱的原因嗎？正因為政無綱紀，社會上方始有了一些反常的

現象。若是情形，自有生民以來，便存在著了。要不然，古人又何必訂立禮法，屈平的「卜居」也不會那樣的牢騷滿腹了。

這裡寫來保來旺一同進京，顯然地，來保比來旺精幹，不惟出面向前全是來保，而且極有機智。在太師府門冒充是楊提督府中來的，而且還能隨機辯說隨同楊幹辦一路來的，因在後邊吃飯來遲了一步，不想他先來見了，所以不曾趕上。像這些簡短的描寫，豈不是預為後來情節的安排嗎。後來的情節，有來旺醉謗西門慶，遞解徐州；以及來保的押送生辰擔獲得了校尉之職，還有後面的來保欺主背恩。看來，這些小人物，笑笑生也都預有設想的。

儘管宇文虛中的參本，王輔已定罪待決，等楊提督的親屬餘黨拿齊定案。可是身為資政殿大學士兼禮部尚書的李邦彥，還是照樣收受了西門慶的賄賂「白米五百石」，「五百兩金銀只買一個名字，如何不做分上。」於是「即令左右抬書案過來，取筆將文卷上西門慶名字改作賈慶，一面收上禮物去。……」想來，這受賄之事，已是人情之常了啊！

李邦彥也是宋史中人，綽號李浪子，拜任過少宰，有浪子宰相之稱。也是笑笑生們拉來的演員之一。

這一回中寫出的黨人爪牙，姓名與宇文虛中的本章不符。本章上說王輔楊戩手下的壞事家人，書辦官掾親黨，計有董升、盧虎、楊盛、龐宣、韓宗仁、陳洪、黃玉、賈廉、劉盛、趙弘道等，這裡則寫的是王輔名下書辦官董升，家人王廉，班頭黃玉；楊戩名下壞事書辦官盧虎、幹辦楊盛，府掾韓宗仁，趙弘道；班頭劉成，親黨陳洪、西門慶，胡四等，皆屬鷹犬之徒，狐假虎威之輩。其中竟有三人是宇文本章中無有的，一個是王廉，一個是胡四，另外還有一個西門慶。

那麼，從此精彩看來，顯然是改寫者的錯誤，足證《金瓶梅詞話》之前，必定還有一部《金瓶梅》，那部《金瓶梅》不可能是西門

慶的故事。這樣看來，袁中郎的《觴政》以《水滸》配《金瓶梅》為外典，豈不是有了註腳乎？改寫《金瓶梅》，得非起意於袁氏中郎耶？

　　李瓶兒招贅蔣竹山，還拿出三百兩銀子與他，在門口開了一家生藥舖。對西門慶來說，自是極大的恥辱，所以他惱了。說：「你嫁別人我也不惱，如何嫁那矮王八，他有何起解？」竟氣得跳腳，回得家來，正碰上潘金蓮等人在儀門跳繩——跳馬索兒，潘金蓮仗著她有寵，別人忙著躲向後邊去了，只有她還扶住庭柱挽鞋。被西門慶罵了幾句，還踢了兩腳。這都是西門慶的氣無處發洩的必然行為。

　　潘金蓮向吳月娘訴苦，說：「一般三個人在這裡，只踢我一個兒，那個偏受用著什麼也恁的？」被吳月娘罵了一頓。晚上向漢子訴苦，西門慶順口說了一句：「妳由她，教那不賢良的淫婦說去。到明日休息我這裡理她。」

　　西門慶與吳月娘的嘔氣，便從這裡開始。一直到第二十一回「吳月娘掃雪烹茶」，夫婦方始和好。

　　像這一情節，穿插在其他事件之間，竟貫串了數回，算得佳筆墨矣。

　　張竹坡認為陳經濟在西門家之所以有了敗壞門庭的淫行，責在吳月娘。說來，吳月娘良是難辭其咎。

　　本來，陳經濟夫婦住在前面廂房，西門大姐白天在後邊與月娘眾人一處飲食，陳經濟花園管工，非呼喚不敢進入中堂。飲食都是小廝拿出來吃。所以西門房下的幾個婦女，都不曾見面。偏偏吳月娘動了慈母心腸，認為陳經濟管工辛苦，人家的孩兒，也應知慰。遂吩咐廚下安排了一點酒餚點心，午間要經濟後邊吃飯。飯後本應要他離去，吳月娘卻要他到內房去參觀娘兒們玩牌。陳經濟還滿知禮的說他不當進去。吳月娘則認為「姐夫又不是別人，見個禮兒吧。」就是如

此的遇見潘金蓮掀開簾子進來，從此，所謂「五百年冤家」便結上
了。真如張竹坡說:「月娘引賊入室之罪，可勝言哉！」

第十九回

草裡蛇邏打蔣竹山
李瓶兒情感西門慶

　　這一回目前的證詩，也是宿命論者的語氣，與這一回的情節，也不貼切。試看詩云：

　　　　花開不擇貧家地，月照山河處處明，

　　　　世間只有人心歹，百事還教天養人。

　　　　痴聾瘖痙家豪富，伶俐聰明卻受貧。

　　　　年月日時該載定，算來由命不由人。

　　是指的蔣竹山嗎？看來，印證不上；指的西門慶嗎？更印證不上。

　　《金瓶梅詞話》的引詞證詩，十之七八都是抄錄前人的舊作，有時加以篡改，極少自作。只有那些有所形容的描寫，看來是新作。像這首詩，雖也未考來處，但與內容不切，則是顯而易見的了。所以我認為《金瓶梅詞話》中的證詩，是研究《金瓶梅》改寫過程的最明確證據。

　　這時的西門慶，還只是個白衣平民，則已經常是地方上的守備官、提刑官宴會中的貴賓之一，官場應酬總少不了他。儼然是地方上的士紳階層。可以推想那時的社會，是怎樣的一種結構矣。

　　社會學家如認真的去研究明萬曆年間的社會，《金瓶梅詞話》良是第一手的好資料。

　　西門家的園榭完工了。笑笑生們為了這「一望無際的花木亭臺」，寫了三百言的駢聽體，一一加以刻劃描繪，都是好文章。有人認為紅樓夢的大觀園，動機始生乎此，極為可能。不過，曹雪芹筆下的大觀園，規模更大了。

　　想來，只是時間先後的問題，總之，庭院之築，在小說中，《金瓶梅》應是先進者。

　　西門家的娘兒們，初次遊賞這新起好的園亭，西門慶的愛娘子潘金蓮，便與女婿陳經濟親上了。又是吳月娘惹出來的，這一天，陳經濟也是吳月娘請來的。

　　陳經濟與潘金蓮在山子前花池邊撲蝴蝶，被陳經濟就勢摟來親了一個嘴，孟玉樓在翫花樓頭，遠遠瞧見了。這事，孟玉樓卻始終沒有透露半點風息，若是其他任何人，可不成了。這一點，也正是笑笑生等人塑造人物的精到處，未可予以忽略的一筆也。

　　小說戲劇都是寫人的藝術，有了這個人，就得有這個人之來，與這個人之去。蔣竹山之來在《金瓶梅》中，作者的目的是用以烘襯李瓶兒是怎樣的一種女人，遂請來了這個蔣竹山，與西門慶作一較量。我在前面已經提到了。

　　如果，蔣竹山較量得過西門慶，李瓶兒對待西門慶必然不是如此。所以蔣竹山的演出，已把李瓶兒的性行烘襯出了，他的任務已畢，自然得讓他下場了。於是笑笑生們便為他安排了這麼一個下場的情節。

　　看來，蔣竹山的下場真夠慘的，生生被西門慶的碎銀子以及他在地方上的惡勢力給逼死的。不惟欠銀三十兩是捏造的證據，官府的判決，也是西門慶的銀子與惡勢力換來的「心證」，硬是判他償債。試想，那個時代的法律還能論嗎。說起來，與花子虛之死，不是異曲而同工麼。不過，西門慶逼花子虛走上死路，是暗箭，對付蔣竹山則

是明槍，斯則兩者不同之點而已。

　　李瓶兒嫁給西門慶時，雖然顧了五六付扛，整抬運了四五日，在禮數上，比前兩個可要差著些兒，「什麼下茶下禮，揀個好日子，抬了那淫婦來罷。」就這樣抬得來了。抬到大門口，又半天半天無人去接，因為吳月娘正與西門慶嘔氣。若不是孟玉樓來催吳月娘，不定冷上多久呢。

　　進門之後，西門慶又是一連三天不進新房。氣得李瓶兒上吊尋死。但對她運輸到西門家的那多財物，卻絕口不提一字。當她被剝了衣服，馬鞭子颯颯打在粉白肉上，也不曾怨怒到財物上。丟給她繩子一條，要她再去上吊，她也只是想到蔣竹山的那些話：「打老婆的班頭，降婦女的領袖，」只是深感晦氣的哭了起來，也不曾提及她那些財物。甚而在西門慶說：「說你教他寫狀子告我，收著你許多東西，你如何今日也到我家來了。」李瓶兒則說：「你麼可是沒的說，奴那裡有這個話，就把身子爛化了。」

　　真的是，李瓶兒雖把手上的財物，全部給了西門慶，卻至死未提一字。她所求於西門慶的，只是「你是醫奴的藥」而已。

第二十回

孟玉樓義勸吳月娘
西門慶大鬧麗春院

　　我一直不解於《金瓶梅詞話》中的不少引證詩詞，與其所證的內容，不相貼切，總覺得意蘊的距離遠了一些。像這一回的回目證詩，也是如此。所謂：

> 在世為人保七旬，何勞日夜弄精神，
> 世事到頭終有悔，浮華過眼恐非真。
> 貧窮富貴天之命，得失榮華陌裡塵。
> 不如且放開懷樂，莫使蒼然兩鬢侵。

　　其中的「貧窮富貴天之命」，當然是宿命的論調，即從全詩的意蘊觀之，也是出世之想，非入世之思。可是《金瓶梅詞話》乃因果之論，入世之思。再說這一回的情節，寫的是孟玉樓義勸吳月娘不要再與漢子嘔下去，下半回是西門慶大鬧麗春院。那麼，「不如且放開懷樂，莫使蒼然兩鬢侵」之句，豈不是認為西門慶的那些行為乃人生的正途乎？良非欣欣子序中言：「無非明人倫，戒淫奔，分淑慝，化善惡。」的寫作主旨。試想，此類證詩，既與內容不切，則又何由乎引證於此回前也？想來，這不就是很值得吾人探討的問題嗎？

　　我疑《金瓶梅詞話》之前的《金瓶梅》，是另一部內容與《金瓶梅詞話》迥然有異的一本書。這些與內容不切的證詩詞，就是一大明證。後來改寫者，只顧改寫故事情節以及人物的言談舉止，忽略了引

詩證詞的問題了。

　　笑笑生們寫這些婆婆孃孃的事，誠然一等高手。像這裡寫李瓶兒洞房挨打，玉樓、金蓮偷聽，春梅參予拿茶遞酒，都瑣碎得現實如見，令人讀來如身在其中；尤其寫金蓮不時在言談中，不忘她前些日子挨了漢子兩腳的事，以及與孫雪娥嘔氣的事。說來亦心理寫實也。

　　當李瓶兒交出了那梁中書家的一百顆珠子，及一件重四錢八分的金廂鴉青帽頂子，還有一件重九兩的金絲鬏髻，都交給了西門慶。這時的李瓶兒可真是罄其所有了。

　　想來，李瓶兒這女人纔真的是武則天再世哩，她遇見了西門慶，恰像武財天遇見了如意君一樣。所以她挨鞭子，褪衣受辱，獻上所有的私房，還一再陪小心。為了什麼貪圖呢？只不過衽席上的一陣暴風雨之來的享受而已。

　　本來，她的對手是那位老公公，老公公死後，纔遇見了西門慶──遇見了「醫奴的藥」。僅僅為此一分肉慾的享受，竟傾其一切甘作西門慶的妾婦，殆天下最淫婦人也。

　　這裡寫來往的媳婦子七病八病，所以吳月娘不贊成派來旺夫婦到獅子街替李瓶兒看房子，「一時病倒了在那裡，上床誰扶持他。」此處也是預為後來的來旺另一媳婦宋惠蓮作伏筆。從這些地方，我們可以了解到古人寫實筆楮之細膩周密。

　　表面上寫的，是吳月娘不滿意漢子娶了李瓶兒回來，她怕的生出是非來。這裡又寫著說：

> 我當初大說攔你，也只為好來，你既收了他許多東西，又買了房子，今日又圖謀他老婆，就著官兒也看喬了。何況她孝服不滿，你不好娶她的。誰知道人在背地裡，把圈套做的成成的，每日行茶過水，自瞞我一個兒。

　　看起來，是為了丈夫，怕丈夫出事。可是當李瓶兒家的財物由牆頭上墊著毡毯，一件件運了過來，她又如何不勸上一句呢！而且，她還是接運的主持人哩！

　　由此想來，又怎能不令人想到吳月娘的此一行為是假惺惺，她這次為了漢子背後說她一句「不賢良的淫婦」，竟氣得不與漢子說話。在我看來，又何嘗不是為了自保，怕的一旦出了事，她可以在官府提出脫罪之辭。所以我認為吳月娘是西門家最有手段的一個女人。

　　笑笑生們寫李瓶兒與她太監叔公的一段孽因，處處用的都是伏筆，今所謂「隱喻」。到了這裡，仍舊用伏筆。譬如玉簫問李瓶兒的老公公當初在皇城那個衙門？答說是「惜薪司」掌廠，升御前班，直後升廣南鎮守。玉簫則笑說李瓶兒：「你老人家昨日挨的好柴。」小玉又說：「朝廷昨日差了四個夜不收，請你老人家往口外知番，端的有這話嗎？」瓶兒答不知道。小玉則說：「說你老人家會叫的好達達。」

　　這些話雖雙關的是昨夜的房事，卻以她老公公為由頭，可見李瓶兒的行當，連西門慶家的丫頭們也熟知的呢。

　　潘金蓮挑剔李瓶兒婚宴上唱的天之配合，不合娶小，像「一對兒如鸞似鳳，夫共妻，直到笑吟慶喜，高擎著鳳凰杯，象板銀箏間玉笛，列杯盤水陸非佳會，直至永團圓世世夫妻。」就不該唱，「她做了一對魚水團圓，世世夫妻，把姐姐放到那裡？」所以那月娘雖故好性兒，聽了這兩句，也未免有幾分動意，羞惱在心。

　　潘金蓮的小聰明，全在這些地方，耍耍嘴頭子而已。

　　吳二舅勸妹子「自古癡人畏婦，賢女畏夫」之說，以及「三從四德乃婦道之常。」勸妹子以後不要管他。「姐夫他也不肯差了。」

　　何以吳二舅有這種想法？我想，一來是時代的關雎之德，婦女應以順為正；二來是西門慶會賺錢，而且已渾得有頭有臉了，又未嘗

出過事。第三，他吳家也靠著這位貴戚扶持呢。

　　在回目的主要情節中，插寫以後回目的伏線，是笑笑生們的長技，譬如這裡寫陳經濟的掌鑰匙出入，給他與潘金蓮的苟且舖路，極盡自然的舖陳。西門慶且直接向這小夥兒說：「有兒靠兒，無兒靠婿。……我若久後無出，這分兒家當，都是你兩口兒的。」斯言也，怎能說不是西門慶一生之失乎！

　　大鬧麗春院，不過寫妓家女的為錢非為情，雖西門慶之惡勢，也擋不了包下的粉頭不再接客。當然，這也顯示了西門慶終究是一班流氓而已。

第二十一回

吳月娘掃雪烹茶
應伯爵替花勾使

　　吳月娘自與丈夫嘔氣不相交談以來，每月吃齋三次，逢七拜斗焚香，她在星月之下祝求的只是：「祈保兒夫早日回心，棄卻繁華，齊心家事，不拘妾六人之中，早見嗣息，以為終身之計。」這固然是吳月娘的自安行為，但又何嘗不是她立身為人的手段呢？所以潘金蓮說：「一個人燒夜香，只該默默禱祝，誰家一經倡揚，使漢子知道了，有這個道理來。又沒有勸，自家暗裡又和漢子好了。硬到底纔好，敢情假撇清。」金蓮在慶賀和好席上，要丫頭們唱一套〈佳期重會〉。以喻月娘是有意的燒夜香等著相會。

　　怎的不是，上一回中寫孟玉樓義勸吳月娘，她曾當著眾人向潘金蓮說：「妳們不要來攛掇，我已是婚下誓，就是一百年也不和他在一答兒哩！」如今連一個月也不到，就自己私下裡和了。此處寫月娘之有手段，絲毫不露痕跡。

　　孟玉樓提議由她們姊妹們出分資擺酒請吳月娘與漢子，賀他們和好。李嬌兒與孫雪娥推說無錢，因耐不過孟玉樓的勒逼，還是拿出了銀簪子作了抵換。蓋亦刻畫這兩個婦人的性行筆墨，筆墨雖少，性格則極突出。

　　大家姊妹向吳月娘遞酒，月娘還杯時，「惟孫雪娥跪著接酒，其餘都平敘姊妹之情。」這一點，卻為西門慶寫上了大家的禮數。按孫雪娥雖已列入妾婦之列，卻自慚是房裡丫頭出身，不敢平起坐，一如

後面的春梅在永福寺再見舊家主人一樣，雖已貴為夫人，仍行婢僕叩見主人之禮。寫她們生來的丫頭坯子呢？還是笑笑生們見多了大家之禮耶？

上一回李瓶兒婚嫁的宴客席間，吩咐李銘教春梅、玉簫、迎春、蘭香四個丫頭學習彈唱，春梅學琵琶，玉簫學箏，迎春學弦子，蘭香學胡琴。每日三茶六飯，在家管待李銘，到了這些姊妹慶賀夫妻和好的筵席間，這四名家樂班子，卻能彈能唱了。

說來，這又何嘗不是為了刻畫春梅的情性，特為下面「罵李銘」先次安排下的情節之端緒呢。

吳月娘又著人去請陳姐夫了。「怎的不請陳姐夫來坐一坐？」一面使小廝請去。不一時，經濟來到，向席上都作了揖，就在大姐下邊坐了。這裡再為吳月娘的「引狼入室」之過，又明寫了一筆。

像李銘這種人，乃是一種專門在妓院中教唱的樂師，同時，也在大戶人家走動，他不是也在劉公公那裡教了些孩子嗎！但他們在社會上的地位，則與妓女鴇子無異。到西門慶家接酒，都是跪在地上接飲。飲食也得在下面另處吃。其求生之賤，可知矣！

由此，亦足可想見在明末，還殘存著家樂或家妓的社會形態。

妓家的營生，靠的就是四海之內皆朋友，不能得罪人，更需求常年間平安無事，若是常生事端，花錢的老爺們那兒還敢來呢！因而地痞流氓們便掌握了妓家的這一弱點，遂常年的「吃定了」她們了。

應伯爵他們說，李桂姐是西門慶用銀子包下來的。西門慶的銀子，那李媽媽敢要嗎？若真的花了錢，李媽媽也未必敢讓李桂姐再接客人。西門慶這一打，麗春院當然怕西門慶再耍花樣，只得央求應伯爵、謝希大等人向西門慶幹旋，要擺酒賠不是了。

看來妓家的陪笑營生，歷來都得依靠流氓的庇護。雖百世萬世，不能易也。

　　有了西門慶這類人物，卻也少不了應伯爵這一夥，那纔真的是混混兒哩。瞧他在妓家的這一套油腔滑調，一如戲中的丑角，乃以插科打諢為業者。看來，既可憎又可憐，也只圖調和了主子的生活，混個吃喝而已矣。

　　東吳弄珠客說：「借西門慶描當世之大淨，應伯爵描寫當世之小丑，諸淫婦以描當世之丑婆淨婆。」誠哉斯言。惜戲劇以白皙小生之面目扮西門慶，畫家更以書生之相繪西門慶，不知觀照乎何種世態？

　　《金瓶梅詞話》插入的許多笑話，雖說都是俯拾來的，插入情節卻也不討人厭。像應伯爵說的螃蟹與青蛙比跳以及姑子說的三個媳婦與公公上壽，都極有趣味。說來，亦寫實之藝也。

　　這天是孟玉樓暖壽之夕─十一月二十七日前夕，姊妹們送西門慶去孟玉樓房宿歇，這一回應是全書寫西門家這一夥大小老婆，相處最為融洽之處，說說笑笑，不醋不酸，連潘金蓮也只弄她那調笑歡樂的嘴頭子。但結尾的一段話，可就不能令人理解了。

　　當月娘著小玉打著燈籠送潘金蓮李瓶兒時，寫著：

　　……兩個走著說話，行叫李大姐花大姐，一路兒走到儀門，大姐便歸前廂房去了。小玉打著燈籠送二人到花園內，金蓮已帶半酣，接著李瓶兒二娘，我今日有酒了，妳好歹送到我房裡。李瓶兒道：「姐姐你不醉。」須臾送到金蓮房內，打發小玉回後邊，留李瓶兒坐吃茶。金蓮又道：「你說你那咱不得來，虧了誰？誰想今日咱姊妹在一個跳板兒上走，不知替你頂了多少瞎缸，教人背地好不說我。奴只行好心，自有天知道罷了。」李瓶兒道：「奴知道姐姐費心，恩當重報，不敢有忘。」金蓮道：「得你知道，纔說話了。」

　　像這番話，若不是寫金蓮的酒言酒語，則話中的事，便尋不出

印證來。得非寫潘金蓮的酒語，來透露她的仁慈心腸乎？若是，則亦
笑笑生們寫實之藝也。不然，則又是改寫之錯。

第二十二回

西門慶私淫來旺婦
春梅正色罵李銘

　　寫來旺媳婦，先從那個病人寫起，派人為李瓶兒看守獅子街房屋，就提到來旺那個害了癆病的媳婦了。笑笑生們之所以如此安排，顯然是為了安排宋惠蓮的這一大段。這樣設施，宋惠蓮在此回中出現，乃一新登場的人物，諸如她的出身、性格、穿著，方始有了予以介紹的餘地，也不會紊亂前回別人的情節，然後再寫她與西門慶的那段孽緣。宋惠蓮自這一回登場，在《金瓶梅》中轟轟烈烈演出了五回之多。自可想知笑笑生們安排這宋惠蓮上場，是一位多麼重要的人物。

　　她嫁給來旺作填房，也是漢子死了的後婚老婆。原先更是官場房裡的使女，壞了事趕出來的。嫁給作廚役的蔣聰，蔣聰與廚役們分贓不均，酒醉撕打被殺。而且也早與來旺有了首尾，在丈夫死後，來旺哄月娘說她是小人家媳婦，會做針指。吳月娘便為他使了五兩銀子，兩套衣服，四疋青紅布並簪環之類，娶了過來。原名宋金蓮，在西門家不好叫，遂改為惠蓮。不過二十四歲年紀，比潘金蓮還小兩歲。

　　笑笑生們為了加意去塑造這個人物，還專一為她寫了十句五言詩來形容她的性行。因而論《金瓶梅》者，都把她當作一位女主角立論。實則，她的穿插，乃為主角西門慶而設，亦潘金蓮之襯裡也。

　　當西門慶與來旺媳婦有了勾當之後，笑笑生們還特地為此事加

了一段議論說詞：

> 凡家主切不可與奴僕並家人之婦，苟且私狎，久後必紊亂上
> 下，竊弄奸欺，敗壞風俗，殆不可制。有詩為證：「西門貪色
> 失尊卑，群妾爭妍竟莫疑，何事月娘欺不在（住），暗通僕婦
> 亂倫彝。

蓋西門慶之姦通家人僕婦，非止宋惠蓮一人，然自宋惠蓮始也。

　　吳月娘房中的兩個丫頭小玉、玉簫，其精敏刁鑽，愈乎春梅多
矣。讀者若能多多注意這二人的行動穿插，必可多了解一些西門慶與
吳月娘的性行。

　　在後些回數中，這兩丫頭的行踪隱現還多著呢。

　　這裡穿插的春梅罵李銘，良是一段尖銳的諷刺。固然，李銘是
在妓院中混生活的小人物，他只是職業卑下，混生活的背景是眾所公
認的賣笑場合而已。卻還沒有寫出李銘是個品格卑下的小人。春梅又
怎見得比李銘高尚呢。這時，她也只是一位流氓頭兒家的小老婆的丫
頭而已。這裡寫「李銘也有酒了，春梅袖口寬，把手捥住了，李銘把
手拿起，略按重了些，被春梅怪叫起來。」想來，這一寫也正顯示了
笑笑生們對於人性認知的深刻。人，越是卑微的人，越在人前裝得尊
貴，春梅不也是如此嗎！她不是這樣罵李銘，又怎能自顯出尊貴呢？

　　春梅罵李銘王八長王八短，卻忘了她與主子暗中作的什麼。人
性的卑劣，莫不若是也。

第二十三回

玉簫觀風賽月房
金蓮竊聽藏春塢

　　西門慶與潘金蓮的故事，開始於政和三年三月，演進到這一回，已進入政和五年了。「話說一日，臘盡陽回，新正佳節。」依據編年，應是政和六年。不過，往後看去，會發現有一年的重疊與參差。想來，乃一頗值研究的問題，特意在此再記上一筆。

　　孫雪娥雖在名分上是西門慶的小老婆之一，實際上她連個丫頭也不如，只是個廚娘。她自己呢，也自慚形污。凡事也不肯與其他小老婆同等。齊分資，她不肯參加，占日請酒，她也「半日不言語。」總覺得挨不上她，或認為不合算，因為漢子極少找她，一年之間，也未必會到她房中去上一遭。所以當孟玉樓提議大家姊妹輪流治酒，大家分占輪流的日子，問到孫雪娥，她就不答腔。月娘說：「也罷，你們不要纏她啦，教李大姐挨著吧。」等大家擺酒時，請她她也不來。還說：「你們有錢的，都吃十輪酒，沒的拿俺赤腳伴驢蹄。」不去也罷，還說閒話把大家夥都得罪了。因而月娘罵她「恁不是材料處窩行貨子。」大家只好不理她了。

　　說起來，這是孫雪娥自甘卑賤，連那個成天受折磨的小丫頭秋菊還不如呢！當然，既未參加輪請，別人的酒自也不便去白吃的。

　　潘金蓮之所以肯協助西門慶與來旺媳婦暗合，一來是討好漢子，二來是伺機整治這個勾漢子的婆娘。

　　從行為上看，可以說來旺媳婦與潘金蓮是同一類型的女人，都

把風情擺展在外面，作者還特別寫出來旺媳婦的腳，與金蓮相等，略
小些兒。俗話說：「一個槽上栓不下兩個叫驢。」強些的當然要咬那
弱些的了。

　　還有，寫潘金蓮雖然同意了漢子與別個女人苟且，卻拒絕在她
房裡窩盤，大冷天趕到山子洞去。目的豈不是想竊聽些什麼嗎？果然
聽到那媳婦在漢子耳邊說她是個「回頭人兒」。遂立下決心，非除去
這淫婦不可。於是潘金蓮想：「若叫這奴才淫婦在裡面，把俺們都撐
下去了。待要那時就聲張起來，又恐怕西門慶性子不好，逞了淫婦的
臉，待要含忍了他，恐怕明日不認。」想至此便決定了，「罷罷，留
下個記兒，使她知道。到明日我和她答話。」於是走到角門首，拔下
頭上一根銀簪兒把門倒銷了。試看潘金蓮在這些地方，夠多麼有心
機。插寫平安挪揄來旺媳婦，言詞行動，情致如見其人，真寫實之佳
筆墨也。

　　玳安之來，奪下門栓之寫，得婉約之巧。此處應打雙圈。再寫
玳安對惠蓮的諷言諷語，亦精到之至。

　　笑笑生們塑造潘金蓮，特別著重她的嘴頭子，即所謂「伶牙利
齒。」這一回就有其精采的細描之筆。

　　雖然，插在角門外門扣上的簪子，已使西門慶了然那是潘金蓮
的記號，昨晚的話她聽了去了。縱然宋惠蓮還悟不到這一層，卻也懷
著鬼胎。當她走到金蓮房內，金蓮正臨鏡梳粧，惠蓮在旁小意兒拿起
抿鏡，掇洗手水，慇情侍奉。金蓮正眼也不瞧她，也不理她。惠蓮
道：「娘的睡鞋裹腳，我捲了收了罷。金蓮道：「由它，你放著，叫
丫頭進來收。」便叫秋菊賊奴才，往那去了！惠蓮道：「秋菊掃地哩。
春梅姐在那裡梳頭哩。」金蓮道：「妳別要管它，丟著罷。益發等他
們來拾掇。歪蹄潑腳的，沒的玷污了嫂子的手。你去服侍你爹，爹也
得妳恁個人兒扶持他，纔可他的心，俺們都是露水夫妻，再醮貨兒，

只嫂子是正名正頂轎子娶將來的，是他的正頭老婆，秋胡戲。」這老婆聽了，正道著昨日晚夕，他的真病。于是向前雙膝跪下。⋯⋯

　　古語有云：「雨不大，淋濕衣裳，話不多，刺斷肝腸。」潘金蓮的這些話，對當時的來旺媳婦來說，真是極盡諷刺揶揄的能事，可說是「挽盡三缸水，難洗一面羞。」我曾把小說的對話，立為「五斯」之說，即「斯人」、「斯時」、「斯地」、「斯情」、「斯言」；意為這些話必然是這樣一個人物在這種時候這種地方而又是這種情況激發出的情緒說出來的。《金瓶梅》之被譽為小說中寫實主義的開山祖，自基乎此也。

第二十四回

陳經濟元夜戲嬌姿
惠祥怒罵來旺婦

　　金蓮與陳經濟在酒筵上當著西門慶暗中捏手踢腳，偏又被坐在門外一邊磕瓜子一邊等待支喚的來旺媳婦，在窗隙燈影下觀得仔細。口中不言，心中自思：

> 尋常時在俺們根前，到且精細撇清，誰想暗地裡，卻和這小夥兒勾搭。今日被我看出破綻，到明日再搜求我，是有話說。

　　正由於宋惠蓮的此一發現，產生了此一心理，使她在行為上越發放浪起來，遂釀成了她的悲劇，連命都丟了。

　　此回所寫觀燈的景致，以及陳經濟沿途點放花炮的情形，得非當時元宵節晚夕的盛景乎！斯亦明末社會的承平現象，抑生於憂患死於安樂之至理乎哉？

　　我在前面說，笑笑生們為宋惠蓮安排了五回長的篇幅，主旨不在寫惠蓮而是在寫金蓮；惠蓮亦原名金蓮也。這裡寫她的腳比金蓮還小一些，故能把潘金蓮的鞋子套在她鞋外穿。潘金蓮的命名由來，就是由於她裹得一雙小腳，如今，這個宋金蓮比潘金蓮的腳還小，風騷勁頭比潘金蓮還要俏。蓋處處在烘托金蓮也。

　　一個年已十三歲的丫頭，賣與人家為奴，身價銀子只不過五兩而已；秋菊也只六兩。一個年已成人的婦人家，身價銀子也祇十兩；春梅是身價最貴的一個，十六兩銀子買的。

在《金瓶梅》中，女孩賣人為奴的身價銀子，最低五兩，最多十六兩，男孩，就更低了。雖最貴者，尚不足西門家一日間宴客花費最少的酒筵之資呢。亦足以想見當時明末社會之貧富懸殊矣！

在馮媽媽手下待價而估的那個大些的家人媳婦，也不過十七歲，屬牛。

按小說的情節發展，這年是政和六年，屬龍的已二十八歲了。（吳月娘與潘金蓮屬龍，政和三年二十五歲）若以此作例計算，政和六年年紀十七的人，還屬不上牛。在年齡上，不能與其他人等比對了。

插寫的韓回子老婆罵街，潘金蓮問她為了什麼來？

> 韓嫂子不慌不忙，扠手向前拜了兩拜，說道：「三位娘在上，聽小媳婦從頭兒告訴。」唱要孩兒為證。「太平佳節元宵夜」云云。玉樓眾人聽了，每人袖中掏些錢菓子與她。

這寫法則與明朝當時流行的戲曲述說方式一樣，今之平劇，仍有這種簡略述說方式，如「……聽了！」哨吶吹上幾句，便算是述說完畢。因為觀眾已知道要述說的內容，不必再重複了。此處也是如此，韓回子老婆，如何罵街？業已寫明，讀者已了然了。

不過，文學是文字語言的藝術，「太平佳節元宵夜云云」就未免太簡了。

小玉與玉簫摳子兒玩，賭打（大）瓜子兒，玉簫輸了瓜子不教小玉打。小玉把玉簫騎在底下，竟叫來旺媳婦過去幫忙，扯玉簫的腿，說：「等我合這淫婦一下子。」

真妓家人之行徑也。看來似是閒寫，實則，西門家的男男女女，以及他們的淫佚生活，又與妓家何異乎？

荊千戶升了兵馬督監，到西門家辭行，引發了上茶遲緩，使灶

上惠祥受罰，惹得惠祥大罵來旺媳婦。

　　《金瓶梅》的情節穿插與演變，無不來去自然，極少勉強之筆，（後二十回就破綻多了，斯處之寫，亦一例也。）笑笑生們之所以特為傅設了這一回目，亦無非誇張宋惠蓮之一如潘金蓮，憑恃著她與主子的那點肌膚之親，便越發驕縱起來，「驕者必敗」，能不加以濃筆之描！寫惠祥之罵惠蓮，蓋濃筆也。

　　上寫要為李嬌兒買個丫頭是馮媽媽家那個大的，這裡送來的，則是個小的，「約十三歲，五兩銀子買下。」何以未買那個大的？應該交代一句吧！

第二十五回

雪娥透露蝶蜂情
來旺醉謗西門慶

　　由於楊提督被參，牽連了親黨陳洪，西門慶也列名在內。這時的西門慶，不僅娶了一位有錢的寡婦孟玉樓，卻又把結義兄弟花子虛的財產圖謀到手，不久又要娶這花二嫂李瓶兒過門了。隔壁花家的房產也用花二嫂子的銀子買了過來，且已動工將兩院合而為一，造假山，蓋捲棚，開闢亭園。一旦遇變，雖也為了避避風頭，花園停工了些時日，大門關閉，不敢露頭。忙著派遣家人來保來旺上京，只花下了五百多兩銀子，便把本章上的名子買了下來。又何止是免了此一災難，還反而因此結交了蔡太師的管家翟謙，直接得了這條捷徑，遂行與太師府往還起來了。所以應伯爵等人在西門家花園中吃飯，便見到了「許多銀匠，在前打造生活。」打造了「一付四陽捧壽銀人，都是高一尺有餘，甚是奇巧。又是兩把金壽字壺，兩付玉桃杯，兩套杭州織造。……」像這些，就是笑笑生塑造的西門慶交通官吏的神通。

　　寫這些娘兒們打秋千，可以使我們見及那一個個不同的性格出來。

　　陳經濟又夾雜在這女人夥中了，他的介入這些女人的秋千之戲，又是月娘的指使。陳經濟自外來，說道：「娘們在這裡打秋千哩。」月娘道：「姐夫來得正好，且來替你二位娘送送兒，丫頭們氣力小，送不了。」於是，陳經濟是老和尚不撞鐘得不的一聲。……當他推送李瓶兒的時候，還掀起李瓶兒的裙子，在露山的大紅底衣上摳

了一把呢！

　　陳經濟生得面貌嬌好，這時纔約二十歲。笑笑生一直寫他很討女人歡心。吳月娘之時時不忘陳姐夫加入，得非性心理作祟乎哉！

　　孫雪娥之所以要向來旺透露了他媳婦搭上了主子的事，目的在報復潘金蓮以及漢子給予她的那頓毒打，看來，又何嘗不是那些下賤婦女的普遍行為。孫雪娥的一生，之所以迭遭波折，顛沛連連，又何嘗不是由於她這下賤性格造成的呢。

　　笑笑生們寫孫雪娥與來旺有了勾且，應該不自本回起。雖然，來旺曾悄悄送了雪娥兩方綾汗巾，兩雙裝花膝褲，四匣杭州粉，二十個胭脂。也只能說是答謝雪娥告知了他有關媳婦惠蓮的事，並非早有勾且。至於上房的小玉在來旺房門首，見到雪娥從來旺房裡出來，只猜是和他媳婦說話，不想走到廚下，惠蓮卻正在裡面切肉。這也未必可以說他們有了勾且。可以說，孫雪娥收到來旺送她的那多禮物，在她那孤寂而落寞的生活中，漾起一絲情，自是難免。來旺卻還不致有那大的膽子，若與主人的小娘子有了勾搭，就不會在酒後大罵主子了。

　　孫雪娥自來旺房中出來，被小玉看到，當然瞞不過潘金蓮了。小玉，也是金蓮的俏一幫兒。

　　《紅樓夢》中的焦大，模範《金瓶梅》中的來旺，似是定論之說。這兩人，看來確是一個模型中的人物。不過，來旺的下場，比焦大可要慘多了。

　　好在，西門慶死後，孫雪娥終究與來旺又攀扯上了。得非笑笑生們意想中的因果乎哉！

　　來旺的酒後辱罵主子，告密人是來興。因為他的買辦差事，被來旺取代了。人與人的相合相離，無不基於此。韓文公的「原毀」，已昌言之矣！

揚州鹽商王四峯被安撫使送監，許銀二千兩，央西門慶對蔡太師說人情釋放。喬大戶是央及人。

這裡業已寫明西門慶與太師府有了往還了。這些，怎能不是來保來旺進京立的功呢。

看起來，西門慶是個耳陲軟的人物，聽潘金蓮幾句，依從了，再聽宋惠蓮幾句，又改變了。可是潘金蓮則賭誓說：「我若饒了這奴才，除非是他合下我來。」於是再翻滾了一徧言語，主意就又改了。那來旺居然敢吃他的小娘子，雖非心中的愛娘子，也是奇恥大辱。這麼一來，來旺的命運定了。這裡，著眼的更是潘金蓮的嘴頭子。

我之認為《金瓶梅詞話》是南方人的作品，書中的語言應是證據之一，前已說到了。這一回，也有一處顯明的證據。當來旺由杭州買辦回來，到門首卸了頭口，進得院裡，拂了灰塵，收卸了行李，到了後邊，遇見孫雪娥作了揖，問爹娘現在那裡？雪娥回答說你爹今日被應二眾人邀去門外耍子去了，你大娘和大姐都在花園中打秋千哩。來旺則隨口回答說：「啊呀，打他則甚，鞦韆雖是北方戎戲，南方人不打他，婦女們到春三月，只鬪百草耍子。」

試看來旺的這幾句話，顯然是南方人的語氣。可是，來旺是徐州人，徐州也算得是南方人心目中北方了，徐州也是吃麵食的所在，語言、生活，也全是北方風尚。這話由原籍徐州在「山東清河」的西門慶家中說出，可就不大適襯了。何以有此情形呢？應說是作者無意間流洩出來的語氣吧。

介紹來興是西門慶父親時代的小廝，原姓「因」，在甘州生養的，西門慶的父親西門達往甘州販絨線去，帶了來家使喚，就改名叫作甘興兒。至是十二三年光景，娶妻生子，……

姓「因」，可能是田之誤，但此處說西門慶的父親往甘州販絨線，卻不是販藥材，這就值得研究。前面介紹西門慶家不是開生藥舖

的麼？這裡卻寫西門達往甘州販絨線。自又是改寫者留下的破綻了。

　　西門家開生藥舖，是《水滸》的舊詞。前幾回，是改寫者改寫時，方始由《水滸》移來的吧！

第二十六回

來旺兒遞解徐州
宋惠連含羞自縊

　　來旺媳婦說西門慶是「球子心腸，滾上滾下；登草棒兒，原拄不定。」看來，西門慶確是耳軟，潘金蓮說上幾句，他聽潘金蓮的；宋惠連說上幾句，他又聽宋惠連的。實際則不然，西門慶行事，向來有其一貫的主張，那就是揆其利害；凡事喻其利而為。

　　何以西門慶聽納了潘金蓮的話，改派了來保上京，取銷了來旺之差？我們一看利害，就了然了。宋惠連要求西門慶還是派來旺上京辦事的建言，祇是：「不要教他在家裡，在家裡與他合氣。與他幾兩銀子本錢，教他信信脫脫，遠離他鄉做買賣去。休要放他在家裡，曠了他身子。自古道飽暖生閒事，飢寒發盜心。他怎麼不生事兒，這裡無人，他出去了。早晚爹和我，說幾句話兒，也方便些。」於是西門慶又把原來想派來旺送蔡太師生辰擔上京的事，再恢復了決定。

　　派來旺上京，對西門慶利益，只是早晚與來旺媳婦說話方便而已。可是潘金蓮的意見卻不同了。她說：

> 她隨問怎的，只護他的漢子，那奴才有話在先，不是一日兒了。左右破著，把老婆丟與你，坑了你這個頭子，拐的往那裡頭停停脫脫去了。看哥哥翻眼兒，白丟了罷了。難為人家一千兩銀子（王四峯的打點金銀二千兩交來旺等帶去一千兩）不怕你不賠他。我說在你心裡，隨你隨你！……你貪他這老

　　婆，你留他在家裡不好，你就打發他出去做買賣也不好。你
　　留他在家裡，早晚沒這些眼睛防範他；你打發外邊去，他使
　　了你本錢，頭一件你先說不的他。你若要他這奴才老婆，不
　　如先把奴才打發他離門離戶。常言道，剪草不除根，萌牙依
　　舊生，剪草若除根，萌牙再不生。就是你，也不耽心，老婆
　　也死心蹋地。

試看潘金蓮的這一番話，利害的分野，多麼清楚，對西門慶來說，自
無不依之理。於是，西門慶採納了潘金蓮斬草除根的辦法。

　　西門慶對付來旺的「斬草除根」，未免太殘忍了些。說來，這也
正是西門慶的為人，又何嘗不是西門慶的成功因素之一呢。

　　他改派來保上京，要來旺尋主管開酒店，給了他六包銀子三百
兩。夜晚，便安設了一個捉賊的圈套，來旺怎知是陰謀呢，滿懷忠忱
趕去替主人捉賊，反而被捉去當賊辦了。從西門慶手上領去的六包銀
子，也居然五包是鉛錠。這一「斬草除根」的圈套，可真的把來旺的
命運套牢了。還另外花銀子打點提刑所上下，幾想置之於死地而後
已。豈不是太狠了嗎。

　　在這樣的當口，不僅一切瞞著宋惠蓮，西門慶還一如往日的去
偕同人家的媳婦子上床呢。若乎這些情節，寫西門慶的無人性，可說
入骨三分矣。

　　一向，吳月娘的話，頗能使西門慶煞下些性子，這一次的規
勸，卻也沒有用了。「奴才無理，家中處分他便了，好要拉剌剌出
去，驚動官府做什麼？」西門慶竟圓睜二目喝道：「你婦人家不曉道
理。奴才安心要殺我，你到還教饒了他罷。」便不聽月娘之勸，喝令
左右把來旺押送提刑院去了。

　　當然，來旺是冤枉的，吳月娘心中明白。說：

如今這屋裡，亂世為王，九條尾狐狸精出世，不知聽信了什
麼人言語，平白把小廝弄出去了。你就賴他做賊，萬物也要
個著實纏好，拿紙棺材糊人，成個道理。恁沒道理，昏君行
貨。

西門慶之所以不聽吳月娘的話，「家中處分他」，乃於已無利。像上
次娶李瓶兒，吳月娘也勸來，他也沒聽。因為西門慶知道無事，花家
的弟兄他都安排妥了。吳月娘勸他夜晚把李瓶兒的私房運過牆來，西
門慶卻聽了。因為這樣做有利。笑笑生們寫西門慶之唯利是圖，良是
大手筆也。

　　來旺兒之所以沒有冤死在這場屈官司裡，多虧了一個姓陰的孔
目，知道來旺是屈枉的，所以處處憑據了天理，一方面與提刑官抵面
講理，一方面又吩咐監中獄卒寬鬆他。要不然，來旺不被判刑，也枉
死監中的獄卒杖下了。因為西門慶的銀子，已買通了夏提刑「限三日
提出來受一頓，拷拶枷打的通不像樣。」可見當日刑法之黑暗矣。

　　說來，斯也正是小說家的手段，安排了一個陰孔目，打救了來
旺的生命，只斷了個廳責四十，遞解原籍徐州為民。要不然，後面的
拐走孫雪娥的情節如何上場？若無陰孔目的傅設，來旺的遞解原籍，
便有了缺陷了。

　　來旺的受刑，遞解，始終瞞著宋惠蓮，西門慶吩咐：那個小廝
走漏消息，決打二十板。連應伯爵也推拖不見，兩個鄰居行好心，到
西門家打算央求來旺媳婦，西門慶竟噓出五六個小廝把那兩個好心鄰
居，亂棒打了出來，不許在門口糾纏。寫西門慶之毒狠，令人髮指
也。

　　儘管如此，西門慶仍哄騙著宋惠蓮說：「我差人說了，不久即
出。」但來旺曾披枷帶鎖到過各處討借衣箱，風裡言風裡語，自難久

瞞。縱無鈫安兒透露事實，也瞞不久的。

如鈫安之口舌，潘金蓮之庇護鈫安，在這一回中雖是極少的淡淡一筆，卻是小說家的高乘之技，無不自然而一體其中也。

當宋惠蓮獲知丈夫竟是如此的被屈枉了，氣得懸樑自縊，被來昭妻一丈青發現救下，又活了過來。

我們看西門慶的心情夠多安閒呢，他進來看到宋惠蓮坐在冷地上，要她坐到炕上去她不肯。西門慶則說：「好孩子，冷地下冰著你，你有話對我說，如何這等拙智。」宋惠蓮罵他是弄人的劊子手，把人活埋慣了，害死人還看出殯的。…他卻又笑著說：「孩兒，不關你事，那廝壞了事，怎能打發你，你安心，我自有個處。」在心情上，無絲毫歉意。

潘金蓮滿以為把來旺墊發出去，他媳婦子也像她一樣，就會「死心蹋地」的與西門慶做個姘頭，也像春梅一樣，聽她的指使。那想這宋金蓮不是她潘金蓮，「一心只想她漢子。」「千也說一夜夫妻百夜恩，萬也說相隨百步也有個徘徊意。」這是笑笑生們寫宋金蓮與潘金蓮的不同處。

說起來，兩個金蓮都是鋒芒畢露的淫婦，論性格，可就大異其趣了。同時，笑笑生們另外還寫了個韓道國老婆王六兒，也是個幫夫的淫婦，但韓道國寧願作縮頭烏龜，來旺兒則不願戴綠頭巾。這兩對的遭遇不同在此。關於韓道國與王六兒，自還有後話。

潘金蓮對付宋金蓮，全靠他那善於挑撥的嘴頭子。如先調唆孫雪娥，說來旺媳婦子怎的說你要了她漢子，備了她一篇是非。他爹惱了，纔把他漢子打發了。前日打了妳那一頓，拘了你頭面衣服，都是她過嘴舌說的。走到前面見了宋惠蓮，則說孫雪娥在後邊怎的罵妳，原是蔡家使喝的奴才，積年偷主子養漢。不是妳背養主子，你家漢子怎的離了他家門。說妳眼淚留著些腳後跟流。

正由於潘金蓮的兩頭挑撥，遂造成孫雪娥與宋惠蓮口角爭打，就這麼一來，宋惠蓮第二次上吊，救不活了。

宋惠蓮死了，西門慶則說：「她自個拙婦，原來沒福。」遞了一張狀子，報到縣主李知縣手裡，只說因主家請客，她管銀器傢伙，失落一個銀鐘，恐家主查問見責，自縊身死。再附上三十兩銀子。西門家的來旺夫婦，便輕描淡寫的結束了。誰敢鬧，宋惠蓮的父親攔棺告狀，結果又賠了一條老命，斯即《金瓶梅》之寫實。

第二十七回

李瓶兒私語翡翠軒
潘金蓮醉鬧葡萄架

　　這一回的開頭，不接上一回的宋仁攔棺阻葬，卻寫來保等人從東京辦事回來。

　　按來保與吳主管押送蔡太師生辰擔晉京，還附帶了為揚州鹽商王四峯打點官司的一千兩銀子，寫明是「五月二十八日起身，往東京去了，不在話下。」如依據情節演進的時間來看，這「五月二十八日」乃「三月二十八」之誤。在第二十五回中，西門慶差來旺上京，也是說「三月二十八日」。「你收拾衣服行李，趕後日三月二十八日起身，往東京押送蔡太師生辰擔去。……」還有，來保等人晉京去後，西門慶方始製造誣陷來旺作賊的事，來旺遞解原籍的日子是「四月十八日」，當然，來保等人晉京是「三月二十八日」無疑。

　　在第二十五回中，明明寫著是「揚州鹽商王四峯，被安撫使送監在獄中，許銀二千兩央西門慶對蔡太師說人情釋放。」這裡卻又寫著是「滄州鹽商王壽雲等一十二名寄監者，盡行釋放。」這「王壽雲」三字當然是「王四峯」的另一名號，但「揚州」變而為「滄州」，則未免錯得太大了。從這一點來看，也足以證明《金瓶梅詞話》是集體改寫本，各寫各的。要不然那就是傳抄時寫錯了。

　　有一點可以肯定的是，這部《金瓶梅詞話》的梓行，極為倉促，梓版人為了早日「懸之國門」，連校正的工夫都沒有作，錯字（手民之誤）太多了啊！

　　這一回錯得最離譜的是，又重寫了來保與吳主管晉京的事。試看這一段：

　　　　西門慶剛了畢宋惠蓮之事，就打點三百兩金銀，交賴銀率領
　　　　許多銀匠，在家中捲棚內，打造蔡太師上壽的四陽捧壽的銀
　　　　人，每一座高尺有餘；又打了兩把壽子壺尋了兩副玉桃杯。
　　　　不消半月光景，都償造完備。西門慶打發來旺兒，杭州織造
　　　　蟒衣，少兩件蕉布紗蟒衣，拿銀子教人到處尋，買不出好的
　　　　來。將就買兩件，一日打包端就。著來保同吳主管，五月二
　　　　十八日離清河縣，上東京去了，不在話下。過了兩日，卻是
　　　　六月初一日……

就是這一回的開頭，剛剛寫過來保等人晉京辦事，已經回來了，僱銀
匠在捲棚內打製銀人等壽禮的事，也寫過了，這裡怎的又寫了一次。
顯然的，是重複了。仔細研讀起來，這一回的開頭兩頁千餘言，正應
了沈德符說在《萬曆野獲編》中的話，「前後血脈不貫。」怎會錯雜
到這種程度呢？推想起來，不外以下三種原因：

　　一、集體改寫時，分回各寫各的，無人總其成，寫好了，就匆
匆付梓，梓成也未校正。

　　二、傳抄時原稿錯簡了，抄者便胡亂拼湊。

　　三、全書的集成，不是來自一人之手。

　　總之，像這一回的重複之誤，以後各回還有多處，可以肯定的
是，《金瓶梅詞話》的這些「前後血脈不貫」之誤，非如沈德符所說
之「五十三回至五十七回」這五回有此情形，他處也有。斯一例焉！

　　怕熱之寫，雖亦抄自《水滸》，用在此處喻西門慶人家，也是一
種不怕熱浪侵襲的三等人之一，看來極為得體。明朝文士抄襲之風盛
行，凡是經過他們的手編纂過的前人著作，沒有不被增增刪刪的。但

明朝的四大奇書，認真說來，悉非創作，但卻無不有其獨到的立意。《金瓶梅》雖淵源於《水滸》，則已另成宇宙，我在前面已作比擬，乃大江支流出的大湖也。

說來，委實不能從資料之來源上去挑剔，只能觀察它的適體與否而已。

笑笑生們安排的這一回節目，有兩大主題，前者是李瓶兒的私語翡翠軒，後者是潘金蓮的醉鬧葡萄架，這兩個女人都是西門慶的愛娘子。無論李瓶兒的私語翡翠軒也好，潘金蓮的醉鬧葡萄架也好，所寫的都是西門慶在光天化日下的宣淫，他這種荒誕的淫行，良是禽獸一類，未可以知禮守義的人類可擬也。

我曾說笑笑生們經營《金瓶梅》的意想，原自荀況的性惡說。因果之論，乃佛家的赫阻哲學，殆亦類乎荀氏的禮法繩於外也。

到了私語翡翠軒的日子，李瓶兒方始向西門慶透露她已懷臨月身孕，西門慶也方始知道李瓶兒快要生孩子了。我認為這一點，是《金瓶梅》小說情節上的最大缺點。那有老婆快臨盆生養了，一家人還不知道，竟連自家的男子漢也一無所知，可就未免太不合乎事理了。

李瓶兒有了身孕，在這一回是初次透露，一經透露就是「臨月孕」，這時的日腳是六月初頭，李瓶兒是去年八月娶進門的，如果在這六月初頭已是「臨月孕」，在三月中旬她們這一夥女人，在花園打秋千，李瓶兒的身孕即已七個月左右，就不應該去打秋千了。可是，李瓶兒還打秋千呢，陳經濟在推送的時候，還露出了大紅底衣，都未曾寫一句李瓶兒有了身孕的事。（事在第二十五回）到了這第二十七回，突然寫出了李瓶兒有了「臨月孕」了，未免暗中聞炮，突如其來。若與他處情節的插寫自然相比，此處之突來，可就值得推究了。

我想，這又是大家分回各自寫作的錯誤，從這一回的開頭不接

上回的宋仁攔棺阻葬，又重寫了銀匠在捲棚打銀人，以及來保的再進
京，「揚州王四峯」變成了「滄州王霽雲」，都足以說明非一人執筆
之文。縱說是傳抄之誤，前幾句也尋不出寫李瓶兒有孕而傳抄掉了的
痕跡，第二十五回中的秋千之戲，就是明證──證諸李瓶兒不曾懷孕
也。顯然的，李瓶兒的突懷臨月之孕，在《金瓶梅詞話》的小說藝術
上說，乃一大缺失焉。可是，這一回的結尾，寫小鐵棍的出現，又是
多麼巧妙的傳設，有了小鐵棍兒的出現，則下一回的潘金蓮失鞋，方
始有了可以尋索的伏線。那麼，李瓶兒的「臨月孕」，前幾回之無有
伏線，應是集體分寫的缺失吧！

第二十八回

陳經濟因鞋戲金蓮
西門慶怒打鐵棍兒

　　可以說第二十八回寫的只是潘金蓮失鞋的事，算得是一獨立成章的短篇，失鞋記也。

　　秋菊在這一回，表現了她的不拒霜寒的性格，雖然動輒遭受打罵，春梅又時時火上潑油，秋菊可是忍氣又吞聲，該說的照說。「我昨日沒見娘穿著鞋進來。」這是事實，秋菊沒說錯，潘金蓮昨日在葡萄架下的行徑，已是「頭目森森，莫知所之。」在匆忙中披上衣裳，由春梅秋菊收拾了衾枕，同扶歸房的。真是連鞋也不曾顧的穿。「你看胡說，我沒穿鞋進來，莫不我精著腳進來。」秋菊則說：「娘，妳穿著鞋怎的屋裡沒有？」我們看這對話，當知秋菊並不是一個笨丫頭。可能她的長相沒有春梅可愛，她的談吐沒有春梅慧黠而已。春梅罵秋菊，開口奴才，閉口奴才，卻忘了自己也是奴才了。

　　人性若是乎？貶低別人以高一己身價，幾是人之通性。像春梅，品性高於妓院中的李銘多少？她罵李銘千王八萬王八不絕。她與秋菊同是潘金蓮的使女丫頭，所不同的是，她被主人漢子脫過褲子，與主人婆子狼狽為奸，體貌生得比秋菊俏。舍乎此，還有什麼高乎秋菊呢！然而她卻自認為比秋菊高一頭，動輒站在主子的地位去對待秋菊，甚而比主子的心性還要殘忍。可見笑笑生們寫春梅品性之可鄙極矣。

　　如論事實，那花園的角門是春梅開了忘了關，上一回已寫明

了。春梅見西門慶已吃醉睡著，打雪洞一溜煙往後邊去了。聽見有人叫角門，開了門原來是李瓶兒。……秋菊頂春梅說：「敢是妳昨日開花園門，放了那個拾了娘的鞋去了。」看來，小鐵棍兒當然是在這種情形之下，溜進了花園的。可是春梅一聽，便一口唾沫啐了去，罵道：「賊見鬼的奴才，又攪纏起我來了。六娘叫門我不替她開？可可兒的就放進人來了。你抱著娘的舖蓋，就不經心瞧瞧，還敢說嘴兒。」

　　鞋是怎麼丟的？都在情節的周折上寫明了，一是因為秋菊抱著舖蓋不經心，包在舖蓋中的兩隻鞋掉了一隻，被溜進角門來躲在葡萄架下的小鐵棍兒拾了去。笑笑生們的筆墨，已交代得夠清楚了。偏巧這隻鞋又落在陳經濟手中，因而把潘金蓮的這隻鞋，穿插得更其多采多姿。可圈可點不是。

　　小鐵棍兒挨打，乃西門慶與潘金蓮的惱羞成怒，惱的是「春光外洩」嗎？怒的是「尊嚴喪盡」嗎？斯亦人之異於禽獸也哉！

　　潘金蓮的那種吊在葡萄架上的怪模樣，已非兩者間的「閨房之樂」，乃光天化日的原始林莽間也，春梅見之，且共樂之，李瓶兒亦見之。想來，已無「羞」可「惱」！無由可「怒」！可惱者，乃小鐵棍之非其羣類，可怒者，在奴婢間失其尊嚴也。

　　潘金蓮說：「我饒了小奴才，除非饒了蝎子！」恨那葡萄架下的小鐵棍兒，竟恨意沖天，斯亦人性卑劣的特色，禽獸則無此心。應說這也是人之異於禽獸的地方吧。

　　小鐵棍兒挨的這一頓毒打，想來確是冤枉，難怪他媽一丈青海罵，「淫婦！」「王八羔子！」罵不絕口，整罵了一二日。卻沒見潘氏主婢還嘴。不過，一丈青可沒敢罵主子，她罵的「王八羔子」，指的是陳經濟，「淫婦」當然是潘金蓮了。

　　這一回寫的雖是潘金蓮失鞋記，但卻又為來旺媳婦寫了一筆紅

鞋的春情，可以想知笑笑生們對於宋金蓮之寫，是多麼的用心。

　　笑笑生們之所以安排了這位宋金蓮進來，自是用來烘襯一山難容二虎也。論風騷，論賣俏，宋金蓮與潘金蓮是兩個等類的女人。潘金蓮地位高，鬥起風情來，自然占上風了。

　　西門慶對於女人，既無情又無義，只有肉慾。潘金蓮因鞋而疑心漢子把來旺媳婦的那隻「收藏的嬌貴」，也只是個話頭而已。這裡所寫，也只是潘金蓮的妒心重耳！

第二十九回

吳神仙貴賤相人
潘金蓮蘭湯午戰

　　我曾說《金瓶梅詞話》寫的是入世之思，卻不時雜有出世的詩詞。如書前的四季詞，以及書內偶爾引錄的如這一回的七律：

> 百年秋月與春花，展放眉頭莫自嗟！
> 吟幾首詩消世慮，酌二壺酒度韶華。
> 閒敲棋子心情樂，悶撥瑤琴興趣賒。
> 人事與時俱不管，且將詩酒作生涯。

　　豈不是消極的出世之想，非現實主義者的人生觀矣。

　　凡現實主義者的人生觀，都是積極的入世者，他們提出社會問題，期望執政者有所改革。欣欣子的序，也一一說到了。所以這些雜入的出世的證詩，看來與內容就極為扞格。何以引錄這些出世之思的詩，扞格於其間？頗值推敲焉。

　　看來，這一回寫潘金蓮、孟玉樓、李瓶兒三個婦人在一起描鞋樣納鞋扇等工作，未免過分的婆婆孃孃的瑣碎，但卻由此一瑣碎的婆婆孃孃生活中，寫出了孟玉樓的善於傳播是非。我們讀《金瓶梅》如略為留心，就會發現到孟玉樓的此一惡劣品性。李瓶兒進門，挨了西門慶馬鞭子之後再上床，這房子的經過，也祇有孟玉樓覷窺得最清楚；吳月娘掃雪烹茶，與漢子和好了，她一早聽到了這件事，便忙不迭的趕到潘金蓮處傳播，那時，潘金蓮起身不久，還在梳頭呢。可以

想知此人是多麼愛傳是非。那麼，笑笑生們在這一回的一開頭寫這三個婦人在一起納鞋，閒話中引述出孟玉樓傳播了一丈青的「海罵」那「淫婦」與「王八羔子」學舌，唆調他的孩子小鐵棍兒挨了毒打。連來旺兒的冤枉官司，吳月娘在背後罵潘金蓮「亂世為王，九尾狐狸出世」的話，也都翻扯了出來。可真是個多嘴婆。

正由於孟玉樓的這篇是非，來昭夫婦三口子，幾乎被攆出門，多虧吳月娘再三攔阻勸下了，雖未攆出西門家，卻被打發到獅子街守房子，替了平安回來看守大門。

雖然，孟玉樓見到潘金蓮惱了，惱得粉面通紅，她也深感話說多了，遂又勸說：「六姐，妳我姊妹都是一個人，我聽見的話兒，有個不對妳說，說了只放在心裡，休要使出來。」然而孟玉樓又怎的不了解潘金蓮的性情呢！她就是多嘴。可是，她看到的金蓮與經濟調情，則始終未說。

這裡說穿了吳神仙為西門家人算命看相的情節，目的何在呢？同於《紅樓夢》中的太虛幻境《十二金冊》之說嗎？或者曹雪芹的《十二金冊》上的詩句，隱喻的各人一生休咎，乃動機於吳神仙的〈命相詩〉？看來良有可能。我在此自不便強作比較，只是猜想笑笑生們寫了這吳神仙為西門慶等人看相算命的目的何在？為這小說以後的情節，先作預言嗎？還是另有隱喻？則大值吾人推敲。

我們先看西門慶的「貴造」；「丙寅年、辛酉月、壬午日、丙子時。」年二十九歲。先不論吳神仙指數的西門慶八字的生尅運行，合不合乎命理，只憑他說「今歲丁未流年」，便不是丙寅年出生者的歲數，如據甲子推算，丙寅年的虎屬，年二十九歲的今年流年是「甲午」，怎會是「丁未」？甚而任何虎年，「年二十九歲」的「流年」，都不是「丁未」。光憑這一點，亦足以說明這位吳神仙的「命理」，是胡說八道了。

　　再說，他算得西門慶是「一生耿直，幹事無二」，以及「臨死有二子送老」，豈不全是奉承之詞，良非西門慶其人性行所有，更非命中所有。悉江湖人物的江湖之論耳。

　　至於相論其他幾個女人，雖說春梅「必得貴夫而生子，……必戴珠冠，……必益夫而得祿，三九定然封贈，」後來都一一應驗了。但春梅「以淫死」則未嘗道出。看來，也只是徒為吳月娘留下說詞，以備後來情節之使吳月娘「誤入永福寺」，遇上已貴為夫人的春梅，益增難堪已也。

　　綜觀這吳神仙對西門家的一些人的命相之說，率為似是而非之論。純係一般江湖相士的寫實。像上舉的西門慶命造之不合流年甲子，可並不是笑笑生們不懂甲子，不譜命相之理，如相李瓶兒「雞犬之年焉可過，」如照小說的宋朝歷史背景來說，李瓶兒卒於政和七年丁酉，正雞年也。可是「必產貴兒」則又非是，官哥只活了十三個月夭亡，何「貴」之有耶？

　　笑笑生們對儒、道、釋三家的人生現象，則無不時時大加針砭，這吳神仙的貴賤相人，殆亦諷喻之寫焉。

　　相春梅將來有夫人之分，引起吳月娘的揣想，認為是他們家將來「就有珠冠也輪不到她頭上」，西門慶也認為那相士「見春梅和妳（月娘）們站在一處，又打扮不同，戴著銀絲雲髻兒，只當是我親生養女一般，或後來正配名門，招個賢婿，故說有些珠冠之分。」可見這裡寫的是春梅在西門家雖是丫頭，在穿著上，卻已不是婢女的裝束了。

　　實際上，西門慶也不把春梅當婢女看，所以當春梅不服氣大娘子說珠冠輪不到她，「莫不長遠只在你家做奴才罷。」西門慶就說：「妳若明日有了娃兒，就替你上了頭。」可見春梅在西門家的地位，只欠「上頭」而已。是她自認為與一般丫頭不同。

　　潘金蓮又有了一張新買的螺鈿床，使了六十兩銀子。比一個十四五歲的女孩身價還要貴上十倍。這張床，確是精致，客房似的。後來，這張床陪了孟玉樓作嫁粧了。因為孟玉樓的那張南京八步床陪嫁了大姐。

　　春梅雖是潘金蓮的丫頭，卻是秋菊的主子。她對付秋菊，比潘金蓮還要大派，譬如這裡寫潘金蓮怪秋菊拿了涼酒來，她要春梅打她十個嘴巴。春梅則說：「皮臉，沒的打污濁了我的手。娘只教她頂塊大石頭跪著罷」。

　　正因為春梅能與潘金蓮平起平坐，所以凡事狼狽為奸。

第三十回

來保押送生辰擔
西門慶生子嘉官

　　西門家的產業又增加了，墳場隔壁趙寡婦家庄子，也準備買了下來，展開兩處合為一處。打算蓋三間捲棚，疊山子花園，松牆槐樹棚，井亭射箭廳，打球場玩耍去處。全是私人玩樂遊賞之事，從未想到有利乎大眾。若西門慶也者，又何祇《金瓶梅》中有其人耶？

　　在第二十四回，已寫到馮媽媽送了一位年約十三的丫頭，先到李瓶兒房裡看了，送到李嬌兒房裡，李嬌兒用五兩銀子買下，房中伏侍，不在話下。因為李嬌兒房內只有元宵兒一個，不夠使，想尋個大些的丫頭使。

　　本來，想買下那個大的，年十七歲，後來，卻買了那個小的，十三歲。已經五兩銀子買下了，馮媽媽已送得來了，可是這裡，李嬌兒房裡卻又買了一個。李瓶兒走來潘金蓮處，金蓮正著琴童用板子打秋菊，她說了情，饒了秋菊，向金蓮說：「老潘領了個十五歲的丫頭，後邊二姐買了房裡使喚，要七兩五錢銀子，請你過去瞧瞧，要送與她去哩。」這金蓮遂與李瓶兒後邊去了。

　　七兩五錢銀子買下的這丫頭，改名夏花兒。（目錄刻為「夏景兒」）

　　第一，李瓶兒說的「老潘」，應是老「馮」之誤。何以在此刻成「潘」，或為手民之誤，不必追究了。

　　第二，那五兩銀子買來的那個十三歲的丫頭呢？卻沒了交代。

縱然李嬌兒房內再添一個，也得有所說明。再說，連吳月娘算上，各
人房內都是兩個丫頭，（孫雪娥性鄙位卑，不在其內，）怎的李嬌兒
竟多了一個了？這是一個問題。

　　看來，這也是前後血脈不貫的痕跡之一，這缺失，想必也是集
體改寫造成的。傳抄者也不致於改寫情節吧。

　　不過，我們可以看出，此處的丫頭夏花兒，應是為後面的「失
金」安排的，算得是一條伏線呢。

　　西門慶之得官，笑笑生們早就為他安排了。「來保上東京辦
事」，便為他鋪了走向太師府的這條路，自來保回來，便用心經辦蔡
太師的壽禮。這裡寫來保到了京城，來到太師府門，一路路撒銀子的
情景，也正說明了西門慶這人的會使錢，肯花錢，如無事先的交代，
來保等人那裡會如此大方的撒銀子。當然，西門慶的銀子沒有白花，
補了賀千戶的缺。賀千戶已升到揚州方面的正千戶了。連來保與吳主
管都分沾了餘光。同時，這裡寫官場之賄賂公行，想來，又何衹是明
朝社會若是也！

　　翟管家還另外敲西門慶為之物色年紀十五六上下的侍妾送去。
真個是玉帛子女矣！「富貴必因奸巧得，功名全仗鄧通成。」得非亙
古不變之人生至理乎！

　　李瓶兒養孩子，最感不耐煩的是潘金蓮，因為她好勝，李瓶兒
能養，她竟不能養。論先後，她比李瓶兒先，何況，大娘也懷了。
「一個是大老婆，一個是小老婆，明日兩個對養，十分養不出來，零
碎出來也罷。俺們是買了個母雞不下蛋，莫不殺了我不成。」
這一回，寫潘金蓮的嘴頭子之俏，心性之妬，不得不令你嘖嘖稱賞不
已。

　　在此方始透露吳月娘也懷了孩子，雖比李瓶兒的身孕時日，交
代得早些，如照情節看，也未免晚了些。

　　潘金蓮硬說李瓶兒六月裡養孩子，不是西門慶的種，這當然是
嫉妒心作祟了。李瓶兒是去歲八月二十日娶進門的，廿二日晚始行同
房。到今年六月廿一日（三）日，已整整十個足月，怎能說「若是六
月的，踩小板凳兒糊臉道神，還差著一帽頭子哩。失迷了家鄉，那裡
尋犢兒去？」她更說：「我和你恁算她，從去年八月來，又不是黃花
女兒，當年懷，入門養。一個後婚老婆，漢子不知見過多少，也一兩
個月纔生胎，就認做咱家孩子？」這些話，自然是強詞奪理了。

　　笑笑生們這樣刻劃潘金蓮之妒，寫她的強詞奪理，不著一句論
述，僅作平面的素描，誠寫實之佳筆墨也。

　　這裡寫李瓶兒孩子的出生日期，是「宣和四年戊申六月二十一
日。」與整個前後的紀年，不相合了。按情節演進的紀年，這年應是
政和六年。這一年的干支是丙申，也不是「戊申」；宣和四年的干支
也不是「戊申」，是壬寅。但在死時，卻紀年絲毫無誤，說這孩子生
於「政和丙申（六年）六月廿三日，卒於政和丁酉（七年）八月廿三
日」。像這些地方，也足以說明是集體改寫造成的錯誤。

　　奶子如意兒在這一回登場了，年三十歲，身價只六兩銀子。老
馮也僱來了，一月五錢銀子工錢。五個月的工錢，就抵上奶子的賣身
之價，真不知當時社會形態若何矣！

　　《金瓶梅詞話》到了第三十回，西門慶的興，已達高潮，生子加
官，同時到來，真是「如此美事」，誰人不來趨附，送禮慶賀，人來
人去，一日不斷。

　　「時來誰不來，時不來誰來！」誠所謂「時來頑錢有光輝，運退
真金無艷色。」

第三十一回

琴童藏壺戲玉簫
西門慶開宴吃喜酒

　　吳典恩得了驛丞之職，除了整治衣類鞍馬，擺酒請客，上任參官，還得贅見之禮，都在在需錢。遂央懇應伯爵代為向西門慶借貸，預計十兩銀子的禮物答謝。

　　凡是向西門慶有所乞求的人，全找應伯爵作說合人。西門慶何以如此信任應伯爵，一來因為應伯爵這人善於逢迎，一張好嘴會說聽者愛聽的奉承話，二來他會隨時隨地製造笑料，諧趣橫生；三呢，更由於他是西門慶與社會階層暗有勾結的一座橋樑。他能說善道，是他們幫會中一位最有才能的幹員。凡是商場上的營生，十之九都是應伯爵向西門慶提供消息。基於這些因素，應伯爵在西門慶跟前，比其他弟兄要信用的多了。

　　西門慶之所以能成為幫會弟兄們之老大，他的長處是使錢大方，當然，他要看那用出的銀子，能否為他換來利益，如果換不來利益，他則一毛不拔。他靠十兄弟發跡，平常對手下的弟兄們，總是盡到照顧。不過，對待手下的弟兄也有厚薄之別，對應伯爵則特別看待，所以應伯爵是一位最能在他身邊說得上話的人。也因此人人尋這應二花子代向西門慶說人情。我們看應伯爵多麼會說話：

　　　　吳二哥文書還未下哩，今日巴巴的他央求我來激煩你，雖然
　　　　蒙你抬（照）顧他，往東京押生辰担，蒙太師與了他這個前

程，就是你抬舉他一般，也是他各人造化。說不的一品至九
品都是朝廷臣子，況他如今家中無錢。他告我說，就是如今
上任見官、擺酒並治衣服之類，也得許多銀子來使，一客不
煩二主，那處活變去？沒奈何，哥看我面，有銀子借與他幾
兩，扶持他周濟了這些事兒。他到明日做上官，就啣環結草
也不敢忘了哥的大恩人。休說他舊是咱府中夥計，在門下出
入，就是從前後外京外府官吏，哥不知拔濟了多少。不然，
你教他那裡處去？

　　的是一篇動聽的說詞。再看他贊美西門慶的犀帶，可說極盡奉
承之能事。斯亦笑笑生們刻畫應伯爵性格凸出的佳筆墨。

　　吳典恩借錢的利息，應伯爵寫明的是每月五分。是當時現社
會的寫實吧？每月五分利息的剝削，對窮困小民來說，夠刻的了。

　　這裡寫吳典恩借了銀子出門，又加寫了一段預言，告訴讀者這
吳驛丞在西門慶死後，他竟恩將仇報，看來，笑笑生們一開始為他命
名「吳典恩」的時際，即已設想好他恩將仇報的細節了。吳典恩恩將
仇報的情節，寫在後面第九十五回，此處則已預言出了。可見這《金
瓶梅詞話》的故事，所有情節均預作構想者也。

　　這位籍隸蘇州府常熟縣的小張松，被清河李知縣當作賀禮送給
了西門慶，改名書童。一十八歲，門子出身，說是「生的清俊，面如
傅粉，齒白唇紅，又識字會寫，且最擅歌唱南曲。」一個男伎的形像
被展示出了。

　　祝日念又舉保了一個小廝方十四歲，改名棋童。書童專管書房
收禮貼，拿著花園門鑰匙。棋童則派令和琴童兒兩個背書袋，夾拜貼
匣跟馬上任。

　　至此，西門家的人物頭兒，可以說幾已介紹齊全了。下一回出

場的韓道國夫婦，是絨線舖的夥計。

我們看這時的西門慶夠多麼神氣：

> 上任日期，在衙門中擺大酒席桌面，出票拘集三院樂工牌色
> 長承應。吹打彈唱，後堂飲酒，日暮時分歸散。每日騎著大
> 白馬頭戴烏紗身穿五彩洒線揉頭獅子補圓領四指大寬萌金茄
> 楠香帶，粉底皁靴，排軍喝道，張打著大黑扇，前護後擁，
> 何止數十人跟隨，在街上搖擺。

一個作惡地方的大流氓，居然逢迎得法，一躍而為從五品的地方副理
刑官，不知當時百姓的感受如何？雖然笑笑生們沒有寫這一筆，可
是，還用寫嗎！

凡是長篇小說，必是許多小故事的獨立成章，再一一連繫起來
成為整體的結合。像「琴童藏壺觀玉簫」的情節，就是一篇獨立的短
篇小說。寫玉簫對書童的鍾情，琴童的刁鑽，以及尋壺惹出來的一家
人等的紛擾，構成了一篇現實生動的實寫小說。斯亦大家庭中，不可
避免而司空見慣的人事糾紛。

像這則人事糾紛，笑笑生們仍不忘刻畫潘金蓮的嘴頭子，以及
西門慶的現實心理。

西門慶回來獲知沒見了一把酒壺，大家在吵吵嚷嚷，就說：「慢
慢尋就是了，平白嚷的是些什麼？」潘金蓮則接過來說：「若是吃一
遭酒，不見了一把，不嚷亂，你家是王十萬。頭醋不酸，到底兒
薄。」她譏諷李瓶兒生孩子滿月，就沒了一把酒壺，不吉利。可是西
門慶裝做沒有聽見，只不做聲。後來壺找到了，在李瓶兒房裡找到
的，又查出是琴童（原是李瓶兒帶來的小廝天福兒）拿去藏起的，琴
童藏了壺就去獅子街值夜去了。潘金蓮便冷笑。西門慶問她笑什麼？
她則說：「琴童是她家人，放壺她屋裡，想必有瞞昧這把壺的意思。

要叫我，使小廝如今叫將那奴才，老實打著，問他個下落。不然頭裡就賴他那兩個。正是走殺金剛坐殺佛。」於是西門慶聽了大怒，睜起大眼把潘金蓮罵了一頓。怪不得潘金蓮背後發牢騷說：「恁不逢好死，三等九做賊強盜。這兩日作死也怎的，自從養了這種子，恰似他生了太子一般，見了俺們如同生煞神一樣，越發通沒句好話兒說了。行動就睜著兩個屁窟籠吆喝人。誰不知李大姐有錢，明日慣的他們丫頭小子養漢做賊，把人合遍，也休要管。」

我一直認為潘金蓮是個笨女人，像這一回所寫，潘金蓮的妒嫉心理，使用得豈不是太不是時候了麼。這天，是西門慶為官哥請滿月酒啊！

　　這把壺明明是玉簫拿出來，準備給書童享受的，書童不在，放在廂房裡被琴童見到，拿到李瓶兒房裡藏起來的。等到嚷起不見了一把壺，玉簫到書房去尋，已失踪影，這玉簫卻推到小玉頭上。寫人性之卑劣，多麼深入。像玉簫的這種移過他人的心理，十人總有九人是這等的。何況在西門慶家為奴的人呢！

　　西門慶坐了一回往前邊去了，孟玉樓便慫恿潘金蓮跟去，說：「你還不去，他管情往你屋去了。」結果，西門慶去了李瓶兒房裡。害得潘金蓮又大罵大咒了一場。寫孟玉樓之多嘴生事，雖淡淡一筆，卻剖其心於腹外矣！

　　這天西門家可真是高朋滿座，地方上所有的有頭有臉的人物高級官員全到了。如帥府周老爹、都監荊老爹、管皇庄薛公公、磚廠劉公公，以及張團練、范千戶還有夏提刑，陪客的有應二、謝希大、吳家大舅、二舅等人，所有妓家唱的陪的粉頭，也都拘集到來。像周守備、荊都監、夏提刑等武官的到來，都是錦繡服迴藤棍，大扇軍牢喝道，僚掾跟隨，浩浩蕩蕩的到西門家。可以想及這分排場，能不羨煞小民乎哉！

　　教坊司的俳官，在酒席筵間，跪呈大紅手本，請求點戲。鼓樂

宣天到更深方散。其中點唱，寫太監們之胸無點墨，在小兒彌月宴中竟點唱〈嘆浮生有如一夢裡〉及〈陳琳抱粧盒雜記〉，殆亦諷喻之筆耳！

在酒筵之間，教坊司俳官，跪呈大紅喬本，下邊簇擁看一段笑樂的院本，一個「外」行扮了個節級上來，說是昨日在一架圍屏上讀到滕王閣詩甚好，聽說此詩（序）乃唐朝王勃所寫。此人身不滿三尺，拿了一個樣板，叫人去抓尋得來，認識認識。這人拿著節級與他的樣板，到處去尋王勃，「這副樣板，身只要三尺，差一指也休請去。」因而許多冒充王勃的人，都縮彎著裝矮子，那人便拿樣板去比。

雖不曾查考這一插入的情節，從何一劇中錄來，或是新創？但其中三提「樣板」一詞，則可使吾人聯想到毛共「樣板戲」之「樣板」一詞，似是來自這《金瓶梅》。吾友何家驊說毛澤東的政治口號如「牛鬼蛇神」以及「東風壓倒西風」等詞語，來自《紅樓夢》，那麼，「樣板戲」的「樣板」詞語，則又取自《金瓶梅》矣！這就是證據。

在這段情節中，有一句話說：

> 那王勃殿試，從唐朝到如今，何止千百餘年，教我那裡抓尋他去？

按王勃乃唐朝高宗時人，抵萬曆天啟間，尚不到千年。此說……到如今，「到如今，何止千百餘年，」說在萬曆末年，尚可作誇大之詞，若說在嘉靖，就相距稍遠了。

再說，王勃的〈滕王閣序〉亦非殿試所寫，這裡自全是小說家言，不足憑考也。

第三十二回

李桂姐拜娘認女
應伯爵打渾趨時

　　昨天請的是較高級的官員，今天請縣府四宅老爺，縣令、縣
丞、主簿、典吏，以及昨日未能來的喬大戶，還有補送彌月禮的薛公
公以及會中的弟兄，花家的老大與沈姨夫。

　　此處只寫薛公公一人補送賀禮來，他問：「劉家沒送禮來？」西
門慶答說：「老太監送過禮了。」

　　上一回寫薛內相點戲不當，夏提刑點唱時，順便提醒了薛內
相，因向樂工們說：「今日是你西門老爹加官進祿，又是好的日子，
又是弄璋之喜，宜唱這套。」薛公公問何謂弄璋之喜？當他知道今天
還是西門慶生子彌月之日，遂向身邊的劉太監說：「劉家，咱明日都
補禮來慶賀。」這裡沒有寫劉太監答腔，到了這一回薛太監送禮來，
問起劉家的禮有沒有送來，西門慶方答劉家送過禮了。

　　像這種小小的情節結合，夠多麼的周詳縝密。

　　西門慶得了官，麗春院的李家桂姐，要拜吳月娘做乾媽了，理
由是有了官的西門慶不能常到妓院走動，日後豈不是疏遠了。為了今
後更需要西門慶的庇護，認乾娘作親戚，走動起來纔更其方便。應伯
爵獲知此事，也頓時就猜到，說了出來。

　　妙的是，李桂姐為了要獨自完成這認娘之禮，還故意撇開了吳
銀兒她們，提前到了西門家，等吳銀兒、鄭愛香[編按1]她們到來，李桂

編按1　原書為「鄭愛月」乃手民之誤，今本更正「鄭愛香」。

姐業已拜認完畢，坐在娘的炕上，以女兒自居的指東指西了。

人間事，莫不若是焉！

接替西門慶的張二官，首先在這一回介紹出來。他也跟西門慶一樣，跟一班混混兒混，應伯爵和祝日念也是張二官的跟班，是以西門慶死後，他們這夥人也大都改投到張二官門下去了。

不過這裡加個「小」字，稱之為「張小二官」或「張小官」，說他「好不有錢，騎著大白馬，四五個小廝跟隨。」當然，跟西門慶是同一類貨色。

寫李桂姐、鄭愛香、吳銀兒等人在吳月娘房中閒談，談了些嫖客們的往還，全是閒磕牙的事。吳月娘坐在炕上聽著，說：「你們說了這一日，我不懂，不知說的是那家話？」

像這些閒言閒語的夾寫，良是寫實之筆的特色，把人與人生活間的現實事態，巨細不遺的都寫進來。談起來，雖然令人覺得囉嗦，但卻無不符合每一人物生活情緒的現實。

由李桂姐口中，道出了太監們對女性的變態作為，說：「劉公公還好，那薛公公快頑把人掐擰的魂也沒了。」月娘道：「左右是個內官家，又沒什麼？隨他擺弄一回子就是了。」桂姐道：「娘且是說的好，乞他奈何的人慌。」這簡短數言，殆亦花老太監的陪襯之寫也。

笑笑生們的寫實手法，最喜重複描述，往往同一件事，前後重述三次，甚而還多。可是，這同一件事在不同人物的複述中，不僅事實有了出入，尤其語氣有了變化。可以使讀者在各人不同的口吻中，去體味同一件事的人事心理觀點。可以說這是《金瓶梅》的寫實特色。譬如李桂姐的拜乾娘，為李桂姐母女寫了一遍，又著應伯爵重述了一遍。李桂姐坐在吳月娘房中的炕頭上，擺出了更親一層的乾女身分，以及李桂姐搶著先走，沒等吳銀兒等事，又再由吳銀兒重述一遍。於是越發的把李桂姐的為人，塑造得更其清晰，使讀者從而吟味

到人物性格以及言談間的生動情景。此類美妙的寫實手法，非其他說部可與之擬也。

只要是西門慶的歡樂場合，總少不了應伯爵，有了這應花子，方始顯得出西門慶的歡樂高潮。聽他的言談，看他的舉止，可以說他是個百分之百的下流人物。與妓女的打情罵俏，以及其出言無狀，卻正適合了西門慶的口味，東吳弄珠客說應伯爵是人間的小丑，以我看，又何止乎是小丑，小丑還有其高尚的情操，調笑也免不了還有淚水摻和在笑料間。若應伯爵也者，簡直是下流中的穢物，也只有西門慶這種品格卑下的人，方始喜愛這類幫閒。看來，他只是一條會說下流話的狗子而已。甚而連狗都不如，狗還有不舍故主之義呢！

不過，臨時出些壞主義，倒還適合當事人的心理，他建議吳銀兒去拜李瓶兒作乾媽，與李桂姐別別苗頭，自是吳銀兒最愛聽的言詞了。

潘金蓮把官哥抱到後邊去，走到儀門首就一逞把那孩子舉得高高的，當然是故意的了。

官哥的受驚得病，自此始。自從李瓶兒生了這孩子，潘金蓮見西門慶常在李瓶兒房內安歇，便常懷嫉妒之心，每蓄不平之意。她在隔壁聽見孩子哭，知道西門慶在前廳擺酒，便略加打扮，走向李瓶兒屋裡，一問李瓶兒不在屋，正好藉故把孩子抱走，冠冕堂皇的理由是抱到後邊找他媽去。實則是尋得機會整這孩子。纔一月大的孩子，怎勁得住她一邊走一邊把孩子舉得高高的呢！

我們看笑笑生們寫其中人物的使手腕作圈套，絕少加主觀的筆墨，無不純粹以外在行為的現實手法，素描出來，雖所寫胥是外在形態，卻能使吾人從他所寫的外在形態上，清晰的觀及人物的內心境界。若論寫實之藝，《金瓶梅》又何止是開山之祖，殆亦藝事之大師焉！

第三十三回

陳經濟失鑰罰唱
韓道國縱婦爭風

　　官哥受驚哭鬧漾奶，吳月娘喊劉婆子來看，西門慶知道了，則說：「信那老淫婦胡針亂灸，還請小兒科太醫看纔好。既好些了，罷！若不好，怒到衙門裡去，拶與老婦一拶子。」
這就是西門慶得官後第一次表現的心理行為。試看這話說得多麼沒有道理，醫不好就要挨拶。像西門慶這等人，得了官有了衙門，自是這等無法無天的濫用職權。這裡所寫雖只淡淡的一筆，蓋亦鮮明的凸出了這一類人物的性格。

　　獅子街李瓶兒的那幢空房子，要打開門面兩間，開絨線鋪子了。要那業已身為鄆王府掛名校尉的來保，另外搭個夥計經營，既看了房子，又做了買賣。

　　絨線是從湖州客人盤來，這線是應伯爵拉上的。雖然應伯爵從中打了三十兩背工，與來保合分了九兩，他仍舊是西門慶的重要心腹。得了官之後，西門慶自然更加倚重應伯爵。凡事他不便直接出面，應伯爵便成了他的影身。

　　這一回，韓道國夫婦上場了。應伯爵保舉時說：「原是絨線行，如今沒本錢，閑在家裡，說寫算皆精，行止端正。」西門慶見到韓道國這人：「五短身材，三十年紀，言談滾滾，相貌堂堂，滿面春風，一團和氣。」

　　但韓道國是怎樣一個人物呢？笑笑生們卻這樣寫著：

　　且說西門慶新搭的開絨線舖的夥計，也不是守本分的人，姓
　　韓名道國，字希堯，乃是破落戶韓光頭的兒子，如今跌落下
　　來，替了大爺的差事。亦在鄆王府做校尉，現在縣東街牛皮
　　小巷居住。其人性本虛飄，言過其實，巧於詞色，善於言
　　談。許人錢如捉影捕風，騙人財，如探囊取物。因此街上
　　人，見他這般說謊，順口叫他做「韓道國」（自是寒到骨也）。
　　自從西門慶家做了買賣，手裡財帛從容，新做了幾件虵蛻皮
　　在街上虛飄說詐，掇著肩膀兒，就搖擺起來。人見了不叫他
　　韓希堯，只叫他韓一搖。

　　再介紹他渾身是宰牲口王屠的妹子，排行六姐，人稱王六兒。
生的長挑身材，瓜子面皮，紫膛色，約二十八九年紀。身邊有個女
兒，嫡親三口度日。但卻與小叔韓二通姦，韓二是個搗子，惹得街上
浮浪的小夥子不憤，暗地裡捉姦，尋上西門慶遮掩官司，搭上了韓道
國的老婆王六兒。

　　第一，韓道國的命名，我認為是從「寒到骨」的諧音而來。書上
刻著「因此街上人，見他這般說謊，順口叫他『韓道國』」，這「韓
道國」三字，自然是刻錯了。張竹坡說是「韓搗鬼」的諧音，我認為
不是。何以？他兄弟韓二被稱為「韓搗鬼」，這渾名不可能再按到他
頭上。再說，韓道國的行為並不是搗鬼，而是善於說謊虛飄，許人錢
如捉影捕風，騙人財如探囊取物，令人「寒到骨」的人物。望之令人
心寒也。南人讀「國」音若「骨」，北人讀「國」則音若「鬼」。是
以南人可諧音「韓道國」為「寒到骨」也。

　　第二，王六兒則諧音「忘六」，乃忘義也。「義」在八德中列於
第六字。這夫婦二人，都是見利忘義之徒。

　　第三，王六兒也是排行第六，與潘金蓮一樣，都是「六姐」，她

是來旺媳婦死後，在風月上可與潘金蓮爭寵的後繼人物。而且是淫死
了西門慶的重要女人之一。是以作者按排了韓道國與王六兒夫婦，以
作來旺與宋惠蓮的正比。

　　如果，來旺兒也像韓道國一樣，只要老婆能淌來銀子，把床舖
讓出來，寧願做個縮頭烏龜，那麼，前半部的《金瓶梅》情節，可能
是另一部內容了。

　　喬大戶新買了房子，搬了家，新屋在東大街上，一千二百兩買
的，陳經濟艷羨的說：「好不大的房子，與咱家房子差不多兒，門面
七間到底五層。」他原住的西門慶對過的房子，七百五十兩盤與了西
門慶，上一回已寫明。笑笑生們之所以如此寫，自是留在下面與西門
慶兩家結親的安排。同時，也暴露了那當時社會的貧富差距。

　　仲尼有云：「有國有家者，不患寡而患不均，不患貧而患不安；
蓋均無貧，和無寡，安無傾。」此處所寫，蓋富家之富耳。可以說，
明朝的覆亡，在《金瓶梅》中已顯見之矣。

　　李瓶兒雖已產子滿月，卻已不耐煩接納漢子了。第一，孩子的
哭鬧不安，攪亂了她，第二，生產之後，健康便走下坡了。沒有心情
沒有健康，如何應付房事。

　　從這一回始，笑笑生們對於李瓶兒的塑造，便一筆筆在她的忍
耐上著墨，凡事她都不爭不競，百忍為先，千讓為是。加以出手又大
方，在西門家落得個性情好的賢婦女，想必也是寫來與潘金蓮作對照
吧！

　　陳經濟在前邊尋衣裳，要春梅去開樓門。潘金蓮卻吩咐春梅要
陳經濟尋了衣裳來後邊喝杯酒去。陳經濟不來，又使繡春去叫。

　　說來，這都是吳月娘破的例，當初，吳月娘如不破例要陳姐夫
到她們娘們行中湊熱鬧，潘金蓮也不敢著丫頭去叫陳經濟來。斯亦
「上有好，下必甚焉」的道理吧。

陳經濟失鑰，潘金蓮罰他歌唱，笑笑生們還特別編上了回目，無非寫潘金蓮愛這小夥兒的油腔滑調，以及所唱歌詞的淫靡。陳經濟先是不肯去，再是去了急於要走，他說前邊舖子裡客人在等著。亦可見陳經濟的心性不惡，還能以店舖中的生意為重，不像潘金蓮總以私己為主也。

買了對過喬大戶家的房子，吳月娘等四位婦女去看房子，上樓時吳月娘不小心一腳踏滑，扭了一下，五個月的身孕便小產了下來。

孩子掉在「樜桶」內，男胎，已成形了。北人便溺，不用「樜桶」吧。

寫實之筆，往往流入繁瑣。若此處寫眾人捉姦，把姦夫姦婦拴出來，圍了一門口人，轟動了一條街巷，這一個來問，那一個來瞧。其中一位老者獲知叔嫂通姦，便插口道：「叔嫂通姦，兩個都是絞罪。」又有多口的認得他是有名的陶扒灰，一連娶三個媳婦，都吃他扒了。因此插口說：「你老人家深通律條，像這小叔養嫂子的，便是絞罪，若是公公養媳婦的，卻論什麼罪？」那老者見不是話，低著頭一聲兒沒言語走了。

像這種插寫，都未免令人感到多餘，讀來索然無味，可是笑笑生們卻附錄了兩句成語：「各人自掃門前雪，莫管他家瓦上霜。」則又點明了這夥捉姦者的多事。結果，自己反而吃上了官司，不但受了皮肉之苦，還連累了父母嘔氣破財。不無教育意想也。

前已寫了韓道國的為人虛飄，卻又加寫了韓道國自從作了西門慶家的夥計，越發的在街坊上搖擺起來，吹擂起來。不想正在自大的吹擂著，老婆與兄弟通姦，已被人捉到，赤條條拴出舖子裡來了。

此處所寫，固是對韓道國的尖銳譏諷，在我則認為這一筆未免庸俗，不如他回情節穿插得自然。斯亦堪證《金瓶梅詞話》是集體分寫，各寫各回，非一人手筆，筆法佳劣，界然易見也。

第三十四回

書童兒因寵攬事
平安兒含憤戳舌

　　《金瓶梅詞話》的情節發展，採用搓草繩的方式，新情節的演入，是一邊搓一邊續進去的，而且不時續了些不同質不同色的進來，是以它的情節演進，與其他章回小說，大異其趣。譬如這一回的「書童因寵攬事」，先從上一回韓道國的老婆與小叔通姦續入，但此一姦情之所以能與書童牽連上關係，卻又起因於湖州絨線商人何蠻子的一批批線盤予了西門慶，遂據以在獅子街打開兩間門面開絨線舖子，尋了韓道國作絨線舖的夥計。

　　正因為韓道國是西門慶的夥計，他老婆出了事，嚷著要送官，所以來保建議他央求應二叔去對當家的說，「怒個帖兒對縣中李老爺一說，不論多大事情，都了了。」

　　經過應伯爵指點，犯了通姦罪的狗男女，卻消災無事，管閒事的捉姦者，反而吃了官司，急得家人出來，花銀子託應伯爵向西門慶說人情。應二不便在西門慶面前出爾反爾說兩面話，便轉託正得主子寵倖的書童去說。經過三輾四轉的曲折，纔把情節演進到書童身上。後來，書童自感力難勝任，又去央懇李瓶兒。

　　又因為書童送給李瓶兒吃的酒菜，贓餘的掇到櫃上，再打了兩提罐酒，請了來興、陳經濟、玳安等人吃了，忘了請看大門的平安，因而使平安懷恨在心，方始惹出了下半的回目「平安兒含恨戳舌。」於是，潘金蓮的口舌，又牽扯到李瓶兒身上了。

試看僅這一回的情節，在演進時夠多麼委婉，可以說每行至一處，都是曲徑幽壑。

應伯爵不在家，家中人教韓道國到西門大爹家去尋，可以想知應二是經常在西門家走動的。後面寫應伯爵到西門家，穿堂入室，如同家人，狗見了他都不叫。韓道國在勾欄院中尋到了應伯爵，被湖州絨線商人何蠻子的兄弟何二蠻子請到四條巷何金蟾兒家吃酒去了。

笑笑生們這樣寫，意在使讀者了解應伯爵為何二官介紹這筆生意，除中飽了三十兩，另外還接受了何蠻子的謝宴。不用問，也不用寫，一定還有佣金。還帶了家人應寶去赴宴，為了擺氣派吧！

代人跑腿說項，就是應伯爵的行業。當韓道國找到了他，央求他向大官府討人情，馬上酒也不吃了，便隨同韓道國去找西門慶。而且指點韓道國見了西門慶應「把一切閒話都丟開。你只說我常不在家，被街坊這夥光棍，時常打磚掠瓦，欺負娘子，你兄弟韓二氣忿不過，和他嚷亂，反被這夥人搴住，揪採在地，亂行踢打，同栓在舖裡，望大官府討個貼兒，對李老爹說，只不教你令正出官，管情是個分上就是了。」就憑了這幾句說詞，不僅韓道國要求的「只不教你姪媳婦見官」做到了，連捉姦成了雙的韓二，也洗脫了干係。幾個管閒事的楞小子，反而吃上了官司，在提刑所挨了夾棍，還連累了父母花銀子出來尋人情，應伯爵又在這一方得銀四十兩，拿出了二十兩（他原只拿出十五兩，書童又多要了五兩）託書童去說。

西門慶對待應伯爵，也與其他弟兄不同，特別交待玳安到後邊大娘處，把昨日劉公公送的木樨荷花酒篩來；還特別蒸了一份酒糟鰣魚。這名貴的菜餚，已送過兩尾給應伯爵了。

這頓飯，極其豐盛，四碟案酒是鮮紅橙橙的泰州鴨蛋，曲彎彎王瓜拌遼東金蝦，香噴噴油煤的燒骨，禿肥肥乾蒸的劈臕雞；第二道是嘎飯菜，一甌兒濾蒸的燒鴨，一甌兒水晶蹄膀，一甌兒白煤豬肉，

一甌兒炮炒腰子；若後纔是裡外青花白地磁盤盛著一盤紅馥馥柳蒸的糟鰣魚。

這伙食，就是西門慶平時在家享受的飲食。真所謂「富家一餐飯，貧戶半年糧。」說來，這裡寫西門慶的飲食，乃標準的現實主義之藝。

顯而易見的，這一回的情節設施，比上一回寫的精到周密多了。尤其一些小情節的轉折插筆描寫，最值圈點。如在吃飯時，西門慶插說的劉太監的兄弟劉百戶，拿皇木蓋房子，惹上參本，依著夏提刑要他一百兩銀子，他則免了銀子，只判他拆屋還木，打了家人劉三二十就發落了。劉太監感激不過，送了四十斤鰣魚還有酒以及綢緞等禮物。又說夏提刑貪濫蹧燹，有事不問青紅皂白，得了錢在手裡就放了，成什麼道理。以及應伯爵在書房中見到西門慶中秋的禮單，各級人等的禮物之別。再有帥府周老爹家的差人騎馬送轉帖與西門慶看，正遇上守門的平安在生悶氣，當他被迫不得已接過帖子送到花園書房，正巧遇上西門慶與書童在書房正作勾當，「氣呼呼趿的地平一片聲響。」因而方始造成了平安戳舌的由頭。

上一回寫韓道國他家住「牛皮小巷」，這一回則又寫成「牛皮街」了。這也許是分寫的錯誤吧！

在第四十八回，曾孝序的參本，寫明西門慶是「一丁不識」，但在這一回，則寫西門慶觀看韓道國的帖子上面，寫著犯婦王氏，乞青目一二。則說：「這帖子不是這等寫了。」亦足以證明《金瓶梅詞話》非一人所寫。

寫平安向潘金蓮「戳舌」，給他安排了一個提燈去迎轎子的情節。因為潘金蓮到家替潘姥姥做壽去了，未住下來，連夜乘轎回家。因為平安大些，春梅遂著平安打燈去接，大門由棋童兒看守。就這樣，平安有機會在路上向潘金蓮「戳舌」了。

　　一路上，再加上兩個熟轎夫，一問一答，於是，書童在六娘房飲酒，在書房與主子幹勾當，都「舌」進了潘金蓮之耳。

　　到了家，一一拜見了大二三娘子再走到李瓶兒房裡行禮，李瓶兒要她坐下來吃鐘酒，她便說起譏諷話了：「今日我偏了杯，重複吃了雙席兒，不坐了。」西門慶說：「好奴才，恁大膽，來家就不拜我拜兒！」金蓮就接過來說：「我拜你，還沒修福來哩。奴才不大膽，什麼人大膽！」

　　像這種情節的轉折銜接與插入來，無不適時適情，人物對話之恰如其時，恰如其情，恰如其心，真是現實情態如見。

　　再本回中的兩個插說的故事，先是西門慶說的薛姑子撮合阮三與張家小姐，在僧房相會，意外釀成人命的案子，以及後面轎夫張川說的一位六十老兒，第七個小妾養個兒子，成天掌上看擎，糊了五間雪洞兒的房，買了四、五個養娘扶持，不到三歲也出疹子去了。

　　像這些故事的插入，亦現實如繪。比上一回插說的扒灰老兒閒話，要現實自然多矣。

第三十五回

西門慶挾恨責平安
書童兒粧旦勸狎客

　　對於捉姦的這四位管閒事的，作者特別感慨，寄予無限規勸。
竟在這回的開頭，寫了證詩八句：

> 莫入州衙與縣衙，勸君勤謹作生涯。
> 池塘積水須防旱，買賣辛勤早養家。
> 教子教孫并教藝，栽桑栽棗莫栽花。
> 閒是閒非休要管，渴飲清泉悶煮茶。

　　而且加以解說：「此八句，單說為人之父母，必須自幼訓教子
孫，讀書學禮，知孝順父母，尊敬長上，和睦鄉里，各安生理，切不
可縱容他。少年驕惰放肆，三五成羣，遊手好閒，張弓挾矢，籠養飛
鳥，蹴鞠打球，飲酒賭博，飄風宿娼，無所不為。將來必然招事惹
非，敗壞家門。似此人家，使子陷于官司，大則身亡家破，小則吃打
受牢。財入公門，政出吏口，連累父兄，惹悔就憂，有何益哉！」
這一番議論，自是專指這幾個管閒事去捉姦的楞小子說的。但如從故
事的情節說，這四位捉姦者，只是引發韓道國縱婦爭鋒的導火線，不
是小說的主要內容，到了這一回，全案進入尾聲，且此事連貫了三
回，都不曾寫入回目，事實上，它也不是小說的主線，作者居然在此
發了大篇議論，還錄了八句詩置為引首，若以小說藝術論之，未免令
人有輕重倒置之感。

　　按回首證詩，應是全回內容的入話，詩意如不能入楔全回內容，則浮泛累贅矣。可是《金瓶梅詞話》的回前證詩，十之七八都是水上浮物，無根於水，尚待專題論之也。

　　當五個人（連同韓二）全部發放了之後，「應伯爵拿著五兩銀子，尋書童問他討話，悄悄遞與他銀子，書童接的袖了。」書童向應伯爵多討的五兩銀子，在此處交代出來。越發塑造了應伯爵的為人。換言之，人如未放，這五兩銀子就省下了。

　　雖說這四位管閒事的人，不是小說的主要情節，可是執筆寫這一回的人，對此事則有異常感慨的心情。不僅在回目前錄了八句證詩，結案時四人回到家，還這樣寫著：「四（家）人到家，個個撲著父兄家屬，放聲大哭，每人去百兩銀子，落了兩腿瘡，再不敢妄生事了。」又寫了兩句感慨萬千的詩句，「禍患每從勉強得，煩惱皆因不忍生。」何竟感慨若是之深！

　　在萬曆年間，熱心國事，認真傳統的臣子，曾經為了皇帝老子的遲不立儲，又不令皇子出閣講學，因而懷疑皇帝寵愛鄭貴妃有廢長立功的跡象，有些臣子，竟紛紛上疏請求，觸怒了皇帝。於是，有的廷杖，有的謫官，有的遣戍，真是何苦來哉！

　　正如朱翊鈞（神宗）說，這是我的家事，你等不要管。笑笑生們的感慨，得非起於此乎？[1]。

　　平安戳了舌，來安便在一塊响糖的甜頭下，又把平安向潘金蓮說的那番話，再向書童加重語氣復誦了一遍，噫！人性之卑劣，若是乎？

　　我在前面提到，笑笑生們寫一件事情，往往復述二次三次之多，無不一次次婉約而來，毫不勉強，斯亦《金瓶梅》之寫實特色也。

1　拙作：〈一月皇帝的悲劇〉，《金瓶梅的問世與演變》附錄。

　　正由於平安的戳舌，書童「暗記在心」，方有「西門慶夾恨責平安」的情節產生。

　　責打平安的情節，從西門慶買酒須坐營送行返家，吩咐看門的平安「但有人來，只說還沒來家」寫起，再寫西門慶到廳問書童經管人來客往的事，管屯的徐老爹送螃蟹鮮魚，吳大舅的兒子娶了喬大戶娘子的姪女兒，明日請三日酒，也都自自然然寫了進來。

　　這樣細婉的寫法，不惟描寫了西門家的交往，喬大戶也與西門家有了親戚關係，最細膩的一點，還是西門慶吩咐平安「但有人來，只說還沒來家」的一句話，他這番吃酒回來，不到別處去，先進到廳上，目的就是摟摟書童，還在新鮮勁中也。這麼一來，平安的那番「戳舌」，便在男寵的口中，上達於西門慶的「聖聰」了。

　　另一方面，則寫平安也不放鬆書童的這一勾當，是以西門慶進了書房，平安便去報告潘金蓮。金蓮著春梅去喊西門慶進來說話。春梅遂親眼見到了可疑的情景。一步步寫來，寫潘金蓮指斥西門慶與書童關起門來在房裡，問西門慶要求製作到吳大舅家出客的服裝以及拜錢。可以說全是細線綉針的巧手密縫。

　　譬如這裡寫春梅走來，轉過松牆，看到畫童兒在那裡弄松虎兒，便道姐來作什麼？爹在書房裡。被春梅頭上鑿了一下。試看這一筆，寫春梅的此一小動作，多麼活潑生動，如見其人。張竹坡也評了這一筆，說：「寫生」。

　　西門慶的把兄弟，走得最親蜜的一是應伯爵，二是謝希大。前回在李桂姐家的集會，以及李桂姐到西門家認乾娘的酒筵上，已清楚的寫出來了。這一回的平安挨打，固然起因於平安的不該戳舌他的男寵，洩露了他與書童的穢事而惱羞成怒。但點燃了西門慶這心頭怒火的，則是白來搶。

　　看來，白來搶這人也太不識相。笑笑生們不只一次的寫著：「生

兒不要屙金尿銀，只要能見景生情。」白來搶則乏此智慧。平安回說
爹不在家，就該止步；見到西門慶，察言觀色，也該告辭；談到會上
的事，受到了搶白，還能再坐下去嗎？夏提刑來了，更應該偷偷蹓
走，卻寧願躲著等夏提刑走了再出來；非賴得一頓飯吃了再走。這種
人之所以受窮，必也。所以平安背後罵：「閑的沒的幹，來人家抹嘴
吃，圖家裡省了一頓，也不是常法兒。不如教老婆養漢做了忘八，倒
硬朗些，不教下人唾罵。」說來，白來搶這種人世間多矣！

　　雖然西門慶極其厭惡於白來搶這位把兄弟，卻始終沒有讓白來
搶下不得台。西門慶之所以能在幫會中稱老大，能由清河流氓一躍而
登上五品的提刑官，此處接待白來搶之寫，亦足見其成功因素之一斑
矣。

　　平安挨打，孟玉樓卻獨自一個在軟墊後覷聽。老實說，西門家
如無孟玉樓這種女人，潘金蓮的是非準會減少一些。說來，此處寫孟
玉樓的偷聽，孟玉樓的性格塑造，誠謂佳筆墨也。

　　平安挨打，連同在旁的畫童也挨了一拶子。這就是有權有勢的
主子心性，凡事從其好惡而為。沈德符在《萬曆野獲編》中，寫有明
神宗寵「十俊」（十個小太監）事，這些男寵，不到兩年全被皇帝老
子打殺淨盡。此處之寫，能不有斯諷喻乎哉！

　　書童裝旦，寫男寵之尤，也附帶寫了應伯爵等人幫閒之尤。如
所寫應伯爵在酒席上的醜態，正如潘金蓮所說：「到明日死了，也沒
罪了。把醜卻教他出盡了。」

　　應伯爵、謝希大就憑了這份醜態在西門慶身邊渾生活，不過，
應伯爵的趨附言談與舉止，正是他能在財主人家吃香的本領。像賁四
就不成了，說個酒令的笑話，竟傷了主子。結果，賠了三兩銀子，要
求應二以後多照顧他。他本是應伯爵介紹到西門家的夥計。在西門
家，也算得個老實人。

　　姚靈犀說這一回中的〈殘紅水上飄〉，是李日華的〈四時閨怨〉。經查沈璟編選的《南詞韻選》，以及陳所聞編選的《南宮詞紀》，均選有此曲，作者是李日華。曲牌名〈玉芙蓉〉，文詞與本回書童所唱者同。不過，沈選記有詞人姓字，此一李日華是「直隸吳縣人」，非嘉興秀水之李君實也。他如〈漫空柳絮飛〉、〈東籬菊艷開〉，亦見《南詞韻選》。至於嘉靖間之《詞林摘》，所摘選之〈殘紅水上飄〉，曲詞大異，不能相提而並論。按沈璟、陳所聞均為萬曆間人，足徵此曲在萬曆時最流行。

　　笑笑生們寫了不少皇親進來，所謂「皇親」自是指的皇家的外戚。這般人在《金瓶梅》的社會中，不是賣庄院，就是賣土地。在地方上，已被地痞流氓如西門慶者，起而代之。是以有崇禎之李自成亂生也。

　　由是觀之，此書之成於萬曆中葉或末葉，較之成於嘉靖間，合乎現實多矣！

第三十六回

翟謙寄書尋女子
西門慶結交蔡狀元

　　關於《金瓶梅詞話》中的證詩，大多與內容有著河漢空漠之遠，這一回目前的證詩，亦復如是。到了所謂「崇禎本」，這些證詩，都一一更換過了。此是一大問題，尚有待專題論述之。

　　翟謙寄書尋女子，斯亦當時官場酬應上的禮尚往來。這當然是翟謙向西門慶需索的條件之一，這封信上已經說明：「前蒙馳諭，生銘刻在心。凡百，于老爺左右，無不盡力扶持。」他當然要問，我托你的事情，想已為我辦了吧？我們可以從此知道，官場上的事，權力往往被操縱在侍從人等手上，歷代所謂的黨爭，無不有宦官在內也。

　　西門慶居然忙於生子加官的賀客酬應，竟把此事忘了。當他要把李瓶兒房中的綉春送去，吳月娘卻說了話了：

　　　　我說你是個火燎腿行貨子，這兩三個月，你早做什麼來？人家央你一場，替他看個真正女人去，他也好謝你。那丫頭，你又收過她，怎好打發去的。你替他賞個事幹，他到明日也替你用的力。如今施（現）捏佛施（現）燒香，急水裡怎麼下得槳。比不得買什麼，挈了銀子到市上就買的來了。一個人家閨門女子，好歹不同。也等教媒人，慢慢踏著將來。你倒說的好容易自在話兒。」西門慶道：「他明日來要回書，怎麼回答他？」月娘道：「虧你還斷事。這些勾當兒，便不會打發

> 人。等那人明日來，你多與他些盤纏，寫在書上，回覆了他
> 去。只說女子尋下了，只是衣服粧奩未辦，還待幾時完畢，
> 這裡差人送去。打發去了，你這裡教人替他尋，也不遲。此
> 一舉兩得其便，纏幹出好事來。也是人家託你一場。

　　我認為吳月娘是西門家最能幹的女子，西門慶的「賢」內助，試
看這一段描寫，亦足見吳月娘的才具之駕乎西門矣。

　　我認為《金瓶梅》中的東京，實際上是燕京，甚至於清河的實際
街巷，也是燕京的背景。

　　就像這一回的蔡狀元與安進士由京返鄉省親，按蔡蘊狀元的籍
貫是九江（匡廬人也），安進士忱的籍貫是杭州（錢塘）。北宋的東
京是開封，就以小說的地理來說，清河在山東東平府，這兩人由東京
返里省親，又如何能經過清河去打擾西門慶？若從燕京南返杭州九
江，這兩人方能同道，也可能道經清河。這一點，也是吾人可以肯定
《金瓶梅》的歷史背景是明而非宋也。

　　再說，這裡寫蔡蘊的「本貫」是「滁州之匡廬人也」。按宋之滁
州屬淮南西路，匡廬屬江南西南，相距千里。或為廬州之誤，廬州，
今之合肥縣。但亦非滁州府轄，明清均稱廬州府。此或為笑笑生們的
故作顛頂。小說，認真不得。

　　蔡蘊、安忱[編按1]這兩位名上黃榜的儒門弟子，且兩位都是狀元的
才學。小說上寫著，安忱的考試成績，本應名列一甲一名，因為他是
先朝宰相安惇之弟，係黨人子孫，不可以魁多士，徽宗御遷早不得
已，把蔡蘊擢為第一。可是這兩個狀元之才的孔門儒生，竟然繞到清
河西門慶家，吃吃喝喝，玩玩唱唱，喝過了一夜。晚上，還有侍旦
呢。尤其那蔡狀元，竟腼顏拉西門慶於僻處，開口借旅費。真是丟盡

編按1　「安枕」乃手民之誤，今本更正「安忱」。

了讀書人的顏面；還是狀元呢。官職是祕書省正字。說來，他們與西門慶無親無故，只不過知道他也與他一樣，都是靠了蔡太師得官享榮而已。就憑了這一點點關係，便繞道清河來打秋風，試想，凡屬其權轄之下的公事，還能放過機會嗎！

安惇是廣安人，屬四川嘉陵道，非錢塘人也。不過，在朝曾與蔡京相忤，《宋史》有傳，見卷四七一，無弟名安忱也。至於蔡蘊，則未查有其人。

當西門慶送二人到門首，看著上馬而去，作者竟寫了這麼兩句語言：博得錦衣歸故里，功名方信是男兒。天哪！得了功名的男兒，博得錦衣居然如此的歸里，沿途尋機會找外快，尋玩樂，未嘗想到把才學貢獻社會，利惠大眾，為法後世，顯宗耀祖，讀書人之十年寒窗，三年一奔競，所期於錦衣歸里者，若是乎！

斯二語，蓋亦今之西人所謂之「愛朗尼」也。

第三十七回

馮媽媽說嫁韓氏女
西門慶包占王六兒

　　這一回一開始，便寫「馮媽媽說嫁韓氏女」。我在前面以搓草繩來比喻《金瓶梅》的情節發展，若以此回來說，應是王六兒進入《金瓶梅》故事的情節開端。雖然前面已經介紹過了，但未上場。這一回王六兒上場演出了，而且一上場就是赤裸裸的淫蕩之寫，比起潘金蓮來，王六兒連「挨光」的過程都不要，直來直往一拍即合。

　　說起來，我頗為潘金蓮的「淫婦」之名抱屈。譬如西門慶占有來的女人，只有一個潘金蓮經過了王婆的「挨光」設計，以後的孟玉樓是一說即妥，張四舅極力破壞，也破壞不了；李瓶兒更是主動的向西門慶大送風情，罄其所有的倒貼；宋惠蓮與王六兒，都是一說就點頭。何況王六兒的枕上風月，床笫工夫，幾為《金瓶梅》中所有女人之冠呢！另外，還有個風月揚名於妓家的林太太，她們那淫邪的性行，何嘗遜乎潘氏！獨潘金蓮享淫婦之名於後世，怪哉！

　　王六兒今年（應為政和六年丙申）二十九歲，屬蛇，小潘金蓮一歲，小西門慶三歲。如以西門慶於政和三年二十七歲上場算起，政和六年方始三十歲，與王六兒的年二十九歲屬蛇，無從符乎紀年矣！

　　王六兒的女兒愛姐，「屬馬兒的，交新年十五歲。」二十九歲的蛇，生了個十五歲的馬，在干支上也不符合，相差一年，應為十六歲纔對。

　　我們如據干支生屬來計算西門慶等人的年歲，彼此之間，往往

參差了一半。我認為這是作者的故意，不是乏此常識。媽二十九，女兒十五，做母親多麼早啊！

韓愛姐出生於端午節，小名叫做「愛姐」。這愛姐之名，似乎是「艾姐」，方合端午生人命名的意義。馮媽媽說：「她娘說她是五月端午養的，小名叫做愛姐。休說俺們見了愛，就是你老人家見了，也愛的。」端午插艾，所示者也是「愛」的意思。斯亦「愛姐」命名之由吧。

這王六兒「生的長條身材，紫膛色瓜子臉，描得水鬢長長的。」西門慶占有的女人，大都是五短身材，只有孟玉樓是瘦長條，潘金蓮則長短適中。這裡又多了個王六兒是長條身材。但西門慶注意到的則是風韻上的誘惑。像李嬌兒胖得連秋千都不能打，他也娶得來了。其實，西門慶正應了老馮媽媽的那句諷笑之諭：「你老人家坐家的女兒偷皮匠，逢著的就上。」

在此三回寫韓道國他們住在「牛皮小巷」，三十四、五回則又寫作「牛皮街」，到這一回，又寫作「牛皮巷」了。我懷疑第三十四、五兩回是另一人的手筆，那兩回的小情節以及人物言談舉止的刻畫，寫得精巧細密的多呢。

西門慶為王六兒買來的十三歲的丫頭子，祇四兩銀子，從「南首趙嫂兒家」買來的。顯然的，人口買賣在《金瓶梅》的社會中，已是公開的行為。馮媽媽營此業，薛嫂營此業，這裡的趙嫂也營此業。後來潘金蓮趕出西門家，則由王婆領去待價而沽。這樣的社會，能不易姓乎哉！

小說還特別寫著「也是一個小人家的親養的孩兒來，他老子是個巡捕的軍，因倒死了馬，少椿頭銀，怕守備那裡打，把孩子賣了。只要四兩銀子。」可想當時軍兵之職貧賤得可憐！

王六兒的女兒說嫁給京城翟管家作小，王六兒都深深感到：「自

從他去了，弄的這屋裡空落落的，件件都看了我，……倒不如她死了，扯斷腸子罷了，似這般遠離家鄉去了，你教我這心能夠放得下來？急切要見她，也不能夠。說著，眼酸酸的哭了。」

那麼，賣兒女的人家，其父母又將何堪哉！

　　寫王六兒的枕上風月床第風雲，猶恐散文之不足，復以韻文數百言喻之，笑笑生們之器重王六兒，可知矣！

　　馮媽媽在王六兒家為東家服務，疏走了東家婆娘，連大娘子要她買的蒲墊都忘了。她們的支吾之詞，正是她們這類人，渾吃渾喝的本領。

　　從寫於《金瓶梅》中的三姑六婆來看，可以想知笑笑生們必是大戶家的子弟。

第三十八回

西門慶夾打二搗鬼
潘金蓮雪夜弄琵琶

　　雖然這一回的上半回目，是「西門慶夾打二搗鬼」，可是「夾打二搗鬼」的情節極少，一共寫了兩處，第一處寫了約二十四行餘，數來共計五百八十字，第二處寫了不到四行，共計八十一字。再看這一回的前半回目，計有六頁半之多，共計三千五百餘字。「夾打二搗鬼」的情節，僅僅占了六分之一，如何能為之編寫回目？

　　至於這一回的前半回目，大部分的篇幅寫的是西門慶與王六兒的再度苟且，韓道國反而認為自己的妻子能與他的東家勾搭上，乃是他們難得走上的一條路。當王六兒把她與西門慶的數遭交往，向韓道國細說一遍，韓道國則說：

> 等我明日往舖子裡去了，他若來時，妳只推我不知道，休要怠慢了他，凡事奉承他些。如今好容易撰（賺）錢？怎麼趕的這個道路！

　　可以說，這一回目，應是「韓道國縱婦私東主」纔對，不應寫作「夾打二搗鬼」。像三十三回的後半回目「韓道國縱婦爭鋒」，也與內容不合，內容寫的是王六兒與小叔韓二通姦，被四個管閒事的小子捉姦出醜，轟動了里巷的事，韓道國何嘗「縱婦爭鋒」？縱婦爭鋒寫在這一回。如何顛倒的？如何參差的？值得研究。

　　我對於《金瓶梅詞話》的研究，一直認為是集體而分回改寫。若

是情形，不也是證見之一嗎！還有，第三十三回之前，寫韓道國住在
牛皮巷，到了第三十四、五兩回，則改寫成「牛皮街」，這一回，則
又改寫成牛皮巷了。

　　上述這些，也畔然可以見及《金瓶梅詞話》之非一人手筆。

　　李三（智）、黃四借銀，這一回是個開始，他們借借還還，一直
連續到第七十九回西門慶死，還未曾了清。這裡，也足以見及西門慶
之如何與商場勾結，承攬舶來的香蠟等貨。李三、黃四借銀，動輒二
千兩，經攬的貨物，以萬兩計，算得是個大商人了。

　　本來，西門慶就是當時官場之間營私的攬頭，自從得了官，越
發的被商家倚重，李三、黃四之寫，豈非明喻之乎！

　　看來，這一回的情節演進，頗感斷斷續續，不如第三十四、五
兩回那麼續接得自然嚴實而周密。譬如說，這一回共有情節七宗，第
一宗，李三、黃四借銀，第二宗，夾打韓二搗鬼，第三宗，韓道國來
保東京嫁女返家。第四宗，韓道國縱婦爭取髒錢，第五宗，西門慶贈
馬夏提刑，第六宗，潘金蓮雪夜弄琵琶，第七宗，李瓶兒一心籠絡潘
金蓮。

　　第一宗的李三、黃四借銀，由馮婆子從李瓶兒處出來，探看西
門慶的動靜，引出李三、黃四的借銀情節，卻也自然。第二宗寫西門
慶到了王六兒門前，正巧遇上王六兒棒槌趕打韓二，問明因由，待回
去之後，次早到了衙門，便差了兩個緝捕，把二搗鬼拿來，一夾二
十，打的順腿流血，睡了一個月，險些把命送了，往後連影兒也不敢
上門了。寫至此便休止了，再重起第三宗的韓道國東京嫁女歸來。這
一宗連上第四宗縱婦寫到他們夫婦收拾歇下，到天明韓道國宅裡討了
鑰匙，開舖子去了，與了老馮一兩銀子謝他，俱不必細說。下面再起
頭寫第五宗的贈馬夏提刑，這一情節，居然過了兩月，乃是十月中旬
時分，夏提刑方始為了感謝西門慶的贈馬，在家中擺酒請客。寫到這

裡，又休止了，「不說西門慶在夏提刑家飲酒，單表潘金蓮見西門慶許多時不進他房裡來，……」又再開頭寫第六宗情節，潘金蓮雪夜弄琵琶。……

　　試看這一回的七宗情節，在演進過程中，居然有三宗是重新開筆的，與我前面根據第三十四、三十五兩回情節之演進技巧，比況出的「搓草繩方式」，無從倫比矣。

　　不過，上一回的結尾，寫馮媽媽離開李瓶兒，兩步做一步要趕到王六兒處，怕西門慶去了。按說，這一回馮媽媽應回到王六兒那裡，但這一回的開頭，所寫的則是馮媽媽走到前廳角門看，看見玳安在廳槅子前，拿著茶盤伺候，玳安望著馮媽奴嘴兒。「妳老人家先往那裡去，俺爹和應二爹說話哩，說了話，打發去了，就起身。先使棋童兒送酒去了。」那婆子聽了，兩步做一步，走的去了。下面寫李三、黃四借銀事，完了，西門慶方始去王六兒那裡。基於此一情節的縝密而精巧的連接，卻又難說是另一人的手筆矣！說來，集體改寫時的錯綜也。

第三十九回

西門慶玉皇廟打醮
吳月娘聽尼姑說經

　　祇要我們多留些心，準會感受到這第三十九回的情節傅陳，比第三十八回要順暢多了。不說別的，先看這回目前的證詩，便與內容極其貼切。說：

　　漢武清齋夜築壇，自斟明月醮仙官。
　　殿前玉女移香案，雲際金人捧霞盤。
　　絳節幾時還入夢，碧桃何處更騑驂。
　　茂陵烟雨埋弓劍，石馬無聲蔓草寒。

　　雖還未知這首詩是引錄誰人的，或是執筆寫這一回的作者自己作的，但此一首詩意的感慨，則良與這一回中的「西門慶玉皇廟打醮，吳月娘聽尼僧說經」，卻已說明了作者的諷喻。像漢武帝，不是好道嗎，結果，不惟沒有成仙得道，徒被那齊人作法捉弄一番而已。
　　笑笑生們是既不信佛也不崇道的，對於儒官的名利奔競，也無不寄以冷嘲熱諷。至於所寫佛道兩家的齋醮誦經等事，亦無不細筆一一白描，雖不加一字主觀議論，也足夠使我等讀者感於那種打醮，那種說經的無聊。所以這一回的結尾，有詩為證說：

　　聽法聞經怕無常，紅蓮舌上放毫光。
　　何人留下禪空話，留取尼僧化稻糧。

　　何嘗不是？聽法聞經也都是佛道人等的舌燦蓮花，徒給尼僧道士向你化取稻糧而已。雖漢武帝亦逃不了一死，結果是：「茂陵煙雨埋弓劍，石馬無聲蔓草寒。」

　　回目寫的兩大情節，作者是一路寫去，不膠不滯，不泥不油，若江河流水，滔滔而下。先在開頭交代了西門慶替韓道國老婆王六兒，在獅子街石橋東邊，使了一百二十兩銀子，買了一所門面兩間倒底四層的房屋居住。還細細描繪了這幢房子的圖說。自此，韓道國便經常在舖子裡上宿，把老婆讓給了東家享受了。

　　可是，韓道國反而引以為榮，「他穿著一套兒齊整絹帛衣服，在街上搖擺」起來，寫其無恥若是。

　　玉皇廟打醮的情節，由臘月送節禮引出，玉皇廟的道士吳道矗送年禮來，觸發了吳月娘提起生孩子時，西門慶曾許下一百二十分的醮禮之願，如今，這孩子又成天啾啾唧唧的，認為是這願心未還壓的。於是，這醮便訂在正月裡打了。

　　打醮之日，訂在正月初九爺旦日，可是這天是潘金蓮的生日。這天，西門慶在玉皇廟打醮，到了入更還沒有結束，恨得她在上房發牢騷：「賈瞎子傳揉，乾起了個五更；隔墻掠肝胆，死心塌地；兜肚斷了帶子，沒得絆了。」一事事都自自然然的牽絆起來。沒有「按下不表且說」的笨拙轉折。

　　把官哥寄給吳道官的那些禮數賦寫，自是當時社會風尚的寫實，雖然毫費筆墨不少，卻還不嫌拖沓。道士給官哥啟了個道名「吳應元」，當然是「無因緣」的諧因，曉喻這孩子與西門家無因緣也。不過，像這諧音之名，並非象徵，只是一種寓意或喻意而已。

　　這裡的齋意文上，寫明西門慶是丙寅年七月二十八日子時生，吳月娘是戊辰年八月十五日生，李瓶兒是辛未年正月十五日生。若以宋朝紀元算，西門慶應生於宋神宗元祐元年（1086），政和三年

（1113）正好二十七歲，即西門慶最早出現在《金瓶梅》故事中的那一年。當然，吳月娘與潘金蓮的生於戊辰，李瓶兒的生於辛未，也都一一符合上了。又怎能說笑笑生們不諳歷史，不明干支呢！

再說齋意寫著官哥生於丙申年七月二十三日。按《金瓶梅》的情節編年，這年應為政和六年，不錯，正是丙申。但這齋意偏寫著「謹以宣和三年正月初九日……」自是故意錯寫之筆，這年應是政和七年，去宣和三年尚遠哩！

我認為《金瓶梅詞話》是南方人的作品，曾舉語言為證。這裡西門慶有一句話：「正是小頑還小哩，房下恐怕路遠謔著他，來不的。」其中「小頑」一詞，即吳語，今寫作「小囝」。北人稱謂孩童，無此語也。像這類詞語，都是作者無意間流洩出的。

雖說這一回所寫，主要的情節就是回目上寫的。但在這兩大主要情節之內，還夾有許多小情節。如（1）西門慶為王六兒買了新房子，韓道國舖子中上宿。（2）年節禮，訂日還願，玉皇廟打醮。送法事用物及禮品。寫玉皇廟狀貌。（3）為官哥寄名，宣念齋意。（4）賦寫齋壇大禮。（5）應伯爵等人到來，擺齋饌酒食，聽書聽唱。（6）李桂姐送禮。（7）吳道官送來八抬官哥寄名禮品，引起西門家眾婦人，指三話四，要李瓶兒把孩子抱來穿著道士衣，謔得孩子大哭。（8）潘金蓮見疏文上，祇寫了吳月娘、李瓶兒兩個名字，沒有她，說西門慶偏心。（9）潘金蓮等西門慶回家為她慶生，玉皇廟的法，亟亟不完。（10）西門慶到晚未來家，吳月娘請王姑子說因果，唱佛曲兒。（11）陳經濟先回來，說了一句花大舅，被潘金蓮搶白一頓。（12）王姑子說五祖修成佛果故事。在說故事中，還夾有宵夜閒談的問答，以及聽經者的一個一個睡去，到最後，連吳月娘都睡著了。這些小情節，無不一一如泉水的自然湧出，而又自然融在流水中一貫而去。不再是第三十八回那樣，一節節一塊塊拼綴上的了。

上述情形，也是我認為《金瓶梅詞話》，確非一人手筆的證言。

第四十回

抱孩兒瓶兒希寵
裝丫鬟金蓮市愛

　　三姑六婆們的營生，仰賴的就是吳月娘這種富貴人家的女人，家中有財富，不愁吃穿花用，姜婦成羣，丈夫又經常在外，一個月也輪不到她房裡去一次，解除生活上的寂寞，豈不全靠這些姑子婆子們。

　　像這姓王的姑子，除了會說唱佛經上的故事，連婦女的妊娠都包管了去。當她知道吳月娘在去年八月間，小產了一個，又見她對李瓶兒生的孩子，也喜歡的一如己出，就慫恿吳月娘還是自己懷的好，於是她就把她知道的可以幫助婦人懷孕的偏方推薦給吳月娘。另一個姓薛的姑子，也就因此被介紹進來了。

　　《金瓶梅》中的大小事件，全是當時社會的寫實，像這用頭生孩兒的衣胞，拿酒洗了燒成灰兒，配合符水，揀壬子日，人不知鬼不覺，空心用黃酒吃了，算完日子不錯，到了一個月，就坐胎氣。後來，吳月娘果然照此如法泡製，在壬子日喝了下去，與丈夫同了房，居然生下了孝哥。看來，笑笑生們的如此寫法，也不是反感於這種偏方，他們只是寫實，這偏方，也許在今天還在這科學昌明的社會間流行著吧。

　　不過，笑笑生們對於那些常川梭行於大家小戶的婆子姑子們，極乏好感，則是事實。在這一情節後面，作者還加了一段議論，說：

看官聽說，但凡大人家，似這樣僧尼牙婆，決不可抬舉，在
深宮大院，相伴著婦女，俱以講天堂地獄，談經說典為由，
背地裡說釜念炊，送暖偷寒，什麼事兒不幹出來。十個九個
都被她送上災厄，有詩為證：「最有緇流不可言，深宮大院共
嬋娟；此輩若皆成佛道，西方依舊黑漫漫。

這議論不是說明了嗎。

潘金蓮裝丫頭的情節，以我看來，在小說上是一件沒有什麼趣
味的穿插，但若以寫實的手段來說，則又未嘗不是西門家婦女們的生
活素描。

當潘金蓮裝演完了，走到月娘裡間屋裡，一頓把簪子拔了，戴
上鬏髻出來。月娘道：「好淫婦，討了誰上哩話，就戴上鬏髻了。」
眾人又笑了一回。

像月娘這樣直稱潘金蓮「好淫婦！」若不是潘金蓮裝丫頭，吳月
娘可以在此藉著開玩笑，當著眾人說潘氏「好淫婦」，潘金蓮沒有還
嘴，也沒有生氣。否則，潘金蓮不發潑才怪。

喬大戶送來的帖子，玉簫拿給西門慶瞧。看起來，作者沒有把
西門慶當作「一丁不識」的人。西門慶看過，還說：「到明日咱家發
帖，十四日也請他娘子，……」因為喬家的帖子是喬太太出面。柬呈
的對象是西門夫人。

喬家請西門家娘兒們看燈，從吳月娘到幾個小老婆，人人都添
製了新衣。從眾婦女添製新衣的套數以及資料花樣款式等情來看，可
以分出了西門家婦女們的地位高低以及受寵的情況冷暖。孫雪娥最沒
有地位，連個丫頭的享受也沒有，她只有兩套粧花羅緞衣服，沒有袍
兒。其他等人，都有一件大紅五彩通袖粧花錦雞緞子袍兒。

吳月娘可不同了，她添製的是一件大紅遍地金五彩粧花通袖

襖，獸朝麒麟補子緞袍兒，一件玄色五彩金遍地葫蘆樣鸞鳳穿花羅袍。一套大紅緞子遍地金通袖麒麟補子襖兒，翠藍寬拖遍地金裙，一套沈香色粧花補子遍地錦羅襖兒。大紅金板綠葉[編按1]百花拖泥裙。

　　她這大婦的排場，比起幾個小老婆來，要體面得多多。笑笑生們之所以把這些服裝的添製，寫得如此仔細，正在說明當時的社會，在社交場合上，大婦的地位，還是第一等的。這是禮法，不可亂的。

　　明神宗在位時，下詔冊封他最寵愛的大興鄭氏為貴妃，地位超過了那生下皇長子的王氏恭妃，因而臣民們羣起反對。何以？尊重禮法也。像《金瓶梅》的這一回，添製新衣雖然是潘金蓮的「市愛」要求的，但在裁製時，西門慶則是尊卑有別。潘金蓮卻也沒有再向漢子作非分之求。亦可基此事實見及笑笑生們對於禮法的尊崇。斯雖小處，亦見大也。

編按1　「大紅金板綠百花拖泥裙」，此句有漏字，今本據《金瓶梅詞話》增訂為「大紅金板綠葉百花拖泥裙」，增一「葉」字。

第四十一回

西門慶與喬大戶結親
潘金蓮共李瓶兒鬭氣

　　正月十二日，喬大戶請西門家的娘兒們去吃看燈酒，十四日，西門再回請。於是，西門家的娘兒們要打扮起來了。

　　在一一裁製衣服時，上一回寫到幾個大小老婆的待遇的不同，這一回則又寫出丫頭們的不同，春梅比別的丫頭多幾件，連西門大姐也比不了她。

　　喬大戶接待西門家的娘兒們，採取吳大妗子那邊稱呼之禮，「趕著月娘稱姑娘，李嬌兒眾人，都排行叫二姑娘三姑娘。」由此看來，縱不認兒女割襟之親，也寧願作舅子作丈人呢。說來，斯亦社會間之攀龍附鳳普遍心性也。

　　在酒席筵間，有妓女彈唱。這裡說：「尚家兩個妓女，在房彈唱。」自然指的尚舉人家的家妓。家妓，唐宋間極為普遍，此一風氣，抵晚明尚在流行，斯一證也。（張《陶庵夢憶》，亦時寫家妓之樂。）

　　在飲食之間，有廚役獻餚饌，主客賞錢之禮。此一禮情，今也猶存。主客應宴，宴後獎賞廚役，亦人情之常也。但此則獻上一道菜，獎錢一次，未免雙方故示富貴。飲酒之間，賓客不時退席到後房換衣勻臉，今僅見於婚筵，新娘有此行為，客人則無。

　　若從古禮之鄉飲酒等禮法的繁紋縟節觀之，則《金瓶梅》所遺明末之禮，亦簡而又簡矣。

　　此處寫兩個襁褓嬰孩竝頭睡在一起，「兩個你打我一下，我打你一下兒玩耍。」把月娘、玉樓見了喜歡的要不得。說道：「他兩個倒像小兩口兒。」因而吳大妗子進來，瞧見這情形，便認為這兩個孩兒們在炕上張手兒蹬腳兒的，你打我我打你，可作小姻緣一對兒耍子。由此情景，引出兩家結親，得寫實自然之致。

　　尤其，這裡寫到喬大戶娘子說了一句客氣話，「小家兒人家怎敢攀上的我這大姑娘（指吳月娘）的府上。」可是吳月娘的回答則是：「親家好說，我家嫂子是何人？鄭三姐是何人？我與你愛親就親，就是我家小兒也玷辱不了你家小姐，如何卻說此話！」

　　可見一句客氣話也要說的得體。當然，喬大戶娘子的這句謙詞，說的似不得體，聽來好像是拒絕了吳大妗子的這一提議。但吳月娘的回答，語氣卻也未免太傲。說來，這又是笑笑生們塑造吳月娘性格的佳筆墨。

　　按說，喬大戶娘子說的不敢高攀，自稱「小家兒人家」，不惟是事實，也是喬家的正常心理。所以西門慶得知官哥與喬大戶的女兒結了親，就認為「只是有些不搬陪。」他認為喬大戶只是縣中大戶而已，乃白衣人，比不得他們，現已居著官了，又在衙中管著事。到明日會親，酒席間他戴著小帽，與俺這官戶，怎生相處？甚不雅相。怎能怪喬家怕「高攀」呢！

　　儘管，西門官哥也是小老婆養的，卻也不希望娶個小老婆養的小姐。因而西門慶說日前荊南岡（都監）的小姐，都嫌她是房裡人養的，沒有應承。如今卻與喬家做了親。

　　與喬家結了這門親，並未事先徵求西門慶同意，吳月娘就答應下來了。亦可見當時社會，主婦在家庭中的權威性。

　　潘金蓮的聰明機智，全擺在嘴頭子上，兼且句句話都從妒心上出發。險道神與壽星老兒的比況說詞，怎能不使西門慶發火。挨了一

頓搶白還是輕的，湊著這天西門慶心中沒氣，否則，拳腳都上去了。所以，那一向附和她的孟玉樓，也不同情她，說：「誰教妳說話不著個頭頂兒，就說出來。他不罵妳，罵狗。」可是潘金蓮的妒恨還在心裡燃燒著，仍舊絮叨著她那句老話：「我不好說的，他不是房裡是大老婆？就是喬家孩子，是房裡生的，還有喬老頭子的些氣兒，你家失迷家鄉，還不知是誰家的影兒哩！」玉樓聽了，一聲沒言語。孟玉樓之所以結局不錯，她的聰明也寫在這裡了。

　　笑笑生們著筆於潘金蓮身上的筆墨，只是一個「妒」字，因妒而生恨，而生嗔，而遷怒他人，牽枝扯葉，胡言亂語。自從李瓶兒生了官哥，潘金蓮的妒火是更加熾熱了。何況這天又因了官哥與喬家姐兒做親，惹她挨了漢子一頓臭罵，心頭的火自然更旺了。

　　西門慶又到她隔壁李瓶兒房裡去了。當然了，對於潘金蓮來說，更是火上潑油，越發把她的妒火燒得沸騰起來。秋菊開門來遲了一步，她遂有了打人的對象，也有了高聲罵人的由頭了。

　　我們看這一天，春梅進來遞茶，都先「磕頭」，寫春梅的善觀顏色，所以主子喜歡她。秋菊則有性格，正如潘金蓮想到的，「她和我兩個毆業」。但是潘金蓮還是怕漢子，怕惹火了他，因而這一晚全耐下來了。第二天，便拿板子打起秋菊來。不祇是打，而且按在院子裡打，還叫了小廝們扯下秋菊的底衣來打。打得丫頭殺豬也似的鬼嚎鬼叫，她則一邊大聲的罵：「賊奴才！妳身上打著一萬把刀子，這等叫饒！我是恁個性兒，妳越叫我越打。莫不為妳拉斷了路上行人。人家打丫頭，也來看著你！好姐姐，對漢子說，把我變（賣）了吧！」

　　李瓶兒那邊剛看著奶子打發官哥睡了，這一來，又諕醒了。著綉春去求五娘莫再打秋菊吧，諕了孩子了。潘金蓮卻越發打得兇，罵得聲高。李瓶兒為了求得孩子的安寧，只得忍氣吞聲，敢怒不敢言，眼睛都哭紅了，見了漢子還不敢說。寫金蓮之妒，登峰造極矣！

西門家原訂正月十四日回請喬家，要改到正月十五日了。我們看這一段改期的周折之情。

正月十三日，喬家派了家人喬通以及婆子孔嫂兒，為親家母吳月娘送生日禮，以及孩子的節禮，並說明那喬親家母明日不得來，到後天纔能來。因為「他家有一門子做皇親的喬五太太，聽見和咱們做親，好不喜歡，到十五日也要來走走。」於是，西門家再補個帖兒請去。因此，宴請喬親家就再延一日，改到正月十五日。

正月十五日，是李瓶兒的生日。這喬五太太有個親姪女兒，是當今東宮貴妃娘娘，此所謂「皇親」也。

第四十二回

豪家攔門翫烟火
貴客高樓醉賞燈

　　正月十五日不但是李瓶兒的生日，又是燈節，再加上官哥與喬家的同生屬姐兒結上了割襟之親，這一年的正月十五日，在西門家可是更熱鬧了。

　　回請喬家，發了八個帖子，一面吃著燈酒，一面為李瓶兒慶生，比起正月初九日的潘金蓮生日，不能同日語矣。正月初九，西門慶正忙著為官哥寄名在玉皇廟打醮，沒有回家。害得潘金蓮苦苦等了一場。自難怪潘金蓮妒火中燒。說來，這又何嘗不是人情之常呢！

　　李桂姐拜認了乾媽，撇開吳銀兒先行一步。應伯爵指點吳銀兒何妨去拜認李瓶兒作乾媽。這裡寫吳銀兒比李桂姐還要搶先，早一日就來上壽，把乾媽拜了。害得李桂姐心酸說不得，只有乾生悶氣，向吳銀兒使性子。李桂姐拜娘寫在第三十二回，相隔十回之後，方始在此予以銜接呼應，說得上是巧手的構築。

　　王皇親家還養著戲班子，可能是當權者的皇家人的皇親。不同那些賣庄院者了。

　　夏提刑不過正五品的千戶，（小說寫的是金吾衞千戶，按宋無金吾衞所，明之錦衣衞所，亦僅割乎京畿，金吾衞衞皇城，何得遠屆於山東清河設衞所？）他的娘子到西門家作客，日中還不見到來，三請四請，午後時分纔喝了道來。「抬著衣匣，家人媳婦跟隨，許多僕從擁護，鼓樂接進後廳。」瞧！這分排場，形同王侯矣！

獅子街的煙火，還籠罩著一個王六兒在那裡。慫惥著王六兒收拾起來，快到那裡去陪主子的人，竟是王六兒的親漢子。韓道國的號叫「希堯」，希求他的老婆為他搖錢也。

這裡介紹王三官出場，還為他寫了這麼個特別引起西門慶注意的鏡頭，想來，這王三官應是這《金瓶梅》中的重要人物纔對，但王三官在《金瓶梅》的情節中，所占分量極微，就是他媽林太太，也是十月陽春中綻放的一朵桃花而已。

王三官的這一情節，類似後來的《紅樓夢》之寫香菱一樣，乍看會認為她是小說的主角，想不到後來，卻如失了氣的尿泡，蹩得只餘一紙薄皮。關于王三官的這一點，我認為也是我們研究《金瓶梅》改寫淵源的一件好資料。他名叫「王寀」，乃《宋史》中的名人。《宋史》有兩個王寀，都是宋徽宗與高宗時代的人。

李智、黃四的銀子事，在此是第二次寫到。研究《金瓶梅》的情節貫串，李智、黃四的借銀事，是一條可據的長線。

王三官向許不與借銀，祝日念為他代擬的那張借契，未免傭俗。這些說笑，也只是寫出了西門慶這般弟兄的品位卑下，西門慶雖已貴為五品，亦此類人也。我們看這些官場中人，社會中人，所為何事？

煙火的架設與燃放，筆者兒時常見。這裡寫的煙火之戲的描寫，尚可領略乎一些大概，插圖也只是一個大樣。我記得兒時所見，不止一架，連起來數架，可以燃放出整齣戲文。今之煙火，只是射上天空綻放起的一團火花，無足觀矣！

《昭代叢書》中有一本《煙火戲》小書，寫煙火的製作甚詳。

應伯爵發現了煙火籠罩下的王六兒了。遂輕輕向玳安說：「我裡頭說的那本帳，我若不起身，別人也只顧坐著，顯的就不趣了。等你爹問你，只說俺們多跑了。」遂推淨手，拉著謝希大等人溜了。此人

之有寵於西門慶，正由於他能「見景生情也」。

　　小鐵棍兒在葡萄架下拾鞋的事，距今尚不到一年，這孩子今纔十二、三歲。可是這孩子生長在西門之家，西門慶醉鬧葡萄架的陽春煙景他都領略過了，自不是一丈青口中海罵時的孩童心靈。休說是人體結構，就是人生自然，他也用不著再上生理學的課程了吧。因而，西門慶與另一女人的自然景觀，這小鐵棍兒又作了觀眾。正巧被他娘發現了。

　　不防他娘一丈青走來後邊，看見他孩子，遂揪著頭角兒揪到前邊，鑿了兩個栗爆，罵道：「賊禍根子，小奴才兒，你還少第二遭死！又往那裡聽去。」

　　一丈青沒有當場出聲，揪著頭角（毛）揪到前邊，再鑿栗爆。正寫出了生母之愛，若是再驚覺了裡面的煞神，反而更糟了。

　　正因為小鐵棍兒的拾鞋事，來昭三口子，被攆到獅子街來，如今，這卑鄙污濁的勾當，仍舊映現給小鐵棍兒觀看，真是譏諷得入骨。

第四十三回

為失金西門慶罵金蓮
因結親月娘會喬太太

　　如從證詩證詞上看，有不少詩詞寫的是出世思想，或一如「有花堪折應須折，莫等無花空折枝」的意味一樣。譬如上一回的回目詩：

　　　　易老韶光休浪度，最公白髮不相饒。
　　　　千金博得斯須刻，分付誰更仔細敲。

　　雖不是勉人及時行樂，似也不是勉人去立德、立功、立言。像這一回的回目詩：

　　　　細推古今事堪愁，貴賤同歸土一丘。
　　　　漢武玉堂人豈在，石家金谷水空流。
　　　　光陰自旦還將暮，草木從春又到秋；
　　　　閒事與時俱不了，且將身入醉鄉遊。

　　則明言到「身入醉鄉」去「遊」樂為是。那麼，像西門慶與她這一家婦女的生活，豈非逐日「身入醉鄉」？所不同的是，西門慶還在人生中角利逐臭，非入醉鄉解愁也。

　　若是情形，我們卻很難從而去蠡測笑笑生們的這種矛盾思想，只能推想這《金瓶梅詞話》是改寫本，改寫時只顧到了散文上的語言，忘了原本所引韻文的意義。舍此，又如何解說呢！

　　李三、黃四在東平府關了一千兩香蠟銀子，到西門家還債。這

裡謂「關了一千兩……」，顯然指的是與政府有關的商務，否則，怎會向政府關銀──「賁四從東平府押了來」，自是從東平府領來的──去支領的。

這一千五百兩銀子，是去年九月中旬借去的，至此約四閏月。五分利，每月應為七十五兩，兩個月的利息，就是一百五十兩了。這裡說：「又銀一百五十兩利息。」大概指的是只還了一百五十兩利息，本金還欠五百兩呢。

這一百五十兩利息，還是四錠金鐲重三十兩，折合出的銀子。由此一記錄來看，當時的金價是五兩銀子一兩。若與今日的金子市價作比，《金瓶梅》時代的銀價比金價高多了。不過，小說家言，能否作準？還有待於研究明史經濟的專家言也。

這裡寫應伯爵急著要趕去李三、黃四處取中人錢，西門慶叫住說話，他急於要走，那些遁詞的描寫，如見實人。《金瓶梅》的寫實成就，在應伯爵身上，也占有重要部分。

自李瓶兒生子之後，笑笑生們便時時不忘去寫金蓮之妒，李三、黃四折銀作息的四錠金鐲子，竟引發了潘金蓮因妒挨打的情節。看來，這一回及下一回雖寫有四個回目，但這兩回的主要情節，則是「失金記」。

西門慶收到這四錠金鐲，不過三十兩黃金，便使他高興得聯想到李大姐生的這孩子腳硬，一養下來就平地得官，與喬家結親，又進這許多財。這一點，卻又把西門慶的心性寫得太渺小了。第一，與喬家結親並非西門慶感到榮寵的事，他還嫌喬家配不上他呢。第二，三十兩金子，在西門慶的經濟狀況下，算得了什麼呢！

他捧著那四錠金鐲，走向李瓶兒房去。潘金蓮在角門首見到了，要瞧瞧他手上託的什麼東西，沒有給他看，急走向李瓶兒那邊去了。潘金蓮就深感羞訕的罵了：

什麼稀罕貨，忙的這等諕人子剌剌的。不與我瞧，罷。賊跌
折腿的，三寸貨，強盜！正麼剛遂進她門去，正走著，砢
（各）齊的把那兩條腿搖折了，纔見報了我的眼。

偏偏的這四錠金鐲，拿給官哥兒玩兒，少了一錠。正巧，西門
慶到門外去看馬去了。雲裡守牽來兩匹馬，要賣。（金蓮這番話乃吳
語也。）

失了一錠金子，潘金蓮獲知就是西門慶捧在手上，她要看不給
她看的那些行當，口中自然有了說詞了。

當西門慶著人去買「狼觔」，吩咐月娘：「妳與我把各房裡丫頭，
叫出來審問審問。」潘金蓮就接過來說：

不該拿與孩子耍？只恨拿不到她屋裡。裡頭叫著，想回頭也
怎的？恰似紅眼軍搶將來的，不教一個人知道。這回不見了
金子，虧你！怎麼有臉兒對大姐說，教大姐姐替你查考各房
裡丫頭。教各房裡丫頭口裡不笑，氈也笑幾句。

說得西門慶急了，便走向前把潘金蓮按在月娘炕上，狠狠搣了
一頓。

董嬌兒，韓玉釧的歌詞，也全是些靡靡之音，不是「相思債」，
就是「楚陽臺」，一如今日的郎呀郎呀妹呀妹。在家庭中，都是這等
的男女相思之詞，亦足見當時社會之淫靡風尚矣。官哥又諕哭了。看
來，這些唱的安排，只為的驚哭官哥耳。

有位親姪女做了太子妃的喬五太太，行動起來已是黑壓壓一
羣，跟著五頂大轎。喬太太的轎子，「是垂珠銀頂，天青重沿銷金走
水轎衣，使藤棍喝路，後面家人媳婦，坐小轎跟隨。四名校尉，擡衣
箱火爐，兩個青衣家人，騎著小馬，後面隨從。」餘後的纔是喬大戶

娘子、朱台官娘子、崔大官媳婦、段大姐五頂大轎，另外還有家人喬
通媳婦的一頂小轎。試想，清河縣人應用怎樣的目光來觀看西門慶家
的這分威赫之勢呢？

　　這喬五太太生的五短身材，約七旬多年紀，戴著疊翠寶珠冠，
身穿大紅宮繡袍兒。研究明代服裝的學者，這些可能都是第一手資
料。

　　喬太太點唱的是元曲〈王月英元夜留鞋記〉。按此劇乃曾瑞卿
著，正名是〈郭秀才沈醉誤佳期，王月英元夜留鞋記〉。敘洛陽郭華
與王月英感情事。這喬太太不是貧寒人家出身吧？

　　剩下的一桌餚饌，半罎酒，賞與傅夥計賁四等人享用，作了這
一回的結尾，亦得乎自然之致。

第四十四回

吳月娘留宿李桂姐
西門慶醉打夏景（花）兒

　　乍看，「吳月娘留宿李桂姐」，在小說中算不得怎樣重要，在筆墨上，也是一掃而過。如果非要去尋出這回目的意義來，也只說是為月娘的「以順為正」的婦道，多加傳染而已。譬如說，李桂姐嚷著要回家，吳月娘說：

> 你們慌怎的，也就要去，還等你爹來家著，你再去。他去（時）吩咐我留下你們，只怕他還有話和你們說；我是不敢放你去。

　　吳月娘知道她這乾女兒，是丈夫的相好，丈夫要她留她們，她就順從丈夫的心意。所以我說吳月娘是笑笑生們筆下的一位具有「關睢」之德的主婦。

　　另外呢，也寫了妓家女遷就大戶的無奈。當西門慶來家，聽到李桂姐等人在彈唱，李桂姐本意是彈唱幾段給乾娘聽了，就可以要求回去了。不想西門慶來家，一問李桂姐等人都散了之後還唱？月娘答說她們要求回家去。西門慶就說：「妳和銀兒亦發過了節去，且打發她兩個去吧。」於是，那桂姐便把臉兒愁苦的低著不言語。跟著，西門慶吩咐他們唱十段錦，她們只得彈唱起來。

　　且看李桂姐雖然不心願留下，職業卻不允許她們。從小說藝術上說，這一點也算得是傳染回目的重要一筆吧。其實，最重要的一

筆，還在後面呢！

　　當然，從小說的情節上看，這一回的重心，還是「失金記」，寫潘金蓮之妬，連夏花兒偷金挨拶子，都是凸出潘金蓮妬火的手段。上回，我已說到了。

　　寫夏花兒偷金，上一回絲毫也不曾有所透露著夏花兒涉嫌，只著意於李瓶兒房中的丫頭、奶媽與婆子老馮，誰也想不到夏花兒身上；夏花兒是李嬌兒房裡的小丫頭，去年纔買來。

　　到了這一回，夏花兒怎樣偷了這錠金鐲，方始交代出來。一直等到玳安和琴童兒在馬房的槽下發現了夏花兒，搜出了贓證，一經追索，小玉纔想到說出：「二娘、三娘陪大妗子娘兒兩個，往六娘那裡去，她也跟了去來。誰知她三不知就偷了她這錠金子。」

　　至於留下李桂姐的重要傅設，應說是為了夏花兒。且說李嬌兒領夏花兒到房裡，李桂姐晚間甚是說夏花兒：「妳原來是個俗孩子，妳怎十五六歲，也知道些人事兒，還這等懵懂。要著（不是）俺在裡邊纔使不得。這裡沒人！妳就拾了些東西，（應）來屋裡悄悄交與妳娘。似這等把出來，她在旁邊也好救妳。妳怎的不望她題一字兒！剛纔這等拶打著，好麼？乾淨（敢情），俊（傻）丫頭！常言道：『穿青衣，抱黑柱。』妳不是她這屋裡人，就不管他。剛纔這等掠掣著妳，妳娘臉上有光沒光？」又說她姑娘（李嬌兒）：「妳也太不長俊，要著是我，怎教他把我房裡丫頭，對眾拶怎一束子，又（有）不是拉到房裡來，等我打。前面幾個房裡丫頭，怎的不拶？只拶妳房裡丫頭！妳是好欺負的，就鼻子口裡沒些氣兒？等不到明日，真個 他拉出這丫頭去吧。妳也就沒句話兒說，等我說，休教他領出去。教別人笑話。你看看，孟家的和潘家的，兩家一所狐狸一般，妳原鬥的過她（們）。」因叫夏花兒過來，問她：「妳出去不出去？」那丫頭道：「我不出去。」桂姐道：「妳不出去，今天要貼妳娘的心，凡事要妳遷就

和他，一心一計^{編按1}，不拘拿了什麼，交付與她，教似元霄一般抬舉妳。」那夏花兒說：「姐吩咐我知道了。」

試看，留下李桂姐過這一夜，得非為了上述這一番教訓夏花兒責備她姑娘李嬌兒的說詞而設嗎？殆亦佳筆墨也。

這裡又寫了一次李瓶兒攛掇漢子到潘五娘房裡去。說起來，她是為了孩子，也為了少挨隔壁的罵，少看隔壁的臉色。這晚，吳銀兒曾感慨的向乾娘說：「娘有了哥兒，和爹自在覺兒也不得睡一個兒。爹幾日來這屋裡一遭兒？」李瓶兒道：「他也不論（日子）。遇著，一遭也不可止（一定），兩遭也不可止^{編按2}。常進屋裡看他（官哥）。為這孩子來看他不打緊，教人把肚子也氣破了。相（把）他爹和這孩子背地咒的白湛湛的。我是不消說的，只與人家墊舌根。誰和他有甚大閒事，寧可他不來我這屋裡好。第二日，教人眉兒眼兒的只說俺們什麼把攔著漢子。為什麼剛纔到我這屋裡，我就攛掇他出去？銀姐你不知俺這家，人多舌頭多。自今日為不見了這錠金子，早是你看著，就有人氣不憤，在後邊調白你大娘，說拿金子進我屋裡來了，怎的不見了。……」

這段閒話中，就有一句說：「誰和他有甚大閒事，寧可他不來我這屋裡好。」似乎事實上也是如此。自從李瓶兒生了哥兒，健康日非，對於西門慶，已非當年那種需求了，在懷孕期中，不是已經求饒了嗎。

《金瓶梅詞話》的刻本，錯誤太多了。尤其是句讀，十句總有五

編按1　「凡事要妳邊究，一心一計，」有缺漏字，今本據《金瓶梅詞話》增訂為「凡事要妳和他一心一計，」增「和他」二字。

編按2　「一遭也不可止（一定），常進屋裡看他」有缺漏字，今本據《金瓶梅詞話》增訂為「一遭也不可止（一定），兩遭也不可止，常進屋裡看他」，增「兩遭也不可止」六字。

句是錯的。有些文句，錯得令人雖反覆數讀，亦往往不能領會出文句的意思，不易悟出錯誤的所在。

　　就拿這一回第一頁反面第十一行的文句來說，寫到李桂姐要求吳月娘准她唱個曲兒就放她回家，陳經濟這時進來，要把經手開支的賞賜賸餘交還月娘，居然這樣刻出文句：

> 正說著，只見陳經濟走進來叫。剩下的賞賜與我。月娘說道。喬家并各家貼轎賞錢。共使了十包，重三兩。還剩下十包在此。月娘收了。

　　試看這樣的文句，要讀者怎樣去了解它的文義呢？實則，這段文句，應該如此：「正說著，只見陳經濟走進來交剩下的賞賜與吳月娘，說道：『喬家并各家貼轎賞錢，共……在此。』月娘收了。」其中的「交」字刻作「叫」，「吳月娘」刻成「我月娘」，又把「我」字斷與上文成句，變成「與我」，陳經濟的話，又變成了「月娘說道」，可真是紊亂得難解難分。令我深感奇怪的是，「月娘」二字上的那個「我」字，怎樣誤刻上去的呢？

　　諸如這些情形，洵是吾人研究《金瓶梅詞話》成書的問題要素之一，未可忽略之也。

第四十五回

桂姐央留夏景（花）兒
月娘含怒罵玳安

在《金瓶梅》中，不時有「桌面」這一名目的禮物，其中有「高頂方糖，時件樹菓之類。」無論婚喪、生辰、節日等，都有此一禮俗的往還，且大都用在答謝上。所謂「桌面」，似是禮品名目多，用桌面展示吧。此一禮俗，今已不見，偶在較為有排場的訂婚結婚禮上見之，若是而已。但有時也指酒席，後面各回時寫之。

李三、黃四又要借銀了。如以時日推算，昨天（正月十五日）纔還了一千兩，另利息一百五十兩，今天（正月十六日）又要借了。因而我們想：既然還要錢用，昨天又何以要還呢？

再看第四十三回，這樣寫著：「正值李智、黃四關了一千兩香蠟銀子，賁四從東平府押了來家，」顯然的，西門慶獲知李智、黃四在官府中有了一千銀子的進帳，他便派賁四去「押」了來家，李三、黃四只得歸還一千兩，還欠五百兩，利息一百五十兩也還了。

李智、黃四的一千兩銀子，就是這樣還的，所以剛還了又借。再借五百兩，湊成一千。四錠金鐲子，仍作一百五十兩折回去。由此，我們蠡知西門慶這人是如何精明，又是如何的靈通，與作事手段之狠。李三、黃四剛有有了金錢收入，他就半途攔下來了。

日本名古屋京中大學古屋二夫教授，研究諺語，對於《金瓶梅》中的諺語，也曾一一摘錄註釋。為了研究方便，曾在我國中央研究院逗留一年有奇。研究期間，數次過我，提出問題相詢。關於這一回第

二頁的一句「常言道，秀才取漆無真」的話，語出何典？喻義何指？我均不能作答。

　　這個句子，到了後來的改寫本（所謂崇禎本，鳥居久靖名之為明代小說本），把它改成「秀才無假，漆無真。」（竹坡本因之）。按說，崇禎本的改寫時間，距離詞話本極近，（長澤規矩也推斷《金瓶梅詞話》的字樣，是崇禎間的梓刻，我則認為詞話刻於天啟初年）這樣改，或許是當時的成語，詞話本把語句刻漏了，崇禎本糾正過來，應該信得過吧？可是，這兩個不同的句子，出入太大了，仍舊值得我們討論。

　　這一成語的關鍵字在「漆」字，解後之字在「真」字。按「漆」字可作城池解，許氏說文：「漆，一曰漆，城池也。」段註：「城隍有水曰池，城池謂之漆。」那麼，如按此義去推想，則「秀才取漆無真」的語意，自可理解。「秀才」乃文士，非武士，爭城陷陣，當非其長。若是秀才可以攻取城池，當然不是真事了。不過，這樣解說，似又失去成語的意義，成語十九都是人間常用的俚語，把「漆」字當城池義，未免太文了些。再說，秀才雖非爪牙之士，以謀略取城，大過武士多矣，亦非「無真」也。

　　再說「秀才無假」，也不見得，進士都可以在關節上取得，何況秀士。至於「漆無真」，是否「漆」之為物，必須以他物和合方能使用之呢？果爾，則應以崇禎本所改為是。反正這比喻，意在說明「進糧之時，香裡頭多上些木頭，蠟裡頭多攙些柏油，」攙假混過。

　　不知這成語是否當時的流行語言？以俟知者。

　　在第三十八回寫李智、黃四前來借錢時，西門慶曾關照應伯爵，不准他們在外打他的旗號招搖，應伯爵連聲答說他們不敢。可是這裡，應伯爵如何交代李三、黃四呢？他說：「不圖打魚，只圖混水，借著他這名聲兒，纔好行事。」

　　如今的西門慶，身分是地痞流氓又加上貪官，越發的混得開了。但伯爵為了要促成這五百兩銀的債貸有成，照樣為李三、黃四設計，僱了吹打人手，向西門老爹賀節，向老母拜壽。

　　謝希大字子純，在第十一回已經寫明了。但在第四十一回，居然寫作「謝子張」，這一回又一連寫了兩次，都稱「謝子張」，不稱「謝子純」。什麼時候改的？沒有交代。得非又字「子純」又字「子張」乎？說來，這也是我們據以研究的問題。總之，《金瓶梅詞話》是改寫本，鐵證愈搜愈多了。

　　這裡又是一家皇親在當古董，一座大螺鈿大理石屏風，還有兩架銅鑼銅鼓連鐃兒。只要三十兩銀子就當了。而且，應伯爵等人已斷定這白皇親已沒有贖當的機會。他說：「贖什麼！下坡車兒營生，及到三年過來，七八本利相等。」皇親的沒落，若是矣！

　　李桂姐急於要回家了。為了要家去，怕西門家再留她，還與來接的保兒言語上溝通一番，急於回家作甚呢？應伯爵最了解她們，說：「……恁大白日就家去了，便宜了賊小淫婦兒了。投到黑，還接好幾個漢子。」又向謝希大說：「李家桂兒這小淫婦兒，就是個真脫牢的強盜，越發賊的疼人子，恁個大節，他肯只顧在人家住，著鴇子來叫他，又不知家裡有甚麼人兒等著他哩。」謝希大道：「你好會猜！」悄悄向伯爵耳邊，「如此如此，這般這般！」……

　　妓家的行當是疾客，當令的粉頭怎能在大戶家一住數日，又無分外之資，賞銀不過一兩，當然要急於回院了。看來，這般粉頭之趨奉西門慶，乃莫可如何，畏天者也。

　　李桂姐央留夏花兒，一句話就成功了。吳月娘心中甚是不快，但又莫可如何。可是，吳月娘雖然不高興，卻只在背地裡悶悶唧唧，極少正面向丈夫表示意見。

　　笑笑生們筆下的人物，時作比對描寫，這吳銀兒就是李桂姐的

相對人物。桂姐與伯爵總是打牙犯嘴，在語言之間，相互揶揄，玩笑開得出格。這銀兒則諸處附應著應花子。但這兩個粉頭之討好乾娘，企圖多謀取些財物，手段雖異，目的則一。看起來，吳銀兒較比附和，所以應伯爵誇獎她。瞧她向乾媽討穿著，不是得寸進尺嗎！

　　儘管西門家人對李桂姐頗有閒言，吳銀兒總不忘為她們院中的姊妹淘說上幾句好話。當月娘怪桂姐搶著要回家，要她別學桂姐，她說：「好娘！這裡一個爹娘宅裡，是那裡去處？就有虛實，放著別處使，敢在這裡使！桂姐年幼，她不知事，俺娘休要惱她。」

　　這一回的目的，是「桂姐央留夏花兒，月娘含怒罵玳安」，實際上，這兩件都寫得最少，祇不過一句話說到這事，作為回目，自嫌不著邊際。所以到了崇禎本，便改為「應伯爵勸當銅鑼，李瓶兒解衣銀姐。」

　　要是仔細看起來，《金瓶梅》中的情節，大都是一些零零碎碎的生活小事，很難以回目的字辭概括的。崇禎本的改，又何嘗概括了這一回的所有情節呢！

　　不過，「月娘含怒罵玳安」，在下一回卻一句句寫出了。恰像這一回目，本來是下一回似的。

金瓶梅箚記　　　元夜遊行遇雨雪　妻妾笑卜龜兒卦　❖　201

第四十六回

元夜遊行遇雨雪
妻妾笑卜龜兒卦

　　這一回的開頭寫法，與第一回的開頭一樣。「此隻詞兒，是前人所作，單題這元宵景致，人物繁華。」然後再「且說……」引詞是詠元夜者，與內容貼合，第一回的引詞，是感嘆項羽劉邦之為花柔者，與內容不相貼合。何況第一回尚有劉邦寵戚夫人的入話配合也。手法雖同，喻比則異。

　　如照所寫應伯爵之安排樂工與小優兒不應在一處飲食一事來看，亦足見當時社會的階級之分，頗多講究。他說：「常言道方以類聚，物以羣分；你不知他這行人，故雖是當院出身小優兒，比樂工不同。一概看待也就罷了，顯的說你我不幫襯了。」不過，也只有應伯爵了解這些，連西門慶都不知呢。

　　銅鑼銅鼓又奏打了起來，白皇親家的歡樂景象，移轉於西門家了。笑笑生們寫著說：「那街上來往圍看的人，莫敢仰視。」還有「兩個排軍各執攬杆，攔擋閒人，不許向前擁擠」，西門慶的宣赫若是也。

　　玉簫和書童笑鬧，打翻了坐燉在火盆上的一錫壺酒，「那火烘烘向上騰起來，潷了一地灰起去。」這光景，不是今日的人所能領會到的了。

　　雖說，這類現實生活的描寫，極為逼真，已與今日的人生有了距離。一如第三十五回寫應伯爵的醉相，「醉的只像提線兒提的。」因提線戲早經失傳，令人不能會心矣。

　　賁四娘子湊著吳月娘不在家，便準備了些酒菜，要請西門慶家的四個貼身大丫頭春梅、玉簫、迎春、蘭香等去飲酒，總得有個主子應承纔能去呀。問李嬌兒，答說：「我灯草拐杖，拄不定，你還請問你爹去。」問雪娥，越發不敢承攬。賁四家三催四請，她們不敢動身。誰也不敢出頭向西門慶去要求。準備四個人一起去央懇李嬌兒轉央西門慶放她們去。那春梅卻不同意，反罵玉簫等：「都是那沒見食面的行貨子，縱沒見酒席，也聞些氣兒來。我就去不成，也不到央及他家去。一個個鬼攛掇的也似！不知忙的些什麼？你教我半個眼兒看得上。」結果，還是書童主動代為央懇了西門慶，放了她們去。可是吳月娘回家知道了這事，還是罵起人來，說：「恁成精狗肉們，平白去做甚麼？誰教她去來？」李嬌兒道：「問過她爹纔去來。」月娘道：「問他？好有張主的貨。你家初一十五開的廟門早了，都放出些小鬼來了。」大師父說：「我的奶奶，恁四個上畫兒的姐姐，還說是小鬼！」月娘道：「上畫兒？只畫了半邊兒。平白放出做什麼？與人家嗩眼兒！」……

　　從這裡的一些描寫，我們益發見及吳月娘在西門家的威風八面。不惟小老婆不敢代她作主，不作主她也要罵上幾句呢！

　　同時，我們也吟味到金蓮主婢與李嬌兒的對立。我前已說過，在西門家，李嬌兒與孫雪娥是一幫，潘金蓮與孟玉樓是一幫。潘金蓮嫁到西門家不久，就形成了。

　　元夜降雪，為了取皮襖，方始顯出了潘金蓮的貧窘，四個人獨有她沒有皮襖。月娘、玉樓、瓶兒全是貂皮的，潘金蓮的那件，是當舖裡的，月娘說這皮襖不是典當物，是李智少十五兩銀子折抵的債物。儘管如此，潘金蓮也頗感難堪，終究不是自己的，所以他憤然地說：「有本事到明日問漢子要一件穿，也不枉的平白拿了人家舊家皮襖來披在身上做什麼！」按說，這件皮襖也不是壞得不顯眼，只是金

蓮在心理上不能平衡罷了。

月娘吩咐小廝家中去取皮襖，玳安便叫琴童去，琴童來來去去跑了好幾趟。吳月娘便問玳安那奴才怎的不去？遂叫到跟前，儘力罵了幾句：「好的好奴才，是你怎的不動，又遣將兒，使了那奴才去了。也不問我聲兒，三不知就使的去了。但坐壇遣將，怪不的，你作了大官兒，恐怕打動他展指兒巾，就遣他去！」玳安道：「娘錯怪了小的。頭裡娘吩咐教小的去，小的敢不去。來安下來，只說叫一個家裡去。」月娘道：「那來安小奴才，敢吩咐你！俺們恁大老婆，還不敢使你哩。如今，慣的你這奴才們，想有些摺兒也怎的？一來，主子煙燻的佛像，掛在牆上，有恁施主，有恁和尚。你說你恁行動，兩頭戳舌獻殷勤，出尖兒，外合裡差，好懶食饞，奸滑流水，背地瞞官作弊，幹的那繭兒，我不知道？裡頭你家主子沒使你送李桂兒家去，你怎的送她。人拿著氈包，你還劈手奪過去了。留丫頭不留丫頭不在你，使你進來說，你怎的不進來？你便就恁送她，裹頭圖嘴吃去了。卻使別人進來。須知我若罵，只罵那個人了。你還說你不久慣牢成！」……

試看這裡所寫，方是上一回「含怒罵玳安」的情節哩！基此，亦足可想及這《金瓶梅詞話》是大改特改過的，連回目都錯綜了。

西門慶酒後睡著了，於是應伯爵謝希大便把剩下的菓碟，收拾了個精光，都倒到袖子裡去了。寫西門慶這些把兄弟的品格卑下，未免過甚。

還有，這夥人在妓院吃酒，連酒壺都袖走了，送禮，這兩人只拿出一星銀子的分資，卻又收回了哩！說來，譏諷尤甚！

吳月娘等人卜占龜兒卦，報出的干支是戊辰龍，不是庚辰龍了，這樣便與西門慶的丙寅虎合上了。不過，所報歲數卅歲，則比故事情節演進的紀年，少了一歲。玉樓、瓶兒均如此。《金瓶梅》中的

紀年，總把幾個重要人物的年歲，參差了一年。

　　這婆子卜卦，用卦帖畫兒說命，《紅樓夢》的《金陵十二冊》，亦倣此也。

第四十七回

王六兒說事圖財
西門慶受贓枉法

　　非常顯然，這一回寫的苗青謀財害主，真是暗中聞炮，突如其來，好像是另一個小說的重新開頭。冒冒然就寫起揚州的苗天秀來。雖由於這位苗員外的遇難，方始引出了「王六兒說事圖財，西門慶受贓枉法」。說來，也不能說是情節的血脈不貫，只是這樣突來的寫法，未免笨拙了些。如能採取像前面的那種我喻說的「搓草繩」的筆法，就不會令吾人感到突然了。

　　上一回的結尾，寫的是龜兒卦之卜。這龜兒卦的卜法，完全是宿命論的命理，已非因果說矣。

　　按說，命相之學，全是宿命之論，否則，命相無學可以理矣。不過，第二十九回的吳神仙貴賤相人，則又一味的江湖口語，宿命論較為淡泊，不如這裡寫的清楚。尤其這兩句話：「萬事不由人計較，一生都是命安排。」已直指人生在宿命論中活動著了。那麼，這裡寫苗員外在門口遇見的東京報恩寺僧，說他「左眼眶下有一道白氣，乃是死氣，主不出此年，當有大災殃。」關照他「今後隨有甚事，不得出境。」因為苗員外不聽，終於遭到了劫難，連命都送了。

　　這裡所寫，也正是一般國人的人生觀，所謂「宿命」也者，也只是人生的一種自遣自慰心理。試想，人生既來自「宿命」，「萬事不由人計較，一生都由命安排」，那又何必奮進，災殃又何能躲過？災殃既能躲過，則人生又非來自宿命矣！

　　如論小說故事的情節穿插與演進，雖第一回的入話，以劉項寵幸引發，與西門慶的故事未免扞格，但在架構上，卻還不曾發生像這一回的苗青害主的情節突然而來。這一回，恰像是另一人提筆在重新給小說一個開始似的。沈德符在《萬曆野獲編》中說，他見到的《金瓶梅》缺五十三回到五十七回五回，付梓者景倩[編按1]認為有陋儒補以入刻，是以有前後血脈不貫的情形。雖然，前後血脈不貫的情形，在《金瓶梅詞話》中是太多了，像這一回的這個開頭，則是顯著的血脈不貫，幾乎是一個分水嶺，真如沈德符所說的，是「陋儒補以入刻」的呢！

　　儘管，此種寫法，乃今之所謂「倒敘法」，一如「按下不表，且說……」的手法相當，但在這一回的開頭，就寫述與上一回結尾的情節毫不相干的一個故事，自難免令人感於它是一個贅瘤了。固然，寫完了苗青在秋天謀財害主的故事，安童被救，歲末在河口賣魚，撞見了兇手陳三翁八，向有關機關訴請提人法辦，已是正月十四日，與西門慶的元宵節宴時間接近了，總覺得不如前些回的「搓草繩式」的情節續入，來得自然。若說這之間，有「陋儒補以入刻」的嫌疑，讀者必能更信得過。

　　這一回的主要任務，在寫西門慶的在官枉法之情，以及其攬權之情。王六兒只是引線而已。苗青做了傷天害理的命案，劫得來的財物，轉間之間便心甘情願的獻給了西門慶，只剩下一百五十兩的盤纏，還得拿出五十兩來謝那介紹人樂三嫂。

　　這裡說僱了長行頭口，起身往揚州去了。他回到揚州，如何向主家交代主人的下落呢？能永遠藏躲起來嗎？說來，都是這一回的漏洞。

編按1　「付梓者倩陋儒補以入刻」有缺漏字，今本增潤為「付梓者景倩認為有陋儒補以入刻」。

　　雖然，苗青被開脫了，案子卻還沒有結。安童又到東京投到開封府黃通判衙內，告了夏提刑與西門慶一狀。於是，這案子又到了山東察院，遇到了一位清廉的巡按，夏提刑與西門慶被參劾了。

　　這裡稱周秀是「巡河周守備」，這「巡河」之職，未免太小了。似乎僅有此回（第四頁）稱周守備為「巡河」的一見，他處均為「總兵」、「帥府」等尊稱。基此，也可以派到補寫者的頭上吧！

第四十八回

曾御史參劾提刑官
蔡太師奏行七件事

　　御史曾孝序的參本，不惟是直接參劾這山東金吾衛所的正副理
刑官，而且是對當時腐敗政治，著上的一筆尖銳諷刺。何以這樣說
呢？因為曾孝序的這一本，不惟沒有劾倒這正副理刑官夏延齡與西門
慶，還因此為西門慶帶來了三萬鹽引的專賣利益。這位御史巡按曾孝
序，反而為此參本，連累了自己降官謫戍。得非尖銳諷刺乎哉！

　　張竹坡批點該書，對於「曾孝序」之名諱，竟作如此說法：

> 曾者，爭也，序即天敘有典之序。蓋作者為世所厄，不能自
> 全其孝，故抑鬱積愊不通，欲爭此一孝之序也。

　　實則，「曾孝序」乃宋史上人名，泉州晉江人，以下四十九回寫
的他非議蔡京論講議司事，乃史有其事。笑笑生們只是借他在此小說
中，以宋喻明，以古諷今，那裡是張竹坡的這種想法。讀書求知，最
可忌的就是穿鑿附會，像張竹坡的「苦孝說」，可謂穿鑿極矣。

　　不過，這小說上說曾孝序是都御史曾布之子，也是小說家言。
按曾布乃南豐人，曾鞏之弟。與曾孝序僅為同宗，非一家人也。我認
為笑笑生們非不諳此，否則，曾孝序的史實，如何牽連得上？故作虛
擬而已。

　　不錯，曾孝序是《金瓶梅》中的一個正直的人物，比起經辦式武
松刑案的陳文昭，要忠於職事多了。可是，像曾孝序這樣的好人，下

場竟若是（寫在第四十九回）。可以想知《金瓶梅》的現實社會中，
是絕對容納不了正人君子的。（史實上的曾孝序，享壽七十九歲，與
其子死難於部將王定惱羞刃下。我已寫在註釋中了。）

　　西門家的來保與夏家夏壽，晉京打點，是「晝夜馬上行去，只五
日就趕到京中。」曾孝序的參劾本章，尚未到呢。這事當然易於安排
了。

　　說來，這一本章，乃御史巡按的專劾。御史的參本，可以直達
內閣，上聞聖聰。可是這時是蔡京當權，西門慶是蔡京的爪牙（山東
一方的輸送金銀主腦也），處理起來，自是輕如羽毛了。我們看這事
在蔡京門下的總管翟謙目中，是多麼的平常而無須驚駭。他說：

> 此事不打緊，交你爹放心。現今巡按也滿了，另點新巡按下
> 來了，況他的參本還未到。等他本上時，待我對老爺說了，
> 隨他本上參的怎麼重，只批了該部知道。老爺這裡再挈帖
> 兒，吩咐兵部余尚書，只把他的本立了案，不覆上去。隨他
> 有撥天關本事，也無妨。

　　因而曾孝序的這一道本，便成了廢紙了。

　　小說上還寫著，當來保等人在京中辦妥了這事，回程的路上纔
遇見「一簇響鈴驛馬過。背著黃包袱，插著兩根雉尾，兩面牙旗，」
所以他們猜想：「怕不就是巡按衙門進送實封纔到了。」儘管巡按衙
門的本章是如此的驛馬加速快遞，還快不過西門慶的家人。想來，笑
笑生們的這一筆，亦諷喻之極致也。

　　我們看開封府黃通判的這一封八行書，說得上是義正辭嚴，文
情並茂，不愧是黃榜及第士人也。可是，西門慶則一「菽麥不知，一
丁不識」的「市井棍徒」，只因「夤緣」而「陞（得）職」乃「冒濫
武功」的細人。在生活上，又是「縱妾姜嬉游街巷，而帷薄為之不

清，攜樂婦而酣飲市樓，官箴為之有玷。至於包養韓氏之婦，恣其歡淫，而行檢不修。受苗青夜賂之金，曲為掩飾，而贓跡顯著。」休說這種人是有玷官箴，也是腐蝕社會影响風尚的大害蟲。何止是「一刻不可居任者也。」雖千死亦有餘辜的。但卻駕乎士子之上，古人所謂之「萬般皆下品，惟有讀書高。」質之《金瓶梅》的社會，則又何謂耳！

試看這曾孝序的參本，不也是一篇好文章嗎！豈奈那「一丁不識」的西門慶何？文雖佳而事雖實，卻又何損於西門慶的毫毛？自古至今，惡人的惡道，無不駕乎直道上也！

西門慶的識不識字？前面我已提到。這裡說他「一丁不識」，卻也未必。可以判斷此人不曾進過學校，略識文字，也只是在生活上經驗得來。譬如請帖上的稱謂，他見得多了，自然認得一些。一遇上文件，他就不能暢通之矣。這裡便寫著喊陳經濟來唸，唸不完整，再喊書童來唸，因為書童是門子出身，習於此道也。這些地方，也都說明了，西門慶不大識字。

西門慶是破落戶出身，到他爹西門達時，可能家業已極其凋零，所以沒有經濟能力送他上學讀書。到了西門慶混到了幫會老大，仗著把兄弟們的包娼包賭以及包攬詞訟，交通官吏，作官商間營私舞弊的橋樑，因而「發跡」了。遂由一般人習稱的「西門大郎」升為「西門大官人。」

看來，西門慶應說是一位不識字的棍徒。笑笑生們也未嘗寫過西門慶「拽」過文。

曾孝序的參本，說這位山東提刑所掌刑金吾衛正千戶夏延齡，是「蕢茸之材，貪鄙之行。」又說：「復著狼貪，為同僚之鉗制。」又說：「接物則奴顏卑膝，時人有丫頭之稱，問事則依違兩可，輩下有木偶之誚。」

　　若從這參本來看，小說中的夏提刑，則誠如這參本所指。他雖是「苴茸之材」，凡事無不受制於西門慶，苗青的案子，就是西門慶一手包攬，同時聽訟，幾無夏提刑插嘴餘地。雖說他也有後台，卻無西門慶那分才能，當這曾巡按的參劾發生，便只有一味去依傍西門慶，「長官」長，「長官」短，甘願作個駑下。

　　西門慶上墳祭祖，吳月娘建議休帶孩子出城去。西門慶則認為清明上墳，怎能不讓孩子娘兒兩個到祖宗墳前磕個頭去。結果，鑼鼓一打，孩子又驚駭著了。

　　出南門五里外的西門家祖墳，又整修過了。把另一邊劉家的莊院買來，併而為一的。墳門上新蓋起牌面，大書「錦衣武略將軍西門氏先塋。」這情形在地方上看來，一般人民作何感想呢？真的應了古語：「禹門三級浪，平地一聲雷」吧。儘管這古語是對十年寒窗者來說的，但《金瓶梅》的社會，則已不希罕十年寒窗者，曾孝序豈非鮮明事例乎？

　　王六兒隔壁樂三家的月臺，高過了這邊，西門慶便認為是「遮住了這邊風水」，要人家拆了。這迷信，在今天的社會新聞中，還有報導刊出過呢！

　　「崇禎本」把這一回的回目，上下兩目都改了，改曰：「弄私情戲贈一枝桃，走捷徑探歸七件事」。雖然寫有潘金蓮與陳經濟打俏戲謔，金蓮將一枝桃花做了一個圈兒，悄悄套在經濟帽子上走出去。」所占分量極弱，與曾御史的參本相比，天地懸殊矣。何以如此的避重而就輕？我在《金瓶梅的問也與演變》一書中，已經說到，為政治諷喻諱也。「七件事」在「崇禎本」中也刪略了。

　　蔡京奏行的七件事，有部分見之史冊，我也記在註釋中了。戶部侍郎韓爺題准事例在陝西等三邊，開引種鹽，各府郡縣，設立義倉，官糶糧米，令民間上上之戶，赴倉上米討鈔，派給鹽引支鹽，舊

倉鈔七分，新倉鈔三分。來保知道他們曾與喬大戶在高陽關上納過三萬糧倉鈔，可派三萬鹽引。趁著蔡老爺巡鹽下場，快去支種，倒有好些利息。

　　曾孝序的參本，反而幫了西門慶一次得利的忙。時歟？運歟？抑政治之窳敗歟？

第四十九回

西門慶迎請宋巡按
永福餞行遇胡僧

　　夏提刑前來拜謝，說：「長官活命之恩。不是托賴長官餘光，這等大力量，如何了得。」可是西門慶則笑著說：「長官放心，料著你我沒曾過為（犯），隨他說去便了。老爺那裡，自有個明見。」

　　怪不得西門慶能得官，能鉗制其長。試聽他的這句言談，即足以明瞭了。他會當著明眼人撒謊，而且連心神也漣漪不起，當然，更是面無慚色！他與夏提刑公開貪贓賣法，夏延齡還有愧怍之心，他則認為毫無「過為」，所謂「隨他說去便了」，對一般小民來說乃「笑罵由他」，對上來說，則是「老爺那裡，自有個明見。」隨你參劾多麼厲害，又其奈我何？

　　看來，西門慶之所以能由流氓一躍而五品理刑副千戶，真可以說是「才高斯職」矣！

　　官場最忌的是說真話，這位曾御史之敗，就敗在他太耿直，太重視是非的明辯。最後，竟落得「竄於嶺南」的下場，哀哉！

　　當然，自這之後，西門慶是更加神氣了。三萬鹽引是一大利獲，便馬上派韓道國與喬大戶外甥崔本，拿倉鈔早往高陽關，戶部韓爺那裡，趕著掛號去了。

　　這一大利獲就是曾孝序的賜予，如無他的這一參劾，來保等人連天加夜，快馬五日就趕到了京城，還得不到這三萬鹽引的種引呢！（鹽引，專賣證也，一引可輸鹽兩袋，一袋二百斤。我在註釋中已註明。）

　　另外，新巡按又要上任了。還有一位巡鹽蔡御史。我們看西門慶是如何迎接這新巡按的。

　　　　定下菓品，預備大桌面酒席，打聽蔡御史舡到。一日來保打
　　　　聽得他與巡按宋御史船，一同起身，都行到東昌府地方。使
　　　　人先來家通報。

　　這裡西門慶就會夏提刑起身，知府州縣及各衙有司官員，又早預備祇應人馬，鐵桶相似。來保從東昌府船上，就先見了蔡御史，送了下程，然後西門慶與夏提刑出郊五十里迎接，到新河口地名百家村。先到蔡御史船上拜見了，備言邀請宋公之事。蔡御史道：「我知道，一定同他到府」，那時東平府知府及合屬州縣，方面有司，軍衛官員，吏典生員，僧道陰陽，都是連各手本伺候迎接。帥府周守備，荊都監、張團練、都領人馬披執跟隨，清畢傳道，雞犬皆隱跡，鼓吹進東平府察院。各處官員都見畢，遞呈了文書。這那裡是接御史，簡直是接皇帝了。

　　蔡御史是兩淮巡鹽，宋御史纔是山東一方的巡按哩。可是，蔡御史與西門慶有一面之交，這次與宋御史同船離京來山東，目的就是要做西門慶與宋御史結交時的介紹人。笑笑生們這樣寫著巡鹽蔡御史去拜見宋御史，兩人敘禮畢，宋御史問：「年兄事期，幾時方行？」蔡御史道：「學生還待一二日。因告說清河縣，有一相知，西門千兵，乃本處巨族，為人清慎，富而好禮，亦是蔡老先生門下，與學生有一面之交，蒙他遠接。學生正要到他府上拜他拜。」宋御史問道：「是那個西門千兵？」蔡御史道：「他如今是本處提刑千戶，昨日已參見過年兄了。」宋御史令左右取遞的手本來看，見西門慶與夏提刑的名字。說道：「此莫非與翟雲峯有親者？」蔡御史道：「就是他，如今現在外面伺候。要央學生奉陪年兄，到他家一飯，未審年兄尊意

如何？」宋御史道：「學生初到此處，不好去得。」蔡御史道：「年兄怕怎的？既是雲峯分上，你我走走何害！」於是看轎，就一同起行。

業已寫明宋御史之接受西門慶款待，全是蔡巡鹽的拉攏，想來，又何嘗不是西門慶的神通，一切悉由翟管家安排，蔡巡鹽之與宋巡按同船離京，一路來山東到任，悉為安排與西門慶相接也。

巡按御史雖只七品小官，權則直達聖聽，巡鹽有賴於西門慶者多多，能不大家連成一體乎！

這兩位御史接受了西門慶的招待，對西門慶來說，在東平府地方上的權勢，可是更加旺盛了。

> 當時轟動了東平府，抬起了清河縣。都說巡按老爺，也認的西門大官人，來他家吃酒來了。又慌的周守備、刑都監、張團練，各領本哨人馬，把住左右街口伺候。

說真格的，一位巡按御史到任，法律允許地方上的官員有這大的歡迎場面嗎！蓋亦笑笑生們的譏諷也。

宋御史辭官時，西門慶把早已準備好的桌面酒席，銀壺銀杯牙筯，也隨著抬送出去；竟有二十抬之多。所以宋御史在固辭不可後，又怎能不想到：「餘容圖報不忘也」呢。試想，這新上任的宋御史，自然會觀顧西門千戶了。

雖說，這位宋御史頗有些推推托托，不大乾脆，因而使西門慶感於這「宋公為人有些蹺蹊」，蔡御史則為之解說是「今日初會，怎不做些模樣！」誠然也，此宋公如係清廉的御史，自不會接受西門慶的宴請矣。

西門慶的「接大巡」，可以說是這位蔡巡鹽一手安排導演的。這位蔡巡鹽不是別人，就是寫在第三十六回西門慶結交的那位蔡狀元蔡

蘊。我們知道那次蔡狀元南返省親，（他家在九江），道經清河，西門慶接待了這位蔡狀元，吃喝玩樂之外，又送禮物，又送賻銀。當然，這位蔡狀元要時時關顧著這位會花錢而又肯花錢的西門千兵了。所以，他為西門千兵安排了這一「接大巡」的情節，為西門慶作了牽線之人。實際上，又何嘗不是為自己的新職「兩淮巡鹽」設想呢。今後，他與西門慶直接交往的機會，是越來越多了。西門慶不是新支種了三萬鹽引嗎！喬大戶還生怕西門慶忙中忘了，特地以揭帖知照西門慶應趕在這次機會說了吧，

果然，這蔡巡鹽答應：「我到揚州，你等遲來察院見我，我比別的商人早掣取你鹽一個月。」西門慶道：「老先生下顧，早放十日就夠了」。試想，他們這彼此一勾結，利潤則官商大家分沾矣！

這真可以說是官是高明之官，民是巧敏之民。西門慶接待蔡巡鹽，喻為「東山之遊」。這是笑笑生們寫西門慶第一次拽文，於是，這位蔡狀元則答說：「恐我不如安石之才，而君有王右軍之高致矣！」竟將西門慶比謝安，自比王羲之，殆亦笑笑生們的譏諷嘲笑筆也。

蔡蘊說他與宋巡按喬年的調放外職，乃受到曹爾的論劾，把他們同年一十四人之在史館者，一時皆黜受外職。這一筆殆亦現實之寫，免得同年結黨，左右內閣專權朝政也。

那次與蔡蘊同來的安進士，已升了工部主事，往荊州催趲皇木去了。笑笑生們也未忘在此交代一筆。

這次，西門慶接待宋巡按等人，真是夠排場的，不惟所有山東東平等地方上的官員等等，連僧者陰陽也未能免，又擺大酒席，又請海鹽戲子，女妓男優，無不前來侍應，雖然宋喬年未敢在西門家久留，這份人情，宋御史自然知道，是寫在他頭上的。

蔡巡鹽可就老實不客氣的，在西門家大大享受了一晚，「一回生二回熟」，比上一次是放浪多了。

　　他賞董嬌兒的夜渡資是一兩銀子，還用紅帋大包封著。董嬌兒
挈與西門慶瞧，西門慶則回答說：「文職的營生，他那裡有大錢與
你，這個就是上上籤了。」何以武職人員笑文職沒有大錢，蓋武職人
員可以吃空缺吧！

　　第二天，西門慶還在城外永福寺設宴為蔡巡鹽送行呢。臨別之
時，還一再提及「昨日所言之事，老先生到彼處，學生這裡書去，千
萬留神一二；足仍不淺。」蔡御史道：「休說賢公華札下臨，只盛价
有片紙到，學生無不奉行。」跟著又把苗青的案子，重提了一次。宋
巡按到任，前任手上的案子，總得來個了結吧。「說起苗青之事，乃
學生相知。因註誤在舊太巡曾公案下，行牌往揚州，案候捉他，此事
情已問結了。倘見宋公，望乞借重一言，彼此感激。」蔡御史道：「這
個不妨，我見宋年兄說。設使就提了來，放了他去就是了。」後來，
宋巡按果然把苗青自揚州提來，便放了回去，把案結了。

　　我們看西門慶與蔡狀元的交情，比一般年兄年弟同窗好友，還
要交合得密切投契，何以？一丘之貉而水乳交融也。政治腐敗若是，
焉有不亡者乎？

　　永福寺在《金瓶梅》中，是一個重要的場所，有不少情節在此寺
演出。這裡介紹它是周守備家的香火院，「原是周秀老爹蓋造，長署
裡沒錢糧修理，丟得壞了。」若是周守備手上起造的，能有幾年呢，
竟「丟得壞了。」是周秀祖上的纏對。

　　西門慶建議長老化緣修葺，他願資助些布施。這寺，他有使用
之處。

　　笑笑生們塑造胡僧的形象，顯然是以男人的那話兒作模特兒
的。「生的豹頭凹眼，色若紫肝。戴了雞蠟箍兒，穿一領肉紅直裰，
頦下紫鬚亂炸，頭上有一溜光簷，就是個形容古怪的直羅漢，木除火
性獨眼龍。在禪床上，旋（禪）定過去了，垂著頭，把脖縮到腔子

裡，鼻口中流下玉筋來。」又說「睜開一隻眼，跳將起來。」自說是「乃西域天竺國，密松林齊腰寒庭寺下來的胡僧。」這樣寫，也只是性化這胡僧，一如他自述的藥力一樣，悉本乎性能力的誇大渲染，以伏下西門慶之必死於斯藥也。

　　再如「打開腰州精製的紅尼頓，一股股邈出滋陰摔白酒來，傾倒在那倒垂蓮蓬高腳鐘內。」悉為此類比況的描寫。若說此類描寫是《金瓶梅》的象徵藝術，與其他寫實相較，則未免太單薄了。

第五十回

琴童潛聽燕鶯歡
玳安嬉遊蝴蝶巷

　　笑笑生們安排李嬌兒與王六兒是同一天生日——四月二十七日。若以親疏厚薄論，這晚的西門慶，應住在李嬌兒的房中。可是，他送走了胡僧，便徑行悄悄取了淫具包兒，蹓到王六兒家去了，回來又住在李瓶兒房裡。固然，王六兒著她弟弟王經來勾魂似的，把西門慶勾了去的。但我們可以肯定的說，西門慶之不先去李嬌兒處遞杯酒，再去王六兒家，還一再瞞昧著，不讓家人知道，只因為他的興趣濃濃的在王六兒處玩樂。顯然的，他要在王六兒身上，先一試胡僧的藥力。因為西門慶感受到，與他接觸過的女人，只有李瓶兒與王六兒纔是他試驗胡僧藥的風月對象。李瓶兒有孩子纏著，而且自從生了孩子，床笫之間的需求，也一天天降低了。所以他首先想到的女人，便正王六兒；下一個，還是不能放過李瓶兒。我們看，第一個為西門慶試驗胡僧藥的女人是王六兒，第二個就是李瓶兒。

　　在試驗胡僧藥力的時際，王六兒不曾討句饒兒，只是撒嬌的說：「淫婦今日可死也。」還要求走走後路呢。可是李瓶兒則不如未嫁時的興快，那時，她直美西門慶就是醫她的藥，如今，卻改變了口吻，要求漢子輕著些兒了。

　　自從生了官哥，李瓶兒的經期便不正常起來，這晚西門慶從王六兒家回來，就一直走入李瓶兒房裡，他不是為了看視兒子，而是要與李瓶兒一試那胡僧的藥力。李瓶兒一再勸他去二娘房中遞杯酒，他

去了，卻只是去遞了一杯酒，就又趕著回到李瓶兒房裡來。這天，李瓶兒還趕他到隔壁五娘房裡去，他卻死也不去，非要與李瓶兒睡不可。李瓶兒的身子還在髒期中呢。西門慶把吃了胡僧藥一節向李瓶兒說明：「妳要不和我睡我就急死了。」李瓶兒則乞憐的說：「可怎樣的！我身上纔來了兩日，還沒有去。亦發等著去了，我和你睡吧，你今日且往他五娘房裡歇一夜兒，也是一般。」可是西門慶則說：「我今日不知怎的，一心只要和你睡。我如今殺個雞兒，央及央及兒。再不，妳叫丫頭掇些水來洗洗，和我睡睡也罷了。」儘管李瓶兒如何解說，西門慶則非得與李瓶兒睡不可。李不得已，被糾纏不過，只得叫丫頭迎春取水來洗洗，以血身子應付漢子。把官哥吵醒了，要迎春喊奶媽抱走，非得要李瓶兒試藥不可。

笑笑生們之所以如此強調西門慶的此一堅持，自是基於這兩個女人的好風月與他是棋逢對手也。

這天是李嬌兒生日，家裡卻沒有漢子的影兒，吳月娘直在查尋漢子在那裡？小廝們瞞著，只說在獅子街店裡吃酒。月娘不相信，說：「又沒人陪他，他莫不平白的自家吃酒？眼見的就是兩樣話。裡頭韓道國家小廝來尋他作甚麼？」玳安道：「他來問韓大叔幾時來？」月娘罵道：「賊囚根子，你又不知弄什麼鬼。」但等西門慶回來，吳月娘問他：「你今日獨自一個在那邊房子裡，坐到這早？」西門慶道：「我和應二哥吃酒來。」月娘道：「可又來！我說沒個人兒，自家怎麼吃！」說了，丟開了，就罷了。

從這小地方，可以想知吳月娘對於西門慶的行動，觀察得多麼細心。我們可以想像到，吳月娘已經猜到漢子在何處吃酒來，只是放在心裡不說明就是了。這就是吳月娘與潘金蓮性格的大不同處。

玳安戲弄書童的下流行為，簡直是應伯爵第二。正因為他知道這蠻小子是主子的外寵，所以他把他當作淫婦看待，當作淫婦戲弄。

　　在蝴蝶巷中的行為，則又是西門慶第二，把西門慶大鬧麗春院
的架勢，搬演了出來，只差沒有從事破壞就是了。

　　他們（和琴童）搗了人家的生意，打走了兩個嫖客，還罵著說：

> 賊野蠻流氓，他到問我是那裡人？剛纔把手搞淨了他的纏
> 好，平白放了他去了。好不好拏到衙門裡去，且交（叫）他試
> 試新夾棍著。

　　語氣簡直就是西門慶不是。妓家不敢惹他們，知道他們是西門
家的「管家」。只得喊出金兒賽兒出來唱曲兒，娛樂這西門家的「管
家」。

　　進西門家的奴才，在外都要以「夾棍」諕人了，難怪西門慶動輒
就說：「怕我衙門裡容不下他！」

　　可見有了衙門的大小官員，在《金瓶梅》社會中是多麼的勢力宣
嚇喇！

第五十一回

月娘聽演金剛科
桂姐躲住西門宅

　　讀了這一回的潘金蓮向吳月娘挑撥的一番話，總覺得不像潘六兒的嘴頭子，因為她這番戳舌漏洞百出。試看潘金蓮如何向吳月娘挑撥，說李瓶兒背後說她：「李瓶兒背後好不說姐姐哩，說姐會那等虔婆勢喬作衙。別人生日，喬作家管。（崇禎本作「又要來管」）你漢子吃醉了，進我屋裡來，我又不曾在前邊，平白對著人羞我，望著我丟臉兒，交我惱了走到前邊，把他爹趕到後邊……還往我房裡來了。他（崇禎本改為「我」）兩個黑夜說了一夜體己話兒，只有心腸五臟沒曾倒給我罷了。」還這樣寫著說：「這月娘聽了，如何不惱！」

　　試看潘金蓮的這番話，豈不是說得顛三倒四，不合情理。絕不像潘金蓮的嘴頭子。像這句「他（我）兩個黑夜晚說了一夜梯（體）己話兒，只有心臟五臟沒曾倒給我罷了。」不要說李瓶兒不是這樣性格的女人，像這番話，也只有今所謂的十三點的女人纔會說出這樣的話來。尤其，像吳月娘這個精明的女人，怎會聽了就著惱起來，後悔她過去把她看錯了，

　　　　原來知人知面不知心，那裡看人去？乾淨（敢情）是個綿裡針，肉裡刺的貨，還不知背地裡在漢子跟前架的什麼舌兒哩！

　　固然，昨日她們大家夥一起時，琴童來報說爹來家了，到六娘

房裡去了。於是李瓶兒便慌走到前邊，見到西門慶，便勸著他到後邊李嬌兒處遞酒祝壽，吳月娘抓住這一點來助長心疑，說：「怪道她昨日，決烈的就往前走了。」看來，月娘的著惱，也不無理由，再加上後面又寫了大妗子與大姐二人的為李瓶兒說話，都說李瓶兒不是這種人，不會說出這句話來。也特別寫了潘金蓮的心虛，不敢讓大娘子去問李瓶兒。但也無法周圓了潘金蓮的這番戳舌，不像潘金蓮的嘴頭子。潘金蓮的妒心驅策著她去破壞李瓶兒，乃心理的必然。可是，像這樣的一番不合情理的話，不會出於金蓮之口。

笑笑生們對於西門大姐著墨甚少，這裡幫李瓶兒抱不平，倒寫了一些這西門大姐的性格，她是前房生的，有事也不敢在吳月娘面前露聲色，像潘金蓮的這番戳舌，大姐就馬上去告訴了李瓶兒。

李瓶兒的健康日非，連孩子也成天在病魔手中糾纏著，聽了這番閒話，只有忍讓，沒有精力去敵對，病勢自然就更加重了。

顯然的，笑笑生們的這一筆，是為了加重李瓶兒的病勢，小說寫她聽了大姐告訴她的話，「手中撙著那針兒，再拏不起來，兩隻胳臂都軟了，半日說不出話來，對著大姐掉眼淚。按說潘金蓮這番戳舌的情節安排是好的，只惜那番語言不大得體。」

往後寫吳大妗子與大姐二人一再向吳月娘為李瓶兒解說。吳大妗子道：「我就不信，李大姐好個人兒，她原肯說這等謊？」又說：「不是我背地說，潘五娘一百個，不及她為人，心地兒又好。來了咱家恁二三年，要一些歪樣兒也沒有。」問題是，吳月娘就不該相信這番謊言，還去著惱。當真這是當局者迷嗎？

三萬鹽引已經掛了號來，四月二十日就要往揚州去領鹽。如今，兩淮巡鹽已換了蔡狀元，早在「接大巡」中安排妥了。與喬大戶合夥，各出本銀五百兩。我們看，銀由吳月娘開箱取付。西門家的經濟，乃月娘掌管。

　　韓道國等到揚州去支鹽，帶去了一封給碼頭上經紀王伯儒的
信，說是他「過世老爹」的世交（兩家上輩相交），看中了他店舖寬
廣，下的客商多，放財物不耽心。這次支鹽，當然運用上了。另外，
還要他們去「抓尋苗青，問他事情下落。」看來，苗青與西門慶尚有
來往，只是前回無交代。

　　這位為吳月娘安排壬子日服單方生子嗣的薛姑子，就是西門慶
判她還俗的那位薛姑子。因為她在庵堂為阮三撮合陳家的小姐成奸，
虛脫了阮三，發生了命案。在此，笑笑生們又讓西門慶重述了一遍，
自可想知笑笑生們之多麼厭惡這些尼姑們了。

　　後來，吳月娘還居然服了薛姑子的偏方生了兒子，斯亦寫實家
的筆墨也。

　　應伯爵又來為李三、黃四借銀子了。說是東平府又派下兩萬香
來，再要求挪五百銀子接濟。什麼香呢？可能又是外來貨，所謂「馬
牙香」吧？

　　王招（昭）宣府的王三官，在此又上場了。「原來是東京六黃太
尉姪女兒女婿。」由於成天在外逍遙於勾攔院間，氣得新婚未久的娘
子上吊，惹火了這位皇帝殿前的六黃太尉，關照朱太尉批交下東平府
拿人，把幫閒祝麻子孫寡嘴還有小張閒，都提進官去，送京審問。粉
頭齊香兒，躲入王皇親家，桂姐則逃來西門家，王三官奪門走了。他
們都有了庇護之所。

　　貴族家的子弟不成材，怪得上幫閒與妓家嗎？地方上的官府衙
門，憑著上令辦事，法律何在？這就是笑笑生們展示的《金瓶梅》社
會，蓋亦欣欣子之說「笑笑生作《金瓶梅》傳蓋有謂也。」

　　為了李桂姐，西門慶不惜把已派出揚州的來保，改派晉京，專
程為這一個粉頭去打點官司。

　　更妙的是，這主意還是吳月娘建議的呢。她說：

> 你打發他兩個先去，存下來保，替桂姐往東京，說了這勾
> 當，交他隨後邊趕了去，也是不遲。你看諕的他那腔兒。

吳月娘之不愧為西門慶的賢內助，斯一例也。王六兒也正好順
便為女兒帶些衣物去。

吳大舅說是東平府行下文書，「派俺本衛兩所掌印千戶管工修理
社倉」，向姐夫借銀工上用。這話恰像吳大舅是掌印千戶。前回未嘗
有此說。

胡僧藥力之試，第三位方始輪到潘金蓮。可以想知在西門慶的
感受上，潘金蓮的風月在李瓶兒之後也。

這一回演示出的情節太多了。金蓮戳舌李瓶兒。韓道國等人在
高陽關掛號了三萬鹽引回來；再去揚州支鹽。薛姑子為吳月娘張羅懷
孕偏方。夏提刑請西門慶吃飯。因王三官牽連了李桂姐等人吃官司，
西門慶庇護桂姐，並派來保上京專程為之打點。吳大舅管工修理社
倉，向西門慶借銀。應伯爵又代李三、黃四借銀。潘金蓮試胡僧藥。
催皇木的安主事道經清河，偕同管磚廠的黃主事來拜西門慶。宋巡按
送禮。兩個姑子向吳月娘講經宣卷。陳經濟與書童去徐家討銀。大姐
與金蓮瓶兒等人，要陳經濟買銷金汗巾兒。算來，情節不下十餘條。

雖然一條條都能銜接呼應，但也有文辭難明之處，如第五頁正
面五六兩行，就有脫漏或錯簡之處。

> 月娘開箱子，挈出銀子，一面兌了出來，交付與三人。正在
> 捲棚內看著打包，每人兌與他五兩銀子，交他家中收拾衣裝
> 行李，不在話下。

我們看這一段，當吳月娘兌了銀子出來，交付與三人之後，怎
能接上「正在捲棚內看著打包的事」呢？顯然的，此處的文句有脫

漏，或錯簡。

以後看，這段話似是這樣的：「月娘開箱子，拿出銀子，一面兌了出來，交付三人；並每人兌與他五兩銀子，交他家中收拾衣裝行李，不在話下。」下面是「只見應伯爵走到捲棚裡，見西門慶看著打包，便問：『哥，打包做甚麼？』……」這樣，文句就通暢了。

「正在捲棚內看著打包」九個字，當然指的是西門慶，後面的話已寫明。基此而看，這九個字似應在第七行「不在話下」的下面，應是：「且說西門慶正在捲棚內看著打包，只見應伯爵……」這三行的文句，豈不是通暢了嗎？

夏提刑為了兒子的事業，請了倪秀才在家設館教習。請西門慶過府飲宴，自是為了此事。前次，寫的是夏提刑要為兒子夏承恩入武學而張羅門路，如今，又有一個舉子業了。

寫夏提刑請客，分三次情節演進，第一次，先發束帖（第五頁反面），第二次西門慶到衙門中來，與夏提刑相會，談及夏提刑的見招，夏說今天「奉屈長官，再無他客。」於是他們把公事「發放已畢，各分散來家。」吳月娘又早（在）上房擺下菜疏，請西門慶吃粥（第十五頁正面。）第三次寫在第十六頁反面，夏提刑又差人來邀，於是西門慶方始更衣上馬前往。可以說，情節演進，一一穿插得極為清楚。若是粗心，就會感於第十五頁的情節不銜，是以崇禎本把「吳月娘又早上房擺下菜疏，請西門慶吃粥」等十七字刪去了。

實則，這裡寫的是西門慶衙門回家的事。吳月娘之所以如此細心的照顧漢子，希冀著壬子日的到來，先所綢繆也。

《金瓶梅》中的禮尚往來，汗巾極為普遍，幾乎十禮九有此物。這些女人要陳經濟購辦的汗巾，都是「銷金」的，一如今日所謂「燙金」吧。自是當時極為流行而又名貴的金類。

潘金蓮的嘴頭子，隨時不忘做隱喻的譏諷，她要一方玉色綾瑣

子地兒銷汗巾兒，經濟便道：「妳老人家白刺刺的，要她作什麼？」
金蓮道：「你管怎的，戴不的，等我往後吃孝戴。」

　　徐四家的銀子討還問題，這一回也賦寫三次，第一次，那西門
慶道：「門外街東徐四舖，少我銀子，我那裡挪五百兩銀子與他罷。」
（第五頁反面）第二次，因向平安道：「你就不知，陳經濟往那去
了？」（第十九頁正面）第三次寫在結尾，陳經濟見了西門慶，方始
回話說：「徐四家銀子，後日先送兩百五十兩來，餘者出月交還。」

　　到了下一回（五十二回），這徐四舖的銀子討還事，仍舊是一次
次的穿插交代。從這些小地方，我們可以清楚的尋得了這小說情節的
編結精巧來。

第五十二回

應伯爵山洞戲春嬌
潘金蓮花園看莫菇

　　這裡交代了西門慶在夏提刑家吃酒完了。因為宋巡按進與西門慶禮上往來，所以夏提刑亦敬重不同往日，攔門勸酒，吃至二更天氣，纔放回家。

　　俗謂「人逢喜事精神爽」，西門慶的淫欲是愈發放浪了。再加上他有了胡僧的藥力，遂日日逞英雄。真格是「每服一厘半，陽興愈健強，一夜歇十女，其精永不傷。」終至爆炸也。

　　《金瓶梅》中的情節演進，總是一次、兩次、三次的前後呼應著；主要的情節，則更是連串於全書，綿綿不絕，一直到結束。前面我已提到一些了。

　　這裡的安主事與黃主事在劉太監莊上設席請客，在上一回就寫到了。

　　安忱選在工部備員主事，欽差督運皇木，前往荊州，道經此處，偕同管磚廠的黃主事，前來拜謁西門慶。臨拜別起身時，向西門慶道：「生輩明日，有一小柬到，奉屈賢公，到我這黃年兄同僚劉老太監庄上一敘，未審肯命駕否？」西門慶道：「既蒙寵招，敢不趨命。」這裡便寫道「有安主事黃主事差人下請書。二十二日到磚廠劉太監庄上設席，請早去。」到了晚上，西門慶便與應伯爵、謝希大「吃至掌灯時候」應伯爵照舊惦記著李三、黃四的借銀事，問西門慶明天得不得閒？西門慶道：「我明日往磚廠劉太監庄子上，安主事黃

主事兩個昨來請我吃酒，早去了。」到此，關於西門慶劉太監庄上的
赴宴事，已寫了三次了。

可怪的是，安主事奉命到荊州催皇木，道經清河（《金瓶梅》的
京城，實地不是汴梁，而是燕京，所以安主事離京到湖廣荊州，可以
路過山東清河。）順道拜望故交，也只應略事應酬即可，怎的還偕同
磚廠的黃主事，又要請西門慶庄上吃酒呢？顯然的，安主事是受了黃
主事之託，為他介紹認識這位清河縣的大佬。當然，宴客的主人，自
然是黃主事了。

基此，我們可以想知西門慶的枝蓋是多麼之大，幾乎是所有山
東地方上的官員，都樂於與其攀交情，希求庇蔭；連欽差大臣巡按御
史也不例外呢！

明朝以前的人，都不剃髮，理髮更是當時的一門低賤職業，我
們從這篦頭的小周身上就看到了。他見到西門慶，「扒在地上磕頭，
在傍伺候。」他的工作是「篦頭、椰髮，觀其泥垢，辨其風雪（觀看
蒼白髮情況如何）？」跪下討賞錢。還有一篇奉承的話：「老爹今歲
必有大遷轉，髮上氣色甚旺。」另外，還有取耳、捏身以及滾身等
事。這些勾當，今仍在理髮業存在著。

不過，小周之來，還是為了官哥，剃頭時，又把官哥驚謔著
了。真格是：「不長俊的小廝。」

薛姑子囑咐吳月娘「壬子」日服藥同房，敢情就有喜事。「壬子」
自是諧音於「妊子」或「孕子」，無非取個吉星話，或無他意。

西門慶也有書房，說是裡面擺設的「床帳屏几，書畫琴棋，極其
瀟洒，」卻未誇張有些什麼書籍，他的書房也只是用來接客之所，非
讀書處所也。

笑笑生們從未加意寫過西門慶知書。只寫他能閱讀柬帖，曾孝
序的參劾邸報，是他與夏提刑並肩閱讀的。曾孝序說他：「菽麥不

知，一丁不識。」想必此人不曾受過教育。在我認為，西門慶的書房應該有一系列的大部頭書叢纏對。可是笑笑生們沒有給他。

這一回寫應伯爵之性行下流，已達頂點。

第一，他在光天化日之下，遇見抱著官哥的李桂姐，竟過去強摟過來親嘴，這還罷了，第二，西門慶與李桂姐的山洞苟合，他推門進去發現了。如照一般人的心性常理，能不避之不迭？最大可能，也只是在門縫中偷窺，看個過癮而已。可是應伯爵則說：「快取水來，潑潑兩個攘心的，摟到一苔里了。」這句話是人們看見狗子交合時，說出的話。為了要把交合的狗拆開，用水去潑，一潑水牠們就分開了。笑笑生們把這話用在這地方，亦足可想知他們是如何處理西門慶這般人的了，視之為畜狗也。

西門慶之所以沒有翻臉，想是怕應伯爵真的嚷起來嗎？我看不是，應是笑笑生們在此處理西門慶之乏人性的羞恥，更有這下流無品的應伯爵攪和了進來。他真的去「抽個頭兒」呢，居然，「按著桂姐親訖一嘴纏走。」應伯爵走了，西門慶還繼續與李桂姐在雪洞內纏夠一個時辰纏罷。此真的所謂「狗男女」也。

李三、黃四的借銀，自第卅八回開始，一直綿續著，這一回再一次又一次的寫李三、黃四借銀的事，全是應伯爵從中撮合，連送禮都是應二花子設計。

這一次又送了四盒禮來，一盒鮮烏菱，一盒鮮荸薺，四尾冰湃的大鱘魚，一盒枇杷果。無非祈求早日借得五百兩銀子。反正西門慶不怕他們，東平府有銀子關下來，他就攔下來了。

由於李三、黃四的借銀，又引出門外徐四的欠銀，上一回寫了三次，這一回也寫了兩次，先次寫在第五頁正面，伯爵問徐家銀子討了來了？西門慶道：「賊沒行止的狗骨禿，明日纏有，先與二百五十兩，你交他兩個後日來，少，我家裡湊與他罷。」第二次寫在第十七

頁正面，陳經濟已把銀子討得來了，向月娘說：「徐家銀子討了來了，共五封，二百五十兩。送到房裡，玉簫收了。」

徐家欠銀催討事，下一回還有交代。

從這些地方，我們可以清楚的見到原稿之間的情節關聯，決不是沈德符在《萬曆野獲編》中說的那樣。這問題，我們後面再一一論及。

官哥又被黑貓驚諕著了。如從事實去看，可不是潘金蓮的故意，只能說潘金蓮受人之託，未能忠人之事。論責任，應怪他娘李瓶兒的太過大意。雖說，他們在花園中玩，看中了芭蕉叢下的蔭涼，著迎春去取孩子的小枕頭與涼蓆，再另帶一副骨牌來，與潘金蓮在蔭涼下抹牌玩，著奶子回房去看顧。可是，當孟玉樓在臥雲亭喊她上去說話，就不該撇下孩子交金蓮看著。她早已知道潘金蓮是如何嫉妒她和孩子的。上一回—等於是昨天，大姐纔告訴過她，潘金蓮是怎樣向大娘說出那些毫無事實的挑撥話，她氣得一天沒有吃飯，眼睛都哭紅了。曾這樣說：她左右晝夜算計的我，只是俺娘兒兩個，到明日科裡，吃她算計了一個去，也是了當。說畢哭了，何以過了一夜，李瓶兒竟把這事忘得一乾二淨了呢！

這裡，寫李瓶兒與潘金蓮偕手在花園中玩樂，竟然絲毫沒有心理上的嫌隙，以令人感於情節的不粘，何況她竟大意的丟下孩子交潘金蓮看顧呢！豈不是與上一回的因金蓮挑撥而瓶兒氣得一日沒吃飯的情節，前後扞格了嗎？若論「前後血脈不貫」，這情形纔更值一提呢。

說到這裡，這一回更有一處，值得一提，請看第十七頁的這一段：

……因問你買的汗巾兒，怎了？」那經濟笑嘻嘻，向袖子中取

出，一手遞與她。說道：「六娘的都在這裡了。」又道：「汗巾兒捎了來，妳把甚來謝我？」于是把臉子挨向她身邊，被金蓮只一推。不想李瓶兒抱著官哥兒，并奶子如意兒，跟著從松墻那邊走來，見金蓮和經濟兩個，在那邊嬉戲撲蝴蝶。李瓶兒這裡，趕眼不見，兩三步就鑽進山子裡邊。猛叫道：「你兩個撲個蝴蝶兒與官哥耍子。」慌的那潘金蓮，恐怕李瓶兒瞧見，故意問道：「陳姐夫與了汗巾子不曾？」李瓶兒道：「他還沒與我哩！」金蓮道：「他剛纏袖著，對著大姐姐不好與咱的，悄悄遞與我了。」于是兩個坐在花臺石上打開，兩個分了。

試看這段話中的陳經濟，那裡去了？

如從文詞中看，顯然的，「李瓶兒這裡趕眼不見……」的「李瓶兒」，應是陳經濟之誤，是陳經濟「趕眼不見兩三步就鑽進山子裡邊。」可是下一句的「猛叫道」應是李瓶兒了。她說「你兩個撲個蝴蝶兒與官哥兒耍子。」話中的「兩個」，自是指的陳經濟與潘金蓮兩個，潘金蓮「慌」的什麼？還「恐怕李瓶兒瞧見」什麼？她與陳經濟撲蝴蝶，早被李瓶兒等人見到了。再說，陳經濟既已兩三步躲入了山子裡邊，李瓶兒也不能不看見，又怎麼還會說：「妳兩個……」呢？

說來，這段文詞，自是有問題的了。

崇禎本這樣改的：

……你把甚來謝我？」于是把臉子挨的她身邊，被金蓮舉手只一推，不想李瓶兒抱著官哥兒，并奶子如意兒跟著，從松墻那邊走來。見金蓮手拏白團扇一動，不知是誰推經濟，只認做是撲蝴蝶。忙叫道：「五媽媽，撲的蝴蝶兒把官哥兒一個耍子。慌的經濟趕眼不見，兩三步就鑽進山子裡邊去了。金蓮

　　　恐怕李瓶兒瞧見，故意問道⋯⋯

更為了周圓李瓶兒的「認做是」潘金蓮一人撲蝴蝶，還把前面一段二人撲蝴蝶的描寫，也改寫一過，改成潘金蓮摘花，陳經濟悄悄跟在背後。總算把詞話本的這段文詞上的漏洞，予以改寫彌補上了。

　　何以《金瓶梅詞話》的這一段文詞，竟有如此大的漏洞呢？一言以蔽之，乃改寫者處理原稿時，匆匆忙忙發生的錯誤也。

　　小說家難免有誇大之寫，譬如這裡寫應伯爵與謝希大在西門家吃滷麵，說是「兩人登時狠了七碗。」謝希大還說，「我只是剛纔家裡吃了飯來了，不然我還禁一碗。」縱是茶碗大的碗，也是夠多的了。看來，蓋亦諷嘲之筆也。

　　這裡吳月娘當面指出李桂姐的話，時帶虛假，讀來亦令人深感會心。

　　　　李桂姐接過曆頭來看了，說道：「這廿四日苦惱是俺娘的生
　　　　日，我不得在家。」月娘道：「前月初十日，是你姐姐生日，
　　　　過了這廿四日，可可兒又是你媽的生日了。原來妳院中人
　　　　家，一日害這（兩）樣病，做三個生日。日裡害思錢病，黑夜
　　　　思漢子的病，早晨是媽的生日，晌午是姐姐生日，晚夕是自
　　　　家生日，怎的都擠在一塊兒。趁著姐夫有錢，攬掇著都生日
　　　　了吧！」

　　如論嘴頭子，吳月娘纔是一等哩！

　　（我們看這五十二回中的情節錯誤，豈不是比沈德府說的「五十三回至五十七回」乃「陋儒補以入刻」的錯誤還大，「血脈不貫」的情節，在《金瓶梅詞話》中，隨處是也，非止沈說之五回也。）

第五十三回

吳月娘承歡求子息
李瓶兒酹愿保兒童

　　官哥的驚悸症，自芭蕉蔭下被貓兒諕著，居然發起燒來。不惟呱呱哭個不停，還打冷戰不住。自難怪月娘要怪李瓶兒，說：

> 她們也不十分當緊的，那裡一個小娃兒，丟放在芭蕉腳下，往別處的走開，吃貓諕了。如今纔是愁神哭鬼的，定要弄壞了纏住手。

雖說孩子不是吳月娘生的，可是她是西門家的大嬸，所以她把官哥視同己出。自己又沒個子女呢！

　　依情依理，吳月娘都應該去多多關心那病了的孩子，她如果也像潘金蓮那樣的妒，可就不是「吳月娘」了，是以她去探望官哥。想不到卻招惹來潘金蓮的一番閒話，說她

> 好沒正經，自家又沒得養，別人養的兒子，又去強遭魂的，搵相知，呵卵脬。我想窮有窮氣，杰有杰氣，奉承他作甚的？他自成長了，只認自家的娘，那個認妳！

這些閒話又湊巧被吳月娘親耳聽去，氣得哭了一夜，第二日當正午了，還不起身。可以說此處之寫，正是吳月娘的性格，比上一回的潘金蓮戳舌，吳月娘竟信了潘六兒的那些話，要適襯多了。

　　由於官哥的驚悸越來越嚴重，俗謂「病重亂投醫」，於是，施灼

龜、前痰火、劉婆子都請來了；同時，又是謝土，又是還願。

「灼龜」，古稱「攻龜」，即殷商時的龜卜。從這裡所寫施灼龜的灼龜方式，與古禮所記之攻龜，有類似之處。此一占卜吉凶的龜卜，今之社會，已經少見了。笑笑生們寫述這些社會現實，從不強調他們的靈驗，只記他們的那些江湖語言，如：「大象目下沒甚事，只怕後來反覆牽延，不得脫然全癒。父母占子孫，子孫爻不宜晦了。又看朱雀爻大動，主獻紅衣神道城隍等類，要殺豬羊去祭他，再領三碗美飯，一男傷，一女傷，草船送到南方去。」這些似通非通而別人也只能似懂非懂的語言，便是他們混生活的本領。所以笑笑生們說：「施灼龜極會饞媚，（得了一錢銀子）就千恩萬謝了，蝦也似打躬去了。」

那錢痰火「帶（戴）了雷圈板巾，依舊著了法衣，仗劍執水，步罡唸咒。」他一瞧見了西門慶出來，便「唸得加倍響些。」不過，錢痰火並不是道士，他只「是燒火的火鬼」，居然戴起了道士的「板巾」，穿上了道士的法衣，西門家的人都知道他，可是那身著五品官服的西門慶竟也依著他的法語跪拜起來。笑笑生們描寫那錢痰火在作法時，「口邊涎唾，捲進捲出，一個頭得下得下，好似磕頭蟲一般，笑得那些婦人，做了一堆。」看來，不像是治病，而是在演把戲，「那些婦人」，也不像病人家的人，都是些看把戲的呢！

至於那劉婆子，前面雖已寫過，卻沒有這一回寫的具體。這裡寫劉婆子一走進西門家來，便一徑走到廚房下去摸竈門。問她應如何調理官哥這病？她則說：「前日是我說了，獻了五道將軍就好了，如今看他氣色，還該謝謝三界土便好。」但又說是受了「驚」，應該「收驚」。如何「收驚」呢？

　　劉婆道：「迎春姐，你去取些米，備一碗水來，我做你看。」
　　迎春取了米水來。劉婆把一隻高腳瓦鐘，放米在裡面，滿滿

的。袖中摸出舊綠絹頭來，包了這鐘米。把手裡捏了，向官
哥頭面上下手足，虛空運來運去的戰。官哥正睡著，奶子道：
「別要驚覺了他。」劉婆搖手低言道「我曉得我曉得。」運了
一陣，口裡唧噥噥的唸。不知是什麼？中間一兩句響些，李
瓶兒聽得，是唸「天驚、地驚、人驚、鬼驚、貓驚、狗驚。」
李瓶兒道：「孩子正是貓驚了起的。」劉婆唸畢，把絹兒抖開
了，放鐘子在桌上，看了一回，就從米搖實下的去處，撮兩
粒米，投在水碗內，就曉得病在月盡好。也是一個男傷，兩
個女傷。領他到東南方上去。只是不該獻城隍，還該謝土纔
是。……

　　像這些，豈不是研究明朝社會的第一手資料。所寫劉婆子的這
一「收驚」施法程式，似還存乎今之社會間。筆者兒時尚習見之也。
　　上一回，西門慶應安、黃兩位主事之約，到劉太監莊上飲宴，
已經動身去了。時間是四月二十二日，西門慶一早起來，也沒往衙門
中去，吃了粥，冠帶著，騎馬拿著金扇，僕從跟隨，出城南三十里赴
席。那日書童玳安兩個，都跟去了，不在話下。（五十二回第十六頁
正面。）那麼，西門慶不在家，潘金蓮吳月娘這般女人，便在家下花
園中遊樂，陳經濟還與潘金蓮在山子洞鬼混了一場，不曾得手。這一
回，便接寫吳月娘與大家夥鬼混了一場之後，身子也有些不耐煩，徑
進房去睡了。睡起來約有更次。（五十三回第一頁正面。）這天，仍
舊是四月廿二日，西門慶到劉太監庄上去赴宴的當晚。官哥的驚悸病
更重了，吳月娘去探視，回來的時候，就聽到潘金蓮在照壁後邊說她
沒的養，呵卵脬的去窮巴結。氣得她回得房去，睡在床上，自怨自
艾，飯也懶得起來吃。又自去觀賞了一番那薛姑子的藥物，遂祈盼著
明日壬子日，服藥得種，承繼西門香火。於是下面再寫西門慶到劉太

監庄上吃酒的情形（第四頁正面）。寫完了這一段，再寫這一天的當晚，潘金蓮與陳經濟在花園捲棚後面得手的情形，正交合著，「忽聽得外面狗子都嗥嗥得叫起來，卻認是西門慶吃酒回來了。」可以說，笑笑生們用的是三條線平行時間的交錯寫法，寫完了這一條，再回頭寫另一條，一條條交互銜接，看來，絕無上下兩回不能銜接之處。

　　不過，第一頁正面，寫吳月娘「徑進房去睡了，醒時約有更次。」反面則又寫明「那時說了幾句，也就洗了臉，睡了一宿。到次早起來，別無他話，只差小玉問官哥……」當她去探望官哥，聽到閒話，再回到房中，睡在床上，一直睡到「日當正午，還不起身」，都寫的是西門慶去劉太監庄上赴宴的第二天了。這裡，纔是這一回情節上的錯誤呢。

　　崇禎本的這一回，已徹底重寫過了。像這種錯誤，只能說是行文上的疏忽，可派不到是「陋儒補以入刻」的責任上去。譬如第五頁反面所寫，「經濟道：『我的親親，昨夜孟三兒那冤家，打開了我們……』」則正好與上一回第十八頁反面第七行到第十九頁第一行的情節，絲毫不爽的銜接上了。不能說是「血脈不貫」。

　　這裡寫吳月娘服藥，我們看，寫的多麼逼真入實：

　　……就到後房，開取藥來，叫小玉燉起酒來，也不用粥，先吃了一些乾糕餅食之類，就雙手捧藥，對天禱告，先把薛姑子一丸藥，用酒化開，異香觸鼻。做三兩口服完了。後見王姑子製就衣胞，雖則是做成末子，然終覺得有些注疑，有些焦刺刺的氣子，難吃下口。月娘自忖道：「只得勉強吃下去吧。」先將符藥一把，罨在口內，急把酒來，大呷半碗，幾乎嘔將出來，眼都忍紅了。又連忙把酒過下去，喉舌間，只覺有些膩格格的，又吃了幾口酒，就討溫茶來漱口，睡向床上去了。

這那裡像「陋儒」之筆。

不過，像這七頁第八行「……飲醉回家，撞入房來，回到今夜。因此月娘心上，暗自喜歡。……」顯然有遺漏。可能是說西門慶今夜撞進房來，她把他堆到別人房裡去，約定他「明日來罷」，纔正好是四月廿三日壬子日，因而歡喜。看來，這「回到今夜」四字，可能是錯簡的關係。像這種「錯簡」的情形，在《金瓶梅詞話》中可是太多了。前面已舉了不少。我們看後面還多著呢！（萬曆四十六年四月廿三日是壬子日。得非現實取材乎？）

李三、黃四借銀，這一回又完成了他們五百兩的希望。西門慶硬是聽納應伯爵的建議，湊了五百兩。

應伯爵忙著去取中人錢，西門慶當然明白。

第五十四回

應伯爵郊園會諸友
任醫官豪家看病症

　　應伯爵也做起東主來。因為他為李三、黃四跑腿,得了中人錢。上一回就寫到西門慶見到應伯爵來,就說:「前日中人錢盛麼?你可該請我一請。」雖是一句玩笑話,卻也說明了西門慶的為人精幹。不是寫著應伯爵每次為李三、黃四借到銀子,就支吾其詞的忙著要告辭,急著要趕去那裡取中人錢?實則,西門慶全了解,何必支吾其詞假借由頭兒去。所以西門慶當面指明,要應二請客,陪他們弟兄聚聚,也正是西門慶為人的圓融,但也由於應伯爵尚處處大有助於他也。

　　說起來,雖是應伯爵作東道,實際上,大宗酒菜還是西門慶家送去的。連使用的人役,都是西門慶家的。斯亦西門慶之配作老大焉。

　　這裡寫琴童、玳安二人送豬蹄、羊肉到應二爹家,伯爵寫回字致謝,這兩小廝告以奉命留下來照顧客人,要為他擺桌子,抹灰塵,說:「二爹,今日在那筐吃酒,我們把桌子也擺擺麼,還是灰塵的哩。」伯爵道:「好人呀,正待要抹抹,先擺在家裡吃了便飯,然後到郊園上去玩耍。」雖然寫得瑣碎,卻現實如見。應家的桌子上,都是灰塵,可以想知應伯爵家中的生活光景。何以?「崇禎本」要改去這些現實賦寫呢!

　　寫實的筆墨,確實是瑣碎了些,幾乎想把人生中的事象,巨細

不遺的都寫了進來。像西門慶的這般弟兄，到了應伯爵家集合，準備到齊了之後，大家一夥兒郊外去飲酒玩耍。一個一個到來後的那些聚談笑鬧行為，如白來創與常時節下棋賭東道，謝希大與吳典恩又參加了旁賭。這些描寫，縱然瑣碎，卻現實而逼真，活潑生動，歷歷如見。

不過，白來創的賭注，明明寫的是一方「絨繡汗巾」，常時節的賭注，纔是扇子。但此處（第四頁正面）卻這樣寫著：

> 常時節道：「看看區區叨勝了。」白來創臉都紅了，道：「難道這把扇子是送你的了！」常時節道：「也差不多。」于是填完了官著，就數起來。白來創著了五塊棋頭，常時節只得兩塊。白來創又該找還常時節三個棋子，口裡說：「輸在這三著了。」忙數自家棋子，輸了五個子。希大道：「可是我失著了。」指吳典恩道：「記你一杯酒。停會准要吃還我。」吳典恩笑而不答。伯爵把扇子並原梢汗巾，送與常時節，常時節把汗巾原袖了，將扇子拽開賣弄，品評詩畫。眾人都笑了一番。

看來，這常時節豈不是贏得了白來創的賭注，是扇子嗎！其實，白來創的賭注是「絨繡汗巾」，常時節的賭注纔是「扇子」哩！

顯然的，這裡是寫錯了；也許是傳抄錯了。後面，（第九頁正面），也明寫著「常時節道：『我勝那白阿弟的扇子，倒是板骨的，倒也好打板。』金釧道：『借來打一打板。』接去看看道：『我倒少這把打板的扇子，不如作我贏的棋子，送與我吧。』西門慶道：『這倒好。』常時節吃眾人攛掇不過，只得送與他了。」

可是第三頁，則又明明寫著：「白來創道：『如今說了，著甚麼東西，還是銀子？』常時節道：『我不帶得銀子，只有扇子在此。當

得二三錢銀子起的，慢慢的賭了罷。』白來創道：『我是贏別人的絨繡汗巾在這裡，也值得許多，就著了吧。』一齊交與伯爵。」

看來，這錯誤怎能算是「陋儒」的筆墨呢？以我看來，十九是作者的一時疏忽倉卒造成的。因為其他的地方，都寫的極其細密精致。

這一回所寫，是西門慶得官後，與會中弟兄第一次的聚會，卻也是他最後一次的聚會。我們看西門慶與他幫會中的那些弟兄們在一起遊樂，並無官僚的氣習，斯亦笑笑生們注意到的西門慶的成功處也。

他們這次聚會，缺少了祝日念、孫寡嘴二人，因王三官的案子牽連，被官府扭送到京城去了。大家閒話起這兩人，西門慶則說是「自作自受」。在我看來，也只在於會玩與不會玩而已。斯亦西門慶之能做到五品官也。

笑笑生們似乎並沒有著意於這劉太監庄子的描寫，只著意於西門慶這般弟兄的玩樂。飲酒，說笑話，聽唱，打鬧。連應伯爵去觀看韓金釧兒撒尿，都寫進來了。

當大家「正吃得熱鬧，只見書童搶進來，到西門慶身邊，附耳低言，道：『六娘身子不好的緊，快請爹回來。馬也備在門外（來）接了。』」西門慶聽了，連忙走起告辭。

《金瓶梅詞話》的故事，寫的就是西門慶的身家興衰，至此，西門慶的「衰」，便從這一筆開始，以後，便一步步向下坡滑去了。雖說，第四十八回的「遇胡僧」，即已注定西門慶樂極生悲，第五十三回（第六頁正面）已透露了西門慶的健康狀況，已有了病的徵候，說是他「走到金蓮那裡來，坐在椅上，說道：『我的兩個腰子，落出也似的痛了。』……」這些都是暗寫、側寫，不是明寫。李瓶兒的病，方是西門慶之「衰」的情節開始哩。

李瓶兒的病徵是胃腕作痛，痛的粒米難以入口。任太醫的診斷

是「胃虛氣弱，血少肝經旺，心境不清，火在三焦，須要降火滋榮。」實際上，李瓶兒病在經事上，「自從養了官哥，便不見十分來。」來亦不正常。那天，她不是以血身子接應西門慶的嗎！自難怪她不時推漢子到隔壁潘五娘房中去了。

　　李瓶兒吃了任太醫的藥，已不痛了，也能熟睡了。迎春起來又煎起第二鐘來吃了。這裡寫上的證詩卻是：

　　　西施時把翠蛾顰，本有仙丹妙入神，

　　　信是藥醫不死病，果然佛度有緣人。

　　照這證詩說，李瓶兒的病應該全痊，可是李瓶兒死了。那麼，此詩證乎此，豈非不倫？

第五十五回

西門慶東京慶壽旦
苗員外揚州送歌童

　　一開頭就情節重複了。

　　上一回任醫官看病，看過之後，藥已取來煎食了兩次，李瓶兒
且已回答了西門慶說：「可霎作怪，吃了藥不知怎地睡熟了。今早心
腹裡，都覺不十分怪疼了。……」這裡則又寫任醫官：

> 看了脈息，依舊到廳上坐下。西門慶問道：「不知這病症看得
> 如何？沒的甚事麼？」任醫官道：「夫人的這病，原是產後不
> 慎調理，因此得來。目下惡露不淨，面帶黃色，飲食也沒些
> 要緊，走動更覺煩勞。依學生愚見，還該謹慎保重。大凡婦
> 人產後，小兒痘後最難調理，略有些差池，便種了病根。如
> 今夫人兩手脈息虛而不實，按之散大，卻又軟不能自固。這
> 病症都只為火炎肝病土虛水旺，虛血妄行。若今番不治，他
> 後邊一發，了不的了。」說畢，西門慶……

　　所說病情，也與上一回寫的略有不同。顯然是兩會子事。看去
也不是復診，當然是重複了。

　　若是情形，這上下兩回，當然不是一人所寫，方會發生接頭上
的重複。從這上下兩回所寫任醫官述說的病情有不盡相同之情來看，
顯然是多人分回而寫造成；更大的可能，還是根據原稿，多人分回改
寫，改寫完了便匆匆付印，因而造成了這許多錯誤。說來，這類似的

錯誤情形，後面各回還多著呢[1]！

這一回，最值得討論的，是「東京慶壽」。

我們看這裡寫西門慶送了任醫官去回來，（兩次寫成「任一官」，想是抄寫人手懶，把「一」字以音假借）。

> 與應伯爵坐地，想東京蔡太師壽旦已近，先期曾差玳安往杭州買辦龍袍錦綉，金花寶貝上壽禮物，俱已完備。即日要自往東京拜賀。算來日期已近，自山東來到東京，也有半個月路程，連夜收拾行李進發，剛剛正好，在遲不的了。便進房來，和月娘說知「如此這般。」月娘道：「這咱時不說，如今忙匆匆的。你擇定幾時動身？」西門慶道：「明日起身，也纔夠到哩；還得幾個日頭？」西門慶說畢，就走出外來，吩咐玳安書童畫童，打點衣服行李，明日跟隨東京走一遭。四個小廝，各各收拾行李不送（迭）。月娘便教小廝去請各房娘，都來收拾你爹行李，……

這一段話，最少有三個漏洞值得討論。

第一，西門慶要親自往東京拜壽，這一年（政和七年）的十餘回（自三十九回起）情節中，並未提到他今年要親自到京，向他的太師爺拜壽。

第二，這裡寫著說：「先期曾差玳安往杭州買辦龍袍錦繡，……俱已完備。」在前面所寫情節中，何嘗派過玳安去杭州買辦？再說，玳安在西門家，是個小廝，不是夥計，他的職司，是伺候主子出入打雜，從未擔任過商業上的買辦。可徵此處筆墨，乃一不諳《金瓶梅》通盤情節者所寫，斯亦足夠證明我的推斷，《金瓶梅詞話》非一人筆

1　拙作：〈論沈德符說「有陋儒補以入刻」之金瓶梅五回〉，《金瓶梅審探》。

墨，必是多人根據並不十分完備的原稿，而分回改寫者也。

第三，這裡寫著「算來日期已近，自山東來到東京，也有半個月日路程，連夜收拾行李進發，剛剛正好，在遲不的了。」又說：「明日起身，也纔夠到哩；還得幾個日頭？」雖然月娘說：「這咱時不說（意為這麼長的日子不說）如今忙匆匆的。」卻也彌補不了這「親往東京拜壽」的突然。此處所為，有兩處缺失，（一）李瓶兒胸膈作痛，請任醫官診治下藥，時間是四月二十六（七）日（第五十四回第十頁反面），這裏五十五回的開頭，正銜接了任醫官把刀為李瓶兒診病，時間當也是四月二十六（七）日。蔡京的壽辰是六月十五日，時差尚有一個半月。自山東（應寫自清河）到東京，是半個月路程，又何必趕著「明日起身」，方始「剛剛正好，再遲不的了」呢？以時間的情節演進論，也銜接不上。當真，這是「陋儒補以入刻」的？

西門慶在東京遇見的揚州苗員外，也是一處突來的孤立情節。這裡這樣寫著：

> 只見亂哄哄的挨肩擦背，都是大小官員上壽的。西門慶遠遠望見一個官員，也乘著轎進龍德坊來。西門慶仔細一認，倒是揚州苗員外。卻不想苗員外，也望見西門慶了。兩個同下轎作揖，敘來寒溫。原來這苗員外，是第一個財主，他身上也現做個散官之職，向來結交在蔡太師門下，那時也來上壽。恰遇了故人，當下兩個忙匆匆，路次說了幾句，分手而別。

第一，西門慶與這苗員外是舊相識。
第二，這苗員外是第一個財主。（指揚州方面吧。）
第三，他身上也現做個散官之職，向來結交在蔡太師門下。
這兩人是何時相識的？沒有說明。如按其他各回的寫法，無不

加以說明。如西門慶使韓道國等人到揚州去，要他們住在碼頭上王伯儒店中，曾加說明這王伯儒是西門慶的父親西門達時代朋友。

後來，又寫西門慶與拜看這位住在李太監家的苗員外，在酒席間把兩個歌童贈送給西門慶。當西門慶匆匆離京，返回清河，苗員外又差了家人苗秀苗實把兩個歌童送往清河，給西門慶收留。

到了下一回（第五十六回）的開頭，這樣寫著：

> 當下西門慶留下兩個歌童祗候著，遇有呼喚，不得有違，兩人應喏去了。隨即打發苗家人回書禮物，又賞了些銀錢苗實苗秀，磕頭謝了出門。後來，兩個歌童西門慶畢竟用他不著，都送太師府去了。

就這樣，兩個歌童的事，到此便交割完畢，以後，便再沒有這兩個歌童的事了；同時，這苗員外的情節，也就此結束。

說來，這怎麼不是一個孤立的情節呢？與前面各回的情節演進，無不一一次第而來，大不相同了。

何況，這一回的結尾，寫到西門家男女人等聽了這兩個歌童的歌唱之後，都十分歡喜，齊道唱的好。於是又寫只見潘金蓮在人叢裡，雙眼直射那兩個歌童，口裡暗暗低言道：「這兩個小夥子，不但唱的好，就他容貌也標致的緊。」心下便有幾分喜他了。像這一段話，在前寫各回中，應屬於下幾回的「伏筆」，暗示下面各回必有潘金蓮與兩個歌童的勾搭情節。可是這兩個歌童的情節，在此便結束了。

還有，寫西門慶進京之後的家中情節，潘金蓮與陳經濟在捲棚後面勾搭，說：

> 「你負心的賊囚。自從我和你在屋裡，被小玉撞破了去後，如今一向都不得相會。這幾日你爺爺上東京去了，我一個兒坐

在炕上，泪汪汪只想看你，你難道耳根兒也不熱的。我仔細想來，你怎地薄情，便去著也索羅休，只到了其間，又丟你不得。常言癡心女子負心漢，你只也全不留些情。」正在熱鬧間，不想那玉樓冷眼瞧破。忽然抬頭看見。順手一推，險些兒經濟跌了一跤。慌忙驚散不題。

這段話，也有不少漏洞。

第一，潘金蓮不可能向陳經濟罵出這番話來，他們只是在偷情，不是在戀情。那敢如此去要求陳經濟？

第二，前面並無「被小玉撞破了去」的情節。

第三，「這幾日你爺爺上東京去了」的「爺爺」一詞，也不是潘金蓮的口吻，更不是陳經濟的稱謂。應稱「爹」纔對。

第四，「不想那玉樓冷眼瞧破……順手一推……（第九頁正面）」的這一段描寫，與第五十二回第十七頁反面第五行寫的「被金蓮只一推」的情景類似，看來，又恰像是兩處本寫為一處的錯簡呢！顯然的，像這些錯誤，應是原有底稿經過改寫，改得拙劣，方始這樣造成的。若是「陋儒補以入刻」，怎會憑空胡寫了這些？

第五十六回

西門慶賙濟常時節
應伯爵舉薦水秀才

斗積黃金侈素封，蘧蘧莊蝶夢魂中。

曾聞郿鄔光難駐，不道銅山運可窮。

此日分贏推鮑子，當年沈水笑龐公。

悠悠末路誰知己，惟有天君尚古風。

這八句單說人生世上，榮華富貴，不能常守，有朝無常到來，恁地堆金積玉，出落空手歸陰。因此西門慶仗義疏財，救人貧難，人人都是贊嘆他的，這也不在話下。

　　上邊的那一些文詞，是這一回的開頭「入話」與證詩。看來是無論詩也罷文也罷，都比況的不倫不類。第一，這首詩既比況不到西門慶頭上，也比況不到《金瓶梅》頭上。第二，西門慶是一位「仗義疏財，救人貧難，人人都是贊嘆他的」人物嗎？那麼，何以會有這麼一段不相干的描寫呢？真的是沈德符說的「陋儒補以入刻」的嗎？若是，則此一「陋儒」，未免其陋也，極矣！

　　固然，這一回寫的是「西門慶周濟常時節」，卻也談不上是「仗義疏財」，他只是照顧了他這位幫中的弟兄而已。想來，我們可不難基此去推想《金瓶梅詞話》以前的那部《金瓶梅》的故事，可能其中有一位「仗義疏財，救人貧難，人人都是贊嘆他的」人物，不是西門

慶。笑笑生們改寫時，把這情節，改寫到西門慶頭上了。

　　不過，如照欣欣子的序文來看，我們今天讀到的這部《金瓶梅詞話》，看去，也大有出入了呢！

　　「西門慶周濟常時節」，是這一回的前半節目，這裡說：「卻說常時節，自那日席上求了西門慶的事情，還不得個到手。房主又日夜催逼了不的。」如照前次五十餘回的寫法，常時節向西門慶借錢，既然已經「求」過了，在這一回的前數回，應該先有一筆，否則，這裡不會這樣寫。遺憾的是，前面沒有這一筆。

　　關于周濟常時節，我在〈論沈德符說「有陋儒補以入刻」金瓶梅五回〉一文中，已把情節上的重複問題，一一說到，還牽涉到第五十九回與第六十回。不過，這裡寫先給了常時節十二兩碎銀子，要他先拿去家用，等他尋到了房子，再湊給他。後來，延續了兩回方行結束，都合乎前數十回的一貫筆法。斯亦足證是改寫者造成的。

　　李瓶兒發病，寫於第五十四回，而且病象沈重。雖然任太醫診視過，也服過藥了；在第五十五回，西門慶由東京回來，也這樣交代過：「因問李瓶兒，孩子這幾時好麼，你身子怎的調理，吃的任醫官藥，有些應驗嗎。……」李瓶兒道：「孩子也沒甚事，我身子吃藥後，略覺好些。」可是，總嫌交代的不夠。此後，寫到李瓶兒時，幾乎忘了她有病在身。兼且忘了她的官哥更是病的厲害。

　　譬如這裡：

　　　　西門慶無事在家，只是和吳月娘、孟玉樓、潘金蓮、李瓶兒
　　　頑耍。只見西門慶頭戴忠靖冠，身穿柳綠緯羅直身，粉頭靴
　　　兒。月娘穿柳綠杭絹對衿襖兒，淺藍水袖裙子，金紅鳳頭高
　　　底鞋兒；孟玉樓上穿鴉青緞子襖兒，鵝黃袖裙子，桃紅素羅
　　　羊皮金滾口高底鞋兒；潘金蓮上穿著銀紅縐紗白絹裏對衿衫

　　　子，苴綠沿邊金紅心比甲兒，白杭絹畫拖裙子，粉紅花羅高
　　　底鞋兒。只有李瓶兒上穿素青杭絹大衿襖兒，月白熟絹裙
　　　子，淺藍玄羅高底鞋兒。四個妖妖嬈嬈，伴著西門慶尋花問
　　　柳，好不快活。

儘管這裡寫李瓶兒的穿著時，加上「只有」二字，也穿得淡雅些。但
對於李瓶兒的健康狀況，卻不曾交代一筆。她健康不佳，孩子又病
著，那有閒情玩耍啊！

　　應伯爵舉薦水秀才，對於儒士的譏嘲，幾已盡其能事。論品，
大處不能治家，不僅田房沒了，老婆也跟人跑了，孩子也死了；後
來，在李侍郎府裡坐館，又因與人家丫頭小廝勾搭而被攆。論學，多
次應舉不中，如今已飄零書劍。應伯爵念出的拆字填詞代書一通，以
及那篇儒冠嘆的長調，固有悖寫實的原則，卻是嘲笑的好筆墨。雖說
那以詞代書的信函，拆字的意義，可入《笑林》，但這篇儒冠嘆，誠
是一篇好文章。我在《金瓶梅探原》中，曾說這篇文章幾乎是沈德符
的自況寫照。若此判斷，或未踰分。按沈德符二十八歲時，方始捐得
例監，入乎太學，四十一歲始中舉。此後每三年一試，直到死前一
年，纔因病未再入京會試。時已六十有餘矣。（沈卒年六十五歲。）

　　固然，我這樣說，並不意味著在直指沈德符是《金瓶梅詞話》的
作者，也許這篇儒冠嘆的好文章，也像其他情節中的詩詞故事一樣，
大多都是從別處抄錄來的。但此一儒冠嘆的佳文，以之作為沈德符的
一生寫照，可真是再恰當也不過呢！

　　曾笑序說西門慶是「菽麥不知，一丁不識，」想必是根據他的不
曾入學受過教育而言，但他在社會上混了多年，卻也略識文字，則是
事實。在情節中，也多次顯示出了。譬如他認識簡帖上的稱謂等即可
為證。

　　西門慶家的文書，統由陳經濟與書童二人從事，如今，他之所以要尋個先生，理由是：「我雖是個武職，恁地一個門面，京城內外，也交結的許多官員，近日又拜在太師門下，那些通問的書柬，流水也似往來。我也不得細功夫，多不得料理。我一心要尋個先生在屋裡，好教他寫寫，省些力氣也好。只沒個有才學的人。……」應伯爵則說他那個姓水的同學「他果然才學無比，哥若用他時，管情書柬詩詞歌賦，一件件增上哥的光輝哩。人看了時，都道西門大官恁地（有）才學哩！」

　　從應伯爵的這番話中，已可想知笑笑生們不曾把西門慶當作讀書識字的人處理，從始至終，笑笑生們極少要西門慶提筆寫字。（只有一次，寫在下一回，在化緣簿寫了「五百兩」三字。）

　　第二頁正面，寫了一個「周內相」請酒，西門慶推事未去。這「周內相」，亦僅此一見，自亦是這回的改寫者誤失。那麼，曾孝序說西門慶「一丁不識」，自不是捏造之詞，如果不然，怎會把這四字寫在本章上。

第五十七回

道長老募修永福寺
薛姑子勸捨陀羅經

　　在第四十九回中，已介紹了這座「永福寺」，說「原是周秀老爺建造，」因為「長署裡沒錢糧修理，丟得壞了。」它是「守備周爺的香火院。」不錯，西門慶當時曾建議寺中長老，向周爺稟告，要他們寫個緣簿化緣，他答應資助些布施。可是這裡，則又寫著是「起建自梁武帝普通二年，開山祖是萬迴老祖。」真格是前後「血脈不貫」了。

　　按梁武帝普通二年，是西元五二一年，以宋徽宗政和七年（1117）計，也五百餘年了，年久失修，丟得壞了，自比第四十九回所寫是「周秀老爺建造」要合情合理的多。那麼，第四十九回又為何要寫是「周秀老爺建造」呢？這前後矛盾的原因，除了是大家分回改寫，未能統一協調，委實尋不出其他理由。

　　這一回，為了要說明「永福寺」的來歷「偉大」，還特別把萬迴老祖的「萬迴」故事，從頭到尾述說了一遍，真是累贅之極。文筆也粗疏不堪，真的如同沈德符所說：「一見即知其贗作矣。」

　　若說這一回的作者，不知有第四十九回西門慶在永福寺宴請宋巡按的情節，可也不是。這裡已經寫著：

　　　且前日山東有個西門慶大官，居錦衣之職，他家私巨萬，富
　　　比王侯，家中那一件沒有。前日薦送宋西廉御史，曾在這裡
　　　擺設酒席，他因見這裡寺宇傾頹，就有個捨錢布施，鼎建重

新的意思。

又怎能說不是呼應第四十九回的情節來的呢！只是寫作的技巧太拙劣了。

（此說「前日山東有個大官」，這語氣好像永福寺不在山東似的。顯然的，這作者不是山東人，方始有此種語氣流洩在作品中。後面，還有一處，我已在《金瓶梅探原》中提到了。）

在文詞上，也有自相矛盾之處。譬如第七頁反面：

> 在下雖不成個人家，也有幾萬產業，忝居武職。交遊世輩儘有，不想偌大年紀，未曾生下兒子，房下們也有五六房，只是放心不下。有意做些善果，去年第六房賤累，生下孩子，咱萬事已是足了。……

先說「未曾生下兒子」，又說「去年第六房賤累，生下孩子，」這語氣，恰像李瓶兒生的官哥不是男孩似的。又說「咱萬事已是足了」，與前面的「不想偌大年紀，未曾生下兒子」的話，也自相矛盾。

如按情節的演進情形說，此處的「布施」，最好的理由，莫過於為官哥求福，為官哥求安，再為李瓶兒的病求痊疴。不至於說出這類的話來。縱然是為了祈求嫡嗣，在此也應該說明。西門慶不便用口說，心裡也應該想，心裡所想的，作者可以代說，《金瓶梅》本就是第三人稱的寫法阿！下筆不是很容易嗎。

還有第八頁反面五行：「我前日往西京，多虧親友們，與咱們把個盞兒。……」又把「東」京誤成「西」京。說來，這類的錯字可是太多了。

至於西門慶說「我前日往西（東）京，多虧親友們，與咱們把個盞兒。……」因此，他要安排小酒與眾人回答。

　　可是，前面寫西門慶進京，走的極其匆匆，今日說起，明日就動身了。別說是「親友」，就連家人也沒有「把盞」送行的時間。回來之後，也沒寫有親友們「把盞」接風的事，祇有應伯爵為常時節說合周濟銀兩買房子事。再說，這回西門慶由清河起身晉京拜壽，再由東京返回清河，情節全在上兩回——第五十五回及第五十六回，這裡又怎麼會憑空寫上這一筆呢？如果是沈德符說的乃「陋儒補以入刻」，這陋儒可也未免太糊塗了，糊塗的連自己前後寫了些什麼，自己都鬧不清嗎？似失常理。

　　看來，這種誤失的情形，仍以大家根據原稿分回改寫，未加統一校訂，便匆匆付梓，因而造成了這些錯誤，較比合理。要不然，那就是收集傳抄稿的人，拼拼湊湊，勉強成書，匆匆付梓，是以從頭到尾，都不時有情節重複，錯簡不銜的情形發生。不僅僅沈德符說的這「五回」也。

　　在情節中，直接寫到宿命論的地方，絕少。大都從因果論上闡說報應不爽。但偶爾在證詩中，有宿命的論調，我已引述一些了。此處（第九頁反面）所寫西門慶的一番說話，則是宿命的論調。

　　　　月娘道：「哥你天大的造化，生下孩兒，你又發起善念，廣結良緣，豈不是俺一家兒的福份。只是那善念頭怕他不多，那惡念頭怕他不盡。哥你日後那沒來回沒正經養婆兒，沒搭煞貪財好色的事體，少幹幾椿兒也好。攢下些陰功與那小的子也好。」西門慶笑道：「娘，妳的醋話兒又來了，卻不道天地尚有陰陽，男女自然配合。今生偷情的，苟合的，多都是前生分定，姻緣簿上註名，今生了還。難道是剌剌搊搊胡扯歪斯纏做的。咱聞那佛祖，西天也止不過要黃金鋪地，陰司十殿，也要此楮鏹營求。咱只銷盡這家私，廣為善事，就使強

姦了常娥，和姦了織女，拐了許飛瓊，盜了西王母的女兒，
也不減我潑天富貴。」……

這一處卻道出了宿命的論道。但月娘稱西門慶為「哥」，西門慶稱吳
月娘為「娘」，則是前面五十餘回所不曾有過的稱呼，顯然的，《金
瓶梅詞話》非一人手筆也。

　　關于薛姑子，在第五十一回已介紹過了，說他替阮三撮合陳參
政的小姐在庵堂幽會，釀成命案。這裡又把薛姑子的底細，重寫一
番。總之，對姑子們的無好感也。還錄了兩首嘲罵尼姑的歌兒，如
「尼姑生來頭皮光，拖子和尚夜夜忙。三個光頭好像師父師兄並師
弟。只是鐃鈸緣何在裡床。」（這歌詞中的「拖子」二字，乃吳語語
態也。再阮三故事，錄自《清平山堂》〈戒指兒記〉。）

　　向這般人捨經，亦等於是向姑子們做好事而已。但西門慶儘管
知道薛姑子是怎麼樣人，卻也被「打動了一片善念，」叫玳安取出三
十兩松（雪）花足色銀子，交付薛姑子，印五千捲陀羅經，隨後便又
吃喝玩樂去了。回末的證詩是：秋月春華隨處有，賞心樂事此時同，
百年若不千場醉，碌碌營營總是空。這番話又在勉勵人去日日夢鄉，
否則便白活了。讀來，令人頗有前言不搭後語之感。

第五十八回

懷妒忌金蓮打秋菊
乞腌肉磨鏡叟訴冤

　　這一回寫「話說當日西門慶前廳陪親朋飲酒，吃的酩酊大醉，走入後邊孫雪娥房裡來，」在孫雪娥房中歇了一夜，「到次日二十八，乃西門慶正生日。」若照前次各回的慣常寫法，應在前數回有所交代，可是沒有。雖然第五十七回的結尾，寫有西門慶與親朋飲宴的情節，堪可與「當日西門慶前廳陪親朋飲酒」之情相銜接，但在此突然讀到「次日二十八，乃西門慶正生日。」自然令人感到上一回有缺失了。此類缺失，全書皆是，自難依據沈德符的話，把它派在「陋儒」頭上。

　　還有，在這句「乃西門慶正生日」之下，寫著「剛燒畢紙，只見韓道國後生胡秀，到了門首。」這句中的「剛燒畢紙」四字，指的是化燒紙錢吧？「生日」之晨，還要化燒紙錢嗎？留待名乎古禮者解釋了。

　　杭州的貨船到了，後生胡秀先送書賬來家，貨物還在臨清鈔關，等待上稅起腳。還缺少稅鈔銀兩呢。

　　這次在杭州辦了一萬兩銀子的緞絹，於是，西門慶又要開起綢緞舖了。尋了個姓甘的夥計，與喬家的崔本，照管店面。合同立明是得利十分，西門慶五分，喬大戶三分，甘出身與崔本三份均分。就是那三萬鹽引換來的銀子吧？未加說明。

　　在第五十一回，寫明韓道國與崔本，（還有來保）到揚州去支

鹽，如今，卻由杭州辦了一萬兩銀子的緞絹回來。雖說這種情節，在時間上，由四月中旬到七月下旬，三閱月的時間，足夠把揚州支來的鹽，脫手後再到杭州買辦綢緞，但在以前各回中，並無明確的交代。自應歸過於前數回的改寫有失。亦可作為沈德符的說話註腳。只憾此類缺失，全書太多了，非僅限於沈說之五回也。

四個唱的之中，鄭愛月兒沒到，說是被王皇親家攔了去了。西門慶一聽此事，就說：「妳說往王皇親家唱，就罷了。敢量我就拏不得來。」便叫玳安近前吩咐：「你多帶兩個排軍，就拏我個侍生帖兒，到王皇親家宅內，見你王二老爹，就說是我這裡，請幾位人吃酒，這鄭愛月兒答應下兩三日了，好歹放了她來。倘若推辭，連那鴇子都給我鎖了，墩在門房裡。這等可惡，叫不得來，就罷了？」一面叫鄭奉：「你也跟了去。」那鄭奉又不敢不去。……

試看西門慶的威勢，氣燄在王皇親家以上了。這王皇親家中還養著戲班子，想必不是過氣的皇親，西門慶已不看在眼中了。自可想知「皇親」之勢，已不如流氓矣！

薛內相稱應伯爵為「應先兒」，類似先生的暱稱。這種稱呼，在書中的他處還有。據我所知，這稱呼，在閩地頗為普遍，北人則未嘗有也。

西門慶在孫雪娥房中歇了一夜，孫雪娥便神氣起來了。在妓女洪四兒面前，自稱起「四娘」來。於是潘金蓮與孟玉樓便說起了閒話。

> 潘金蓮說：「沒廉恥的小淫婦，別人稱道妳便好，誰家自己稱是四娘來。這一家大小誰與你？誰數妳？誰叫妳是四娘？漢子在屋裡睡了一夜，得了些顏色，就開起染坊來了。若不是大娘房裡有他大妗子，他二娘房裡，有桂姐，妳（玉樓）房裡

有楊姑奶奶，李大姐便有銀姐在這裡，我那屋裡有他潘姥
姥，且輪不到往妳那屋裡去哩。」玉樓道：「妳還沒曾見哩！
今日早晨起來，打發他爹往前邊去了，在院子裡呼張喚李
的，便那等花梢起來。」金蓮道：「常言道：『奴才不可逞，
小孩兒不宜哄。』」

孫雪娥在西門家之所以神氣不起來，並非由於她是陳氏房裡的
丫頭，論起來，春梅總比她身分低吧，比她神氣多了。可見一個人的
一生命運，決定於性格。我們看孫雪娥的性格，就生成的卑賤。是以
她的一生最為坎坷。此處所寫，雖係別人的論評，殆亦客觀之論也。

任醫官之來，為李瓶兒的病，交代了一筆。

先是任醫官隔門去的早，西門慶送出來。任醫官因問：「老夫人
貴恙，覺好了。」西門慶道：「拙室服了良劑，已覺好些。這兩日不
知怎的，又有些不自在。明日還望老先生過來看看。」說畢，任醫官
作辭上馬而去。

在情節上，有了這一筆，以後李瓶兒的病，就好下筆了。（本回
第十三頁正面，又請任醫官來診視了一次。）

不過，上一次李瓶兒食下任醫官的藥，是四月下旬，（第五十四
回）如今已是七月下旬，整整三個月了。這一筆交代於此，未免晚
些。卻也不能說是上數回沒有交代。從這一筆交代來看，又怎麼責怪
第五十五、六、七各回把時間之突然從四月下旬就寫到七月下旬，是
陋儒的缺失呢！

王經是王六兒的弟弟，到了這一回，居然變成了西門家的小廝
之一。前數回未見有所交代？

齊香兒與李桂姐牽連上的王三官那場官司，到此有了一筆交
代。伯爵道：「莫不又是王三官兒家。前日被他連累你那場事，多虧

你大爹這裡人情，替李桂兒說，連你也饒了。……」

　　雖然有了這一筆，把齊香兒躲在王皇親家，李桂姐藏在西門慶家的事，都交代過了。可是，那派去東京的來保呢？辦完了事，應去揚州王伯儒店內與韓道國等人會合，一起支鹽並買辦貨物。這裡寫韓道國回來了，卻沒有提到來保。來保呢？這缺失，又得寫到前數回了。

　　有些錯字，如「任醫官」寫作「任一官」，當可說是抄著手懶，像這「怯場」寫作「怯床」，就未免錯得離譜。恰似聽者缺乏文學水準的抄錄之誤。難道，這原稿由口頭傳抄而來？待追究了。

　　潘金蓮在黑影中躧了一腳狗屎，叫春梅打著燈把角門關了，拿大棍打狗，再剖衣毒打秋菊，的是上各回中不曾有的佳筆墨，堪可與卅回前後的佳筆墨並論。斯亦證諸《金瓶梅詞話》之非一人手筆，乃眾人分回而寫者。

　　想來，沈德符的「有陋儒補以入刻」之說，非無因也。殆沈氏之知而故作說詞，以障讀者耳目，旨在混淆也耶？這是一個值得深究的問題。

　　官哥之死，潘金蓮的打狗與打秋菊，乃加速病況沈入膏肓之重因。

　　李瓶兒把壓被的銀獅子以及銀香球，都取來兌錢為兒子施捨陀羅經。真是罄其所有了！她的私房，已全給漢子了。

> 玉樓向金蓮說道：「李大姐，像這等，都枉費了錢。他若是你的兒女，就是榔頭也椿不死；他若不是你的兒女，你捨經造像，隨你怎的，也留不住。她信著姑子，甚麼顢兒幹不出來，剛纔不是我說著，把這些東西，就託她拏的去了，這等咱家個人兒去，卻不好。」

像孟玉樓的這番話，未免是背後的風涼話，但也恰似正理。而我之所以把她這番話，抄錄在這裡，意在說明這一回的有關孟玉樓的性行口齒之寫。尚未脫離於第七回所寫的氣罵張四舅時之孟玉樓也。

當李瓶兒把壓被的銀獅子交給薛姑子抱去，要不是孟玉樓建議派個人去秤秤，重量多少，可就得聽從薛姑子說多少就是多少了。

孟玉樓在西門家的妾婦之間，一直是個有精幹的女人，所以她的結局最好，

磨鏡叟的穿插，也只是以寫當時大家婦女的現實生活而已，那磨鏡叟的一番訴苦說詞，正人間之常見事象，不必感嘆於「古之人古之人」也！

潘金蓮搶白潘姥姥之寫，能不令人感於像金蓮這種人，縱不死於武二刀下，也應遭天雷打的。她居然用手推攘起她娘，險些兒推跌了一跤，還罵她娘是「怪老貨」、「老毧」、「外合裡差」、「悗嘴吃」。這些描寫，在《金瓶梅》中，也只有潘金蓮纔說得出這樣的話，作得出這樣的事。說來，斯亦正是笑笑生們刻畫人物性格的凸出處。

基乎此，也正是吾人們可以據以判斷《金瓶梅詞話》非出於一人手筆的最直接證據。蓋前後優劣立見也。

第五十九回

西門慶摔死雪獅子
李瓶兒痛哭官哥兒

　　從韓道國由南方辦貨回來，他說明的貨物過關情形，已把當時官商勾結的弊端，詳實渲染了出來。

　　他們到揚州去時，帶了一封信給鈔關上的錢老爹，這封信，發生了這樣的效力。

　　　　西門慶因問錢老爹書下了，也見些分上不曾？」韓道國道：
　　　　「全是錢老爹這封書，十車貨，少使了許多稅錢。小人把緞
　　　　箱，兩箱併一箱，三停只報了兩停，都當茶葉馬牙香，櫃上
　　　　稅過來了。通共十大車貨，只納了三十兩五錢鈔銀子。老爹
　　　　接了報單，也沒差巡攔攔下來查點，就把車喝過來了。」西門
　　　　慶聽言，滿心歡喜。因說到明日少不的重重買一份謝禮那錢
　　　　老爹。

　　這十大車貨運到家，還夾雜著家用酒米遮掩著卸貨。試看此處所寫的明朝商人如何逃稅？蓋凡所逃稅，如無官場人員加入通同作弊，逃得了嗎？

　　這裡寫卸貨情形，說：「開了那邊樓上門，就有了卸車的小腳子，領籌搬運貨，一箱箱堆卸在樓上。十大車緞貨運家用酒米，直卸到掌燈時分。⋯⋯」
此所謂「家用酒米」，自是夾雜在緞貨中，把緞貨當作家用酒米過的

關吧。

這一回，西門家的小廝，又多出了一個「春鴻」，乃前各回中不曾有過的一個人（蠻小廝），自難怪韓南博士（DR. P. HANAN）認為此一春鴻的在此突然出現，過失在於「陋儒補以入刻」的那五回，應怪「陋儒」補寫時，漏了這一筆。

在我，則認為如從整體情節的諸多誤失來看，此一「春鴻」的突然出現，自也是分回改寫的眾人，未曾統一協調，便匆匆付梓造成的。看來，這「春鴻」尚不認識李桂姐家，自是初來的孩子。問題是沒有明確交代，與《金瓶梅》慣常寫法不類而已。

吾友水晶（ROBERT YANG）認為這裡的鄭愛月之寫，是《金瓶梅》的象徵藝術。他認為「鄭愛月」是「真愛欲」的諧音，鄭愛月的「愛月軒」乃「愛慾軒」也。

新批評的原則，只要言之成理，即可成章。《金瓶梅》的象徵之說，乃水晶信函所告，我尚未見其宏論也。

上一回寫韓道國等由杭州辦貨回來，我就認為與五十一回所寫的到揚州支鹽的情節，缺少交代。這一回，西門慶贈給鄭愛月一條白綾雙欄子汗巾兒，說「是我揚州船上帶來的。」照此看來，顯然的，應是上一回的「杭州」寫誤了。

那麼，這上下兩回之誤，都不在沈德符說的「陋儒補以入刻」的那五回，自不能以沈說作註腳。

潘金蓮豢養的獅子貓，諕死了官哥，誠是這一回的重要情節。

貓諕了官哥，在此之前，已有過二次，李瓶兒何以不加小心呢？當然，潘金蓮養下這白獅子貓兒，自是蓄意對付官哥的。固然，貓兒是可愛的小動物，這雪獅子又生得如此之美。方始周歲的孩子，見了這樣的貓兒，難免要伸出手去撫弄。潘金蓮與李瓶兒隔鄰而居，如不加意小心，那就很難防備貓兒不跳躍到這屋裡來。何況，「因李

瓶兒、官哥平昔好貓，尋常無人處，在房裡用紅絹裹肉，令貓撲而擷食。」這天，這雪獅子正蹲在獲炕上看見官哥兒在炕上穿著紅衫兒，一動動的玩耍，只當平日哄喂他肉食一般，猛然望下一跳，撲將官哥身上，（手）皆抓破了。

試想，如不是李瓶兒平常用紅絹裹肉令貓撲而擷食，還不致招惹了這一場猛撲呢。又怎能全怪到潘金蓮的蓄意養貓呢。平常日子，李瓶兒這邊如為孩子注意到貓，經常趕那貓兒不到這邊屋裏來，這事件就不會發生了。李瓶兒應該注意吧，貓已諕過官哥兩次了。

說來，此處所寫，也正是笑笑生們特別為官哥之死，多給潘金蓮添一罪狀而已。

官哥的生卒年月日，在此可是寫得清楚。

> 生於政和丙申〈六年〉六月二十三日申時，卒於政和丁酉〈七年〉八月二十三日申時。月令丁酉，日干壬子。

此一生卒月日，與《金瓶梅》的故事情節紀年，絲絲相合。

這裡又附帶寫著說：

> 他前生曾在兗州蔡家作男子，曾倚力奪人財物，吃酒落魄，不敬天地，六親橫事牽連，遭氣寒之疾，久臥床席，穢污而亡。今生為小兒，亦患瘋癇之疾。十日前被六畜驚去魂魄，又犯土司太歲先亡。攝去魂死，託生往鄭州王家為男子，後作千戶，壽六十八歲而終。

這衹是徐陰陽的行話術語，既非因果之說，亦非宿命之論，正是當時一般小民的生死觀也。

宿命之論，輪迴之說，乃佛教傳入我中土之後，在萬眾之間形成的生死觀念，不僅這徐陰陽有此一說，那薛姑子也有此一說：

改頭換面輪迴去，來世機緣莫想他。當來世，他不是你的兒
女，都是宿世冤家債主託（生）出來，化財化目，騙劫財物，
或一歲而亡，二歲而亡，三六九歲而亡。一日一夜，萬死萬
生。

若此宿命又帶著輪迴報應的人生觀的生死觀念，至今仍舊存在於我國
社會間。想來，此一生死觀念，也正是我國人民之具有忍耐力的基
因。

下面說的陀羅經上的故事，一個三生前被毒殺了性命的人，託
生在母體內，打算抱母心肝，令母至生產之時，分解不得。結果，因
這婦人經常供養陀羅經不缺，遂經三次投胎，都沒有達成報復目的。
但均不過兩歲身亡。所以，我國人常咒早夭子女是「前世的討債
鬼」。有了此一概念，痛傷的心情，也就得到安慰了。薛姑子口中的
這陀羅經的故事，也正是她這姑子的職業，可以獲得善男信女施捨的
最有力的說詞。

為了幾十兩銀子的印經錢，竟使得薛王兩位姑子因分錢不平而
使性，在背後相互揭調。真個是，講經宣卷，只要求別人修善。然
而，己則未能也。

官哥葬了，「埋在先頭陳氏娘懷中，」這也是我國人的觀念，意
在有個長輩照看。不過，下寫「抱孫葬了。」不知何意。

官哥死了，最不憤的是孫雪娥，她向李瓶兒說：「……這裡墻有
縫壁有眼，俺們不好說的。他使心用心，反累己身，誰不知他氣不憤
你這養這孩子，若果是他害了，當在來世，教他一還一報，問他要
命。不知你我也被他活埋了幾遭哩。只要漢子常守著他便好，到人屋
裡睡一夜兒，他就氣生氣死。早時前者，你們都知道，漢子等閒不到
我後邊，到了一遭兒，你看背地亂都嘰喳塊成一塊。對著他姐兒們，

說我長，道我短，那個紙包兒裡也看哩。俺們也不言語，每日洗著眼兒看著她，這個淫婦到明日還不知道怎麼死哩。」後來，潘金蓮之被趕出西門家，交王婆領去發賣，正是孫雪娥唆打陳經濟之力也。

奶子如意兒，被李瓶兒留下來了。說：「你放心，孩子便沒了，我還沒死哩！縱然到明日我死了，你恁在我手下一場，我也不教妳出門，往後你大娘若是生下哥兒小姐來，妳就接了奶，就是一般了。……」

李瓶兒在西門家，之所以被丫頭小廝們喜歡，不只是她手中有私房，使錢大方，更由於她的心地仁慈。她之博得廣大讀者的同情，亦基乎此也。

常時節借銀，正當官哥要斷氣的時候，他們又來了。告訴西門慶說：「房子兒尋下了，門面兩間二層，大小四間，只要三十五兩銀子。」這時，西門慶正聽見後邊說官哥兒病重了，就打發常時節起身，說：「我不送你吧，改日我使人拏銀子和你看去。」

若此所寫，從小說的藝術手法看，也是精巧而深具慧心的一筆。有此一筆，越發烘襯出了西門慶的成功因素，對於幫會的兄弟們，無不以禮遇，以財助。像上次白來創之正在他心煩氣鬱時闖得來又不識相的苦等一頓吃再走。西門慶縱然十分無奈，卻也不曾在禮遇上給白來創難堪。

所以，西門慶是幫會中的老大。

第六十回

李瓶兒因暗氣惹病
西門慶立叚舖開張

官哥死後，笑笑生們說：

> 那潘金蓮見孩子沒了，李瓶兒死了生兒，每日抖擻精神，百
> 般的稱快。指著丫頭罵道：賊淫婦，我只說妳日頭常晌午，
> 卻怎的今日也有錯了的時節。妳斑鳩跌了蛋，也嘴搭骨了，
> 春橙折了靠背兒，沒的倚了，王婆賣了磨了，沒的推了，老
> 鴇死了粉頭，沒指望了。卻怎麼也和我一般。

這樣的閒言閒語，每日嘮叨著，自然加重了李瓶兒的病痛。任
醫官的藥，也沒有用了。「將藥吃下去，如水澆石一般。」可以說已
病入膏肓。

李瓶兒的宿疾，是經期不調，「下邊經水淋漓不止。」因而不消
半月之間，便「容顏頓減，肌膚消瘦，而精神丰標，無復昔時之態
矣。」

李智、黃四又在此時日，還了一次銀子。「說此遭只關了一千四
百五、六十兩銀子，不勾還人，只挪了這三百五十兩銀子與老爹，等
下遭銀子關出來，再找完，不敢遲了。」
可以想知西門慶的銀子，是不好拖欠的呢！亦足見西門家有事，未顧
及去攔領這銀子。

官哥病重時，李瓶兒曾有夢魘，夢見花子虛從門外來，身穿白

衣，像活時一般。見了李瓶兒罵道：「潑賊淫婦，妳如何抵盜我財物
與西門慶，如今我告妳去也。」這裡李瓶兒則又入夢，彷彿見花子虛
抱著官哥兒叫，他新尋了房兒，要他同去居住。這夢魘，一直到李瓶
兒死。

俗謂：「日有所思，夜有所夢。」笑笑生們之所以如此寫李瓶兒
步步走向死亡，蓋亦「禍因惡積」之「為世戒」也哉！

上兩回寫韓道國等人從南方辦貨回來，不曾交代來保如何？這
裡寫來保由南京回來了。

> 那時，來保南京貨船又到了。使了後生王顯上來，取單稅銀
> 兩。西門慶這裡寫書，差榮海拏一百兩銀子，又具羊酒金緞
> 禮物，謝主事。就說此船貨過稅，還忘青目一二。家中收拾
> 舖面完備，又擇九月四日開張。就是那日卸貨，連行李共裝
> 二十大車。……

這裡所寫，固可交代了那由東京再去揚州的來保，但總欠著些情節，
那就是，來保又怎樣改去南京的呢？可就欠著一筆交代了。

來保押運的貨物，「連行李裝二十大車」，比韓道國多上一倍。
此說是從「南京」運來，自是指的明朝的南京金陵，非宋徽宗時的南
京也。

光是致鈔關上的謝禮，銀子就要一百兩，還另帶羊酒金緞禮
物。雖未說省下稅銀多少，一如韓道國說，十大車貨只交了三十兩五
錢稅銀，這裡二十大車，只要鈔關上的主事「青目」一二，西門慶的
銀子省多少，政府的正當稅收便相對的減收多少。商人逃稅，官商勾
結，歷代若是焉！

韓道國回來，多了一個「後生胡秀」，來保回來，又多了一個
「後生王顯」。這兩人，都是《金瓶梅》中的臨時演員。

九月初四日，西門家的綢緞舖開張了。

嗨！可真是熱鬧，親朋遞果盒掛紅者，約有三十多人。喬大戶還叫了十二名吹打的樂工、雜耍、撮弄、再加上院子裡的小優兒彈唱，這場面，比今日商場上的商店開幕剪彩，要排場多了。賀客的桌席，安放了十五張。

笑笑生們寫著說：「那日新開張，夥計攢帳，就賣了五百餘兩銀子。」西門慶能不「滿心歡喜」！自己也因此而更加助長了他的淫欲無度，加速其亡也。

上一回，常時節來說房子已尋妥了，卻正巧遇到官哥死了，西門慶沒有心情處理這事。這天，西門慶家的綢緞舖子開張，請酒賀慶之日，李三、黃四又還來三百五十兩銀子，遂使西門慶想起了這件事，問應伯爵道：

> 常二哥說，他房子尋下了，前後四間，只要三十五兩銀子就賣了。他來對我說，正值小兒病重了，我心裡正亂著哩，打發他去了。不知他對你說來不曾？」伯爵道：「他對我說來，我說你去的不是（時）了。他迺郎不好，他自亂亂的，有什麼心緒和你說話。你且休回那房主兒，等我見哥，替你題就是了。西門慶聽了，便道：「也罷，你吃了飯，拏一封五十兩銀子，今日是個好日子，替他把房子成了來吧。剩下的教常二哥門面開個小本舖兒，月間撰（賺）的幾錢銀子兒，勾他兩口兒，盤攬過來就是了。

按說，這一回的周濟常時節，只應有這一段說詞，就足夠了，而且也正好與上一回的常時節到西門家，遇見官哥病危的情節，恰恰接應著。可是，這問題在這一回的第三頁正面，偏偏又寫了這麼一段說詞：「原來西門慶近日與了他五十兩銀子，使了三十五兩，典了房

子，十五兩銀子做本錢，在家開了個小小雜貨舖兒，過其日月不題。」在情節上是重複了。顯然的，這五十字是多餘的，刪除了這五十字，就正好連貫了。至於這五十字，何以會在這同一回中重複？除了說是大家根據原稿整理改寫時犯的錯誤，其他委實沒有更好的理由來解釋。

從謝希大的口中，我們知道應伯爵夫婦都是南方人，他稱應伯爵的老婆是「蠻子」，應伯爵的語言，如「他迺郎不好」，稱小兒為「迺郎」，亦吳語也。

這裡又寫了一次「謝子張」，而不寫「謝子純」。顯然的，與上次寫「謝子張」者，乃同一人乎？

西門慶這夥人，在一起擲骰行令，應伯爵說他一個字也不識。平常日子，卻還不時拽文呢。

這一回的酒令，雖是他處錄來，卻也助長了小說的趣味。悉俗文學中的雋品也。

第六十一回

韓道國延請西門慶
李瓶兒帶病宴重陽

　　韓道國夫婦要宴請主人西門慶，理由是：「你我被他照顧，此遭掙了恁些錢，就不擺席酒兒請他來坐坐兒。」另一個附帶的理由是：「休說他又丟了孩兒，只當與他釋悶。」見了面的時候，韓道國則說：「小人承老爹莫大之恩，一向在外，家中小媳婦蒙老爹看顧，王經又蒙抬舉，叫在宅中答應，感恩不淺。」

　　如論為人卑鄙無恥，這韓道國應是《金瓶梅》中的首屈人物。這夫婦二人為了要多賺得西門慶一些銀錢，不惜以身呈獻，做丈夫的竟甘願把床讓出來，得非無恥之尤乎！

　　西門慶之所以能在幫會中成為老大，我在前面說過，他善於照顧屬下；他之能擠入官場兼且得了五品「武職」，正由於他的「長袖善舞」，不惟善於逢迎，也善於送禮。他心胸開闊，對於屬下，從不斤斤計較。雖明知屬下辦事落了他不少錢，從不追究。手下人自難免要死心蹋地的為他賣命了。因為他是大樹，大家都在他的庇蔭之下。

　　王六兒要西門慶燒她。用香火炙燒皮肉，怎能沒有痛苦，她卻要求西門慶燒她。「我的親達，你要燒淫婦，隨你心裡，揀著那塊，只顧燒，淫婦不敢攔你。左右淫婦的身子屬了你，顧的那些兒了。」西門慶還怕她家漢子氣惱。這老婆則說：「那忘八，七個頭八個膽，他敢嗔。他靠著那裡過日子哩！」這老婆為了討好西門慶，竟以皮肉之苦，無恥之體，獻肉代表獻心。雖妓家女也難有此行徑。這些描

寫，又怎能不是笑笑生們的深體人生之筆。

　　這韓道國手下的後生胡秀，也在無意間偷覷到門內的陽春煙景。從第八回的「燒夫靈和尚聽淫聲」到此處，西門慶的風光外洩，已多次矣。

　　胡秀、王顯、榮海之寫入，有如平劇舞台上的家院中軍，有戲也不過一兩句傳話，可是在此則為胡秀寫了一段偷窺的戲。寫胡秀在偷窺時，聽見韓道國的語音來家，連忙倒在席上裝睡，韓道國點燈尋到佛堂地下，看見他鼻孔內打鼾，用腳踢醒。罵道：「賊野狗，死囚！還不起來。我只說你先往舖子裡睡去，你原來在這裡挺的好覺兒，還不起來跟我去。」那胡秀起來，推揉了揉眼，愣愣睜睜，跟韓道國往舖子裡去了。
笑笑生們還特別為胡秀安排了兩場特寫呢。當然，這特寫全是烘托西門慶與王六兒的了。

　　李瓶兒的病，業已現出病容。上一回已經寫到，「下邊經水淋漓不止，」任太醫的藥吃下，如水澆石。可是西門慶在王六兒家吃吃燒燒玩玩，已到二更天氣，回到家來，還要去睡李瓶兒。我們看李瓶兒的話。

　　　你沒的說，我下邊不住的長流，丫頭在火上替我煎看著藥
　　　哩。你往別人屋裡睡去吧。你看著我成日好模樣兒罷了？只
　　　有一口游氣兒在裡邊；來纏我起來！

　　可是西門慶還一再要求。「我的心肝，我的心裡捨不得的妳！只要和妳睡。如之奈何？」李瓶兒瞟了他一眼，笑了笑兒，誰信你那虛嘴掠舌的。我到明日死了，你也捨不的我吧。又道：亦發等我好好兒，你再進來和我睡，也是不遲。

　　當她把西門慶推到潘金蓮房裡去後，便忍不住傷心起來了。這李瓶兒起來，坐在床上，迎春伺候她吃藥。拏起那藥來，止不住撲簌簌從香顋邊滾下淚來。長吁了一口氣，方纔吃那盞藥。正是：心中無限傷心事，付與黃鸝叫幾聲。

　　李瓶兒初遇西門慶時，認為他是「醫奴的藥」，所以她一心要嫁西門慶，不惜與西門慶偕手把漢子的產業整治得精光，她手下私房全部輸運給西門慶。到了西門慶家，又寧可忍氣吞聲。可是如今，連漢子到屋裡來，都無精神接應了。上個月，還能勉強以血身子應付一宵，爾今，真格是「只有一絲兒游氣在裡邊。」那裡還能纏得起西門慶的風狂雨驟！

　　處於六房妻室的家庭，做妻室的真有如阿房宮的妃嬪一樣，能不日夜的企盼漢子的幸此！現在，漢子來了，自己都無精神體力接應了，不得不推送到別人房裡去──一次又一次的把漢子向外推，內心的苦痛，可知矣！

　　對於床笫間事，李瓶兒的要求與潘金蓮是大不相同的。潘金蓮的要求，是點心式的，不求量之黶足，只求頻數之多。李瓶兒則相反，每次都希求一桌盛宴的滿足，可以說她是這方面的老饕。但是，當老饕的胃口吃倒了，且因其若是之黶足而惹上了病魔糾纏，多麼更盛於當年的酒筵，也無食慾享受矣。

　　這時的李瓶兒，就是如此。不久之前，西門慶的胡僧藥力，也未曾引發她的讚賞，何以？力不勝也。

　　李瓶兒已病到將死的地步，西門慶還要來纏她上床。若是心性：人耶？獸耶？還說：「我心裡捨不的妳，只要和妳睡，如之奈何？」真是人性之本惡也。

　　西門慶方由王六兒那裡鬼攪了半日半夜回來，他那裡還有如此

大的興頭阿！實則是笑笑生們特在李瓶兒死前寫這一筆，寫她把漢子推給別人，乃不得已也。不是寫西門慶到了潘金蓮處，便已無能為力了嗎，不得不借重胡僧之藥。殆笑笑生們為西門慶之死，多多設此一筆。西門慶的死前發病，也是由王六兒到潘金蓮這一過程，不過，又多了一位林太太就是了。

一向，西門慶在外鬼混，只要潘金蓮逼問，莫不據實以告。這裡則寫西門慶之一再支吾，決不說是她與王六兒有風月之情，得非有所戒心乎！來旺媳婦就是這樣死在潘金蓮之手的。

從潘金蓮的口中，使讀者看到了王六兒的長相與打扮。

> 一個大捽瓜[1]，長淫婦，喬眉喬樣，描得那水鬢長長的，搽的那嘴唇鮮紅的……一個大紫腔色黑淫婦。

西門慶喜愛的是女人的「風月」，非求貌也。而且是不分高低尊卑老幼，欲來時，小廝也得派上用場。正如潘金蓮所說：「若是信〈由〉著你意兒，把天下老婆都耍遍了罷！」又說：「你早是個漢子，若是個老婆，就養遍街合遍巷。屬皮匠的，縫著就上。」西門慶就是這類男人。誠出乎荀卿之性惡說也。

李瓶兒血崩了。為下一回李瓶兒之死，先寫下這一筆。

這一回，交代了常時節搬入新居後，他老婆整治了一盤螃蟹鮮及兩隻爐燒鴨答謝西門老大的周濟。西門慶等人每人出「二星銀子」的分資作賀常時節的喬遷。又交代了吳大舅歸還借銀十兩，倉敖修好了。他還希求妹夫為他在大巡處美言一句，「考選」到了。可見吳大

1　北方有一種與西瓜同款的瓜，圓形，多子，子大，又稱大子瓜，又稱捽瓜，打瓜。豐收之年，任人到瓜園打捽，食其肉瓤，留子，子是此瓜的主要經濟收入，今仍食用之瓜子，即此瓜之子。

舅歸還這銀兩，寫得多麼是時候啊！

西門慶與王六兒大演風月，隔壁半間就供養著佛祖先堂兒，止隔著一層板壁。是以在此處挺覺的胡秀，便觀賞了他們的清風齋月之景。

若是之寫，殆亦嘲諷之寫也。以後，又擴大了此一寫法於林太太的住處。

應伯爵曾經自稱他「我在下一個字也不識」，可是他卻隨時拽文。譬如劉太監送贈給西門慶的二十盆菊花，應伯爵卻看中了花盆。說：

> 花到不打緊，這盆正是官窯雙箍鄧漿盆，又吃年代，又禁水漫，都是用羅絹打用腳跐過泥，纔燒造這個物兒。與蘇州鄧漿磚，一個樣兒做法。如今那裡尋去？

不知應伯爵的此說，是否行家之言。總之，他在冒充行家。吾不諳瓷器之學，未能有所論評。但笑笑生們筆下的應伯爵，則文氣酸腐十足。他與水秀才是同學。自說「一字也不識」，自是謙詞了。

趙太醫的描寫，未免嘲諷太過，雖此同一回也令人感於它的風標有異，未免過於庸俗了。

第六十二回

潘道士解禳祭登壇
西門慶大哭李瓶兒

　　李瓶兒死了。死前一直在夢魘，閉目就看到花子虛抱著官哥，說是已買了房子，說是要她去同住。

　　東吳弄珠客說李瓶兒以「孽」死，孽，惡因也。此寫自是惡因之一。至於血崩之疾，則更是惡因之一。她的血崩之疾的種因，應歸罪於那花老太監的非人道之淫行，隱喻之筆多矣。

　　李瓶兒之所以夢魘連連，當然是心理上的虧欠，所以她臨死時，還給了王姑子一些銀子，要她請幾位師父，多誦些血盆經，來懺除罪孽，說：「還不知墮多少罪業哩。」

　　「人之將死，其言也哀。」臨死前的李瓶兒，每一句都充滿了哀痛的感傷，當年與他詬責花子虛與蔣竹山的口舌，大不相同了。

　　從李瓶兒嫁到西門家之後，一進大門就得開始做忍氣的功夫。先是進門後一連數日漢子不入房來，進了房又是罵又是打，逼得她不得不向西門慶下跪哀求，「你就是醫奴的藥，」所求者只是床第間的那一分享受而已。何嘗想到她當初最喜歡的那一位「好人兒」——潘金蓮，進門後便成了她抵死也不相讓的對頭。更得把惱與懊忍受下來。

　　官哥出生，不惟不是李瓶兒的福至，反而是李瓶兒的禍來。笑笑生們的這一筆，殆亦沈痛之情也。

　　李瓶兒死前，對於後事，安排的周周到到，丫頭迎春、綉春，

奶子如意兒，以及那位從小兒就跟著她的老馮媽媽，還有那趕來沾便
宜的王姑子，都有遺物與金銀的分發。乾女兒吳銀兒已久久不來，她
也留下了紀念品及銀兩。

那位馮媽媽雖是從小就跟著瓶兒的，如今卻攀附著王六兒去
了，因為王六兒正有寵於主子，在獅子街比李瓶兒處，可沾的油水更
多了。李瓶兒著人去喊她，還推三阻四的呢。來了，還直訴苦，說：

> 「說不得我這苦，成日往廟裡修法，早晨出去了，是也直到
> 黑，不是也直到黑。來家尚有那些張和尚，李和尚，王和
> 尚。」如意兒道：「妳老人家，怎麼這些和尚？早時沒？王師
> 父在這裡！」那李瓶兒聽了，微笑了一笑兒，說道：「這媽媽
> 子，單管只撒風。」

馮媽媽殆亦三姑六婆類也。笑笑生們的這一筆，亦警世之言焉。

李瓶兒自愧心粗，孩子被人暗算死了。她遺言月娘「到明日好生
看養著，與他爹做個根蒂兒，休要以奴心粗，吃人暗算了。」

笑笑生們加議論說：「自這一句話，就感觸月娘的心來。後次西
門慶死了，金蓮就在家中住不牢者，就是想著李瓶兒臨終這句話。」
事實上，後面的情節，並沒有這樣寫呢！

如從潘道士的作法描寫來論，頗感於這一筆乃崇重道家之說，
認為道士的符水甚有法力。「噀了一口法水去，見一陣狂風所過，一
黃巾方士現於面前。」還寫出那人的形象，說：

> 黃羅抹額，紫繡羅袍，獅蠻帶緊束狼腰，豹皮裩牢拴虎體。
> 常遊雲路，每歷罡風，洞天福地片時過，岳瀆酆都撚指到，
> 業龍作孽，向海底以擒來。妖魅為殃，劈山穴而提出。玉皇
> 殿上，稱為符使之名，北極車前，立有天丁之號。常在壇前

設法，每來世上降魔，胸懸雷部赤銅牌，手執宣花金蘸府。

又說那位神將拱立堦前，大言：「召吾神，那廂使令。」於是後面大寫這位道士做法的威風，且一聲令下一聲雷，但見晴天星月明燦，忽然一陣黑天昏，捲棚四下皆垂著簾幕，須臾起一陣怪風。大風所過三次，一陣冷氣來，把李瓶兒二十七盞本命燈，盡皆刮盡，惟有一盞復明。而且，這潘道士行法完後，也不收金錢，說是「出家人草行露宿，山棲廟止。」在外作法事，乃「奉行皇天至道，對天盟誓，不敢貪受世財。取罪不便。推讓再四，只令小童收了布匹作道袍穿。」可以說，這些描寫，又怎能說不是崇尊道家之筆呢！

關于《金瓶梅》中的道家描寫，值得摘出與馮氏《三遂平妖傳》相併研究。特在此附提一句。

李瓶兒生於元祐辛未（六年）正月十五日午時，卒於正和丁酉九月十七日丑時，年二十七歲。

以小說的情節演進時間計，恰相符。但徐陰陽的「黑書」，說她：

> 前生曾在濱州王家做男子，打死懷胎母羊，今世為女人屬羊，稟性柔婉，自幼陰謀之事。父母雙亡，六親無靠，先與人家做妾，受大娘子氣。及至有夫主，又不相投，犯三刑六害，中年雖招貴夫，常有疾病，比肩不和，生子夭亡，主生氣疾，肚腹流血而死。前九日魂去，托生河南汴梁開封府袁指揮家為女，艱難不能度日。後耽擱至二十歲，嫁一富家，老少不對。中年享福，壽至四十二歲。得氣而終。

這些，自都是鄉愚的民俗思想。雖無大意義，亦現實之筆也。

西門慶哭李瓶兒，呼天搶地，良是真情流洩，絕非虛情假意的

惺惺之態。

　　怎能不心痛呢？李瓶兒罄其所有私房，嫁到西門家來，三年以來，從不曾因她為西門家添任何麻煩，連花家的老大都大舅子似的做了親戚往還。只有她為他生了個兒子，雖然一歲兩個月就夭折了，但總生過兒子吧。就這樣撒手去了，西門慶傷痛，自亦人性之常態也！寫西門慶之跌足長號，還說落著李瓶兒嫁到他家三年，未過一天好日子，惹得其他姐妹們的不平。

　　不過，話又得說回來，西門慶之所以這樣在李瓶兒死時，竟如此之用情，又何嘗不是表演給一家人等以及社會大眾看的一場戲嗎。西門慶如不曾有此深情表演，不要說家中人等，全清河縣人也會背後議論他的。西門慶在李瓶兒手上接收了如許多的財產去，還能瞞得了社會嗎。

　　西門慶在李瓶兒之死的演出上，可真是精彩極了。連吳月娘都看不過去了，別說是潘金蓮等人。所以月娘說：

> 熱突突死了，怎麼不疼，你就疼[編按1]也還放在心裡，那裡就這般顯出來？人也死了，不管那有惡氣沒惡氣，就口摀著口那等叫喚。不知甚麼張致。吃我說了兩句，她可可兒三年沒得一日好日子？鎮日教她挑水挨磨來？

　　一說來，西門慶的這場戲可真是演得入了戲了，竟悲痛得神思恍亂，只是沒好氣，罵丫頭，踢小廝，看到潘金蓮，罵她是「狗攮的淫婦」。守著屍首哭，哭的喉音都啞了。

　　喪事，更是大大的舖張，一副棺木就是三百多兩銀子。認真追

編按1　「怎麼不痛，你就痛也還放在心裡，」今本據《金瓶梅詞話》改為「怎麼不疼，你就疼也還放在心裡，」。

問起來，李瓶兒帶來的私房，不過百分之一而已。

　　我曾說西門慶是一位善於謀取金錢也善於運用金錢的人，李瓶兒的喪事，亦一例也。下一回還有大排場演出呢！

第六十三回

親朋宿伴玉簫記
西門慶觀戲感李瓶

　　西門慶嫌五錢一匹的孝絹不好，著春鴻賁四去換六錢一匹的。
這裡所寫，豈不是當時物價的第一手資料。

　　收受喪禮的回帖，西門慶著寫「期服生」，乃以妻禮為李瓶兒服
孝，尚知不加「杖」也。

　　關于此一問題，溫秀才、杜中書、以及應伯爵等人，曾經討
論。本來，溫秀才寫妥的孝帖，要送去開刊的時候，西門慶著寫「荊
婦奄逝」。溫秀才悄悄拿與應伯爵看。應伯爵說：「這個理上說不通。
如今現有吳家嫂子在正室，如何使得這一個出去，不被人議論。就是
吳大哥心內也不自在。等我慢慢再與他講，你且休要寫著。」到了請
來杜中書題名旌的時候，西門慶要寫「詔封錦衣西門恭人李氏柩」十
一字。伯爵再三不肯，說：「現有正室夫人在，如何使得？」杜中書
則說：「曾生過子，於理也無礙。」講了半日，去了「恭」字，改了
「室人」。溫秀才道：「恭人乃命婦有爵，室人只是室內之人，只是個
渾然通常之稱。」於是用白粉筆題「詔封」二字貼了金，懸於靈前，
又題了神主。由此看來，應伯爵倒還是個能守原則的人。

　　看來，西門慶之所以如此在名義上敬重李瓶兒，又何嘗不是給
別人看，李瓶兒給與西門慶的財務幫助，確是太大了阿！不若是在表
面上顯現，又怎能以杜眾人之口，以掩社會之目耶？

　　李瓶兒的喪事，可真是夠排場的。

　　先兌了五百兩銀子一吊錢來，委付韓夥計管帳，賁四傳來興兒專管大小買辦，兼管外廚房，應伯爵、謝希大、溫秀才、甘夥計四人輪番陪侍往來弔客。崔本專管付孝帳，來保管外庫房，王經管酒房，春鴻與畫童管靈前侍候，平安逐日與四名排軍，單管來打靈板，捧香紙，又是一個寫字，帶領四名排軍，在大門首記門簿，直念經日期打傘，相搭挑旛幢，無事把門。派委已訂，還寫了告示，貼在影壁上。看來，笑笑生等人必有人是經驗過喪事大場面的。我們看喪事的祭弔棚，搭蓋得多麼大。

　　皇庄上薛內相差人送了六十根杉條、三十根毛竹、三百領蘆蓆、一百條蔴繩，送給西門慶用來搭喪祭之棚。棚是僱用搭彩匠搭的，吩咐他們搭的大著些。留兩個門走。把影壁夾在中間。前廚房內，還搭三間罩棚，大門首紮七間旁棚。請報恩寺十二僧眾先念倒頭經，每日兩個茶酒，在茶坊內侍候茶水，外廚房兩名廚役，答應各項飲食。

　　另外，還有吹的，打的，唱的，歌的，以及海鹽戲班子。開弔多日，說來不過是西門慶的的第六房小妾而已。若是舖張，殆亦明末的社會相乎。

　　陳經濟是重孝在身，自屬當然。論親人，他與大姊是西門家的第二代孝服當值人，女婿半子也。可是，花大舅與花大妗子也是重孝直身道袍，就令人不解了。李瓶兒只不過曾是他的弟媳婦而已，嫁了西門慶之後，由於西門慶有財有勢，居然貼過來以「大舅」自居，實際上他們與李瓶兒素常並無親故也。

　　人與人之間的往還，古今若是焉。俗謂：「貧再鬧市無人問，富在深山有遠親。」若花子由夫婦竟甘願做西門慶的大舅子，把謀去他花家產業氣死了胞弟的淫婦，視作親妹子，熱火火的走往，殆亦無恥之匹者也。

為李瓶兒「揭白傳神」，惹得吳月娘不大高興，說：「成精鼓搗人。也不知死到哪裡去了，又描起影來了。畫的那些兒像呢？」潘金蓮則說：「那個是她的兒女？畫下影傳下神來，好替她磕頭禮拜。到明日六個老婆死了，畫上六個影纔好。」孟玉樓與李嬌兒則不加議論，只評畫的像不像。可見西門家的女人，最不厚道的是吳月娘與潘金蓮。

對於妓家女，笑笑生們最是不懷好感。是以在此對吳銀兒，又不忘給她抹上無義的一筆。吳銀兒還是李瓶兒的乾女兒呢。

李桂姐等人來弔孝，送二錢銀子的賻儀，西門慶則每人還答一匹整絹，六錢銀子一匹呢！這夥人，還在住下吃上十菜五菓的酒席三日。

海鹽子弟搬演的戲文〈韋皋玉簫女兩世姻緣玉環記〉，乃萬曆間流行的作品，最早曲家著錄是呂天成，最早刻本也在萬曆間，如富春堂刻、慎餘堂刻，均萬曆中葉以後，六十種曲之汲古閣刻，則崇禎矣。

按小說所寫之韋皋嫖院在第六齣，寄真容在第十一齣，均可印證。與喬吉的〈玉簫女兩世姻緣〉無關。蓋《金瓶梅詞話》乃萬曆末作品也。

儘管李瓶兒纔大殮了，戲可是演得熱鬧。西門家的男男女女，都不忘去看戲，丫頭們嘻嘻哈哈，打打鬧鬧，連西門慶也有說有笑，他還關照，戲應演得熱鬧。像辦喜事，不像辦喪事。由於，戲中的女主角也叫玉簫，小玉便向玉簫開玩笑，說：「淫婦，妳的孤老漢子來了，搗子叫妳接客哩，妳還不出去？」使力往下一推，直推出簾子外。春梅手裡拿著茶，推潑一身。吵吵嚷嚷，連簾外看戲的客人都聽見看見了。

戲演到三更天氣，客人要告辭還強留，一直演到天亮纔散。雖

然，戲演到「今生難會，因此上寄丹青」一句，西門慶有了感觸，忍不住取了汗巾兒擦淚，但當眾人在五更時分起身，他還拿大杯攔門遞酒呢！

　　喬大戶以親家身分上祭，駢儷祭文，辭藻典麗可誦。如尚舉人、朱堂官、吳大舅、劉學官、花千戶、段親家七八位親朋，又何能以親家之禮與祭，且俱跪下聽念祝文，非禮也。

第六十四回

玉簫跪央潘金蓮
金衛官祭富室娘

　　我認為西門慶之痛傷於李瓶兒之死，除了呼天搶地的痛哭，還大事舖張其喪事，只是為了獲得李瓶兒帶過來的金錢太豐富，不得不在這方面向社會有所交代。那麼，笑笑生們在這一回，卻又借了玳安的嘴，一一道出了。

　　我們看玳安怎樣向傅夥計說出這番話。傅夥計閒中因話題話，問起玳安說道：「你六娘沒了，這等樣棺槨，祭祀念經發送，也夠她了。」玳安道：「一來也是她福好，只是不長壽。俺爹饒使了這些錢，還使不著俺爹的哩，俺六娘嫁俺爹，瞞不過你老人家是知道，該帶了多少帶頭來？別人不知道，我知道。把銀子不說，只光金珠玩好，玉帶縧環鬏髻，值錢寶石，還不知有多少？為甚俺爹心裡疼！不是疼人，是疼錢；是便是。」試看玳安的這番話，「為甚俺爹心裡疼！不是疼人，是疼錢。」這番話不是說得夠赤裸了嗎。

　　西門慶是「疼錢」。因為李瓶兒死了，他非得這樣花錢舖張不可，如不這樣花錢辦喪事，不止家人要講閒話，社會輿論他更受不了啊！

　　對於西門家的六房太太的性格，在這裡也由玳安之口，一一評論出來。

　　　說起俺過世的這六娘性格兒，這一家子都不如她。又有謙讓

又和氣，見了人只是一面笑。俺們下人，自來也不曾呵俺們
一呵，並沒失口罵俺們一句奴才。要的，誓也沒有賭一個，
使俺們買東西，只拈塊兒。俺們但說：「娘拿等子妳稱稱，俺
們好使。」她便笑道：「拿去吧，稱甚麼？你不圖落，圖甚麼
來。只要替我買值著。」這一家子，那個不借她銀使。只有借
出來，沒有個還進去的。還也罷，不還也罷。俺大娘和俺三
娘，使錢也好。只是五娘和二娘，慳吝些。她當家，俺們就
遭瘟來，會把腿磨細了。會勝買東西，也不給你個足數。綁
著鬼，一錢銀子拿出來，只稱九分半，著緊只九分。俺們莫
不賠出來。

　　對於吳月娘，玳安的批評是：「雖做俺大娘好，毛司火性兒，一
回家，好娘兒們親親噠噠說話兒，你只休惱著她。不論誰，她也罵你
幾句。總不如六娘，萬人無怨，又常在爹跟前替俺們說方便兒，誰問
天來大事，受不的央，俺們央他央兒對爹說，無有個不依。」對於潘
金蓮，玳安的議論是：「只是五娘快戳無路兒，行動就說：『你看我
對你爹說。』把這答話只題在口裡。如今春梅姐又是個合氣星，天生
的都出生她一屋裡。五娘她一個親娘，也不認的。來一遭要便像的哭
了家去。」
玳安的議論，真個把西門家的這六房婦人，徹頭徹腦的描繪清楚了。
　　玉簫與書童的私戀，已不少日子了。那一次失壺的事，無人疑
心到她們身上，終于這一次被潘六兒撞見了。三個條件的順從，雖已
掩蓋了這一苟合之事，書童卻懼禍盜款潛逃。搭船逃向南方去了。門
子出身的書童，曾在西門慶身邊寵幸一時，到此，便在小說中交代
了。
　　笑笑生們不時去表現應伯爵的廣博知識，前一回說了些有關陶

瓷的學問，這一回又寫他論起木材來了。不過，他說的有關桃花洞的
故事：「昔日唐漁父入此洞中，曾見秦時毛女，在此避兵。是個人跡
罕到之處。」則不知出自何典？是笑笑生們故意為應二編的呢？還是
確有此一典實？待考了。

　　吳大舅贊譽了薛公公幾句，以當今的童貫做比，薛公公便喜悅
起來，馬上要問這位會說話的是誰？可見，奉承話是人人愛聽的。

　　這位姓薛的太監，不喜海鹽戲子，說是他聽不懂。「那蠻聲哈
喇，誰曉的他唱的是甚麼？」而且認為戲文之所以被文官們喜好，那
是因為

> 那酸子們在寒窗之下，三年受苦，九載遨遊，背著個琴棋書
> 箱，來京應舉，掙得了個官，又無妻小在身邊，便希罕他這
> 樣人。你我一個光身漢，老內相，要他作甚麼？

　　此說，或亦當時社會相呼！

　　這裡寫了溫秀才的言談，頗值一題。

　　當大家觀賞韓先生寫妥的李瓶兒遺影，都說：「好個標致娘子，
正好青春享受，只是去世太早些。」於是溫秀才接口說：「物之不齊，
物之情也。窮通壽夭，自有個定數，雖聖人亦不能強。」

　　按「物之不齊，物之情也」一語，出自《孟子》〈滕文公〉，孟
子駁許行之巨屨小屨同價之說的喻詞。溫秀才在此舉以喻人之壽夭，
則比喻失義矣。這裡，又寫溫秀才回答有關薛公公批評文人（酸子）
「便希罕這樣人（戲人）」，便答說：「老公公說話太不近情了。居之
齊則齊聲，居之楚則楚聲。老公公處於高堂廣廈，豈無一動其心
哉！」再按此說出於《孟子》，文亦在〈滕文公〉，孟子說「有楚人
於此，欲其子之齊語也。」雖使齊人傅之，然而「一齊人傅之，眾楚
人咻之，雖日撻而求其齊也，不可得矣。引而置之莊嶽之間數年，雖

日撻而求其楚也，不可得矣。」今溫秀才引喻於此，也是不倫不類的。難怪這位溫秀才連試不中也。

手打魚鼓唱道情的唱了一套韓文公雪擁藍關故事。今人葉德均的《小說戲曲叢考》，論及彈詞時，題到這一回的〈道情藍關記〉，在李翊《戒庵老人漫筆》卷五，即記有〈藍關記〉。肯定這是明代詞話以外的彈詞。

雜劇有〈韓相子度韓文公〉關目，未知此一〈藍關記〉是何人作品，留待以後專論《金瓶梅》的劇曲時，再查考了。

第六十五回

吳道迎殯送真容
宋御史結豪請六黃

　　這裡說九月二十八日李瓶兒死了二七光景，玉皇廟吳道官受齋請了十六個道眾，在家中揚旛修建請去救苦。二七齋壇早修之時，有官安郎中來下書，西門慶待來人去了，吳道官廟中抬了三牲祭品……。

　　開頭的這段描寫，如「二七齋壇早修之時，有官安郎中來下書，西門慶待來人去了。」這個下書人是那裡來的？下書作什麼？「官安郎中」是誰？均無明確交代。如照情節看，似是為了「請[編按1]六黃」的事，但後面卻又寫了請六黃的事，由磚廠黃主事來提的。這人來作什麼？就欠缺交代了。崇真本則說是「安郎中」，把「官」字刪了。張竹坡還在「來人去了」之下，加以小評說「細照應翟雲峯」。不錯，下一回有「翟管家寄書致賻」的情節。那是另起的，與這一句安郎中來下書，並無關聯，「照應」不到「翟雲峯」頭上去。

　　那麼，此一句的缺失，最正確的解釋，也只有一個，仍舊是我那句老話，就原稿改寫的笑笑生們，在改寫時匆匆改寫，匆匆付梓，未能照顧周到也。

　　為孟玉樓安排了一個兄弟，說是在外做買賣，五、六年沒來家。這一筆，纔是為後面第九十三回「陳經濟被陷嚴州府」的情節，

編按1　「清六黃」乃手民之誤，今更正為「請六黃」。

有所照應的伏筆哩。

　　關于此處的花石綱之寫，我在《註釋》中，曾指這一筆可能是隱寓明神宗的鑛稅惡政，如從史實觀之，宋徽宗的花石綱與明神宗的開鑛，確有相同之處。這裡不多說它了。

　　宋巡按要率兩私八府等人，出月迎請六黃太尉，由官員們出分資，兩司官員每員三兩，官府每員五兩，交給西門慶治辦酒席，招待六黃太尉一飯。眾官員見了西門慶時，

> 悉言：正是州縣不勝憂苦，這件事欽差若來，凡一應祗候廩餼，公宴器用人夫，無不出於州縣。必取之於民，公私困極，莫此為甚。

這一番怨言，自是大眾輿論。可是這班官員，雖然向西門慶發出了這些代民憂苦之訴，但所求於西門慶到上司處「美言」的事，竟不是為民解此疾苦，而是「提拔」他們升官，則不倫矣。這裡這樣寫著：「我輩還望四泉于上司處美言提拔，足見厚愛之至。」顯然的，這段話的上下語氣之不能統一，一讀即能知是改寫者的未能照顧周到。看得出這一段訴說人民疾苦的話，可能是原稿，改寫者未予洗除，一加上「還望四泉于上司處美言提拔，」自然上下語氣扞格矣！

　　迎接六黃太尉，山東兩司八府官員辦酒的分資，這裡寫著說：「兩司官十二員，每員三兩，府官八員每員五兩，記二十二分，共一百零六兩。」不知這「共一百零六兩」之數，如何計算得來。

　　又說「十月初八日是四七」。李瓶兒卒於九月十七日，抵十月初八，頭尾不過二十二天，剛到第四個七，也就開始作四七祭了。否則，怎能算得「四七」呢！

　　李瓶兒的喪事，辦得可是夠體面的了。不僅家中搭下七間大棚，擺上十五桌的桌面，從早開到晚，從晚開到早，百戲雜耍，日夜

搬演。墳庄上也前後搭起棚來，墳穴邊還搭起三間單棚，連墳庄附近的鄰居，都請來坐席面，大酒大肉的管待。臨散的時候，還一個個肩背項負而歸。斯亦西門慶之為西門慶也。

　　出殯的場面描寫，別說是在當場看到的人，光是讀讀這段文字，也不禁令人瞠目矣。不妨錄下這一段：

> 先絕早抬出名旌，各項簥亭紙扎，僧道鼓手，細樂人役，都來伺候。西門慶預先問帥府周守備，討了五十名巡捕軍士，都帶弓馬，全裝結束，留十名在家看守，四十名跟殯在材前擺馬道分兩翼而行。衙門裡又是二十名排軍打路，照管冥器，墳頭又是二十名把門，管收祭祀，那日官員士夫，親鄰朋友，來送殯者，車馬宣呼，填街塞巷。本家並親眷堂客，轎子也十餘頂，三院搗子粉頭，小轎也有數十，徐陰陽擇定辰時起棺，西門慶留下孫雪娥並二女僧看家，平安兒和兩名排軍把前門，那女婿陳經濟跪在柩前摔盆。六十四人上損，有仵作一員，立于增架上，敲響板指揮抬材人上肩。先是請了報恩寺郎僧官來起棺，剛轉過大街口上南走，那兩邊觀看的人，人山人海。

　　笑笑生們還特別把這出殯的場面，寫了近千言的駢文來描寫它。真個是「鑼鼓鼕鼕靄路塵，花攢錦簇萬人瞻。哀聲隱隱棺輿過，此殯誠然壓帝京。

　　看來，此一殯葬行列描寫，似有現實的依據，「此殯誠然壓帝京。」顯然有所隱寓。在京城中必有某親王或郡王王府，有過這樣的殯葬行列吧。

　　到了墳地，還有坐營張團練帶領的二百名軍卒，在墳前高阜處搭帳房，吹響器，打銅鑼銅鼓，迎接殯到。看著裝燒冥器紙箚，煙焰

漲天。墳內有十數家收頭祭祀，皆兩院妓女，堂客內眷，自有錦幃遮掩。還有吊彩影像的大影亭，以及大絹亭、小絹亭、香燭亭、鼓手細樂十六眾。可以說是壯觀極矣！王公大臣之殯，能若是乎哉？

　　西門慶市井棍徒也，李瓶兒其第六房側室也。喪禮若是之盛，倘正室之死，將何以加？固然，我說是此乃西門慶之為了李瓶兒之財富所有有心以掩悠悠之口，蓋以小說之藝論之也。若以笑笑生們的苦心孤詣論之。得非桑槐之喻乎！

　　「恭人」與「室人」上一回已明論之矣。今者，吳道官的誦詞，則又稱之為「故錦衣西門恭人李氏之靈。」又稱「恭人」。傳抄之誤耶？西門慶之肰耶？

　　這一回，除了李瓶兒的喪葬描寫，更寫了「請六黃」的那一飯場面之盛。

　　大門上扎七級彩山，廳前五級彩山。筵席之設，廳前正面是屏開孔雀，地匝氍毹。都是錦綉桌幃，粧花椅甸（墊）。黃太尉（的那一席）便是肘侏大飯簇盤，定勝方糖，五老錦豐堆高頂，吃著大插桌，觀席兩張小插桌。是巡府巡按陪坐，兩邊布按三司，有桌席列坐，其餘八府官都在廳外棚內。兩邊只是五菓五菜，平頭桌席。迎接的場面，排場更大。

　　撫按率領多官人馬，早迎到船上，張打黃旗「欽差」二字，捧著敕書在頭裡走。地方統制、守禦、都監、團練、各衛掌印武官，皆戎服甲胄，各領所部人馬，圍隨藍旗纓槍，又槊儀仗，擺數里之遠。黃太尉穿大紅五彩綉絣，坐八抬八簇，銀頂暖轎，張打茶褐傘，後邊名下執事人役，跟隨無數，皆駿騎咆哮，如萬花之燦錦。隨路吹打而行，黃土墊道，雞犬不聞，樵採遁跡。人馬過東平府，進清河縣，縣官們壓壓跪於道旁迎接，左右喝叱起去，隨路轉報，直到西門慶家中大門首。教坊鼓樂，聲震雲霄，兩邊執事人役，皆青衣排伏雁翅而

列。良久人馬過盡，太尉落下轎進來，後面撫按率領大小官員一擁而入，列於廳上。廳上又是箏篆方響，雲璈龍笛鳳管細樂响動。為首的是撫按、巡按、以及左右布政、左右參政、左右參議、廉訪使、採訪使、提學副使、兵備副使，還有山東八府的府尹都來廳上行參見之禮；至於統制、制置、守禦、都監、團練等官，都在外邊伺候。然後，西門慶與夏提刑上來拜見獻茶。教坊伶官呈上手本，彈唱歌舞，極盡聲容之盛，當庭搬演〈裴晉公還帶記〉。飯後送出大門，又是鼓樂聲簧，迭奏兩街，儀衛宣闐，清蹕傳道，人馬森列。大小官員一直護送到皇船上。

　　試看，一個皇帝身邊的太監，地方上的官員，竟敬畏尊崇若是，能不奇哉！當時的童貫出行，能有如此大的排場嗎？

　　讀到這些，不禁使我想到萬曆四十二年春，福王常洵之國的場面，據謝肇淛在《小草齋文集》卷九寫他〈護送福藩行記〉說：

迺以是（三）月之二十四陛辭，上御文華殿訓命而目送之。遂至潞河登舟。詔兵部侍郎魏養蒙、錦衣衛指揮使梅園林護王行，而禮部主事楊作楫以具大官祠，戶部主事王化貞以戒糗糧蒭粟，兵部主事游柏槐以步舟車。先後從青雀黃龍之舳千二百有奇，甲卒千人，較（轎）半之，騎又半之。肇淛河臣也，職宜繕隄岸瀹淤滯，以導樓檣，業先期檄屬郡所司共命。至是則操小艇溯濟漯汶衛諸流諦視形勢，迄事乃歸。歸五日為四月之六日，而王舟已自滄州南矣。乃複馳之德州，偕山東巡按御史馬孟禎，戶部郎焦源清、楊瞿崍，工部郎史起龍、布政使孫承榮，按察使沈光祚，及守巡諸道偕之桑園宿焉。十一日王舟至，翼日步行至殿，祭太河神，十三日至德州，袞冕乘朱輅，祭岱宗，逐即舟中朝百官受贄焉。

　　又記地方官員向福王晉獻的禮贄數百種。說是「環河湄觀聽者，億萬人，旗旌簫鼓，波浪為沸。……藩㕓皆操舟從王，而肇溯舟常先一程，若為王先驅也者，視水也。」請讀謝氏所寫，豈不是與這《金瓶梅詞話》之「請六黃」情節相埒乎哉！

　　在謝氏《小草齋文集》卷二十一還寫有〈與馬侍御論福藩書〉一牘，云：

> ……側聞霜旌暫駐闕里，密伊門墻，益增有道氣象矣。不敢遣賀，以費裁酋。福藩之行就陸，已有成說。比者，忽奉水行之旨，且責以遇淺挑（淘）濬。不佞河臣也，疏鑿畚插，何勞之敢辭！但難有十百於此者。閘河之設，身狹底淺，汶流涓涓，不絕如線。重運之行，多在夏秋積潦之後。若春夏之交，桮水可揭，官民於皇，稍重則膠，天下所共知也。況去秋山水發後，淤泥暴長。加以王舟重滯，勢必起數閘而後盈，一閘之水停數日，而後得一日之用。遁既迂迴，時難豫度。遷延南下，複阻漕舫。不惟恐躭就國之期，亦且恐誤今歲之運，事勢不便，未有甚於此者。然此特就河道言也。至於沿河舟縣，地皆窵遠，水濱瀉鹵，百里無烟。行駐信宿，供頓不繼。且尚未豫議，期復倉卒。沿河居民，驚駭逃竄，地方有司必有執其咎者。況自徐州以南，一入黃河，驚波怒浪，不辨牛馬。其艱危凶險之狀，及估船商舶，不能自必其命。而況以千乘之尊，漫嘗試於十死一生之途哉！凡此皆非不佞之所感與議。而值總督更攝之時，往復遼遠，不得不聞之執事者。當今東方所恃以為天，唯九鼎一言耳。萬一天聽可回，乃依從陸之議，不但地方安堵，而亦藩封萬全之計也。惟財留神詧。

這信是寫給山東巡按御史馬孟禎的，因為總賫更攝，不得不乞求這巡按御史代下民上達天聽。我敢說馬御史是不敢把這河臣之見，去批天子的逆鱗的。因而還是從水陸行。

我們再看《金瓶梅詞話》這一回第二頁反面所寫：

> （朝廷）如今營建艮嶽，敕旨令太尉朱勔往江南湖湘採取花石綱，運船陸續打河道中來。頭一運將次到淮上，又欽差殿前六黃太尉，來迎娶卿雲萬態奇峯，長二尺，濶數尺，都用黃毡蓋覆，張打黃旗，費數號船隻，由山東河道而來。況河中沒水，起八郡民夫牽挽。官吏倒懸，民不聊生。宋道長（巡按）督導州縣，事事皆親身經歷，案牘如山，晝夜勞苦，通不得閒。況黃太尉不久自京而至，宋道長必須率三司官員，要接他一接。

若說這一段描寫，有隱喻常洵之藩之情，似比我早先說的鑛稅之喻，更加貼切。從謝肇淛寫給馬侍御的這封信來作比況，豈不是隱喻更顯乎！

如以西門慶的「興」混，生子加官已是高潮，如以西門慶的「盛」論，到了第七十一回，他還要升任千戶之職呢。當然，論其盛景，自應屬於這一回的「請六黃」了。正如應伯爵說：

> 若是第二家，擺這酒席也成不的。也沒咱家恁大地方，也沒府上這些人手。今日少說也有千人進來，都要管待出去，哥就陪了幾兩銀子，咱山東一省，也響出名去了。

誠然，從五品的副千戶，居然代表山東一省迎請御前欽差太尉，場面一如接天子的御駕，可謂盛譽空前矣！尤其，笑笑生們寫著由西門慶與夏提刑「上來拜見獻茶」，巡府巡按則上前把盞。則未免抬舉西門慶太過矣！

第六十六回

翟管家寄書致賭賻
黃真人牒度薦亡

　　西門慶的商業越來越大了，又要派人搭標船到南方辦貨去。應伯爵說：「要的般般有，纔是買賣。」如今，西門慶已由生藥舖發展出四、五處舖子。連當舖都早開設了。俗謂：「人賺錢，萬般難，錢賺錢，一變千。」是以自古以來，都是有錢的人纔能賺大錢。

　　笑笑生們對道家之寫，比對佛家要顯得莊嚴。譬如這一回的水火煉度薦揚齋壇，寫那位京中來的黃真人的作法場面，以及寫那黃真人的非常儀表，都相當莊嚴。所以我推想笑笑生們當中，必有人崇尚道家。

　　到湖廣荊襄催運黃木的安主事，一年已滿，陞任督水司郎中，如今又奉敕條理河道，直到工完回京。

　　由此看來，上一回中寫的「安郎中下書」，應是指的這一位安郎中吧？只是在文辭上欠缺交代。顯然的，又是改寫者的缺失。

　　（謝肇淛於萬曆辛亥（三十九）年轉都水司郎中，督理北河，駐節張秋。甲寅（四十二）年春，福藩從水之國，謝氏清河導流，為之前導。上一回也寫到了。）

　　翟管家著下人王玉下書來，除了致慰唁之詞，還另致賻儀。同時，又告知「今歲考績，」因為西門慶的「德政」而「舉民有五袴之歌，境有三留之譽，」必有陞遷。要陞任正千戶了。在此也交代了楊提督已於前月二十九日卒於獄了。往後，《金瓶梅》中的人物，便逐

漸一一向書外交代了。

　　煉度的法事完畢，西門慶除了致送齋禮，還一再致謝「經功薦拔，得遂超生。」的感戴。這位黃真人還說：「尊夫人已駕景朝元矣。」應伯爵更是說的好：

> 方纔化財，見嫂子頭戴鳳冠，身穿素衣，手執羽扇，騎著白鶴，望空騰雲而去。此賴真人追薦之力。哥的虔心，嫂子的造化，連我好不快活。

　　應伯爵之幫閒混吃喝，全靠這張好嘴也。

　　《金瓶梅》所寫的西門慶處身的那個社會，無論喜憂節慶，總不忘以吃喝玩樂點綴其間。是以這次薦度之禮完了，大家便又安席坐下，小優彈唱起來，廚役上來割道，猜拳行令，品竹彈器，直吃到二更時分，西門慶已帶半酣，眾人方作辭起身而去。真格是：「盃物頻頻飲，愁懷且暫清。」人生有酒須當醉乎？

　　結尾還有這兩句話：「人生有酒須當醉，一滴何曾到九泉？」

第六十七回

西門慶書房賞雪
李瓶兒夢述幽情

　　到了這一回，西門慶的健康越發曝露了衰竭的徵候。所以這一回一開頭就寫「西門慶歸後邊，辛苦的人直睡到次日，日色高懸還未起來。」來興兒進來請示他，說搭彩匠外邊伺候拆棚，他就罵了起來。後來，理髮匠小周來了，便叫小周子拿木滾子滾身，行按摩導引之術。伯爵問道：「哥滾著身子也通泰？自在些嗎？」西門慶道：「不瞞你說，像我，晚夕身上常時發酸起來，腰背疲痛，不著這般按捏，通了不得。」伯爵道：「你這胖大身子，日逐吃了這等厚味，豈無痰火？」西門慶道：「昨日任後溪常說：『老先生雖故身體魁偉而虛之太極。』……」

　　這裡是第二次暗示西門慶的身子，已糟踏得「虛之太極」矣。可是西門慶還在繼續糟踏自己呢，焉有不爆之理。

　　西門慶這次派人南去湖州買辦綢緞，帶去六千兩銀子。由崔本帶二千兩去湖州買綢，來保帶四千兩往松江販布，過年趕頭班船回來。

　　韓道國的「官身」與「官錢」，我在《註釋》中已注過，又是經過西門慶寫個揭貼，便不須本人去服差役了。

　　這「官身」之役，想必是因祖上犯罪遺留下來的。

　　溫秀才的文筆還有些分量，這封寫給翟謙的書信，可以領略。這裡寫「西門慶看畢，即令陳經濟……」看來也只是裝樣，只有一

次，指說帖上的寫法不對。那是普通帖子，稱謂是習慣了的。總之，西門慶不識多少文字。

關於「酥油泡螺兒」，究竟是怎樣一種食物呢？張岱作《陶庵夢憶》中寫過這種食物，說是蘇州的食品，卻也沒有寫明是怎樣的。這裡寫過幾次，都說是「揀」的，「呷在口內，入口而化。」看來，可能有一字之誤，所謂「揀」，可能是「煉」字的誤刻。如果是「煉」字，那就容易了解了。它必然是一種油酥的麵食，做成「螺」形，故稱「油酥泡螺」，蘇州人的製作，一如今日的蘇氏月餅，不是酥皮的嗎。若乎是，則此一「酥油泡螺」，今日仍可吃到。

至於應伯爵口中說的「此物出於西域非人間所有，」自是一種乞巧誇大的說詞，非事實也。

這一回寫西門慶與應伯爵的說笑逗樂，全是些市諢之詞，寫西門慶與應伯爵之生活情趣，總不脫市井棍徒一流也。譬如應伯爵的房內丫頭春花，為應二生了個兒子，前來向西門慶借銀子。雖寫了這兩人交情上的篤厚，借二十兩給五十兩，連個借條也不要。玩笑卻開的低級下流。

> 西門慶道：「傻孩兒，誰和你一般計較，（拒收借據）。左右我是你老爹老娘（外公外婆）家，不然你但有事來，就來纏我。這孩子也不是你的孩子，自是咱們兩個分養的，實和你說過了。滿月把春花兒那奴才叫了來，且答應我些時兒，只當利錢不算發發眼。」伯爵道：「你春姨這兩日瘦的相你娘那樣哩！」

還有，應伯爵說他沒錢做滿月，到時候只有躲到廟裡去。西門慶就開玩笑說：「你去了，好了和尚，卻打發來趕熱被窩兒。……」悉市井下屬人物言談也。

　　奶子如意兒說她今年屬兔的卅一歲，西門慶說妳原來比我小一歲。

　　按政和三年西門慶年二十七歲，此年乃政和七年，西門慶應為三十一歲或三十二歲（小說情節重疊了一年），如意兒年三十一歲，西門慶說小他一歲，還是相符的。

　　這一回，李三、黃四又來還銀一千兩，同時，黃四又另外送了一百兩銀子的禮，託西門慶為他岳父父子倆的官司打關節。官司在雷兵備手中發問，西門慶說他與雷兵備無深交。但卻收下一百兩賄賂銀子，轉託了鈔關上的錢主事和他說去。錢主事與雷兵備都是壬辰進士。

　　一封八行，大事化小，小事化成無了。官場上的官官相聯，若是也。

　　李三、黃四如有官方的收入，都是先知會應伯爵，再告之西門慶派人跟著去領。如今，李三、黃四居然逕自去支領了，所以應伯爵不高興，說：「你看這兩個天殺的，他連我也瞞了，不對我說。嗔道他昨日你這裡唸經，他也不來，原來往東平府關銀子去了。」於是他要西門慶今後少發銀子出去，「這兩個光棍，他攬得人家債也多了，只怕往後手不接。昨日北邊徐內相，發狠要親往東平府自家抬銀子去，只怕他老牛箍嘴箍了去。卻不難為哥的本錢了。」應伯爵的為人若是也。

　　西門慶說：「我不怕他。我不管什麼徐內相李內相，好不好我把他小廝提留在監理坐著，不怕他不與我銀子。」我們聽西門慶的口調，何來法律？

　　《金瓶梅》本就是一個無有法律的社會，否則，西門慶這種人還能存在嗎？

　　李三、黃四送來的一千兩銀子，是搭連成的。這些銀兩全交到

上房收存。還搭連時，玉簫從床下地平上取出，走到裡間，把銀子往床上只一倒，掠出了搭連。玳安接過搭連，走到儀門口，還在搭連裡抖出三兩一塊麻姑頭銀子來。玳安心裡說：「且喜得我拾個白財。」

後來，也未見有人尋這三兩銀子，足證吳月娘的上房，存下的銀子太多了。連房裡的丫頭，都不把千兩銀子當心著呢！

這裡還寫著一種名叫「依梅」的食品，來自杭州，「用橘葉裹著，」自然又是南方的食品了。還有一種名叫「糖肥皂」的食品，不知何等食物，似為今之糖果類。還有一種「梅蘇丸」，也不知何物。《金瓶梅》中的食品，考證起來，可寫成厚厚一本專書。

喬大戶的長姐生日，吳月娘還是準備了賀禮去，說：「先親後不改，莫非咱家孩子沒了，斷了禮不送了。」

他們送去的禮是：「兩隻燒鴨，一副豕蹄，四隻鮮鷄，兩隻燻鴨，一盤壽麵，一套粧花緞子衣服，兩方銷金汗巾，一盒花翠。」一共八樣，斯亦明代之風尚乎！

西門慶又到李瓶兒房中與奶子如意兒睡了一夜，潘金蓮向吳月娘戳舌。說：「不明不暗，到明日弄出個孩子來，算誰的？又相來旺媳婦子，往後較她上頭上臉，甚麼張致！」吳月娘則回答說：「妳們只要栽派教我說，他要了死了的媳婦子（來旺婦），你們背地多做好人兒，只把我合在缸底下一般。我如今又做傻子哩，妳們說只顧和他說，我是不管你們這閒賬。」這時的吳月娘已認清潘金蓮的為人矣！

來保他們到南方去，西門慶著他們捎了一封信給揚州的苗小湖。

這「苗小湖」是誰？是苗青的改名嗎？還是那位苗員外？沒有明確交代。（參閱第七十七回所記）

第六十八回

鄭月兒賣俏透密意
玳安慇懃尋文嫂

　　黃四領他小舅子孫文相，備禮感謝西門慶，有一口豬、一罈酒、還有兩隻燒鵝四隻燒雞與兩盒菓子。西門慶止受豬酒。可是西門慶代謝錢主事，還另外加添了兩疋白鷳紵絲兩疋京緞，五十兩銀子。於是，應伯爵見到西門老大，便如此計算：「少說四疋尺頭值三十兩銀子，那二十兩那裡尋這分上去？便宜了他。救了他父子二人性命。」

　　黃四送給西門慶一百兩銀子，西門慶再轉送錢龍野五十兩，又另外加了價值三十兩的四疋綢緞，他只餘下二十兩了。所以應伯爵為西門慶計較，認為他只落了二十兩的人情銀子，便宜了黃四他們了。

　　實則，西門慶落這般人的錢，在另一方面，表面上，西門慶可是做得光彩。西門慶的興，斯亦一例也。

　　黃四又在勾欄院的鄭愛月家置酒請西門慶，陪者只有應伯爵與李三。就在這一次的酒宴之間，西門慶獲知了王三官與李桂姐的繼續勾搭事。可是這一次，西門慶並未著惱，卻有興於王三官的母親林太太身上去了。他聽鄭愛月說，這位林太太「好風月」。西門慶最有興趣的事，除了為人包攬詞訟，莫過於一試女人的好風月，所以他回家馬上就著玳安去尋牽頭文嫂。因為他接受了鄭愛月的主張：「爹也別要惱，我說與爹個門路兒，管情教王三官打了嘴，替爹出氣。」於是，這位林太太的「好風月」以及如何入港的門路，都在這妓女鄭愛

月的口中道出了。

> 王三官娘林太太，今年不上四十歲，生的好不喬樣。描眉畫
> 眼，打扮狐狸也似。他兒子鎮日在院裏，她專在家，只送外
> 賣，假托在個姑姑庵裡打齋。但去就她，說謀的文嫂兒家落
> 腳。文嫂兒單管與她作牽兒，只說好風月。我說與爹，明日
> 遇她遇兒遇也不難。又一個巧宗兒，王三官兒娘子兒，今纔
> 十九歲，是東京六黃太尉姪女兒，上畫般標致，雙陸棋子都
> 會。三官常不在家，她如同守寡一般，好不氣生氣死。為他
> 也上了兩三遭吊，救下來了。爹難得先刮剌上了他娘，不愁
> 媳婦兒不是你的。

　　當然嘍，這番話出自一個妓女之口，說與恩客廳，向恩客討
好，自屬常情。但這番話，也只有了解西門慶這個人物的人，纔會向
他說出這番話也正如潘金蓮說的：「由著你，合遍街，合遍巷，把天
下女人都要遍了吧。」西門慶就是這種人。所以鄭愛月建議西門慶先
刮剌娘再刮拉兒媳婦。這些，卻也說明了笑笑生們處理《金瓶梅》的
性問題，乃與禽獸相等論，蓋性惡說也。

　　那位將來繼承西門慶衣缽的張二官，在此又描繪了他的貌相，
「麻著七八個臉蛋子，密縫兩個眼。」這貌相與西門慶一尖銳的對比。

　　看來，西門慶挺喜歡那個溫秀才，每有宴飲，總不忘約他去。
這位溫秀才卻總是不在家，一次次請他都出去了。不是看望同窗作書
會，就是探望朋友。笑笑生們之所以如此描寫溫秀才，乃說明此人是
一不喜讀書的人物，如果愛讀書，怎麼會老不在家。

　　顯然的，笑笑生們對佛家最無好感。在這裏，又不忘為王姑子
寫上一筆，以之呼應前回中的薛姑子。前回，薛姑子說印陀羅經的銀
子，被王姑子拿去，她分文未得。如今，王姑子又來說，薛姑子攬了

經錢去。口中喃喃的罵道：「我教這老淫婦獨吃，她印造經賺了六娘許多銀子。原說這個經兒咱兩個使，她又獨自調攬得去了。」吳月娘則說：「老薛說妳，接了六娘血盆經五兩銀子，妳怎的不替她唸？」王姑子道：「她老人家五七時，我在家請了四位師父，念了半個月哩。」月娘道：「妳唸了怎的掛口兒不對我題？你就對我說，我還送些襯兒與妳。」那王姑子便一聲兒不言語，訕訕的坐了一回，往薛姑子家攮去了。

笑笑生們還為了這兩個姑子的爭嚷，寫的這麼一段議論：「看官聽說：似這等緇流之輩，最不該招惹她們，雖是尼姑臉，心同淫婦心，只是她六根未淨，本性欠明，戒性全無，廉恥已喪，假以慈悲為主，一味利欲是貪，不管墮業輪迴，一味眼下快樂，哄了些小閨怨女，念了些大戶動情妻，前門接施主檀那，後門丟胎卵濕化，姻緣成好事，到此會佳期。」自可想知笑笑生們是多麼厭惡佛家的姑子們了。

安鳳山在荆州督運皇木，一年期滿，調升都水司郎中，由京來山東到任，拜謁地方官員。按山東的都水司，節躔在東阿張秋，媲鄰東平。當然，安郎中的來拜，自是官場習尚。不過，這裡寫安郎中與西門慶見面時的一段對話，則與第六十五回的「請六黃」，有前後呼應上的寓言。請看這段對話：

安郎中道：「四泉（西門慶號）已訂今歲恭喜在即。」西門慶道：「在下才微任小，豈敢過於非望。又說老先生今榮擢美差，足展雄才大略。河治之功，天下所仰！」安郎中道：「蒙四泉過譽，一介寒儒，叨承科甲，處在下僚。若非蔡先生擢舉，備員冬曹，謬典水利。奔來湖湘之間。一年以來王事匆匆，不暇安跡，今又承命，修理河道。況此民窮財盡之時，

前者皇船載花石，毀閘拆壩，所過倒懸，公私困弊之極。而今瓜州、南旺、沽頭、魚臺、徐沛、呂梁、安陵、濟寧、宿邊、臨清、新河一帶，皆毀坏廢。北河南徙，淤沙無水，八府之民，皆疲弊之甚。又兼賊盜梗阻，財用匱乏，大覃神輸鬼沒之才，亦無如之何矣！」

這一段話，豈不與謝肇淛寫給馬侍御的那封論福藩之國書的話，如出一轍乎哉？

此所謂的「毀閘拆壩」，正是謝氏說的「勢必啟數閘而後盈，一閘之水停數日，而後得一日之用。」的情形也。

固然，謝肇淛未必是《金瓶梅詞話》的作者，但笑笑生們的這些話，卻未嘗不是基於當時福藩之國的事情，作為寫入小說的題材。謝肇淛也是笑笑生們的一夥，也有可能。

雖然，妓家之寫，以及應伯爵的下流胡調，前面業已寫了又寫，這一回仍舊再一筆不遺的寫，卻能一次次寫得異趣盎然。一次有一次不同的情節，亦足見笑笑生們在妓家生活的豐饒，像應伯爵這類人物，勢必時有其人作範式，否則，光憑虛構，何能寫得若是生動？尤其他那滿口的下流語言，非儕乎其間者的稔見稔聞，絕難憑空寫出。

基是想來，委實令人懷疑這是一位上流人物的手筆。雖說，笑笑生們的學養也夠豐富，人情世故更其通達。看來，這些改寫者之中，必然還夾有一兩位失意於名場，愛在歌臺舞榭廝混的人物。兼且與下層社會每常往還。否則，寫不出這些俗俚的對話出來。

如論《金瓶梅詞話》的作者是怎等樣人？實難言也。譬如玳安去尋文嫂，到了文嫂家，文嫂的兒子如何搪塞玳安說他媽不在家，推說明日早去。玳安又怎麼認為文嫂一定在家，見到了文嫂的那些言談舉止，都寫得如實生活的記錄，非具有這些生活經驗者，的是不能寫出

來的。如玳安口中的驢子與文嫂作伴兒的比況笑談，悉市諢語也。

　　是以，尋究《金瓶梅》的作者，怎能不以這些市諢語言為依據？這裡不必多說這些了。

第六十九回

文嫂通情林太太
王三官中詐求奸

　　王招宣的遺孀林太太，風月之名竟在妓家傳播出來，其人品可知矣。

　　笑笑生們對於林太太的描寫，頗費一番筆墨。可以說非常認真的下筆，精精細細的來寫這個女人。

　　當西門慶要文嫂尋個路兒把這位太太調到她那裡會會，那文嫂就哈哈笑了。笑西門慶怎麼也曉得了。「她雖幹這營生，好不幹得最密。就是往那裏去，總大多伴當跟隨，喝著路走；巡路兒來，巡路兒去。三老爹在外為人做人，她原會在人家落腳？這個人說的訛了。」又說：「到只是他家深宅大院，一時三老爹不在，藏掖個（人）兒，人不知鬼不覺，到還許。若說是小媳婦那哩，窄門窄戶，敢招惹這個事在頭上？」文嫂拒收西門慶的銀子，只答應去向太太說就是了。

　　可是，文嫂如何向林太太傳達西門慶的仰慕呢？先拿王三官的不守本分，作為說話的由頭，但一提到西門慶的時候，除了誇大他的家業，以及他在社會上的頭臉，還說他「正是當年漢子，大身材，一表人物，」更說他「也曾吃藥養龜，貫調風情，雙陸象棋，無所不通，蹴鞠打球，無所不曉。」像這樣的一番話，如不是一位經常替林太太做牽頭的人，敢這樣說嗎？如不是深知這這林太太的平素喜好，用得著說那「正是當年漢子，大身材，」以及「吃藥養龜」的話嗎？光憑文嫂向林太太介紹西門慶的這番話，也足以認知這位身為招宣夫

人的林太太，是怎等樣人了。

文嫂代西門慶說的要見林太太的理由有三，（1）聞知咱家乃簪纓人家，根基非淺。（2）三爹在武學肄業，也要相交。（3）聞知太太貴旦在邇，又四海納賢。也一心要求與太太拜壽。聽這文嫂的口齒，誠不愧是大戶人家的牽頭。這裡所謂的「四海納賢」，蓋亦武則天的廣徵如意君耳！

這位林太太一聽，「心中迷留摸亂，情竇已開。」但還表示「人生面不熟，怎生好遽然相見的。」於是，決凂西門慶為他「斷開」王三官不再與那班搗子廝混，免得「玷辱了咱家門戶」的辦法，便想出來了。

就這樣，文嫂為西門慶與林太太安排了這個見面的堂皇理由。約定明日晚間，王三官不在家，家中設宴等候，「假以說人情為由，暗中相會。」

西門慶去會林太太，等到掌燈以後，街上人靜時，再悄悄的打後門去。後門首是「扁食巷」，用「扁食巷」作為隱語的嘲諷。「扁食」乃女陰之隱語也。西門慶如何「入港」呢？文嫂說：「她後門房，有個住房的段媽媽，我在她家等著爹。只使大官兒（玳安）彈門，我就出來，引爹入港，休令左近人知道。」雖如此機密，卻又怎能瞞昧得不令左右人家知道？要不然何能傳播於妓家。這裡寫著說：「令玳安先彈段媽媽家門，原來這媽媽這住著王招宣家後房，也是文嫂舉薦，早晚看守後門，開門閉戶。但有入港，在他家落腳做眼。」下面寫西門慶「入港」的情形。

> 文嫂在段媽媽屋裡聽見外邊彈門，連忙開了門，見西門慶來了，一面在後門裏等的西門慶下了馬，帶著眼紗兒引進來。吩咐琴童牽了馬，往對面人家西首房簷下那裡等候。玳安便在段媽媽屋裡存身。這文嫂一面請西門慶入來，便把後門關

　　了，上了栓。由夾道進內，轉過一層羣房，就是太太住的五
　　間正房。傍邊一座便門閉著，文嫂輕敲了門環兒，原來有個
　　聽頭兒。少頃有一丫環出來開了雙扉，文嫂導引西門慶到後
　　堂，掀開簾櫳而入。只見裡面燈燭熒煌。

這纔到了林太太家的客廳。真格是，若是沒有文嫂這樣的牽頭帶頭，
別說「入港」，且「問津」亦無由問起來。

　　當真，在《金瓶梅》的時代，確有林太太這樣的官宦夫人在若是
「四海納賢」乎？

　　林太太家的客廳是怎樣的擺設呢？試看：

　　正面供著他祖爺太原節度使邠陽王王景崇的影身圖，穿著大
　　紅團龍蟒衣玉帶，虎皮交椅坐著，觀看兵書，有若關王之像；
　　只是髯鬚短些。旁邊列著槍刀弓矢，迎門朱紅匾上「節義堂」
　　三字，兩壁書畫丹青琴書瀟灑。左右泥金隸書一聯：「傳家節
　　操同松竹，報國勳功並斗山。」

噫嘻！這同松竹的「傳家節操」，已「斗山」似的風頌於妓家矣！

　　笑笑生們筆下的林太太，一如近世紀英國小說家D.H.勞倫斯筆下
的「查泰萊夫人」，她要過人的正常生活，卻又阻礙於祖上的「傳家
節操」，遂不得不明著大隊伴當跟隨，喝著路來往，暗中則由牽頭與
聽頭的「四海納賢」，說起來，比查泰萊夫人還要開放得多呢！

　　如以小說的藝術說，笑笑生們筆下的林太太之寫，應是繼起於
李瓶兒之後得一個需求大男人的女人，在文嫂的口中，已寫得夠清楚
了。先說西門慶不上三十四、五年紀，正是當年漢子，又是「大身
材，一表人物，」而且又「吃藥養龜，也是個快閒的。」所以林太太
「這婆娘聽了越發歡喜無盡。」當西門慶還在客廳等著她，便「悄悄

從門簾裡外望觀看，」她看到「西門慶身材凜凜，……軒昂出眾，」便「一見滿心歡喜。」於是，這「綺閣中好色的嬌娘」，與西門慶見面不到一個時辰，這婦人遂「自掩房門、解衣鬆珮，微開錦帳，」急擁著西門慶上了床了。比去勾欄院還要快捷，勾欄院的粉頭，金銀未夠數，還難一親芳澤呢！林太太則連金銀也不要，一見那西門慶的「大身材，一表人物，」便心許了。

這位太太說，為了兒子的不學好，「幾次欲待往公門訴狀，爭奈妾身未曾出閨門，誠恐拋頭露面，有失丈夫名節。」牽頭們為她「四海納賢」，在「節義堂」內進的閨閣繡榻之上，逐日遴選如意君，則無名節之失乎哉？笑笑生們的嘲諷之筆，入骨也！

李瓶兒視西門慶為「醫奴的藥」，林太太視西門慶為「快闊的鶤鶉」，她們兩人需求於男人的，都是床第上的縱橫風雲，只是李瓶兒的健康已失，嫁到西門家之後，便已無力再與西門慶周旋，於是笑笑生們再寫了一個林太太出來，西門慶的胡僧藥之用，遂達高潮矣！

王三官這個期待襲爵的招（昭）宣使之子，不只是在學業上不求長進，言談舉止，也是個下流坯子。他行次第三，不知其伯仲何等樣人？小說無有交代。但從年齡上看，他不上二十歲，他媽不過三十五歲，屬豬，比西門慶大三歲。那麼，這位林太太可能只有這個兒子，王三官的兩個哥哥，未必是林太太生的。想來，這位林太太也未必有什麼好出身，也是側室吧？似乎不必追究啦！

西門慶為了報答林太太，更為了在林太太面前一展他提刑所的職權威勢，把五個陪著王三官的吃喝玩樂的幫閒，捉進提刑所，又是打又是拶，把粉頭與朋友都做了人情。雖說，五個遭了劫的幫閒，已猜到這是西門慶的手段，卻又耐其西門慶何？連希求在王三官身上，擠榨些養傷的開銷都不可能。只有認晦氣了。

笑笑生們筆下的幾個媽媽子，要以文嫂最能幹，這一回寫她在

林太太家應付幾個幫閒的手段，超過馮媽媽多矣。難怪她能做林太太
的牽頭。不是她，王三官還躲不過這次的糾纏呢！不過，文嫂兒這
人，要緊的只這一處描寫。

　　西門慶處理王三官與李桂姐的事，固然是受了林太太的人情之
託，事實上，這也正說明了西門慶的善於處事，說來，斯亦西門慶的
成功因素之一。這些，笑笑生們都借應伯爵的嘴說出了。

> 哥，你是個人。連我也瞞著起來，不告我說。今日他告我
> 說，我就知道，是哥的情。怎麼祝麻子、老孫走了，一個緝
> 事衙門，有個走脫了人的？此是哥打著綿羊駒驢戰，使李桂
> 兒家中害怕，知道哥的手段。若都拿到衙門去，彼此絕了情
> 意，都沒趣了。事情許一不許二，如今就是老孫、祝麻子，
> 見哥也有幾分慚愧。此是哥明修棧道，暗渡陳倉的計策。休
> 怪我說，哥這一著做的絕了，這一個叫做真人不露相，露相
> 不是真人，若明使函了，逞了臉，就不是乖人兒了。還是哥
> 智謀大的多。

應伯爵確是道出了西門慶的為人，可以說得上是老謀深算。對於李桂
姐與王三官的勾搭，這是第二次了，上一次，還是西門慶派來保上京
說的人情，李桂姐在西門家躲了好些日子，李桂姐曾向西門慶賭咒罰
誓說不曾與王三官占過身子。這次在院中捉到了贓證，還有何可說。
當然，妓家的行業，就是廣接嫖客，李桂姐又不是西門慶包下的，自
無話好說。光抓幫閒，放過粉頭與朋友，自然顯得為人漂亮。但從此
往後，西門慶便不與李桂姐走動，家中擺酒，也不叫李銘唱曲，就疏
淡了。

　　這些描寫，亦小說家塑造人物之佳筆墨。

第七十回

西門慶工完陞級
羣僚廷參朱太尉

　　清河的西門慶等人，為何要向懷西懷慶府去打聽陞官邸報的消息？是否有所隱示？則未能悟及。

　　我在《註釋》中，也曾提到。如今想來，懷慶千戶林承勳，得非林靈素之家人乎？

　　這山東巡按宋喬年，對於這西門千戶的工作考成，評語是：

> 才幹有為，英偉素著，家稱殷實而在位不貪，國事克勤而臺工有績。翌神運而分毫不索，司法令而齊民果仰。宜加轉正，以掌刑名者也。

西門慶之「迎大巡」，在此見到分上矣。

　　這裡說「朱勔、黃經臣督理神運，忠勤可加。勔加太傅兼太子太傅，經臣加殿前都太尉，提督御前人船。」黃經臣其人，想必就是那位「六黃太尉」吧。

　　王三官要在「初十日」請西門慶往他府中赴席，說是「少罄謝私之意。」這「初十」之期，是誤寫。上一回西門慶與林太太交談時，已是「初九」，那天完後，西門慶回家「一宿無話，到次日，西門慶到衙中發放已畢，在後廳叫過該地方節級緝捕，吩咐如此如此，」這樣遂把小張閒等人拿到，而且在「廳事房中吊了一夜，到次日早晨，西門慶進衙門與夏提刑陞廳，……帶上人去。」從「初九」到這時，

已過了兩夜，已經是十一月十一日了。那麼王三官請西門慶往他府上赴席，最快也應在十二日，怎會是「初十」？所謂「崇禎本」，把「初十」改為「十一」，也還差著一日。至於西門慶答說的「不期到初十日晚夕，東京本衛經歷司，差人行照會到。……」也差了一日。他們接得東京本衛經歷司照會的日子，應在十一日晚夕，非初十也。

　　像這種年月日上的參差之誤，在《金瓶梅詞話》中不知凡幾，是笑笑生們的行文馬虎呢？還是改寫者的未能通盤照顧周到？甚而說是「故意」？不易結論了。

　　西門慶與夏提刑一行二十餘眾，於十一月十二日由清河啟程進京。他們晝夜趲行，天寒坐轎，天暖乘馬，不到半個月，就到了東京了。他們要「趕冬至令節，見報引奏謝恩。」

　　關于此一問題，我在《金瓶梅探原》及《金瓶梅的問世與演變》兩書中，已說得夠多。由這七十回到七十二回，隱藏了泰昌元年與天啟元年兩個冬至的問題，在此，我不重複它了。

　　夏提刑調京，雖是名義上陞了，但職務則比提刑千戶貧瘠多矣。是以他獲知調掌鹵簿，便暗中託林真人下帖子給朱太尉，要求以指揮職銜，仍在這清河任所掌刑三年。要不是何太監的侄子抵補了西門慶的副千戶之職，又在內廷轉央了朝廷的寵妃安娘娘，要朱太尉安插何太監的侄兒，西門慶的正千戶之職便落了空了。所以翟管家一再關照西門慶不要預先洩露。這次西門慶到京，翟管家直是責怪西門親家「機事不密」，險些害了「成」了。

　　此處所寫，足以說明笑笑生們熟諳官場門道，非一般市井人物有能力寫出這些。不是在官場中打過滾的人，自然了解不到這些。否則，亦必士宦之子也。

　　譬如這張踰千言的邸報，誠堪與吾人今日所能見及的〈萬曆邸報〉媲美，且周詳過之。比況朱太尉家的富貴之寫的「但見」，若非

真有秀士之才，自也寫不出如此這四六句的駢儷來。試看這描寫：

> 官居一品，未列三台，赫赫公堂，畫長鈴索靜；潭潭相府，漏定戟枝齊。林花散彩賽長春，簫影垂紅光不夜。芬芬馥馥，獺髓新調百和香，隱隱層層，龍紋大篆千斤鼎。貪擁半牀翡翠，枕歌八寶珊瑚。……

後文對朱太尉則加上無限感慨說：「那裡解調和燮理，一味趨諂逢迎。端的笑談起干戈，吹噓驚海岳。假旨令，八位大臣拱手，巧辭使，九重天子點頭。督擇花石，江南淮北盡災殃。進獻黃楊，國庫民財皆匱竭。當朝無不心寒，列土為之屏息。正是輦下權豪第一，人間富貴無雙。」

再如俳優們打紅牙板唱的《寶劍記》之正宮端正好以及滾繡球等歌詞，也無不一字字一辭辭而感慨萬端。似亦藉詞有所諷諭焉！

這一回，篇幅費辭最多之處，乃朱太尉視牲回來時，那前護後擁的場面，以及眾官員參見朱太尉時的行列。足足寫了一千餘言。

一時飛馬來報，進南薰門了，吩咐閒雜人打開。不一時，騎報回來，傳老爺過天漢橋了。頭一班廚役跟隨，茶盒攢合到了。半日纔遠遠牌兒馬到了。……真是威風八面。

雖把朱太尉寫得如此威風八面，後面俳優唱的一段滾繡球，其中云：

> 但行動絃管隨，出門時兵仗圍，入朝中百官悚畏，仗一人假虎張威，望塵有客趨奸黨，借劍無人斬腰賊；一任的恣狂為。再尾聲云：金甌底下無名姓，青史編中有是非。你那知燮理陰陽調兒氣，止知盜賣江山結外夷。枉辱了玉帶金魚挂蟒衣，受祿無功愧寢食。權方在手人皆懼，禍到臨頭悔後

遲。南山竹罄難書罪，東海波乾臭未遺。萬古流傳，叫人唾
罵你。

　　這些文詞，雖錄自李開先的《寶劍記》，用在此處，自是笑笑生
們藉以諷諭之意。朱太尉視牲回府時的排場，眾官參見時的行列，看
去像當今天子。再如「你那知變理陰陽調兒氣」及「受祿無功愧寢食」
等句，以之用在王孫公子頭上，比用在朱勔等人頭上，要適切多矣！

　　國策有觸讋說趙太后文，認為長安君就是一位「位尊而無功，奉
厚而無勞」的王子，因為太后寵他，遂尊之以高位，封之以膏腴土
地，多予之重器，卻無功勞於國，一旦山陵崩，便無所託了，若是想
來，其諷諭得非有所指乎？隱喻福王常洵乎哉！

　　關于這一回抄錄的李開先的《寶劍記》，大陸上的學人如吳曉
鈴、徐朔方，悉以此作為理由認為《金瓶梅》是李開先所作。徐朔方
說：「以《金瓶梅》同《寶劍記》作比較，可以發現不少的相同之處。
它們都是《水滸》故事的改編。……」按李氏的《寶劍記》刊行於嘉
靖二十六年（1547），萬曆年間的人，當然可以抄錄到李開先的作
品。最可怪的是這位徐朔方說：如果《金瓶梅》確是王世貞的作品，
小說中整套引用李開先《寶劍記》和李開先偏愛的元人雜劇的原文，
那就不可能得到解釋。[1]」後人引錄前人的作品，又如何不能得到解
釋？我真是想不通他們怎會這樣想。此一問題，我曾寫過一篇短文
〈李開先不可能寫定《金瓶梅》〉，收在《金瓶梅審探》一書中[2]。

　　至於《金瓶梅》的成書年代以及作者問題，我的《金瓶梅探原》
及《金瓶梅的問世與演變》二書，已詳言之矣。我這百回的讀書簡
記，更加提供了不少證言，相信大陸上的這般研究《金瓶梅》的學人

1　徐朔方：〈金瓶梅的寫定者是李開先〉，《杭州大學學報》第1期（1980年3月）。
2　拙作：〈李開先不可能寫定金瓶梅〉，《金瓶梅審探》。

們，如果還存有學術上的自由與良知，讀了我的百餘萬言的研究論述，勢必會放棄己見在後面跟著我走。在一九八一年十一月武漢大學召開的「《水滸傳》討論會」中，一位名叫黃霖的教授，就大段大段引用了我《金瓶梅探原》的資料。遺憾的是，他竟沒有註明他說的那些話是抄自我的《金瓶梅探原》。

說起來，這第七十回第七十一回是我在研究過程中，最重視的兩回，因為我在這兩回發現了一年兩個冬至的隱喻。此一問題我在《金瓶梅的問世與演變》[3] 一書中，業已詳細寫明[4]，這裡不必再說。顯然的，這兩回中寫的西門慶晉京與離京，在別離逗留等時日上，隱寓了泰昌元年的冬至及天啟元年的冬至。益發證明《金瓶梅詞話》是天啟初年方始改寫定稿付梓的。此一問題，我這《箚記》尋出的證見更多了。

考證之事，要憑證據，推理也必須有理論基礎。像大陸上徐朔方、吳曉鈴等人之說金書作者是李開先，所據證言，實太薄弱。至於朱星之仍持王世貞說，更是自說自話，他對於吳晗與鄭振鐸之說，未加批駁便自以為是，安能稱之為「考證」！無足論矣！

3　拙作：《金瓶梅的問世與演變》。

4　參閱該書頁381-389。

第七十一回

李瓶兒何千戶家托夢
提刑官引奏朝儀

　　這一回的回前證詩，就帶有幾分諫諍的意味，此詩不知何人所作。書中許多的詩詞，大都是抄錄來的。

　　詩云：「整時罷鼓膝間琴，閒把筵間閱古今。常嘆賢君務勤儉，深悲痛主事荒臣[1]，治平端自親賢恪，稔亂無龍[2]近佞臣」。這首詩雖不是好詩，寓意中的感慨則極深。如深自悔痛「事荒君」，亂之稔生於「無能」主子的「近佞臣」，都寫得極其露骨，顯然的，不滿的是執政天子之不務勤儉，而又遠忠良親小人也。

　　若說這首詩有手民之誤，無寧說是故意改動了的。譬如「常嘆賢君務勤儉，深悲痛主事荒臣」，以律詩的排比論，「賢君」應與「良輔」對，用「痛主」二字，不惟有悖排比之則，且文義亦不通。再說上聯用「荒臣」落腳，下聯又用「佞臣」落腳，焉有若是重複之理。如以文詞義理與詩之排比來看，這首詩顯然感嘆的是當朝的天子不務勤儉，若是，則雖有忠貞的輔臣，又當如何？故而深悲忠良之臣徒事荒君也。

　　當然，若想天下得治平之路，首在天子的能親賢臣，凡變亂之生，則又無不由於天子之近佞臣的原因。天下興亡，無不若是。這感

1　此臣字似是「君」之誤刻。
2　此龍字可能誤刻，似乎是「能」字。

慨，寄寓於宋道君可，寄寓於明世宗或明神宗均可；寄寓於歷代昏君均可。總而言之，這詩的感慨是對國君的，殆亦不必多說。

夏提刑改調京官，不回清河了。他們到了京城之後的行動，由於職司不同，本衙有異，遂各走各路。西門慶的遺缺，由何太監的侄子何永壽派抵。本來，西門慶住在夏提刑的親戚崔中書家，為了冬至令節上朝參拜方便，何太監要求搬到他家住，方便偕同何永壽一路上朝。西門慶說：「在這裡也罷，只是使夏公見怪的，學生疏他一般。」何太監則說：「沒的說，如今時年，早辰不做官，晚夕不唱喏。衙門是恁偶戲衙門，雖故當初與他同僚，今日前官已去，後官接管成行，與他就無干。……」又說：「他既出了衙門，不在其位，不謀其政，他管他那裡彎駕庫的事，管不好咱提刑所的事了。」

何太監的這番話，已說盡了官場上的人情冷暖之理。「衙門是恁偶戲衙門」，蓋人生舞台與戲劇舞台無二也。

何千戶以原價接收了夏提刑的住所，一千二百兩銀子，馬上兌出。一千二百兩不是小數目啊！夏提刑說是一千三百兩的本錢，何家卻要借過房子的原契來瞧。寫兩下買賣家心理之不同。細如毫髮。

西門慶客房寂寞，偶夢李瓶兒，乃人情常態。但卻添了這麼一個尾巴。他夢見李瓶兒來說：「奴尋訪至此，對你說，已尋了房兒了。今特來見你一面，早晚便搬去也。」後來，西門偕玳安去往崔中書家拜夏龍溪，經過造府巷，「果見有雙扇白板門，與夢中所見一般。悄悄使玳安問隔壁賣豆腐老姬，此家姓甚名誰？老姬答道：「乃袁指揮家也。西門慶不勝嘆異。」像這種尾巴，除了強調第六十二回李瓶兒死後，徐陰陽的黑書所寫是實，別無意義。這一點，也符合了我的判斷，《金瓶梅詞話》的意識，頗傾向於道家。

當日百官朝見時的朝儀整肅，寫了數百言的駢儷文章。對於當朝皇帝的形容，先說他生得「堯眉舜目，禹背湯肩。」卻又把他比作

「朝歡暮樂，依稀似劍閣孟商王，愛色貪杯，彷彿如金陵陳後主。」
看來，堯舜之比亦均嘲諷之筆。

至於說「從十八歲即位，二十五年倒改了五遭年號，先改建中靖
國，後改崇建、改大觀、改政和。」則是史實大有出入。我在《註釋》
中，業已註明，此不贅論。

他如「朕今即位二十禩於茲矣。」說在政和七年，亦不合史實。
小說家之言，不能已史論之矣。但此為政和七年，此說「詔改明年為
宣和元年」，如以史論，則為「重和元年」，我已寫過此一問題，似
非抄錄之錯，亦非手民之誤。乃笑笑生們的故作虛設也。

西門慶由東京返清河，說是「從十一月十一日東京起身，兩家也
有二十人跟隨。」此句乃隱寓之筆，我在《金瓶梅的問世與演變》中，
已詳論之矣。

第七十二回

王三官拜西門為義父
應伯爵替李銘解冤

關于這一回開頭寫的：

> 單表吳月娘在家，因前者西門慶上東京，在金蓮房中飲酒，
> 被如意兒看見，西門慶來家反受其殃，架了月娘一篇是非，
> 合了那氣，以此這遭西門慶不在家，月娘通不招（照）應了。

與前面的情節不符，我不僅在《註釋》中說了，也在他處提到。

總之，像這類錯誤，前後情節不能銜接的錯誤，只要兩個理由可以解釋，第一，多人分回執筆，匆匆付梓；第二，原有底稿，多人分回改寫，匆匆付梓。其他，還有什麼更恰當的解釋呢！

為了一根棒槌，潘金蓮與春梅都上來了，不惟盛氣凌人的吵，還盛氣凌人的去動手打。何以潘金蓮要如何盛氣的去對付如意兒？氣如意兒與主子有了首尾，生怕再樋出個孩子來。

如意兒又何以敢拒絕秋菊來要棒槌使？還不是在心理上仗著她與主子有了肌膚之親？當春梅她們動了火，她卻不得不退讓下來，可是潘金蓮有成見在胸，非要給那奶子的臉上，上些顏色不可。於是，一場爭棒槌的戲，便熱熱鬧鬧的演了一場。在這場爭棒槌的戲文中，來旺媳婦子的陰魂又出現了。潘金蓮一張嘴就以來旺媳婦子作比，換言之，她之所以不忘提起來旺媳婦，也證明了她向如意兒顯威，告訴她：來旺媳婦夠剛強吧，我照樣把她折斷了。

　　李瓶兒的孩子死了，她沒有走；李瓶兒死了，她也沒有走。她
忍在西門家，當真能忍到為大娘奶孩子？也只是賴著在西門家享受幾
頓飽飯吃而已。想來，亦人生之慘痛事實，亦當時社會之貧富不等現
象也。

　　西門慶等人於十一月十一日由東京動身，十一月二十三返抵沂
水縣八角鎮，因遇大風在這鎮上住了一夜，第二天纔到家。當然，抵
家的日子是十一月二十四日。

　　可不必管地理上的問題，當然，由東京返清河，如何能經過沂
水縣？但這西門慶於十一月十一日由東京動身返清河，抵家日十一月
廿四日，則極為正確。那麼，我們把這一問題調過頭來看，西門慶等
人於十一月十二日由清河動身去東京，抵達東京的日子，也應該是十
一月廿三日或二十四日。再說，這一回中又加了一句應伯爵的話：
「哥從十二日起身，到今還得上半月期，怎的來得快？」何以要應伯
爵說：「哥從十二日起身」？起不是有亦在此點名西門慶的晉京是十
一月十二日動身，離京也是十一月十二日動身，那麼，由東京返抵清
河，是十一月二十四日，想當然的，由清河到達東京，自也是十一月
二十四日。可以說，笑笑生們之所以如此寫上應伯爵這麼一句話，正
是為了點明西門慶抵京日乃十一月二十四日，住了四夜，正好是十一
月廿八日冬至日，泰昌元年的冬至令節也[1]。

　　再說，笑笑生們之所以把西門慶由東京返清河的日期，故意錯
綜到「十一月十一日」，又怕暗示得不夠明白，跟著又讓應伯爵去點
明一句，把十一月十一日改說成「十二日」，還不全是為了要寓言十
一月廿八日泰昌元年的冬至令節嗎！

　　這工部的督水司郎中安忱，又來向西門慶借場地請客了，客人

1　據《明神宗實錄》及鄭鶴聲《中西史日對照表》。

是蔡太師的第九子蔡少塘，上京朝覲，打此經過。宋巡按以及兩位主事（鈔關上的錢雲野，磚廠上的黃泰宇）合出分資迎請，商在西門家設席。雖然十一月廿七日是孟玉樓生日，西門慶還是答應了下來。

　　我在《註釋》中已寫明此一「蔡少塘」非史書曾載，蔡京亦非九江人也。

　　王三官的那一席酒飯，延後到西門慶由京城回來，這裡又寫了一次招（昭）宣府的大廳，「正面飲賜牌額，金字題曰：「世忠堂」，兩邊門對寫：「啟呆元勳第，山河礪礪家」。廳內設著虎皮上座，地下舖著裁毛絨毯。」那林太太則是滿頭珠翠，身穿大紅袖袍兒，腰繫金鑲碧玉帶，下著玄錦百花裙，搽抹得銀人兒一般。梳著縱鬢，點著硃唇，耳帶一雙胡珠環子，裙拖垂兩卦玉佩叮嘍。」[編按1] 試看這樣的人家，這雅實高貴的夫人，則風月之名揚於妓家，與男人初會即入鴛鴦錦帳，所寫正是人與人之平等無尊卑也。

　　林太太著她兒子拜西門慶為義父，真是名正而言順。得非自甘卑賤也哉！

　　酒席筵間，小優們唱了一套新水令，這一套詞曲，恰像王三官特地為她那老母親及義父選來似的，真個是「喜相逢，相逢可意，種柳因花墻。玉暖蘇融，那一回風流受用。巍巍寶髻鬆，秋水橫，曲彎彎眉黛濃。」吃到二更時分，西門慶纔告辭回家。雖未「鄰雞唱終」，雖無「轆轆聲在粉牆東」，半酣而別，又怎能不想那「象牀春暖，花胡的脂粉香，花胡的脂粉香，珠翠叢」那「似嫦娥出月玄，織女下巫峯」的風月相知。笑笑生們抄錄了這麼一套新水令於此，殆亦不寫之寫也。

編按1　「耳帶一雙珠環子，裙拖兩卦叮「嘍」，今本據《金瓶梅詞話》增補為「耳帶一雙胡珠環子，裙拖垂兩卦玉珮叮「嘍」。

應伯爵的小兒子滿月，時間在十一月廿八日，西門慶說是去不成。二十八日月娘她們去看夏大人娘子。她們要到京城去了。但應伯爵卻藉此為李銘解釋了冤曲。我們看李銘的那副卑下相，他站在檯子邊低頭斂足，只見僻廳鬼兒一般，看著二人說話，再不敢言語。聽的伯爵叫他，一面走近去，直著腿兒，跪在地下只顧磕頭，說道：

> 爹再訪那邊事，小的但有一字知道，小的車輾馬踏，遭官刑碟死。爹從前天已往高地厚之恩，小的一家粉身碎骨，也報不過來。不爭今日惱小的，惹的同行人恥笑。他人欺侮小的，小的再向那裡尋主兒去。

說畢，號啕痛哭，跪在地上，只顧不起。

可見這些小人物對西門大老爺依俾之重。自不得不奴顏而卑膝矣！

第七十三回

潘金蓮不憤憶吹簫
郁大姐夜唱鬧五更

冬天了，我們看西門慶家如何驅寒。

「西門慶正在花園坐著，看泥水匠打地爐坑，（以備）牆外燒火，裡邊（則）地暖如春。」還在地上「安放花草，庶不至煤煙薰觸。」試看，明朝富戶，已知在地下打洞，用煤燒火使地熱而取暖，與今日的暖氣以及早四十年時代的熱水汀，理則一也。夏天還有冰窖，可見有錢人不必怕冷也不必怕熱。

這裡說帥府周爺（守備）那裡使人送分資來，共五封，周守備、荊都監、張團練、劉薛二內相，每人五十星，組帕二方。此說的「五十星」，不知是否是金銀的量名？如是，則分、厘、毫、星、忽，均為錢以下的小數，五十星不過五毫，微乎其微也。何以能作為禮分？前面各回，寫有「一星」或「三星」之禮，則更微末矣！但一說明朝人習以星代錢，則五十星，又為五兩矣！禮又重了。

潘金蓮也想仿學吳月娘去服成孕單方了。此一情節，不惟是吳月娘的烘襯，殆亦金蓮性格的塑造。爭寵之必然行為也。

不過，潘金蓮服藥不靈。但笑笑生們則不忘再把姑子們的貪利嘴臉，再黑黑的抹上一筆。那薛姑子又罵起王姑子來，說：

> 去年為後邊大菩薩喜事，她還說我背地裡得多少錢，掰了一半與她纏罷了。一個僧家，戒行也不知，利心又重，得了十方施主錢糧，不修功果，到明日死後，披毛戴角還不起。

　　可是，她自己呢？如何處理戒行功果？這筆墨真是嘲諷之甚！想來，人性若是焉！

　　調唱《集賢賓》的〈憶吹簫玉人何處也〉這一套曲詞，葉德均的《戲劇小說叢考》，說是陳鐸作。這裡為潘金蓮的熟諳戲曲，又寫了一筆。不愧是出身於招宣府的歌伎本業。怪不得月娘曾說，六丫頭知道得那樣多。若是，卻也烘托了林太太不是？

　　這裡稱溫秀才為「溫蠻子」，當然是南方人了。

　　薛姑子說經宣卷，說了個五戒禪師犯了色戒的故事。《清平山堂話本》刊有〈五戒禪師私紅蓮記〉，這裡說的這個故事，便是從《清平山堂話本》抄來，又加改造過的。

　　試看，在這則故事裡，則說這五戒禪師身邊卻有一個「知心腹的清一道人」，有一天這五戒禪師早晨坐在禪椅上，身邊聽得有小兒啼哭，便叫這清一道人到山門外去看，見松樹下雪地上，一塊破蓆放著一個小孩，不知道是什麼人丟在此處的。原來是個纔生下五、六個月的女孩，破衣包裹。清一道人將女孩救起抱回，這五戒和尚為這小女孩啟了個名字，叫紅蓮，就著這清一道人養在寺中。這清一道人每日出鎖入鎖，如親生女一般。女子衣服鞋襪如沙彌打扮，且是生得清俊，無事在房中尋針線，只指望招個女婿，養老送終。一日六月天熱，這五戒禪師忽然想起十數年前之事，逕來千佛閣後清一道人房中來，問起紅蓮女子在何處？清一不敢隱諱，請長老進房一看，就差了念頭，邪心驟起，吩咐清一把紅蓮送到他房中，不可有誤。「你若依我，後日抬舉你，卻不可泄漏與人。」清一不敢不依，只得送去。這五戒禪師便破這紅蓮女身。雖說後來又寫這五戒禪師與他師弟明悟禪師都坐化了。但這五戒禪師的未能守終色戒，終究是佛家的清規有虧。那清一道人扶養這女孩十幾年，卻毫未動心，豈不是故意說明佛之不如道乎？

（不過，清一道人又如何能與佛家的長老同處一室寺？又如何能成為五戒禪師的「知心腹人」？說來，良是值得專題研究的一個問題，《清平山堂話本》，嘉靖時人洪楩所編也。）

明悟禪師以蓮花為題，點示師兄五戒和尚的犯了色戒，五戒先吟詩一首說：「一枝菡萏瓣兒張，相伴蜀葵花正芳。紅榴似火開如錦，不如翠蓋芰荷香。」明悟答詩是：「春來桃杏柳舒張，千花萬蕊鬧芬芳，夏賞芰荷如燦錦，紅蓮爭似白蓮香。」寫畢呵呵大笑。五戒聽了此言，心中一悟，面有愧色，轉身辭回方丈，命行者快燒湯洗浴，換了一身新衣，取紙筆寫了八句頌曰：「吾年四十七，萬法本歸一，只為念頭差，今朝去得急。傳語悟和尚，何勞苦相逼。幻身如閃電，依舊蒼天碧。」歸到禪床上，便坐化了。跟著明悟也隨著坐化而去。

看來這兩首詩與這八句頌，都滿蘊禪意。但卻說這五戒日後托生到四川眉州與蘇老泉做了兒子，就是蘇軾字子瞻號東坡，明悟則托生本州謝姓道法為子，即後來出家為僧的佛印和尚。這些，從小說的情節上說，俱都是薛姑子口中的佛家故事而已，無甚喻意。

郁大姐唱的這套〈鬧五更〉，我也不知抄錄的何人作品。以詞意來看，乃痴心婦人想那負心郎的空房獨嘆，殆亦今日之流行歌曲。那時雖無電化設施，盲目的歌女以及妓家的俳優，到大家小戶茶樓酒肆演唱，傳播之力，亦大矣哉！

像這些歌女俳優們唱的劇曲歌詞，自是當時社會上極流行的。沈德符在《萬曆野獲編》記述過不少流行歌的名目。

這裡又寫了一段潘金蓮虐待秋菊的情節，雖然很生動，但這情節中的遺失一隻耳墜子，以及少了一個柑子，都與前些回寫過的「尋鞋」與「迎兒偷吃菜角兒」等類似，是以讀到此處，便感到不新鮮了。

再看這一情節中的文詞，也是丟三馬四，譬如這裡寫：

　　婦人罵道：「賤奴才，妳睡來。」秋菊道：「我沒睡。」婦人道：
　　「現睡起來，妳哄我。妳倒自在，就不說往後來接我耍兒去。」
　　試看這文句多麼不通，潘金蓮怎的會說：「就不說往後接我耍
　　兒去。」

　　這句中的「耍兒」，就不可能是潘金蓮的話。如按潘金蓮的性
子，當秋菊來開了角門，早就一巴掌打過去了。她剛才與孟玉樓猜枚
沒有起火，這句中的「耍兒」兩字，也用不上，秋菊這丫頭怎能到後
邊接主子去「耍兒」？顯然的，這些文句，原不在此處，改寫時湊拼
到一起，沒有把文句的語氣洗滌乾淨。捨此，還有什麼更好的理由解
釋這些呢？

　　潘金蓮只是一位少不了漢子的女子，卻不是一隻能閑的鵪鶉。
李瓶兒、林太太則不然，她們希求的是一個強有活力的男人，應有呼
風喚雨的神功，方能感到滿足。我在前面已經說到了。在這一回，笑
笑生們則把潘金蓮之不勝風暴，赤裸裸道出了。

　　當然，這裡寫西門慶之接一連二，洩而仍剛勁如故，業已顯現
了胡僧藥的殘暴之力，在西門慶身上已逐漸上達頂點，若再發揮就要
爆炸了。此處所寫，亦第七十九回的西門慶之死的初苗也。

第七十四回

朱御史索求八仙壽
吳月娘聽宣黃氏卷

　　有些證詩，讀來總令人莫知其寓意，這一首亦復如是。詩云：

　　昔年南去得娛賓，願遜堦前共好春。

　　螳泛羽觴蠻酒膩，鳳啣瑤句蜀箋新。

　　花憐遊騎紅隨後，草戀征車碧繞輪。

　　別後清清鄭南路，不知風月屬何人。

詩卻不錯，但引錄於此處，與這一回的小說內容，則毫不相干，不知此詩是何人所寫，為何而寫？但也許寓意太深，我未能理解。待之智者了。

　　潘金蓮向西門慶討要李瓶兒的皮襖穿，奶子如意兒也要，可見財物之誘惑人心。潘金蓮連死人的東西也不介意了。難怪西門慶罵她「單管愛小便宜兒。」

　　西門慶說那皮襖值六十兩銀子，「油般大黑蜂毛兒。」雖說潘金蓮穿在身上，並不切體，她也要穿。上一次，給她一件典當未贖的皮襖，她則不要穿，說是：「黃狗皮似的。」這一件不合身，她偏要穿，體面啊！

　　潘金蓮趨奉漢子，連尿與穢物她都接而食之。穢人也。

　　《金瓶梅》中的女人，凡與西門慶相接者，無不淫聲浪氣，月娘亦不例外。這裡又添了個奶子如意兒，亦淫婦也。孟子云：人之異於

禽獸也，幾希！在《金瓶梅》中儘見之矣。

　　文句脫漏，以及錯字，可以說隨處都是。好像匆匆將改寫的文稿付梓，梓出即印行。既未在稿上校對，也未在版上校對，否則不會錯到若是程度。譬如這裡的一處（第三頁正面）就脫漏得不知話是誰說的。

　　　　……前日爹不在，為了棒槌，好不和我大嚷了一場，多虧韓嫂兒，和三娘來勸開了。落後爹來家，也沒敢和爹說，不知什麼多嘴的人對爹說，又說爹要了我。她也對爹說來不曾？」西門慶道：「他也告我來，你到明日替她賠個禮兒便了。她是恁行貨子，受不的人個甜棗兒，就喜歡的。嘴頭子雖利（屬）害，到也沒什麼心！前日我和她嚷了，第二日爹到家就和我說好話。……」

顯然的，這一段話中，脫漏了如意說的答對界線。看來，西門慶的話，只說到「到也沒什麼心。」下面便是如意兒的話，脫漏了「如意兒道」數字。這樣的脫漏，如一一記出來，可真不少。

　　如意兒依照西門慶的吩咐，藉著送皮襖之便，到金蓮房中，說了幾句好話，磕了四個頭，向潘金蓮賠禮。

　　儘管「船多不礙港，車多不礙路。」女人與女人爭男人，雖三千寵愛在一身的天子之宮庭，亦所不能免。西門家殆三宮六院之縮影乎！

　　西門慶又發現了一個新人，賁四娘子。他又注意到了。

　　李桂姐又來西門家走動了。跪在地上發誓，只顧不起來。說：「我若和他沾沾身子就爛化了，一個毛孔裡生個天疱瘡。」把責任推給了老鴇。妓家的行徑，發這等誓又不止一次了。見了吳月娘，誓發得更重呢！（這裡又把秦玉芝寫成秦玉枝，傳抄之誤歟？）

　　《金瓶梅》中的人物，以「泉」字為號者真多。西門慶，號四泉，王三官，號三泉，還有一位號天泉，這位山東巡撫侯蒙又號石泉。真格是全泉矣。

　　這位巡撫大人陞了太常寺卿了，二品矣！

　　宋御史又要借西門家宴請侯巡撫，定在二十九日。

　　這裡寫布按兩司等人的分資十二封，每人一兩。那麼前面寫的每人分資「五十星」，如何相對呢？

　　這裡又借宋御史的眼睛，把西門家的房舍，描寫了一番：

> 堂廡寬廣，院中幽深，書畫文物極一時之盛。又見掛著一幅陽捧日橫批古畫，正面瓌鈿屏風，屏風前安著一座八仙捧壽的流金鼎，約數尺高，甚是做得奇巧，見爐內焚著沈檀香，烟從龜鶴鹿口中吐出，只顧近前觀看，誇將不已。

　　因而這宋御史也想獲得一隻。

　　當然，西門慶能不會意，第二天就差人把鼎送贈宋巡按了。西門慶交通官吏之無往不利，斯其因也。

　　這一批海鹽戲子唱的一套〈宜春令〉，乃《南調西廂》中的第十七齣〈東閣邀賓〉，不過，曲牌名目，稍有不同。這裡寫的〈五供養〉，汲古閣本是〈五供玉枝花〉，小說的〈玉降鶯〉，曲本是〈玉嬌鶯兒〉，其中曲詞則相同。

　　關於《南西廂》的作者，《明六十種曲》汲古閣本，寫的是崔時佩，李景雲二人。葉德均作《祁氏曲品劇品補校》，說是按《百川書志》著錄李日華《南西廂》二卷，附題云：「海鹽崔時佩編集，吳門李日華新增，凡卅八折。」葉說：「《書志》有嘉靖十九年自序，此嘉靖刻本所題如是也。」又說：「《南詞敘錄》本朝類亦著錄崔鶯鶯《西廂記》『李景雲編』殆即此本。」又說梁辰魚〈南西廂題詞〉云：「崔

割王腴，李奪崔席，俱堪齒冷。」葉氏認為此說太過，說：「蓋日華
止有增益，非掠奪，且崔李為友輩（《九宮正始》第二冊）更無攘奪
可言也。」葉德均也誤會李景雲是李日華，實則崔、李均嘉靖時人，
（萬曆初尚在世），李日華萬曆時人，相差數十年，非一人。附記於
此。

　薛姑子宣講的〈黃氏女卷〉，極不合理。這黃氏女自幼誦經禮
佛，已經有了三個女兒，長九歲，次六歲，幼三歲，閻王爺卻要她去
報到。哀泣求免亦不能。雖說，這黃氏女死後轉為男身，後來這一家
男女五人都駕祥雲升天去了。但禮佛誦經者，所得正果若是乎？

　如以小說論，殆亦現實社會相的寫實而已。

第七十五回

春梅毀罵申二姐
玉簫愬言潘金蓮

這一回引錄的詩云：

萬里新墳盡十年，修行莫待鬢毛斑，
死生事大宜須覺，地微時常非等閒。
道業未成何所賴？人身一失幾時還！
前程暗黑路途險，十二時中自著研。

這詩意，顯然是一位禮佛人士，自嘆道業未成的感慨，深恐失去人身，（死後淪入畜類），最後勉勵自己應去「十二時中自著研。」可是笑笑生們卻這樣解說這首詩：

此八句，單言這善有善報，惡有惡報，如影隨形，如谷應聲，你道打坐參禪，皆成正果？像這愚夫愚婦在家修行的，豈無成道？禮佛者取佛之德，念佛者感佛之恩，看佛者明佛之理，坐禪者踏佛之境，得悟者正佛之道，非同容易。有多少先作後修，先修後作。有如吳月娘者，雖有此報，平日好善看經，禮佛布施，不應今此身懷六甲，而聽此經法（指〈黃氏女卷〉）。人生貧富壽夭賢愚，雖蒙父母受氣，成胎中來，還要懷姙之時，有時應召。

於是又說了一些胎教的道理。結論則認為吳月娘不該在懷孕中聽此

〈黃氏女卷〉，纔影响了吳月娘腹中的孩子孝哥，竟出家皈佛去了。

　　試看笑笑生們的解說，何嘗是這首詩的詩意？可以說是兩相扞格而風馬牛。

　　再說，笑笑生們指「打坐參禪」者為「愚夫愚婦」。行善者自有善報，作惡者自有惡報，豈是打坐參禪可以獲得作惡免報之理。是以吳月娘的聽經禮佛，也是莫可如何的了。但吳月娘的因為聽了〈黃氏女卷〉，「感得一尊古佛出世，投胎奪舍，」反而認為吳月娘的禮佛聽經是錯誤的呢。

　　像這一段，已明白的寫出了笑笑生們的人生觀以及宗教思想。顯然的，他們不喜佛家禮佛念經的形式，卻承認善有善報惡有惡報的因果輪迴之說，但卻認為作惡卻未必能由禮佛誦經來改過。也等於不承認佛家之修。想來，這種說法，自相矛盾極矣！

　　李瓶兒死後，連頭面箱子都被吳月娘拿的後邊去了。可以想知吳月娘是西門家的管家婆。任何財物之入，都交給吳月娘，由玉簫收管。荊都監拜託西門慶向宋巡按處為他關說年終舉劾陞遷的人情，送了白米二百石（即白銀二百兩），類如這等銀子，也無不交由上房吳月娘收存。

　　西門家的娘子們去應家吃兒子滿月酒，潘金蓮向西門慶要了一件李瓶兒的皮襖穿，沒有向吳月娘先說一聲，吳月娘便不高興。潘金蓮則說：「有了一個漢子作主罷了，妳是我婆婆，妳管著我。」吳月娘卻也因此怪潘金蓮把攔漢子，說是西門慶自東京回來，一直被潘金蓮把攔在前邊，連孟玉樓的生日，也不放往她屋裡走一趟，就把攔的恁緊。又湊巧十一月二十九日這天，是壬子日，是潘金蓮要吃薛姑子的藥，與西門慶同房成孕的日子。那天，西門慶還在上房坐著，潘金蓮便急躁的走來，催西門慶到前邊去。遂因而造成了吳月娘更大的誤會。於是爭漢子的口舌便吵嚷起來了。

　　吳月娘與潘金蓮的爭漢子，不僅是這一回的精彩篇幅，也是全書情節中，精到的描寫。這一段精彩的描寫，還夾入了春梅罵申二姐的一段情節，兩件事累積到一起，越發內容豐饒起來。

　　雖說，這一場口角，吳月娘占了上風，潘金蓮不得不向月娘磕頭賠了不是（寫在下一回），方算了事。此一事件如果論起來，吳月娘之所以占了上風，第一因為她是大婆，金蓮是小婆，第二，潘金蓮在品德上終究比不過月娘，所以吵起嘴來的時候，潘金蓮再嫁前的污點，便被翻出作了響箭。第三，潘金蓮終究沒有來旺媳婦那分硬氣。也只有惱羞成怒的大潑一場而已。再說，西門慶在這種情況之下，又怎能不謙讓著月娘呢？何況月娘正懷著身孕。

　　春梅辱罵申二姐，看來固由於春梅的恃寵而嬌，這責任，潘金蓮也要負上一部分。但又何嘗不是這盲女申二姐的性格不好而自取其辱呢。在孟玉樓生日的晚上，桂姐唱畢，郁大姐就接過琵琶，這申二姐便要過去了，掛在胳膊上，先說道：「我唱個〈十二月掛真兒〉與大妗子娘們聽罷。」這有己無人的性格，便令人討厭。

　　固然，春梅也想聽聽申二姐唱的〈掛真兒〉，這要求未免自高身分，忘了自己只不過是個丫頭，居然差遣小廝去喊申二姐來唱〈掛真兒〉給她聽。雖然去喊申二姐的小廝春鴻尊稱春梅為「大姑娘」，說：「申二姐妳來，俺大姑娘前邊叫妳唱個兒與她聽去哩！」這申二姐道：「你大姑娘在這裡，又有個大姑娘出來了。」春鴻道：「是俺前邊春梅姑娘在那裡叫你。」申二姐道：「你春梅姑娘她稀罕，怎的也來叫的我。有郁大姐在那裡，也是一般。這裡唱與大妗奶奶聽哩！」這話再一經春鴻學了一遍給春梅聽，自難怪春梅要動氣，一衝性子走到後邊罵起來了。

　　儘管春梅的傲氣重了些，對於申二姐來說，又未嘗不是咎由自取。許是她心理上仗著王六兒的得寵吧。

　　與侯巡撫餞行，原訂的是二十九日，這一回又說三十日。實際上，這日子已經過了。

　　政和七年這一年，是《金瓶梅》的情節進展最慢的一年，從第三十九回寫起，寫到第七十八回。用了四十回的篇幅，方始寫完這一年間的事。

　　西門家的家務帳，本由李嬌兒管，後來交給孟玉樓管。自這月三十日起，又著孟玉樓交給潘金蓮管。西門慶說：「也該教她管管兒。」

　　後來，笑笑生們便寫了潘金蓮管帳時的刻薄。此處只是後回寫金蓮管帳的起筆。

　　自從玉簫與書童幽會被金蓮當場撞見，威脅了她幾個條件，便一直是金蓮的上房消息傳遞者。這一次的口角，亦玉簫之傳播起也。

第七十六回

孟玉樓解膃吳月娘
西門慶斥逐溫葵軒

　　吳月娘氣病了，又身懷有孕。所以西門慶為她請任醫官來看病。可是吳月娘則一再拒絕，說：「平白教將人家漢子睜著活眼把手捏腕的不知做什麼。教劉媽媽子來吃兩服藥由他好了。好這等搖鈴打鼓散著哩，好與人家漢子畏眼。」吳月娘的這種心理，也正是當時一般大家婦女的心理，當然，那位林太太例外。

　　我在前面說了，吳月娘是笑笑生們筆下的一位合乎關雎之德的家庭主婦。到後來，雖有殷天錫以及矮腳虎的勒逼，也寧死不願失身，這都是笑笑生們心目中的正妻形相。無可諱言的，笑笑生們必也是類如西門慶這般人的玩將，自然希望家中正妻像吳月娘那樣了。

　　任醫官聽說西門慶家擺酒，是為巡撫侯老爺餞行，「越發心中駭然尊敬。」他上馬離去時，那揖讓之禮，「比尋日不同，倍加敬重。」

　　實際上，西門家的上賓，連天子的近侍六黃太尉都蒞臨過。巡撫又算得什麼呢！笑笑生們把「駭然尊敬」的友人心理，寫在此處，未免太遲了些。

　　吳月娘與潘金蓮合氣，孟玉樓兩邊規勸，越發的可以見及這個女人的處世，頗有手段。有些事，如來旺夫婦的悲劇，孟玉樓纔是事實上的製造人呢。

　　我們看孟玉樓如何勸潘金蓮？

六姐，妳怎的裝憨兒，把頭梳起來，今日前邊擺酒，後邊恁
忙亂，妳也進去走走兒。怎的只顧使性兒起來。剛纏如此這
般，俺們對大娘說了，勸了她這一回，妳去到後邊，把惡氣
兒揣心裡，將出好氣兒來看怎的，與她下個禮賠了不是兒
罷。妳我既在簷底下，怎敢不低頭。常言甜言美語三冬暖，
惡語傷人六月寒。妳兩個已是見過話，只顧使性兒到幾時。
人受一口氣，佛受一炉香。妳去與她賠個不是兒，天大事却
了。不然妳不教他爹兩下里也難。待要往妳這邊來，他又惱。

當金蓮的嘴頭子再起來：「耶嘞！我拿什麼比她？可是她說的，她是
真材實料，正經夫妻，妳我都是趁來的露水兒，能有多大湯水兒，比
她的腳指頭兒也比不的。」玉樓則說：

妳又說她不是！我昨日不說的，一棒打三四個人，那就好。
嫁了妳的漢子也不是趁將來的，當初也有個三媒六證，白恁
跟了往你家來？砍一枝，損百株，兔死狐悲，物傷其類。就
是六姐惱了，妳還有沒惱妳的。有勢休要使盡，有話休要說
盡。凡事看上顧下，留些兒防後纏好。不管螺蟲螞蚱，一例
都說著，對著她三位師父，郁大姐。人人有面，樹樹有皮，
俺們臉上就沒有血兒。一切來往都罷了，妳不去，却怎樣兒
的？少不得逐日唇不離腮，還在一處兒。妳快把頭梳了，咱
兩個一答兒後邊去。

於是那潘金蓮便忍氣吞聲梳理穿衣，隨同玉樓到後邊，向月娘磕了四
個頭，賠了不是。

　在磕頭賠禮的時候，孟玉樓又是一番口氣，說：「大娘，我怎
的？走了去就牽了她來。」遂向潘金蓮說：「我兒還不過來與妳大娘

磕頭！」又向月娘說：「親家，孩兒年幼不識好歹，沖撞親家，高抬貴手，將就他罷。饒過這遭兒，到明日再無禮，犯到親家手裡，隨親家打，我老身卻不敢說了。」這樣，潘金蓮插燭也似磕了四個頭，跳起來就趕著玉樓直打，直道：「汗邪了！妳這淫婦，妳又做我娘來了。」於是眾人都笑了，月娘忍不住也笑了。就這樣，幾天來的合氣，在眾人笑聲中消了。

這些描寫，刻畫的就是孟玉樓的處世手段。所以西門家的幾個女人，她的結局最好。

為侯巡撫餞行，宋御史先到。在茶敘時，宋御史向西門慶問詢當地有司官員的司職與為人。難道，身為當地巡按的御史臺，竟不知這些！他之所以要向西門慶打出如此的問詢，目的只有一個，試探西門慶希望賣人情給那些人？以便作為修本的參考。先到，胥為此一詢乎哉？

何以宋御史要賣人情給西門慶？收了西門慶的禮也。不是剛收到西門慶送贈的一隻寶鼎嗎？

在官場上行賄，需要有門路，西門慶就是各方交通官吏的門路。是以官場上的官吏需要他，妓院的鴇兒粉頭需要他，民間的大戶需要他，為非作歹的惡棍更需要他。只有升斗小民不需要他。但升斗小民豈奈他何！只有在刀俎上一任其魚肉已也。

在西門慶家的宴會上，不時由海鹽戲子演唱，如所演《西廂記》，《玉環記》，以及這《還帶記》，悉為南調，除了說明當時社會風尚，且也顯示了笑笑生們這一夥兒，十九都是南方人，愛聽南曲也。

妓家女以及盲女們歌唱的小唱散曲，也十九都是南曲，斯亦足以證明《金瓶梅》的作者是南方人。

喬洪只花了三十兩銀子，便在胡府尹處捐得了義官。我不知此

一風尚是否明朝的現實政治制度？府尹有權製發箚付乎？

雲裡守也襲了兄職，補了一名指揮同知。西門慶的把兄弟，又多了一個穿寬袍戴大帽的人物。

縣衙門又差人送了二百五十本新曆來。

明年新正是重和元年了。改正了第七十二回的「詔改明年為宣和元年」之誤。

像這種先宣和而後重和之誤，並非笑笑生們誤寫，亦非傳抄者誤抄，更非手民誤刻，想必完全為了隱喻「泰昌」、「天啟」而故作錯綜。這問題，我在《金瓶梅的問世與演變》一書中，已詳言之矣！

王婆子受了何九之託，來尋西門慶，搭救何九吃上盜賊官司的弟弟何十。潘金蓮見了王婆，稱之曰「老王」。想當初，她與西門慶勾搭的時候，兩人都喊王婆為乾娘，喊得蜜甜蜜甜的。如今則改口稱「老王」了。倒是西門慶念舊，聽到王婆來找他，有此人情之託，上得衙去，便把兩個強盜一陣夾打，不准他們攀扯何十，在弘化寺另寫了一個和尚頂名，說強盜曾在他寺內宿了一夜，便抵名落了案了。

本來，《金瓶梅》就是一個沒有法律的社會，像這「張公吃酒李公醉，桑樹上脫節柳樹上報」的不平官司，幾是西門慶交通官吏的普通手段，真是「宋朝氣運已將終」也。笑笑生們寄寓於《金瓶梅》中的感慨，深矣！

潘金蓮賠了禮，兩下裡雖然笑開了，但兩人心頭間的那分氣，則未嘗消去，這就難為了漢子了。西門慶對付女人，卻有他的一套。當那潘金蓮哭哭啼啼向漢子撒嬌發嗲，大發牢騷，西門慶則一面摟抱著她，一邊勸她說：「我的兒，我連日有事，你兩家各省這一句兒就罷了。妳教我說誰的是，昨日要來看妳，她說我來與妳賠不是，不放我來。我往李嬌兒處睡了一夜，雖然我和人睡，一片心只想著妳。」女人雖明知漢子說的是假話，卻也愛聽。

　　春梅與申二姐的那一場，也挨了月娘的罵，自然也在西門慶面前使性子。都在西門慶的軟工之下，一個個服貼了下來。

　　在前數回中，總寫溫葵軒常不在家。這裡卻有了交代，原來他吃裡扒外，還有分桃斷袖癖，其被逐必也。

　　笑笑生們對於儒士，極盡譏嘲能事，溫秀才亦其例一也。

第七十七回

西門慶踏雪訪鄭月
賁四嫂倚牖盼佳期

　　尚舉人要赴京應試，在物色李瓶兒的棺木時，曾提過一筆。這裡再補寫一筆，作為呼應。但如以小說情節論，這裡的一筆，可有可無。在前回，只是說，如果不是為了明年赴京會試，需要錢用，這副板兒還不會賣呢。那麼，尚舉人的赴京，在此不再重提，也不是缺失。

　　不過若以尚舉人的明年會試，來作為探討此書之寫作年代，則不無幫助。是以我認為，我們研究《金瓶梅》，這些小地方也不應忽略也。

　　侯巡撫的餞行宴，尚未完畢，另一個宴會，又要借西門家舉行了。汪參議、雷兵備、安郎中三人來拜，說是浙江本府趙大尹新陞大理寺正，他們三人都是浙江人，要借西門家定於初九日赴會宴請。

　　奇怪的是，這位杭州府知府趙霆，新任大理寺正，這三位在山東任職的浙江人，又怎的要在清河西門家宴請這位趙大尹？又沒有說明這趙大尹是由杭州赴京到任，打從清河經過。這情節，豈不更是一大缺失？

　　想來，應是這趙知府由杭州赴京上任，道經清河。所以這些位在山東任職的杭州人，要設宴一餞。但，又怎能不註上一筆呢！蔡九公子等，都註明了的。實則，作者乃江南人也。

　　在此寫夏提刑讓給何千戶的宅第，說是前後有五十餘間，還有

一片空地花亭，只是沒有花草。何千戶搬入後，打算添些磚瓦木石，蓋三間捲棚，重新整理一番。

據何千戶自己說，他自己房頭，只不過數口，其他還有幾房家人並伴當，加起來也不過十數人而已。然而他們卻住居這五十餘間房子還有花園空地的宅第。論職，不過從五品的副千戶而已。

說起來，西門慶倒是一個有情有義的人，當年團頭何九在驗屍時，幫了西門慶一個大忙，這時他要請求西門慶，他卻也幫了何九一個大忙，把何十給無罪開發了。自不是為了賄賂，只是還報而已。

何九買了一疋尺頭四樣下飯，雞鵝，一罐酒來謝。請西門慶來受禮，要跪下磕頭，西門慶不肯，親手拉起他來，還說：「老九，你我舊人，快休如此。」雖然何九說，老爹今非昔比，小人微末之人，豈敢僭坐。」只站在旁邊。西門慶還是拉他來陪他吃了一盞茶，說：「老九，你如何又費心送禮來。我斷然不受。若有什麼人欺負你，只顧來說，我就替你出氣。倘縣中派你甚差事？我拿帖兒與你李老爹說。」何九說差事已交給他兒子何欽頂替，老爹對他非常照顧。西門慶只把酒收了，尺頭要何九拿回去。

西門慶之所以能作幫會弟兄頭兒，此事亦可見一斑，待人寬，不忘舊。

西門慶踏雪訪愛月，看去並無特色，也和其他情節一樣，去妓家吃喝玩樂而已。但這一情節，則與第七十九回的西門慶之死，有著密切的關聯，我們讀到第七十九回，方能感受到這一回目的重要。特先在此附記一筆。

鄭愛月姊妹彈唱的這套〈青衲襖〉，錄自《雍熙樂府》卷九。《金瓶梅》中的散曲，出乎《雍熙樂府》者頗多，均有待將來寫專書時再作證言。

但西門慶在鄭愛月的床傍側首錦屏風上見到的美人圖，卻有王

三官的題詩一首在上面，亦可見及鄭愛月與王三官也有交情，不止李桂姐也。妓家女管得誰來，花錢的老爺們，都是她們的恩客。西門慶娶了李嬌兒，再繼著去梳籠比李嬌兒低一輩的李桂姐。陳經濟暗地裡偷小丈母。這義子王三官與義父同私一個粉頭。又算得了什麼呢！笑笑生們筆下的《金瓶梅》，本就是一個沒有倫理又沒有法律的社會。鄭愛月不是在力勸西門慶繼續去得到王三官的媳婦子嗎！

　　應伯爵又介紹了一個小廝來，原名來友，改名來爵，年廿歲，媳婦十九歲，為她啟名叫惠元，與惠秀惠祥一遞三日上灶。

　　這來爵的媳婦，也是「五短身材」。似乎笑笑生們特別喜愛五短身材的女人，如吳月娘、孫雪娥、李瓶兒、來旺媳婦、賁四娘子，全是這類身材。只有孟玉樓、王六兒是長佻個兒，李嬌兒是個胖子。「五短身材」，得非當時社會流行的美女型乎？

　　門外的楊姑娘沒了。她是孟玉樓前夫的姑娘。孟玉樓嫁給了西門慶，全靠她拿定了主張，力排眾議，罵退了張四舅。此後，便一直以「姑娘」的身分，與西門慶作親戚走動，直到今日故世。看來，這楊姑娘比張四舅有眼光多了。按說，當時的張四舅所說（見第七回），全是對的，只是社會的現實不合常理，現實社會是一個毀棄了黃鐘而瓦釜雷鳴的時代，張四舅的看法自然錯了。

　　楊姑娘的葬禮，西門家的娘兒們去了四頂轎子，每頂轎子都有小廝跟著。西門慶還整治了一張插桌、三牲湯飯，並致送五兩香儀。如果不是她主張孟玉樓嫁給了西門慶，她死後的哀榮，就難得如此。何況，時常往還於西門家，也享受了不少的口福呢。

　　西門慶從鄭愛月家回來，又與賁四娘子幽會上了。笑笑生們的這一筆，殆亦加速西門慶之死也。

　　到南方辦貨的人，在湖州辦了二千兩紬絹的崔本，已經回來，貨物已運到臨清碼頭。貨物教後生榮海看守，崔本先顧頭口來家，取

車稅銀兩。說是韓道國來保他們在揚州分路，他們往杭州去了。

　　按韓道國、來保、崔本等人，往南方辦貨，於十月二十四日起身。韓道國與來保帶銀四千兩往松江販布，崔本帶銀二千兩往湖州辦絲綢。到今天十二月十五日崔本來家，行將兩閱月矣。崔本說從臘月初一日起身，抵家半月行程。韓道國與來保，到杭州去了，他們是另一路。

　　這五人（韓道國、來保、崔本以及後生榮海、胡秀）起身南去時，還帶了一封信給揚州苗小湖，謝他的重禮。這苗小湖是誰呢？美國哈佛大學的韓南教授，猜想是苗青。起先，我也認為是。如今看來，這揚州方面的三位姓苗的——苗員外、苗小湖、苗青，在《金瓶梅》的小說情節中，可以說是糾纏不清，如此情節，缺失大也。

　　說到苗青、苗小湖、苗員外的情節，在《金瓶梅詞話》中，誠乃一大問題，值得探討。

　　按苗青本是揚州苗員外苗天秀的家人，本是浪子，因與員外的側室刁氏有私，被苗員外發覺，把苗青痛打了一頓，原想驅逐，經苗青央懇了親鄰說情，方留了下來。後來，苗天秀有一位在開封府作通判的表兄黃美，來信要他到京城去玩。這苗員外，便帶著家人苗青小廝安童，整頓行裝，打點金銀，裝載一船貨物，上東京求取功名。不想到了徐州，苗青起意與兩個船伕串通，在水上把苗天秀一刀刺死，推在洪波湯裡，安童也被打落水中。船上財物被苗青三人分了。不想安童未死，被人救活。遞狀到提刑院，把兩個船伕捉了，一一招承，再去緝拿苗青。這苗青藏在經紀樂三家，與王六兒是鄰居，遂託王六兒向西門慶求人情。苗青把贓物賣了二千兩銀子，賄賂了西門慶，只判了兩個船伕死罪，把苗青開放了。這場官司了後，苗青只剩下一百五十兩銀子，還拿出五十兩來，並餘下的幾匹緞子，謝了樂三夫婦，僱頭口起身回揚州。

　　這情節寫在第四十七回，時間是政和七年正月間。到了同年六月間，西門慶到東京向蔡太師拜壽，遇見了一位揚州苗員外。這位苗員外，是西門慶的相識，在第五十五回，這樣寫著：

　　西門慶遠遠望見一個官員，也乘著轎進龍德坊來。西門慶仔細一認，倒是揚州苗員外。却不想苗員外，也望見西門慶了，兩個同下轎作揖，敘來寒溫。原來這苗員外，是第一財主，他身上也現做個散官之職，向來結交在蔡太師門下，那時也來上壽。恰遇了故人，⋯⋯。

顯然，這位苗員外不是苗青。第一，他是揚州「第一財主」，第二，他身上也現做個散官之職，第三，向來結交在蔡太師門下。不過，這苗員外如何與西門慶相識？笑笑生們則未有明確交代，與其他的情節寫法不同。

　　後來，這苗員外再與西門慶相見，還慷慨的把自己的兩個歌童，贈送給西門慶。到了第五十六回，說是這兩個歌童，西門慶畢竟用他不著，都送太師府去了。

　　苗青的官司結了案，回揚州去了。安童的上告，由於西門慶神通廣大，曾巡按的參本，也失了效力，縱可從此無事，回到揚州的苗青，也應膽虛而消聲匿跡，不應再有情節出現。倒是這位苗員外，論交情，似乎還應該與西門慶有繼續往還的必要。那麼，第六十七回寫韓道國等人去南方辦貨，捎信給苗小湖，謝他重禮。按情理說，這位苗小湖，應是那位苗員外綽對。送歌童的時間，是六月下旬，或七月上旬。韓道國等人在第六十七回南去辦貨，離清河的日子是十月二十四日，相距不過四個月。他們到揚州等地去辦貨，一方面帶封信去致謝苗員外，一方面也好借此相求隨時臂助。所以我們可以認為，這苗小湖應是那位苗員外綽對。可是第六十七回也沒有交代。只寫了這麼

一段話：「二十四日燒紙，打發夥計崔本、來保并後生榮海、胡秀五人，起身往南邊去。寫了一封書，捎與苗小湖，就寫（謝）他重禮。」只此一句而已。

　　到了第七十七回，居然借了崔本的口，說了這麼一大段：

> 在揚州與他兩個分路，他們往杭州去了。俺們都到苗親家住了兩日，因說苗青替老爹使了十兩銀子，抬了揚州衛一個千戶家女子，十六歲了，名喚楚雲。說不盡的花如臉，玉如肌，星如眼，月如眉，腰如柳，襪如鉤，兩隻腳兒恰剛三寸。端的有沉魚落雁之容，閉月羞花之貌，腹中有三千小曲，八百大曲，端的風流如水晶，盤內走明珠；態度似紅杏枝頭迎曉日。苗青如今還養在家，替她打廂奩，治衣服。待開春，韓夥計保官兒船上帶來，伏侍老爹，消愁解悶。」西門慶聽了滿心歡喜，說道：「你船上捎了也罷，又費煩他治甚衣服，打甚粧奩，愁我家沒有？」于是恨不得騰雲展翅，飛上揚州，搬娶嬌姿，賞心樂事。

　　而且還寫了對句：「鹿分鄭相應難辨，蝶化莊周末可知。」詩云：「聞道揚州一楚雲，偶憑出鳥語來真，不知好物都離隔，試把梅花問主人。」讀了這一大段崔本之言，卻又不得不使我們認為那「苗小湖」就是苗青。可是，我們不禁又有兩個問題要問。第一，崔本說「俺們都到苗親家住了兩日」，苗青與西門慶何時結的親家？前面沒有寫過。第二，苗青了結了人命官司，由清河回揚州時，身上連一百兩銀子也無有，這纔不到一年（只十個月），苗青的財源何來呢？也無交代。

　　那麼，像苗青問題的這一情節的缺失責任，應否放在沈德符說的那五回（五十三至五十七）頭上呢？如果說，苗員外、苗小湖與苗

青，應是同一人，全由於「陋儒」在第五十五回寫錯了，所以把「苗員外」寫得與「苗青」聯不上關係。但是，在第五十五回寫到苗員外與西門慶相見時，就應交代了他就是苗青，改名苗小湖，則這第六十七回與七十七回的情節，不是沒有了問題了嗎？若此推想是對的，那我們來看第八十一回是怎樣寫苗青的呢？

> 話說韓道國與來保兩個，自從西門慶將兩千兩銀子，打發他在江南等處，置買貨物，一路餐風露水，夜住曉行，到于揚州去處，抓（找）尋苗青家內宿歇。苗青見了西門慶手扎，想他活命之恩，儘力趨奉他兩個，成日尋花問柳，飲酒取樂。一日初冬天氣，寒雲淡淡，哀雁淒淒，樹木彫零，景物蕭瑟，不勝旅思。于是二人連忙將銀往各處置了布足，裝在揚州苗青家，安下待貨物買完起身。又寫「先是韓道國舊日請的表子，揚州舊院王玉枝兒，來保便請了林彩虹妹子小紅，日逐請揚州鹽客王海峯（在第二十七回中寫的是王四峯），和苗青遊寶應湖。……

因為後生胡秀吃醉了酒罵街，韓道國要打胡秀，「被來保苗小湖做好做歹勸住了。」又寫著說：「話休饒舌，有日貨物置完，打包裝載上船，苗青打點人事禮物，抄寫書帳，打發二人並胡秀起身。」

　　我們看第八十一回所寫，與這第七十七回的那一段，情節絕不相聯。崔本在第七十七回說的苗青「替西門慶使了十兩銀子，抬了揚州衞千戶家女子，名喚楚雲，如今還養在家，替她打廂奩治衣服，待開春韓夥計保官兒船上帶來，……」到了第八十一回，苗青打點人事禮物，抄寫書帳，打發二人（韓道國與來保）并胡秀起身，又怎能不提到那腹中有三千小曲八百大曲的楚雲？看起來，這第八十一回的這段描寫，好像壓根兒不知道有第七十七回來保說的苗青替西門慶買了

歌女楚雲的事。試想，這第八十一回的這段所寫，豈不是前後血脈不
貫？總不能派給那位「補寫」第五十三回至五十七回的「陋儒」頭上
吧！

　　再說，在這第八十一回的開頭，一下筆就與第七十七回的崔本
沒有關聯。這裡說「韓道國與來保兩個，自從西門慶將二千兩銀子，
打發他在江南等處，置買貨物，一路餐風露水，夜住曉行，到于揚州
去處，抓（找）尋苗青家內宿歇。」上唧的情節是第六十七回，竟把
一起離家，同到南方採貨的崔本，撇開一字不提，恰像崔本不曾與他
們同道。按第六十七回已經寫明：「船已僱下，准在二十四日起身。
西門慶吩咐甘夥計，攢下賬目，兌了銀子，明日打包，因問兩邊舖子
裡賣下多少銀兩，韓道國說，共湊下六千餘兩。西門慶道：「兌二千
兩一包著崔本往湖州買紬子去，那四千兩你與來保往松江販布，過年
趕頭班船來。」如照這第六十七回所寫，他們是五人一行，這第八十
一回只寫了「韓道國與來保兩個」，榮海、胡秀除外。六十七回寫崔
本帶銀二千兩往湖州，韓道國與來保帶銀四千兩往松江。這第八十一
回，則說韓道國與崔本帶銀二千兩，與第六十七回寫的不同。可以
說，這第八十一回與第六十七回的情節，也不相符。何況時間也不
對，這裡說「初冬」，他們由清河起身，已是十月二十四日，到了揚
州又怎能返回「初冬」？

　　還有，這第八十一回說「到于揚州去處，抓（找）尋苗青家內宿
歇，苗青見了西門慶手扎，想他活命之恩，儘力趨奉。……」若從這
番話看，恰像這是苗青在官司了後，第一次與西門慶往還。實則，在
第五十一回韓道國等人南去辦貨，業已帶信「抓尋」苗青，這一次帶
信給苗青，已非第一次矣！如論情節的貫串，縱無第六十七回崔本那
番話，也有缺失。第一，第五十一回所寫「交付二人（韓道國與崔本）
兩封書，一封到揚州碼頭上投王伯儒店裡下，這一封就往揚州城內抓

尋苗青，問他事情下落，快來回報我。如銀子不夠，我後邊再交來保
捎去。」這裡寫的此一情節，業已令人感到突如其來。因為苗青於正
月中旬了結官司返回揚州，乃匆匆逃出性命，並未寫有西門慶與苗青
接洽過什麼事務的情節，連暗示也無有。「問他」什麼「事情下落」？
辦理什麼事情的銀子「不夠」？在第五十一回之前，全沒有寫。這缺
失，總派不到「陋儒」頭上。過去，西門的家人到揚州辦貨，住在西
門家的父執王伯儒店內，說是王家的店舖大，方便堆貨。這次，又怎
會改到苗青家住宿呢？情節上沒交代。第二，韓道國與來保帶銀四千
兩。到松江販布。這第八十一回則無在松江辦貨的交代，在文詞上，
看來只在揚州，未去他處。崔本在這七十七回說：「我從臘月初一日
起身，在揚州與他兩個分路，他們往杭州去了。」崔本的這一句話，
倒與第六十七回的情節，是連貫的，這第八十一所寫，可就與前情不
接了。

　　像上述的第八十一回所寫，何以與前情血脈不貫？想來，也祇
有一個最好的理由可以解釋？那就是分回改寫，無人綜合統一，遂產
生了苗員外、苗小湖、苗青的情節，前後糾葛不清。

　　試看第五十五回的苗員外，他絕對不是苗青，但可能是第一次
寫於第六十七回中的苗小湖。寫於第八十一回中的苗小湖，則又會使
讀者覺得他就是苗青。仔細看來，只是一名字上的錯誤，如果第七十
七回及第八十一回的苗青，改寫為苗小湖或苗員外，就不會有這麼多
的糾葛難解了。

　　說起來，還是改寫者笑笑生們的錯誤，像這第八十一回的開
頭，以及其他一些不相連貫的情節，除了改寫者易犯此種錯誤，其他
委實沒有更好的理由可以解釋，如果作者是一人，怎會犯這類的錯
誤。

　　山東巡按御史宋喬年，循例舉劾地方文武官員的本章，已奉聖

諭核定，印上了邸報。一切悉據西門慶的說詞作成結果，凡所保舉，
全陞了官了。

西門慶的神通，大矣哉！

第七十八回

西門慶兩戰林太太
吳月娘翫燈請藍氏

　　明年改元重和，新曆日似乎特別重視，胡府尹、李知縣以及宋御史，一次又一次的送曆日來最少一百本。這些送曆日的事，寫了又寫。譬如這一年，在冬至令節羣臣百官上朝拜冬時，曾詔改為宣和元年，到了第七十六回，應伯爵等人看到了新曆日，方說是重和元年。這種先宣和後重和的史實顛倒，當真是笑笑生們的無知與筆誤？傳抄者的抄誤？或手民之誤？看來，乃泰昌、天啟之改元隱喻也。明之光宗（常洛）改元泰昌竟未及於改元之年，便崩逝了。於是熹宗（由校）登基，又詔改明年為天啟。所以我認為先宣和後重和的改元，實乃泰昌與天啟的改元隱喻，前已備述之矣！曆日之一發再發，自亦有此隱喻。

　　但此所謂「宋御史送了一百本曆日，四萬黹」，我不知這「四萬紙」是什麼？每本一百頁乎？抑曆日之單頁耶？待之知者。

　　年除新正，所寫之民俗風尚，如「竹爆千門萬戶，家家貼春勝，處處掛桃符。」以及年除之祭，家人之年拜，悉依長幼尊卑之序。然後再穿著整齊，出門拜節。此等風俗，今仍流行民間。卻也正是當時的安樂氣象。

　　小廝們穿著新衣，新靴新帽，在門首踢鍵子兒，放炮燁，又磕瓜子兒，袖香桶兒，戴鬧娥兒。眾夥計主管，門下底人，伺候見節者不計其數。都是陳經濟一人在前邊客位管待。後邊大廳，擺設錦筵桌

席，單管待親朋。花園捲棚放下毡幃煖簾，舖陳錦裀綉毯，獸炭火盆，放著十桌都是銷金桌幃，粧花柳甸，寶粧菓品，瓶插金花，筵開玳瑁，專一留待士大夫官長。像這些新正為拜年者準備的桌席，自是大家戶的排場。此種新正盛況，今已無之。

　　西門慶就在這新正拜節的忙碌時分，且又不時陪親友以及家人婦女喝上幾杯，猶不忘尋機會宣洩淫慾。雖已吃到掌燈時分，業已酩酊大醉，還知會玳安為他張羅賁四娘子的幽會。

　　這賁四老婆，也是五短身材，比西門慶小一歲。早與玳安有了首尾。西門慶走後，玳安便仗著賁四上東京去了，也就大模大樣進去，跟這老婆睡了一夜。西門家的淫亂，斯又一宗。

　　賁四家與主子有了首尾，雖然是偷偷摸摸，又怎能無人知曉。所以她已知道早被隔壁韓回子老婆看在眼裡。怕的是傳揚出去，一時被娘們說上幾句怪羞人的。玳安便建議她送禮五娘，他認為如果大娘和五娘不言語，別的就不打緊。怎想到送了禮，五娘卻越發有得說了。「賊淫婦買禮來與我也罷了，又送蒸酥與他大娘，另外又送一大盒瓜子與我，想買住我的嘴頭子。」又說：「她是會養漢兒，我就猜沒別人，就知道是玳安兒這賊囚根子替她舖謀定計。」西門家只有潘金蓮對於這等事機靈，只要她掃過一眼，就看到了底細。無論別人怎樣去瞞，也瞞不過她的眼睛與靈慧的心眼兒。

　　在這裡她罵賁四娘子是「水眼淫婦，矮著個靶子，兩是半頭磚兒也是一個兒。把那水濟濟眼擠著，七八拏的（手）兒搯，好個怪淫婦。她和那韓道國老婆，那長大捽瓜淫婦，我不知怎的搯了眼兒，不待見她。」這幾句話，已把賁四娘子的瞇瞇眼給形容出來了。（王六兒的那張大捽瓜臉，前回已經寫過了。）更把潘金蓮明察秋毫的妒心解剖了出來。這些形容詞，需要理解一下。

　　「水眼」，乃水汪汪的眼睛，我們通常指生有這種水汪汪眼睛的

女人，誘惑人。「矮著個靶子」，自是指的賁四嫂身材矮，她是「五短身材」。「兩是半頭磚兒，也是一個兒。」形容賁四嫂只有一塊磚頭斷成兩半截的半頭磚兒那麼高，誇大賁四娘子的矮。至於這話是怎麼說成「兩是半頭磚兒，也是一個兒」？在我認為是方言問題。這句話是吳語語態，「兩是」與「也是」都是吳語的發語詞與助語詞。就像上一頁（第十七頁反面第五行）潘金蓮說的那句：「瞞那王八千來個！」全是吳語。再看下面說的，「把那水濟濟眼擠著」，此八字易懂，不必說了，「七八拿的兒掐」，此六個字便無法懂得。「崇禎本」把它改成：「七八拿杓兒掐」，就越發令人不解了。實際上，這一六字組成的片語，有奪漏的字，又有刻錯的字，是以不成語矣。這一片語，應是「七八拿手兒捏的」，意為：「七八成是用手捏成了那樣，」因為這一片語是形容上一片語「把那水濟濟眼擠著」，擠著像用手捏擠到一起的情形。試想，眼睛擠著，如何用杓兒舀呢？所以這句話的最後一語說：「我不知怎的捏（掐）了眼兒，不待見她。」意為：「我不知道怎麼樣把眼睛捏合起來，（不讓眼睛睜開），不要再看到她。」這些話，不是說得很清楚了嗎！

《金瓶梅詞話》中的語言，是一大問題，我的此一《箚記》，可以說尚未去從事此一問題的探討，留待以後作為專題討論，「《金瓶梅》的語言」也是我計劃中要寫的一部書，我這《箚記》，可沒有篇幅討論這些。這一段話的問題，只是在此附記一句而已。

吳大舅蒙西門慶在宋御史前說了好話，所以在循例舉劾地方文武官員以勵人心的本章中，奏明清河千戶吳鎧以練達之才，「得衛守之法。驅兵以攖中堅，靡攻不克，儲存以資糧餉，無人不飽。推心置腹，人思效命，實一方之保障，為國家之屏藩，宜特加超提，鼓舞臣僚。」因而陞任了濟州衛指揮僉事，現任管屯。際此新任，特來拜年致謝。

　　吳大舅見了西門慶，說起了他接任後的做法，說：「如今我接管承行，須得也要振刷在冊花戶，譽勵屯頭，務要把舊官新增，開銀明白，到明日秋糧夏稅，纔好下屯徵收。」西門慶問有多少屯田？這吳大舅說：……

> 太祖舊列練兵衛，因田養兵，省轉輸之勞，纔立下這屯田。後吃宰相王安石立青苗法，增上這夏稅，那時只是上納屯田，秋糧又不問民地。而今這經濟管內，除了拋荒葦場港隘，通共兩萬八千頃屯地，每頃秋稅夏稅，只徵收一兩八錢，不上五百兩銀子。到年終傾齊了，往東平府交納轉行招商，以備軍糧馬草作用。

　　像這段描寫，悉可與明史相印證。蓋所寫屯田之制，乃明制，非宋制也。宋無屯田。我在《註釋》中已寫明。此處蓋亦寫實之筆也。

　　西門慶所關心的是有無多餘之利。吳大舅說：「雖故還有些拋零（一）戶不在冊者，鄉民頑滑，若十分進徵緊了，等秤斛斗重，恐聲口鼓起公論。」但西門慶則說：「若是有些甫餘兒也罷，難道說全徵？若徵收些出來，斛斗等秤上，也夠咱們上下攪給。」「我們看西門慶則處處以能取利為第一要務，所以這吳大舅說：若會管此屯，見一年也有百十兩銀子，尋到年終，人戶們還有些雞鵝豚米，面見相送。那個是各人取覓，不在數內的。只是多賴姊夫力量扶持。」像這裡的一段屯田描寫，如無這方面的常識，寫得出嗎！亦足證笑笑生們當中，必有在官場中打過滾兒的人。他如宇文字虛中的參本，曾孝序的參本，以及這宋喬年的此一本章，若不曾在官場中打過滾來，絕無這些常識下筆。

　　到了這兩回，笑笑生們已把西門慶的淫欲，點燃得像活火山似

的，每天都在煙雲蒸騰，眼看著就要爆了。

我們看這幾天，他已經感到腰酸腿痛了，卻仍舊欲火上焚，要了賁四娘子，還想著何千戶娘子，更想著林太太的好風月，大雪中還要到林太太處去鏖戰一番，真個是「錦屏前迷魂擺陣，綉緯下攝魄旗開。」這一場大戰，笑笑生們還特別為之寫了五百字的駢體長文，描寫他們的戰況。西門慶縱欲若是，別說是個肉身，雖金剛之體，也要斷裂的。「這兩日不知酒多了也怎的，只害腰疼，懶待動。」卻不去想到色欲的過度。緊跟著又到王六兒那裡大戰去了。他絲毫不去控制欲火的燃燒，焉有不爆之理。

輪到潘金蓮管庶務，她連她媽的轎子錢也不開支，不過六分銀子。月娘要她付了寫帳。她則答說：「我是不惹他，他的銀子教我買東西，沒教我打發轎子錢。」孟玉樓看不是事，拿出一些銀子來打發了。潘金蓮數落她媽：「妳沒轎子錢，誰教妳來了。恁出魄（醜）削畫的，教人家小看。」

笑笑生們寫潘金蓮無情無義，至此已達極致。但在此，卻也借了潘姥姥的口，補寫了潘金蓮的底細：「想著妳從七歲沒了老子，我怎的守妳到如今。從小兒教妳做針指，往余秀才家上女學去。……上了三年，字俏也曾寫過，甚麼詩詞歌賦，唱本上字不認的。」（在王招宣府做女樂的事，則隱而不說。）到如今則把這些養育之恩，全一筆抹銷了。拿她娘做了累贅。說：「平白教她在這屋裡作甚麼？待要說是客人，沒好衣服穿，待要說是燒火的媽媽子，又不似，倒沒的教我惹氣。」

賁四從東京回來了。說是「正月初二起身」，他到家的日子是正月十一日。路上行程不過十天。

通常，清河東京往還，行程半閱月。來保那次為了曾孝序的參本上京去打點，連天加夜，快馬行程，只花了六天。這次賁四是單人

行程，沒有駝垛累贅，所以只費了十天。

看來，笑笑生們寫清河東京的一次次往返，在行程上，還是頗有計較的。

應伯爵又領了李三、黃四來談生意，說是

> 今有朝廷東京行下文書，天下十三省每省要萬兩銀子的古器。咱這東平府坐派著兩萬兩，批文在巡按處，還未下來。如今大街上張二官府破二百兩銀子，幹這宗批，要做都看一萬兩銀子。……因為如今朝廷皇城內新蓋的艮嶽改為壽岳，上面蓋起許多亭臺樓閣，又建上清寶籙宮，會真堂，璇神殿，又是安妃娘娘梳粧閣，都用這珍禽奇獸，周彝商鼎，漢篆秦炉……擺設。

這些雖也能與宋史印證上，卻也能與明神宗的開鑛史實比證上。殆亦隱喻之筆也。

不過，笑笑生們的這一筆，乃為張二官之代替西門慶而特加傅設，下面第八十一回還有呼應。

雖然，西門慶一見到何千戶娘子，就「魂飛天外，魄喪九霄，」但精神業已消耗殆盡，在席上正陪著人，就齁齁入睡了。

第七十九回

西門慶貪慾得病
吳月娘墓生產子

　　到了這裡，西門慶的精神，業已衰竭到坐下就打盹的地步，他還強打精神支持著呢。

　　王六兒用頭上青絲製成的托子，比潘金蓮用白綾布製的還要精巧，於是他又要到王六兒那裡去了。這一去，胡僧藥的藥力，把西門慶淘洩得更空了。

　　從王六兒家折騰了半夜，在滿天陰雲昏昏慘慘月色下打馬回家，經過石橋兒又被橋底下鑽出的一個黑影子，驚駭了馬，飛奔到家，下了馬腿就軟了。被左右扶進之後，又逕往潘金蓮房中。雖說他倒頭枕上便鼾聲如雷，搖也搖不醒，可是潘金蓮卻不能放過了他。把西門慶還只剩下的三四丸胡僧藥，自己吃了一丸，餘下的三丸，全給西門慶在醉銘中吞了下去。就這樣，藥力發作起來，火山爆了。

　　通常，所謂「脫陽」之症，大都精忽一洩不止，脫死婦人身上，西門慶還能熬到第二天起來梳洗，方始一陣暈眩倒將下去，又挨了數日，到一月二十一日纔死。

　　笑笑生們之所以如此寫，不惟再加強了潘金蓮的淫欲之強，在西門慶已奄奄一息的時候，她居然還毫無人性的，騎到西門慶身上去顧自渲洩。另外，讓他多挨幾日，也給西門慶有個交代後事的機會。再說，如果西門慶死在潘金蓮身上，或者西門慶死在王六兒家，後來武松的那場殺嫂的情節，就不好安排了。

　　潘金蓮撒謊卸責的嘴頭子，是笑笑生們的精彩筆墨，這裡寫潘
金蓮的淫欲整得西門慶脫陽，卻也死不承認。說：「他那咱晚來了，
醉的行禮兒也不顧的，還問我要燒酒吃，我拏茶當酒與他吃，只說沒
了酒，好好打發他睡了。自從姐姐那等說了，誰和他有甚事來，倒沒
的羞人子剌剌的。只怕外邊別處有甚事來，俺們不知道，若說家裡，
可沒絲毫兒。」當小廝們說出他曾去韓道國老婆那裡，潘金蓮可就越
發有了藉口：「姐姐剛纔就埋怨起俺們來，正是冤殺旁人笑殺賊。俺
們人人有面樹有皮，姐姐那等說來，莫不俺們成日把這件事放在頭
裡。」於是，林太太的事也扯出來了。

　　扯出了招（昭）宣府的林太太，卻又牽連到潘金蓮，她自小在王
招宣府學習彈唱，所以月娘說：「妳還罵她老淫婦，她說妳從小在她
家使喚來。」潘金蓮便一時臉紅到脖子，罵道：

> 汗邪了那賊老淫婦，我平白在她家做什麼？還是我姨娘在她
> 家隔壁住，她家有個花園，俺們小時在俺姨娘家住，常去和
> 她伴姑兒耍去，就說我在她家來。我認的她什麼，是個張眼
> 露睛的老淫婦。

　　不要說潘金蓮不承認，潘姥姥提到女兒的小時候，也不說王招
宣府這一段。

　　潘金蓮雖如此撇清的說她「不把這件事放在裡頭。」當天晚上她
又騎到西門慶身上去了，把漢子撥弄得死而復蘇者數次。笑笑生們誇
大金蓮的淫欲，至此已達極點矣。

　　請來診看西門慶的醫生，有胡太醫與何千戶介紹的劉橘齋，看
得最準的還是那位會看相的吳神仙。論及西門慶命相的時候，就相他
今年有「嘔血流濃之災，骨解形衰之病。」如今，他來診了脈息，就
說：「官人乃是酒色過度，腎水竭虛，是太極邪火，聚於欲海，病在

膏肓，難以治療。」此乃

> 醉飽行房戀女娥，精神血脈暗消磨。
> 遺精溺血流白濁，燈盡油乾腎水枯。
> 當時只恨歡娛少，今日翻為疾病多。
> 玉山自倒非人力，縱是盧醫莫奈何。

西門慶業已血乾精竭，就是神仙也只有望之皺眉了。

　　吳月娘又做了一個夢，夢見大廈將頹，紅衣罩體，顛折了碧玉簪，跌破了菱花鏡。經說給吳神仙去解，認為大廈將傾，乃夫君有厄，紅衣罩體乃孝服臨身，顛折了碧玉簪，乃姊妹一時失散，跌破了菱花鏡乃夫妻指日分離。而且呢，此一災厄，是白虎當頭攔路，喪門魁在旁生災，神仙也無解，太歲也難推。造物已定，鬼神莫移。這西門慶也自知命數已盡，只有向家人交代後事，撒手拋開一切。嗚呼哀哉，得年只有三十三歲。

　　我們如稍加注意，就會發現笑笑生們特別讚揚道家，像此處的吳神仙，命相之準，醫術之精，自亦是尊崇道家的筆墨。

　　從西門慶的遺言中，我們約略了解到西門家的財富狀況。緞子舖是五萬兩銀子本錢，其中有喬大戶的股東。絨線舖子是六千五百兩，袖緞舖子是五千兩，生藥舖五千兩，韓夥計與來保松江船上的貨物四千兩。李三、黃四還欠六百五十兩，劉學官欠二百兩，華主簿欠五十兩，門外徐四舖內欠三百四十兩。不動產除了現住的兩處合成一處的宅院，還有對門買喬大戶的，獅子街李瓶兒買下的，另外還有五里原的墳庄，買來的趙寡婦庄子。算起來，舖子裡的貨物不下十萬兩，宅第庄院六處。家中還有金銀細軟以及古玩字畫呢！

　　想來西門慶不過清河小縣一個流氓，幫會起家，居然在短短十年之間，便積得若是財富，還買得五品之官，自然是《金瓶梅》那個

時代培養出來的人物。有《金瓶梅》這樣的時代，纔有西門慶這樣的人物啊！

　　西門慶剛斷氣，吳月娘便產下了兒子。如果講象徵的話，這一筆又何嘗不是寓意著西門慶雖死，新的西門慶還會出生呢。不過，這西門慶的墓生子孝哥，居然皈依了佛家，被雪洞禪師化緣去做了和尚。接替西門慶衣鉢的，是大街坊的張二官，自亦無從打孝哥身上尋象徵了。

　　俗謂：「人在人情在。」西門慶一死，第一個反應便是李三。他隨同來爵春鴻攜帶了西門慶的書信，到兗州府察院，下書宋御史要討古器批文。此一批文雖派下各府買辦去了，見到西門慶的書信及金葉十兩，遂又差快手拿牌到東平府趕批文來，再批交西門慶承辦。正當此一古器批文追回，交給來爵、李三等人帶回，路上便聞說西門慶死了。這李三便調唆來爵等改投到張二官府去。世情冷暖，若是也。

　　好在吳大舅還有職官，遂遞狀向李三等人追討欠債。應伯爵慌著出來說情，湊了兩百兩歸還，賴了五十兩，餘欠的四百兩，陸續償還。李三、黃四的借銀情節，至此便算結束了。

　　笑笑生們安排了李三、黃四的情節，從第三十八回始，至此七十九回終，前後綿亙四十餘回之多，蓋亦賦寫西門慶之官商勾結情形也。李三、黃四乃經常承攬官府營生的商人，所以他們經常向官府去「關銀子」，西門慶總是先著人在官府中把他們關來的銀子攬下，押回來抵債。西門慶之所以不怕他們借錢，理在乎此。

　　西門慶一斷氣，家裡正亂著，李嬌兒便伺機在箱篋中取了五錠元寶拿回房去。李嬌兒，妓家女也。

　　（西門慶生於丙寅（元祐元年）卒於重和元年戊戌，年三十三歲是正確的。可是，西門慶在政和三年登場時，屬龍的潘金蓮二十五歲，西門慶自然是二十七歲。但應為二十八歲，潘金蓮二十六歲。關

于此一年歲問題，小說的情節，總是錯綜了一歲。干支尤其離亂，時而戊寅時而丙寅，時而戊辰又時而庚辰。總在故作錯綜。）

第八十回

陳經濟竊玉偷香
李嬌兒盜財歸院

　　《金瓶梅詞話》的回前證詩，極少能與回目中的情節，絲絲相符，但這一五言律詩，則極合題旨，詩云：

> 寺廢僧居少，橋塔（塌）客過稀，
> 家貧奴婢懶，官滿吏民欺。
> 水淺魚難住，林踈鳥不棲。
> 世情看冷暖，人而逐高低。

誠然，「此八句詩單說著這世態炎涼，人心冷暖，可嘆之甚也。」

　　雖說西門慶死了，表面上看起來，親友故舊，都紛紛前來弔孝，應伯爵這般弟兄，少不得也來弔祭一番。

　　他們還有七個人，每人一錢銀子，共湊了七錢，製備了一些祭品，前去靈前吊祭。應伯爵向眾人說：「咱還便宜，又討了他值七分銀一條孝絹，拏到家做裙腰子。他莫不放咱們出來，咱還吃他一陣。到明日出殯山頭，饒飽餐他一頓。每人還得他半張靠山桌面來家，與老婆孩子吃著兩日（省了）買燒餅錢。」就這樣，眾人纏湊出一分錢分資來。

　　那水秀才的祭文，寫西門慶生前是「逢藥而舉，遇陰伏降，錦襠隊中居住，團天褲裡收藏。」若認為《金瓶梅》是象徵藝術，那麼這幾句，豈不又可當作「象徵」的筆墨矣！

　　麗春院中的李家，桂卿桂姐坐轎子來，名義上是來上紙弔問，實際上，則是前來悄悄交待李嬌兒尋機會離開西門家，把手中東西交給李銘捎了家去防後。說：「你我院中人，守不的這樣貞節。」此後，李銘便日日假以孝堂幫忙，暗暗教李嬌兒偷轉東西，與他掖送到家。回去之後再來，常兩三夜不回來住，只瞞住月娘一個。另外，應伯爵已為他尋妥大街張二官府，要破五百兩金銀娶李嬌兒作二房。因而桂卿桂姐慫恿她伺機登開回院改嫁。「妳我院中人，棄舊迎新為本，趨炎附勢為強。不可錯過了時光。」於是，李嬌兒在西門慶出了殯之後，便尋個惱怒的機會，哭哭鬧鬧一番，離開了西門家。把自己數年來的粧奩衣物，全帶了去，還另外要遮羞錢呢！西門家的女人，李嬌兒第一個離去。

　　上一回說，西門慶的葬禮，「擇在二月十六日破土，三十日出殯。也在四七之外。」可是，這一回則二月初九就念了三七經，「月娘出了暗房，四七沒有念經，十二日陳經濟破了土回來，二十日早發引。」卻提前安葬了。

　　為什麼不按擇定的日子破土出殯？這裡沒有交代。西門慶是正月二十一日死亡，到了二月初九，尚不到三七，「三七經」就念了。這裡說「月娘出了暗房，四七就沒曾念經」，好像是已經過了四七，又怎能是「十二日破土回來，二十日早發引」？顯然的，這上下兩回的情節，又抵觸了，前後不銜接了。

　　何以西門慶的破土安葬日子，與原擇定的日子不同？想來，也只有一個最好的理由來解釋它，殆亦笑笑生們的分回改寫之誤也。

　　西門家的男男女女，第一個打發離開的是王經，首七，就打發他家去不用了。

　　以後，便一個跟著一個打發。「千里長棚沒個不散的宴席。」西門慶一死，正如《紅樓夢》中的賈母口頭禪：「樹倒猢猻散。」後面

的二十回，寫的全是一個「散」字，只是大夥各因時勢推移，「散」
的情況不同而已。

西門慶的屍體尚未入土，陳經濟與潘金蓮兩人，便暗渡陳倉，
甚至一在窗裡一在窗外，也不放過機會，遞舌咂嘴起來。

潘金蓮之淫蕩若是也。

巡鹽御史蔡蘊來拜，他行將差滿回京。除了致送奠儀，還拿出
五十兩一封銀子來，說：「這個是我向日曾貸過老先生些厚惠，合積
了些俸資奉償，以全始終之交。」想來，這蔡蘊還不愧是讀書人。

月娘收到蔡御史還來的這五十兩銀子，便慘切的想：

> 有他在時，似這樣官員來到，肯空放去了，又不知吃到多咱
> 晚。今日他伸著腳子去了，空有家私，眼看著就無人陪侍。
> 正是人得交游是風月，天開畫圖即江山。

可是十年河東轉河西，張二官那裡已開始承繼西門慶，他比西門慶小
一歲，第一個離開家的女人李嬌兒，便嫁了這張二官。李桂姐又與王
三官打得火熱，東平府的古器錢糧，也轉移到張二官與李三、黃四合
作做去了。這又那裡是吳月娘可以感慨得完的？妻子死了丈夫，真格
是塌了天也。

第八十一回

韓道國拐財倚勢
湯來保欺主背恩

　　西門慶一死，尚未出七，李嬌兒便離門回院，再嫁他人。跟著又是家人夥計拐財背主。不久，西門慶偌大一個家勢，轉眼成空。正是：

　　　　萬事從天莫強尋，天公報應自分明，貪淫縱慾奸人婦，背主
　　　　侵財被不仁。莫道身亡人弄鬼，由來勢敗僕忘恩。堪嘆西門
　　　　成甚業？贏得奸徒富半生。

　　上一回寫李嬌兒返院，潘金蓮偷女婿得心應手，肆無忌憚。這一回則寫韓道國拐財倚勢，湯來保欺主背恩。西門慶奸徒來的半生家業，轉眼之間便空了。

　　本來，韓道國之縱婦爭鋒，目的也只有一個，多圖西門慶幾文錢到手。所以寧願讓出床來作活王八。當他在船上獲知主子已死，便瞞著同行的來保，假以說詞，先賣了一千兩銀子的貨物，帶同小郎王漢先行家去。這來保回到清河，知道主子已死，韓道國並未到西門家來，著人家中去查，夫婦倆早已偕手逃往東京女兒家去了。於是湯來保也將船上貨物，先起一部分儲藏起來，缺失的責任全推到韓道國頭上。緊跟著這來保、惠祥夫婦，也離開了西門家。他們把船上偷運下來的貨物，賣了八百兩銀子，買了房屋店面，與妻舅劉倉開店去了。

　　於是，韓道國與湯來保夫婦，在這裡便離開了西門家。

　　若按韓道國的意思，他在路上發賣貨物的一千兩銀子，送回一半給月娘。但一與老婆商議，王六兒就罵漢子是「傻才！」她說：「這遭休要傻了。如今他已是死了，這裡無人，咱和她有甚瓜葛！不爭送與她一半，交她招韶道兒，問你下落。倒不如一狠二狠，把她這一千兩，咱顧了頭口，拐了上東京，投奔咱孩兒那裡，愁咱親家太師爺府中，招放不下你我？」遂把清河的房子丟下，交老二看管，留下些銀子給老二盤費，夫妻倆便去了東京。「等西門家人來尋，只說東京咱孩子叫了兩口兒去了。莫不他七個頭八個膽，敢往太師府中尋咱們去！就尋去你我也不怕他。」到了東京，還調唆翟管家來信要家樂女子。

　　笑笑生們之所以為這韓夥計命名曰「韓道國」，喻其為人令人「寒到骨」也；「王六兒」乃「忘六」之意。八德之六乃「義」字，「忘六」乃忘義也。

　　來保夫婦的離開西門家，情節又是一種安排。

　　先寫來保盜藏船上貨物，再寫來保慫恿月娘儘早發賣貨物，「寧可賣了悔，休要悔了賣。」還直在月娘面前作好人。再寫來保在這言語上調戲月娘，再寫來保媳婦惠祥逐日換上頭面衣服，戴上珠子箍兒，插金戴銀，往王六兒娘家王母豬扳親家，行人情，坐轎看他家女兒。回來之後，再換穿慘淡衣裳。月娘知道，說了她幾次，就在廚房中罵大罵小，裝胖學蠢。來保又成天吃酒，到月娘房中戲言戲語，還一味誇耀自己的功勞，要不是他，所有船上的貨物，都會被韓夥計老牛箍嘴，吃得精光了。成天罵三罵四，尋由頭兒嚷鬧上吊，只得要他兩口兒搬了出去。

　　「要擠俺兩口子出門也不打緊，」走時還這樣罵：「等俺們出去，料莫天也不著餓老鴉兒吃草。我洗淨著眼兒，看你這些淫婦奴才，在

西門慶家裡住牢著。」

　　惠祥的這幾句話，雖然惡毒了些，卻也未嘗不是幾句老實話。「看你這些淫婦奴才，在西門家住牢著。」只是忘了自己也是奴才了。

　　翟管家來書要買西門家的四個家樂女子，如不與他，怕因此招禍，而且，太師府也會裁派府縣差人來坐名兒要。來保說：「不怕你不雙手兒奉與他，還是遲了，不如今日，難道四個都與他？胡亂打發兩個與他，還做面皮。」經過考慮，決定送兩個與他。玉簫與迎春願去，就差來保把玉簫迎春兩人送去。翟管家賞了兩錠元寶，來保還刻扣了一錠。

　　總之，西門家的男女，又交代了兩個。玉簫迎春離開了西門家。

　　自從西門慶死了之後，遵照遺言，已把獅子街的絲綿舖關了，對門的緞子舖也盤了。甘夥計與崔本把盤賣貨物的銀兩，交付明白，各辭歸家去了。房子也賣了，只有門首解當生藥舖，由陳經濟與傅夥計照營，還開著。

　　甘夥計與崔本已離開了西門家，又交代了兩個。

　　這裡寫韓道國在船上遇見街坊嚴四郎，告知他西門慶死了。這韓道國聽了此言，遂安心在懷，瞞著來保，不對他說。「不想那時河南山東大旱，赤地千里，田蠶荒蕪不收。棉花布價，一時踊貴，每疋布帛加三利息。……」我在此不妨抄錄一段謝肇淛寫於《小草齋文集》卷二十七的一篇〈書東省旱災事〉一文於此。

　　　　萬曆乙卯（四十三年）齊春不雨，至於秋七月，赤地千里，禾麥盡枯。至秋，復大蝗，民餓死者載道。昌樂賊起破安丘城，千里騷然，無復人烟。守臣以聞，上命發十六萬金及臨清德州倉米十二萬石，遣侍御過庭訓往賑之，稍得甦。諸誠縣舉人陳其猷，繪圖以獻，每圖係之以詩，詞雖俚皆實錄

也。」（載後之圖詠不錄。）

再看《明神宗帝紀》:「四十三年六月戊寅，久旱，敕修省。秋七月己酉，振畿內饑。甲戌停刑。閏八月庚戌，重建三殿。丁巳山東大旱，詔留稅銀賑之。丁卯河套諸部犯延綏，官軍禦之，敗績。副將孫弘謨被執。冬十月辛酉，京師地震。十一月戊寅賑京師饑民。」

這一年的五月，還發生了一個名叫張差的男子，手持棗木棍打入太子宮廷，造成一次震驚全國的「梃擊」事件。

上錄的這些，竊以為悉可作為我們研究《金瓶梅詞話》的參考。此所謂「河南山東大旱，赤地千里，」又怎能不令人懷疑乃當時笑笑生們俯拾的現實資料呢！

第八十二回

潘金蓮月下偷期
陳經濟画樓雙美

　　潘金蓮只上了三年女學，儘管她是百靈百俐，卻也寫不出這《詞話》中的函簡詞章出來。前些回，已經有了，這一回，則又是詞，又是詩。雖然詞語俚白，詩句平常，卻也不俗。如她寫給陳經濟包在香袋兒中的一闋〈寄生草〉：「將奴這銀絲帕，並香囊寄與他。當中結下青絲髮，松柏兒要你常牽掛，淚珠兒滴寫相思話，夜深燈照的奴影兒孤，休負了夜深潛等荼蘼架。」他如題詩：「獨步書齋睡未醒，空勞神女下巫雲。襄王自是無情緒，辜負朝朝暮暮春。」那裡是一個只上三年女學的女子，可以寫得出的呢！

　　說來，若以寫實主義的理則去論，這些出自潘金蓮筆下的詩詞，自非寫實矣。

　　這一回，所有筆墨都放在陳經濟與潘金蓮的偷情上，且處處以詩詞喻之。如潘金蓮在陳經濟懷中唱的六娘子：「入門來將奴摟抱在懷，奴把錦被兒伸開。俏冤家頑的十分怪。將奴腳兒抬，腳兒抬，操亂了烏雲鬢髻兒歪。」陳經濟回唱的詞：「兩意相投情掛牽，休要閃的人孤眠。山盟海誓說千遍，殘情上，放著天；放著天，妳又青春咱少年。」真格是情意兒如膠似漆。

　　更有用生藥名集成的〈水仙子〉一闋：「當歸半夏紫紅石，可意檳榔招做女婿。浪蕩根插入蓽麻內，母丁香左右偎。大麻花一陣昏迷，白水銀撲簌簌下，紅娘子心內喜。快活煞兩片陳片。」形容這兩

人的淫穢春情，以藥名諧意，斯亦古文士之遊戲筆墨也。

春梅與金蓮是俏一夥兒，主婢兩狼狽為奸的擺攬漢子，在娘們夥裡興風作浪，正如那句慣常使用的詞：「慣的通沒些摺兒。」也正如吳月娘所說「九尾狐狸在世。」如今，漢子死了，偷女婿越發偷得難捨難分，隨時隨地，遇見了就摟抱起來。簡直是狗子一般，那裡還有人的羞恥。為了要把春梅結成俏一幫兒，結得更牢些個，居然要求春梅也獻給陳經濟。「妳若肯遮蓋俺們，趁著妳姐夫在這裡，妳也過來，和妳姐夫睡一睡，我方信妳。妳若不肯，只是不可憐見俺們了。」這裡還說「那春梅把臉羞得一紅一白」呢！

「假認做女婿，親厚；往來和丈母，歪偷；人情包藏鬼胡油。明講做女兒禮，暗結下燕鶯儔。他兩個，現今有。」真如同那一雙踩著了狗屎的「紅繡鞋」也。

潘姥姥死了。潘金蓮只回去了一下就回來了。出殯的日子，金蓮說大娘不放她去。理由是「熱孝在身。」可是潘金蓮在家偷女婿，靈堂裡就寬衣解帶。這「熱孝在身」之辭，殆諷喻之甚矣！

在這裡又交代了一個，潘姥姥死了。不過，這裡陳經濟說：「還剩了二兩六七錢銀子，交付妳妹子收了。」潘金蓮居然還有個妹子呢。

孟玉樓的那根簪子，又在此處伏筆出了。

這根金題蓮瓣簪兒，上面鈒著兩留字兒：「金勒馬嘶芳草地，玉樓人醉杏花天。」潘金蓮在陳經濟身上抽出，懷疑陳經濟與孟三兒也有一手。陳經濟說是在花園中拾的，金蓮不相信，竟氣得背著身子睡了一夜。笑笑生們還寫了一闋醉扶歸詞，來描寫陳經濟的這夜情景：「我嘴撅著她油鬏髻，她背靠著胸肚皮。早難送香顋左右偎，只在頂窩兒裡長吁氣。一夜何曾見面皮，只覷著牙梳背。」

如按往常的情形，潘金蓮早把這根簪子折了扔了，或拿去藏起

了。但這次潘金蓮則未拿去這根簪子。所以笑笑生們在此伏筆說：
「後來孟玉樓嫁給李衙內，往嚴州府去，經濟還拿著這根簪子做證
見，認玉樓是姐，要暗中成事。不想玉樓哄趙，反陷經濟牢獄之
災。」想來，此處的此一情節，乃為後來第九十二回之嚴州庆而設
也。

第八十三回

秋菊含恨泄幽情
春梅寄柬諧佳會

　　這一回的回目證詩，前已引用過了，在此乃重出。

　　像這類重出的引詩以及「撞碎玉籠飛彩鳳，頓斷金鎖走蛟龍」等句一則一再重出。可以說在舊小說中已算不得缺點了。

　　在這一回，笑笑生們用詩詞形容潘金蓮與陳經濟兩人的交情，比上一回還多；上一回九篇，這一回十篇。可以說這兩回的詩詞，可真的達成了所謂「詞話」的功能。更可喜的是，其中詞曲八闋，看得出全是笑笑生們的新作，不是抄錄前人的舊作。譬如這裡陳經濟給潘金蓮的〈寄生草〉：

> 動不動將人罵，一徑把臉兒摳。千般做小伏低下，便要和咱罷；罷字兒說的人心怕。忘恩失義俏冤家，妳眉兒淡了教誰畫？

　　再如他二人奸情，已被洩露了之後，月娘招呼晚夕把各處門戶都上了鎖，西門大姐搬到李嬌兒房內居住，陳經濟尋取藥材衣物，由玳安等人眼同出入。是以兩人不能常見面了。於是潘金蓮即有〈鴈兒落〉一詞，描述她那些日子的心境：

> 我與他好似並頭蓮一處生，比目魚纏成塊。初相處熱似粘，乍怎離別難禁耐。好是怪奇哉？這兩日他不進來，大娘又把

門上鎖，花園中狗兒乖。難猜？奴婢們股聽得怪。傷懷？這相思實難解。

又如金蓮求春梅為她送束帖給經濟，以六娘子的詞唱，形容金蓮的央懇：

央及春梅好姐，妳放寬洪海量些。俺團圓只在今宵夜。嗏！妳把腳步兒輕走些，我這裡錦被兒重重等待著。

他如再寫春梅怎樣去撮合金蓮與陳經濟幽會，先把秋菊灌醉，扣關在廚房內，再拿束帖兒出門，寫〈鴈兒落〉一曲，唱出春梅的慧點：

我於馬坊中推取草，到前邊就把他來叫。歸來把狗兒藏，門上將鎖兒套。尊前酒兒篩，床上燈兒罩。帳煖度準備鳳鸞交。休教人知覺，把秋菊灌醉了。春宵，聽著花影動，知他到。今宵，管恁兩個成就了。

試看這些詞曲，雖不夠典麗，但放在俗文學中，亦足以稱得上是發自性靈的自然筆墨。

潘金蓮與陳經濟的戀奸情熱，確如秋菊告密所說，「明睡到夜，夜睡到明。」再加上秋菊的能耐霜寒，不怕金蓮與春梅折磨，居然一次又一次的向上房告密。終于，吳月娘以家主婆的地位，到金蓮房中去搵了一下。好在月娘怕出家醜，沒有要有所行動。話再說回來，如果那天吳月娘當場在金蓮床上搜出了陳經濟，結果可就不易收拾了。就這，吳月娘還怕呢，「恐傳出去，被外人辱恥。西門慶為人一場，沒了好多時，家中婦人都弄的七顛八倒，恰似我養的這孩子，也來路不明一般。香噴噴在家裡，臭烘烘在外頭。」是以吳月娘聽了秋菊的

再次告密，只是以懷疑的態度，到金蓮房中來，目的也只是藉以向潘金蓮警告而已。這也正是吳月娘的聰明處，但也從此她就有了一些決定：

> 把李嬌兒廂房挪出與大姐住，教他兩口兒搬進後邊儀門裡來，遇著傅夥計家去，教經濟輪番在舖子裡上宿。取衣物藥材，同玳安兒出入。各處門戶都上了鎖鑰。丫環婦女，無事不許往外邊去。凡事都嚴禁。

話再說回來，笑笑生們之所以在西門慶死後，加速了潘金蓮與陳經濟之間的熱戀，除了凸出人物性格，更重要的一點，還是一步步去交代潘金蓮離開西門家，以及其後果。

關於潘金蓮窩藏陳經濟，秋菊密報，吳月娘只是去撧了一下，只在向金蓮示警，並不想當面扯出事來。如按一般第三人稱的寫法，作者可以使用全能的觀點，替吳月娘加以心理說明，可是笑笑生們不採這種手法，但卻使用白描之筆，勾繪出了吳月娘的這種心理。這天，秋菊又發現了情況，一大早又走到後邊報與月娘知道，被月娘喝了一聲，罵道：

> 賊！葬弄主子的奴才。前日平空走來，輕事重報，說主子窩藏陳姐夫在屋裡，明睡到夜，夜睡到明。叫了我去，她主子正在床上，放炕卓兒，穿珠花兒，那得陳姐夫來。落後，陳姐夫打前邊來。怎一個弄主子的奴才，一個大人放在屋裡，端的是糖人兒？木頭兒？不拘那裡，安放了一個漢子，那裡發落？莫不放在眼前不成？傳出去，知道的，是你這奴才們葬送主子，不知道的，只說西門慶平昔要的人，強占多了，人死了多少時兒，老婆們一個個都弄的七顛八倒，恰似我的

這孩子，也有些根兒不正一般。于是要打秋菊，諕的秋菊向
前疾走如飛，再不敢來後邊說去了。

又說：「婦人（金蓮）聽見月娘喝出秋菊，不信甚事，心中越發
放下胆子來了。」

張竹坡之所以責月娘太惡，斯亦其一。像吳月娘的這一手段，
殆亦瘖生之慫養叔段也。

文詞上的錯誤，每回都有。錯字錯句，不時令人眼錯，如不仔
細，往往會弄不清這番話出於誰人之口。這裡也有這種錯誤的情形。
試看這段原文：

> 這春梅歸房，一五一十對婦人說，娘不打與你這幾下，教他
> 騙口張舌，葬送主子，就是一般。教作（你）煎煎粥兒，就把
> 鍋來打破了。你屁股大吊了心也怎的，我這幾日，沒曾打你
> 這奴才，骨朵痒了？于是拏棍子，向他脊背上……（第三頁正
> 面）

顯然的，這一段是兩個人的話，前段是春梅的話，後段是金蓮罵秋菊
的話。至於春梅的話，說到那裡？也不易分野。何以？仍應歸咎於文
句上的錯誤。

這段話，崇禎本把春梅的話寫到「葬送主子」，下面則改為「金
蓮聽了大怒，就叫秋菊到面前跪著罵道：叫你煎煎粥兒……」刪去
「就是一般」四字。這樣一改，文句就通了。還有第五頁反面五行的
一句：「幾聲喝的婦人往廚下去了。」這句中的「婦人」二字，應是
「秋菊」之誤。

像這類的錯誤，不是傳抄造成的，就是梓工的手民造成的。說
來，說不完。

第八十四回

吳月娘大鬧碧霞宮
宋公明義釋清風寨

　　《金瓶梅》寫的是西門慶身家興衰的故事，到了第七十九回西門慶死亡，以後的情節，自然是逐步交代西門家男男女女的後果。像潘金蓮這個女人，要把她從西門家交代出去，自不是三言兩語可以交代得了的。是以笑笑生們安排她與陳經濟的戀奸情熱，一步步表面化，使吳月娘也獲知了此事。雖然吳月娘為了西門氏的顏面，不願家醜外揚，儘管知道了，也沒有當場予以拆穿。還把檢舉人秋菊罵了一頓，而且威駭她不要再到後邊嚼舌。不僅此也，緊跟著吳月娘又要到泰山去燒香還願了。想來，這豈不是故意給潘金蓮陳經濟留下機會，讓她們把奸情鬧得白熱化，方好下手處理嗎。說吳月娘的此一舉動，是從左傳的莊公寤生學來的，未為過也。

　　在這一回，寫月娘偕同吳大舅上泰山進香，兩次遭到歹人，先到寺觀遇上殷天錫，又在清風山遇上矮腳虎王英。這兩段情節的插入，除了強調吳月娘的貞守，再介入岱岳東峯雪澗洞雪洞禪師的化緣，以作孝哥皈佛的伏筆。這一回的情節安排，也只是為吳月娘舖張這一次泰山進香而已。至於這兩個情節的故事，都是抄錄自《水滸》，但只要合乎這小說本身的結構，也就不必管它了。

　　不過，這一回的情節穿插，以及文辭，都與上兩回的風格有異，不像一人手筆。也足以引來證明這都是眾人分回改寫造成的現象。在眾人中，總有人短於小說之技；我認為。

第八十五回

月娘識破金蓮奸情
薛嫂月下賣春梅

　　果然，吳月娘上泰山燒香還願的這些日子，潘金蓮與陳經濟二人，便肆無忌憚起來，「前院後庭如雞兒趕蛋相似，纏做一處，無日不會合。」這情形，還用得著秋菊告密嗎。

　　不過，這裡卻寫了金蓮懷孕的事。寫金蓮懷孕，自然可以，竟說金蓮已有了六個月的半肚身孕。在小說情節上說，就是一大缺失。婦女懷孕，四十天便有了徵候，三個月就有肚腹，五個月胎兒就會在腹中跳動。怎麼會一直到了六個月有了「半肚」子，方始道出。

　　再說，也用不著寫金蓮懷孕的這一情節，光憑她與女婿「兩個家，前院後庭如雞兒趕彈（蛋）相似，纏做一處，無日不會合」的這一情形，也足夠一一驅之出門了。這裡還寫陳經濟去尋胡太醫討墮胎藥。打下來的孩子，落在「淨桶」裡，「令秋菊攪草紙倒將東淨毛廁裡，次日，掏坑的漢子挑了出去。」像此處的描寫，也有兩處不合情理，第一處，那有胎兒已經六個月了，還能服藥墮下，大人居然像「身上來」一樣的無事？第二處，這種見不得人，說不出去的事，又怎的會「令秋菊攪草紙」把淨桶裡的胎兒，倒將出去？就不怕秋菊暗把那胎兒埋藏作證告密嗎？秋菊已告密多次了。像這種不合情理的情節，纔真的一如沈德符所說：「陋儒補以入刻」者也。

　　雖說，這事仍舊寫的是秋菊告密，但既是「傾在毛廁裡，乞掏坑的掏出去，何人不看見！」又何用秋菊告密？只讓秋菊背後閒言，再

挨打受折磨。後來，她再看到那二人又在「翫花樓上」幽會，遂忙去
叫了月娘來看，終於讓月娘看到了真相。遂當面數說了金蓮一頓。羞
的金蓮臉上紅一塊白一塊，口裡說一千個沒有。只說：「我在樓上燒
香，陳姐夫自去那邊尋衣裳，誰和他說甚話來？」但吳月娘卻已看到
眼裡了。從此，不准陳經濟進後邊取東西，只是玳安平安兩個往樓上
取去。連晌午的飯食，也不按時拿出去。逼得這陳經濟到他母舅張國
練家去吃。當然，他與潘金蓮之間，也就隔絕了。

　　說來，這情節的傅設，旨在一步步打發他們這一夥兒離西門
家，所以情節便一步步勒逼。吳月娘為了要拆散她這俏一幫兒，遂決
定先打發春梅離門。

　　春梅原是十六兩銀子在薛嫂手上買的，仍喊薛嫂來領去。月娘
說：「拿十六兩銀子來就是了。」就這樣，薛嫂連夜來把春梅領出門
去。

　　吳月娘對付春梅，未免太刻薄了些。吩咐小玉說：「妳看著到前
邊收拾了，教她罄身兒出去，休要她帶出衣裳去了。」還是小玉憐
見，她告訴潘金蓮說：「妳信我奶奶？她顛三倒四的。大小姐服侍妳
老人家一場，瞞上不瞞下，妳老人家拿出她箱子來，揀上色的包與她
兩套。教薛嫂兒替她拿了去，做個一念兒。也是她番身一場。」潘金
蓮這纔敢拿出春梅的箱子來，是戴的汗巾兒，翠簪兒，都教她拿去。
金蓮揀了兩套上色羅鍛衣服鞋腳，包了一大包，潘金蓮的體己也與了
她幾件，釵梳、簪墜、戒子；小玉頭上拔下兩根簪子來，遞與春梅。
餘者，珠子纓絡、銀絲鬏髻，遍地金粧花裙襖，一件兒沒動，都抬到
後邊去了。

　　這一點，吳月娘的為人，可就大有所貶了。打發她出去就是
了，何必這樣刻薄！張竹坡罵她是一大惡人，這裡自也是一個話碴。

　　春梅臨走的時候，還遵從了主子的最後吩咐，到上房拜辭了月

娘眾人。她跟著薛嫂頭也不回，揚常決裂，出大門去了。

　　當時，春梅聽見薛嫂說要「打發她」，一點眼淚也沒有，看見婦人哭，說道：「娘，妳哭怎的！奴去了，妳耐心兒過，休要思慮壞了。妳思慮出病來，沒人知妳疼熱的。等奴出去，不與衣裳也罷。自古好男不吃分時飯，好女不穿嫁時衣。」這堅強的性格，潘金蓮不如也。

　　說來，吳月娘這樣做，正如薛嫂說的：「大娘差了。爹收用的恁個出色姐兒，打發她，箱籠兒也不與，又不許帶一件衣服兒，只教她罄身兒出去，鄰舍也不好看的。」可以說笑笑生們的這一筆，意在諷月娘為人之薄也。

　　本來，薛嫂兒到西門家，原是受陳經濟之託，為之傳情遞簡，結果，反而接下了領春梅離門的任務。真格是「祆廟火炎燒皮肉，藍橋水湧過咽喉。」未來的情況，日非矣！

第八十六回

孫雪娥唆打陳經濟
王婆子售利嫁金蓮

上一回，打發了春梅，這一回，連陳經濟與潘金蓮都一併打發了。

陳經濟裝作收帳，騎頭口到薛嫂家，與春梅廝見。春梅怪陳經濟，說：「姐夫，你好人兒，就是個弄人的劊子手。把俺娘兒兩個，弄得上不上，下不下，出醜，惹人嫌到這步田地。」陳經濟則告訴春梅他要到東京父親那裡去，計較了回來。把他女兒休了，只要我家寄放的箱子。而且也知道，「我在他家也不久了。」

人總是原諒自己，他們在西門家落到這步田地，可以說三個人都有責任。認真論起來，春梅的責任要小些，她究竟為了主子啊！

陳經濟想在薛嫂家與春梅多幽會幾次也不可能，月娘著人叫來薛嫂儘力數落了一頓，

> 妳領了奴才去，今日推明日，明日推後日，只顧不打緊替我打發，好窩藏著養漢，掙錢兒與妳家使。若是妳不打發，把丫頭領了來，我另教馮媽媽子賣，妳再休上我家門來。

薛嫂只推買主出不上價錢。但卻以五十兩的高價賣與了周守備，只說賣了三十兩，還向月娘討了五錢銀子的喜錢。賺了三十七兩五錢。

西門家門戶更緊了。晚夕，吳月娘還要親自出來打燈籠前後照看了，方纔關後邊儀門，上了鎖方纔睡去。陳經濟不惟再也弄不得手

腳，連飲食都尅扣下來，孟玉樓生日賞與櫃上人的酒菜，吳月娘都關照不與陳經濟食用。目的只是要陳經濟自己離開而已。

　　西門慶在時，在花園蓋捲子棚等工程，陳經濟管工的那段日子，還許他是西門家的家業繼承人呢。所以陳經濟說：「有爹在，怎麼行來！今日爹沒了，就改變了心腸。把我來不理，都亂來擠撮我。我大丈母聽信奴才言語，反防範我起來。凡事託奴才不託我。由他！我好耐驚耐怕兒。」而且說：「就算我合了人，人沒合了我。好不好，我把這一屋子裡老婆，都刮剌上了，到官也只是與後丈母通姦，論個不應罪名。如今，我把你家女兒休了，然後一紙狀子，告到官。再不，東京萬壽門進一本，你家現收著我家許多金銀箱籠，都是楊戩應沒官贓物。好不好把你這間作業房子都抄沒了。老婆便當官辦賣。我不圖打魚，只圖混水耍子。會事的，把俺女婿收籠著，照舊看待。還是大家便益。」可是，陳經濟的這番話，也只是醉言醉語，他寄存的那些財物，西門慶又怎的不知道與楊戩的案子有牽連，早就處理了。還能等到陳經濟今天來說。是以吳月娘那裡會驚懼他這大話呢！

　　雖然傅夥計害起怕來，收拾收拾，逃回家去了。月娘卻又把傅夥計尋了回來，說：「你自安心做你買賣，休理他便了。」把傅夥計安撫住了。可以想知吳月娘是多麼胸有成竹，那裡怕的陳經濟告官！倒是陳經濟嘲弄著孝哥說這孩子是他養的，倒把月娘氣倒了。

　　還是孫雪娥提出了主張：「娘也不消生氣，氣得妳有些好歹，越發不好了。這小廝因賣了春梅，不得與潘家那淫婦弄手腳，纔發生話來。如今一不做二不休，大姐已是嫁出女，如同賣出田一般，咱顧不得他這許多。常言養蝦蟆得水蠱兒病，只顧叫那小廝在家裡做什麼。明日哄賺進後邊，老實打與他一頓，即時趕離門，教他家去。然後叫將王媽子來，把那淫婦教他領了去，變賣嫁人，如同臭尿，掠將出去，一天事都沒了。平空留著她在屋裡作什麼，到明日沒的把咱們也

扯下水去了。」就這樣，吳月娘接受了孫雪娥的意見，把陳經濟叫來後邊，關上了儀門，要他跪下他不跪，月娘大數其罪狀，孫雪娥率領了眾婦人拿著棒槌短棍，一擁而上，把陳經濟按在地上，打了一頓。真到這小夥子脫了褲子，不要了羞恥，方始脫身逃走。

陳經濟就是如此被趕出了西門家。緊跟著，把王婆子喊來，潘金蓮也要領出家門，尋主兒嫁人。

笑笑生們為了寫潘金蓮的淫佚成性，還特別交代了王婆子的兒子王潮，已從淮上客人那裡，拐了一百兩銀子回來，買了兩個驢兒，安了盤磨，及一張羅櫃，開起磨房來了。是以潘金蓮被領到王婆家，又馬上與王潮丁八上了。

王婆子要價一百兩，少一毫也成不了的。逼得陳經濟趕回東京家中取銀，要娶小丈母。

笑笑生們便這樣為武松留下了殺嫂的機會。

第八十七回

王婆子貪財受報
武都頭殺嫂祭兄

　　笑笑生們為了「武都頭殺嫂祭兄」的情節，在一百兩的價錢上，把金蓮一直耽擱到武松大赦歸來。

　　陳經濟回家取銀子，要娶小丈母。應伯爵建議張二官娶去，張二官也曾派人去講價錢。自從西門家的春鴻投到張二官家，把潘金蓮在西門家養婿的事說了，張二官鑑以家中還有個十五歲的兒子，正在上學攻書，怕娶得來壞了家，就不要了。

　　春梅聽說她主子也被打發出來，就要求周守備去娶回家來。但也是因為不願出價一百兩，再加上出面辦這件事的周忠氣惱這王婆子過分張致，出到一百兩還要加上媒人錢五兩，故意丟他兩日。遂被武松回來娶了去了。

　　像此一情節的穿插，都是為了「武松頭殺嫂祭兄」的安排。若從小說的結構藝術上說，這種情節，一看就能令人體會出它是故意，不是現實的自然。雖在事理上都說得通，終嫌過分的去遷就理想，太勉強了。

　　武松之所以有錢頓時娶去金蓮，笑笑生們為他安排了施恩給他一百兩銀子，教武松到平安寨與知寨劉高，教看顧他。不想走在路上，因為皇上立儲而郊天大赦，武松遇赦回家，回到清河，仍舊做了都頭。所以他有這一百兩銀子。武松為了要替哥哥報仇，可是西門慶已死，只有在金蓮與王婆二人身上打發這分狠心。所以，當王婆說是

西門家的大娘子要銀一百兩，他知道不能短少，也就毫不吝嗇的照付
了。若此情節，都是理想家之筆，缺乏寫實主義的自然情致。好在殺
嫂的情節，則寫得驚心動魄，應是這一回的精彩之處。

　　不過，笑笑生們除了寫武松殺人時之狠，還寫他的盜劫行為，
以及他的喪失人性，只記得為兄報仇，竟忘了為兄撫孤。這一點，也
說明了笑笑生們的對《水滸》人物的論斷。

　　為兄報仇，殺了金蓮，殺了王婆，乃是他們罪有應得，理有應
該。殺死了他們，割下了他們的頭，又將金蓮的心肝五臟挖了出來，
用刀插在樓後房簷下，也算得是英雄好漢的行為。但是，他殺了這兩
人之後，又跳過牆來，到王婆房內，打開王婆箱籠，就把他衣服撒了
一地，尋到了那一百零五兩銀子，因已交給吳月娘二十兩，只餘下八
十五兩，他也取了。連王婆家的釵環手飾，也全部收拾收拾，都包裹
了。再提了朴刀越後牆逃走。這就變成了殺人劫財的強盜了。

　　這一回，交代了秋菊，也要叫媒人來領去發賣。只賣了五兩銀
子。又由春鴻口中道出：「家中大娘好不嚴緊，各處買賣都收了，房
子也賣了。琴童兒、畫童兒多走了。」就這樣三言兩語，又交代了一
些人出去。

　　西門慶的兄弟之一雲裡守，襲了他哥哥雲參將指揮補在清河左
衛做同知，卻還與這西門慶死後的寡婦吳月娘結起了兒女親家。笑笑
生們說：

　　（雲同知）見西門慶死了，吳月娘守寡，手裡有東西，就安心
　　有圖謀之意。」於是他們要了八盤美果禮物，來看月娘。見月
　　娘生了孝哥，范氏房內亦有一女，方兩月。要與月娘結親。
　　那日吃酒，遂兩家割衫襟，做了兒女親家。留下一雙金環為
　　定禮。

　　實則，吳月娘手裡的東西，別人焉能垂涎得去。

　　春鴻投靠到張二官家，張二官府來帖兒還附了一兩銀子，來討春鴻的箱子衣服。月娘見他現做了提刑官，不好不與他。只得把春鴻的箱子取出來，交來人拿去，銀子也不敢收。

　　這裡便寫出西門慶的遺缺，已由張二官抵補了。

　　張二官在《金瓶梅》中雖從始到終，不曾出場，但卻是《金瓶梅》社會中的一位重要人物。早就在妓女口中論說著了。雖然，他的貌相不如西門慶美標，「麻著七八個臉蛋子」，但卻「好不有錢」，「騎著大白馬」，不少小廝跟隨。早就有了官譜兒了。李三、黃四應伯爵，也素有往還也。

　　可見，西門慶的承繼人，都是這類人物。只有這類人物，方能獲得掌權者之青睞，沒有這類人物，銀子由誰輸送啊！因而西門慶一死，這張二官花二千兩銀子便關節到手。

　　武大死了，金蓮嫁了，迎（蠅）兒寄託給鄰居桃二郎。叔叔回來了，卻不肯想到如何安排這親姪女。反而把她反扣在房內，迎兒乞求說：「叔叔我怕！」這武松則說：「我管不得妳也！」殺了人，為兄報了仇，竟自逃了。若武大地下有知，作何想也！

第八十八回

潘金蓮托夢守備府
吳月娘布施募緣僧

這幾回的回目證詩，大都以因果勉人。如上回詩云：

> 平生作善天加福，若是剛強定禍殃。舌為柔和終不損，齒因堅硬必遭傷。杏桃秋到多零落，松柏冬深愈翠蒼。善惡到頭終有報，高飛遠走也難藏。

這一回則說：

> 上臨之以天鑒，下察之以地祇。明有王法相制，暗有鬼神相隨。忠直可存於心，喜怒戒之在氣。為不節而忘家，因不廉而失位。勸君自警平生，可笑可驚可畏。

像這些證詩，也只是作者寄以感觸而已，若以其他明清小說的詩證來比況說，這些詩之與小說內容，可就不甚貼切了。

武松已逃上梁山，這一樁殺人案，只有懸賞捉拿兇嫌。兩具屍體驗後，就埋在紫石街上，等到兇嫌拿獲，結了案，方能由家屬領回埋葬。

捕獲兇犯的賞銀是五十兩，已寫在告示上，張貼了出來。紫石街上還有兩個公人看守。

等到周守備府耐不過春梅的要求，再著張勝李安打著一百兩銀子，到王婆家去買潘金蓮，兇案業已發生了。同樣的，陳經濟由東京

巧言騙得母親同意，由他先押兩車細軟回清河，父親靈柩過年正月再起身回家。他急急趕回，期望早日買得「六姐」，也未趕上。

這些，都是小說家的情節交代。我在前面說了，為了一百兩銀子的價錢，遲遲未能談妥，竟然耽擱了潘金蓮的未能早日離開王婆家，這情節也只為「武都頭殺嫂祭兄」而設也。但總令人感於這情節的安排，以及此處的交代，都頗為勉強，處處露出斧鑿之痕，缺乏自然流洩之致。譬如第八十六回，陳經濟被逐，寫潘金蓮著王婆領了出西門家，已是十二月初頭。陳經濟上京去打點銀子，再趕快回來娶潘金蓮，當然也是十二月初頭的事。可是這裡則寫陳經濟到了東京，父親陳洪已死，他押定兩車細軟回家，由東京起身的日子，居然寫著「臘月初一日」（第二頁反面第一行）。情節演進的過程，在日腳上有了差誤矣！

說來，《金瓶梅》情節演進上的年月日，參差錯綜之情頗多，此其一耳。

武大的女兒迎（蠅）兒，在武二行兇時，把她反扣在房中，行兇後自然也管不了她。直到王潮回來，方把門打開。問她，她只是哭泣。後來，陳經濟到紫石街來，遇見一個熟人，鐵指甲楊二郎，交代了迎（蠅）兒，這楊二郎說：……她家還有個女孩兒，在我姑夫姚二郎家，養活了三四年，昨日她叔叔殺了人，走的不知下落。我姑夫將此女縣中領出，嫁與人為妻小去了。

這裡又交代了迎兒。

因為正犯已經逃到梁山去了。尸身著地方看守，也日久不便。應令各人家屬領埋。王婆子的尸首，他兒子招領的去了。還有那婦人，無人來領，還埋在街心。春梅著人以她妹子的名義，領來金蓮的尸首，使了六兩銀子，合了一具棺木，把婦人尸首掘出，把心肝填在肚內，頭用線縫上，用布裝殮停當，裝入棺材內。埋在城南永福寺，

一株空心白楊樹下。

在第八十一回，寫潘姥姥死的時候，潘金蓮還有一個妹妹。按說，潘金蓮的尸身，應由她妹妹出面領去。可是，她「妹妹」呢？

春梅嫁到周守備家，周守備還有個瞎子大奶奶，還有二奶奶，春梅算得第三房。由於周守備非常寵愛她，「百依百順，聽她說話，」連正經大奶奶且打靠她。

根據薛嫂兒的說詞，春梅到了周家，極受寵信。說：「守備好不喜歡她，每日只在她房裡歇腳，說一句依十句。一娶了她，看她生的好模樣兒，乖覺伶俐，就與她西廂房三間房居住，撥了個使女伏侍她。老爺一連在她房裡歇了三夜。替她裁了四季衣服。」又說：「他大奶奶五十歲，雙目不明，吃長齋不管事。東廂孫二娘子生了小姐，雖故當家，但摟著個孩子。如今大小庫房鑰匙，倒都是她拿著。守備好不聽她說話哩。」又說，「她如今已有了四五個月身孕了。」雖然孫雪娥不相信，認為老淫婦說話沒個行款兒，「她賣到守備家多少時，就有了守備孩子了？」

像這些，也都暗示了春梅的孩子不是周家的。後來，真的為周家生了個哥兒。

在春梅著人去領出潘金蓮的尸身之前，笑笑生們還寫了一場潘金蓮托夢的情節。在今天看來，這情節可真是小說的多餘了。

說來，這也正是當時社會的心理寫實。

陳經濟的父親靈柩，運來清河，也停在永福寺。這陳經濟到達永福寺，先去弔祭潘金蓮，然後再去弔祭父靈。這真格是於其所厚者薄，於其所薄者厚耳！

陳經濟，不孝子也。

在此處寫了一個雲遊化緣的和尚，說是由五台山上來的，要化緣蓋十主功德、三佛寶殿。但笑笑生們卻形容這行腳僧說：

打坐參禪，講經說法，舖眉苦眼，習成佛主家風。賴教求
食，立起法門規矩，白日裡，賣杖搖鈴，黑夜間，舞柞弄
棒。有時門首磕光頭，餓了街頭打響嘴。空色色空，誰見眾
生難下土。去來來去，何曾接引到西方？

小玉說這和尚看她只是賊眉豎眼。可以說笑笑生們處處悉以嘲
笑之筆寫佛家。

新掌刑張二官的兒子，娶了北邊徐公公的姪兒。

西門慶的老譜兒，張二官漸漸擺設。

第八十九回

清明節寡婦上新墳
吳月娘誤入永福寺

關於回目證詩，業已提過多次。這一回的八句，也與內容不相關連。詩云：

> 風拂烟籠錦旆揚，太平時節日初長。多添壯士英雄胆，善解佳人愁悶腸。三尺燒垂楊柳岸，一笑斜插杏花旁。男兒未遂平生志，且樂高歌入醉鄉。

委實尋不出引錄這首詩，放在這一回的前面，有何意義？這一回寫的是吳月娘等人清明上墳，誤入永福寺見到春梅。

吳月娘備辦了一張祭桌三牲羹飯冥紙等物，又封了一疋尺頭，交大姐收拾，縞服素衣，坐轎返家。一面又著薛嫂押定祭禮先行，作祭奠之禮，一面把嫁出去的女兒，送回夫家。但被陳經濟拒絕了，堅持要轎伕把大姐抬回去，甚而動粗，舉起腳來踢轎伕，出惡言罵薛嫂。

薛嫂沒有辦法，只得回到月娘處覆命。

吳月娘認為大姐是陳家人，「活是他家人，死是他家鬼」，遂著西門大姐明日再去。「休要怕他，料他挾不到妳井裡。他好大膽子，恒是殺不了人。難道沒有王法管他也怎的？」第二天，仍坐轎子交代玳安跟著，把大姐送到陳家。湊著陳經濟不在家，他娘知禮，便把大姐留下了。不想陳經濟回來，又是打又是鬧，他娘出來勸解，連他娘

都推了跌了一交。他媽也莫可奈何，到晚上，只得一頂小轎，又把西門大姐送返西門家。「這西門大姐在家躲在，不敢去了。」

這情節，自是笑笑生們為了交代西門大姐預作的安排。

吳月娘清明節上墳，笑笑生們又為她寫了山坡羊帶步步嬌，來形容吳月娘的傷感心情，兼具為孟玉樓也同樣寫了前腔。如寫吳月娘之哭：

> 燒罷紙，小腳兒連跺。奴與你做夫妻一場，並沒個言差語錯。實指望同偕到老，誰知你半路將奴拋却。當初人情看望，全然是我。今丟下銅斗兒家緣，孩兒又小。撇得俺子母孤孀，怎生遺過，恰便似中途遇雨，半路裡交風來呵。拆散了鴛鴦，生拗斷異果。叫了聲好性兒的哥哥，想起你那動影行藏，可不嗟嘆我。

又步步嬌：「燒得紙灰兒團團轉，不見我兒夫面。哭了聲年少夫，撇下嬌兒閃的奴孤單。咱兩無緣，怎得和你重相見。」寫孟玉樓之哭，則說：「大姐有兒童，她房裡還好，閃得奴樹倒無蔭，跟著誰過？獨守孤幃，怎生奈何？恰便是前不著店，後不著村里來（落）。」

婦女們在喪葬中或在上墳時，除了不哭，一旦哭起來，總是一邊哭著，一邊說著，這裡的兩闋山坡羊與步步嬌，就是描述這些。斯亦《金瓶梅詞話》之詞話也。

周守備家的眾婦女，清明節也上墳祭祖去了。他家的祖墳，也在城南。永福寺，就是周家的香火院。這一天，周家的大奶奶、孫二奶奶，以及春梅，都坐四人轎，排軍喝路，上墳並踏青。

本來，吳月娘上墳的地點，是城南五里原，在回程的時候，遠遠望見綠槐影裡，有一座庵院，造得十分齊整。這座庵院，就是永福寺。於是，吳月娘等人，順道去看看，隨喜一番。遂遇上了春梅。同

時，又獲知了潘金蓮就葬在這永福寺的後院。笑笑生們的這一安排，除了為後面第九十六回的「春梅遊玩舊家他館」一回，預作伏筆，更借春梅之不念舊惡，來映照月娘情性之薄。殆亦嘲諷之筆。

這裡寫春梅見了西門家人，既無驕態，也無傲情，一如在西門家時。當吳月娘、孟玉樓、吳大妗子等人推阻不過，非得出來一見不可。那春梅一見便道：「原來是二位娘與大妗子。」於是先讓大妗子轉上，花枝招展，磕下頭去。慌的吳大妗子還禮不送。說道：「姐姐今非昔比，折殺老身。」春梅則說：「好大妗子，如何說這話，奴不是那樣人。尊卑上下，自然之理。」拜了大妗子，然後向月娘玉樓插燭也似磕頭去。月娘玉樓亦予還禮，春梅那裡肯。扶起磕了四個頭，說：「不知是娘兒們在這裡，早知也早請出來相見。」月娘道：「姐姐，妳自從出了家門，在府中一向，奴多缺禮，沒曾看妳。妳休怪！」春梅道：「好奶奶，奴那裡出身，豈敢說怪！……」

當月娘聽到春梅說潘金蓮就葬在寺後，他來為他娘燒化紙錢，竟連話也說不出來了。

試看這裡的描寫，與第八十五回的「月夜賣春梅」，豈非尖銳的對比。真的羞煞吳月娘也。

在西門家，孟玉樓與潘金蓮最為要好，聽說就葬在後院，要到墳上去祭弔一番，也不枉姊妹一場，見月娘不動身，只有自己拿出五分銀子，教小沙彌買褚錢，她到墳上燒化祭奠了一番。

想來，吳月娘也應該去祭奠一番。俗云：「人死不記仇。」可是吳月娘卻沒有這分度量。

周守備憐惜春梅心情不暢，百般為之解脫，叫了褦耍百戲，在新莊院搬演，來娛樂這位新寵。差了兩個青衣伴當來催請了。可是春梅卻還戀戀不捨的強留著西門家的娘兒們，再多坐坐。春梅還令左右換大鐘來勸，說：「咱娘兒們會少離多，彼此都見長著，休要斷了這

門親路，奴也沒親沒故。到明日娘好的日子，奴往家裡走走去。」月
娘道：「我的姐姐，飲過一杯，說一聲兒就夠了，怎敢起動妳。容一
日奴去看姐姐去。」

　　大家收拾起身時，春梅又撥了一匹小馬給大妗子騎。真個是「樹
葉還有相逢處，豈可人無得運時。」

第九十回

來旺兒盜拐孫雪娥
雪娥官賣守備府

　　花開花落開又落，錦衣布衣更換著。豪家未必常富貴，貧人
　　未必常寂寞。扶人未必上青天，推人未必填溝壑。勸君凡事
　　莫怨天，天意與人無厚薄。

　　看來，這詩也與這一回的內容，無所關聯，只是勸人莫看眼前，凡事應實踐力行而已。

　　春天，各種雜耍娛樂，都在民間活動，所以這裡寫的山東夜叉李貴，率領了一班人在走馬賣解，圍了許多男女參觀，也正是當時的一種社會寫實。笑笑生們之所以在吳月娘上墳歸來，寫了這一走馬賣解，圍得人山人海的情節，主要的目的，還是為了孟玉樓。

　　這裡寫「本縣知縣相公的兒子李衙內，名喚李拱壁，年約三十餘歲，現為國子上舍，一生風流博浪，懶習詩書，專好鷹犬走馬，打毬蹴菊，常在三瓦兩巷中走，人稱他為李棍子。」帶領了二三十好漢，也在杏花莊土酒樓下觀看李貴的走馬賣解。吳月娘等人上墳回來，打此路過，也站在高阜上觀看。孟玉樓便被李衙內看上了，遂有了下一回李衙內著陶媽媽說合孟玉樓下嫁的情節。

　　笑笑生們為了打發孫雪娥離開西門家，又把那遞解原籍徐州的來旺，再寫到清河縣來。如今，來旺已學得銀匠手藝，搖起驚閨鼓兒，串賣胭脂花翠，還兼代磨鏡子；居然搖到西門家來了。因而與孫

雪娥相見之下，便舊情復燃。經過來昭（這裡以後，一直改為劉昭，）夫婦的從中周全，這兩人便暗中謀計起來。

來旺與孫雪娥依賴著來昭夫妻的周全，孫雪娥便不時把家中細軟──金銀首飾，緞子衣服，從牆頭上遞送給來旺。他們約好在東門外細米巷收生的屈老娘家避眼。就這樣，黃昏時分，來旺踅入來昭屋裡，晚夕便跳過牆去，與孫雪娥幽會，早晨，再跳過牆來，從來昭家出去。盜出的東西，來昭也抽分肥己。直到來旺雪娥二人決定逃走，來昭則指使二人由房上跳過牆去，不經大門，便與管大門的來昭，沒有干係。怎樣到，屈老娘家的屈鐺，是個無賴，又把孫雪娥盜出的財物，偷去賭博，犯案捉官，因而案子發了。於是，來旺問了個奴婢因奸盜取財物，屈鐺竊盜，俱係雜犯死罪，准徒五年，贓物入官。孫雪娥與屈姥姥俱當官一拶，屈姥姥放了，孫雪娥則著西門家遞狀領回。吳月娘拒領，怕的領來平白玷辱家門。官府只得改判當官發賣。這麼一來，孫雪娥被打發離開西門家了。

顯然的，這兩回的來旺重返清河，乃笑笑生的特為打發孫雪娥而設也。不過，孫雪娥雖然被打發離開西門家，她的故事，尚未結束。又被春梅買去守備府，要打她嘴，折磨她，以報平昔之仇。只化了八兩銀子就買回家來，進門之後，就撮去了她的鬆髻，剃了她的上蓋衣裳，打入廚下，燒火做飯。後來，還有更多折磨寫在孫雪娥頭上。笑笑生們何以如此冷酷的對待孫雪娥，我就不能理解矣！

來昭夫婦在西門家的工作，是看守大門。可是他指使孫雪娥與來旺是屋上溜出牆外去的。是以當吳月娘問來昭：「你看守大門，人出去你怎不曉的？」來昭便答道：「大門每日上鎖，莫不他飛出去？」落後看見房上屋瓦躧破許多，方知越房而去。又不敢使人躧訪，只得按納含忍。

雖說這一情節是為了打發孫雪娥離開西門家的安排，像這些小

情節，卻還處處設想周到，來昭夫婦的卸責指使（越房而去），以及屈鐙的偷盜案發，吳月娘拒領孫雪娥，都是入情合理的傅設，只是比起第八十回以前的寫法，稍嫌粗糙而已。

第九十一回

孟玉樓愛嫁李衙內
衙內怒打玉簪兒

　　孫雪娥離開西門家之後，西門慶的六房妻妾，只餘下了兩人，如今，本縣太爺的李衙內，又著媒人婆來說娶孟玉樓了。這事使月娘頗感吃驚，她認為孟玉樓在家從來沒有一點表示，怎的會有人來提媒？於是吳月娘去問孟玉樓，雖然孟玉樓口裡答道：「大娘休聽人故說，奴並沒此話。」不覺把臉都飛紅了。因為她曾想到：

> 男子漢已死，奴身邊又無所出。雖故大娘有孩兒，到明日長大了，各肉兒各疼。歸她娘去了，閃的我樹倒無蔭，竹籃打水。又見月娘自有了孝哥，心腸兒都改變，不似往時。我不如往前進一步，尋上個葉落歸根之處，只顧傻傻的守些甚麼？到沒的耽擱了奴的青春辜負了奴的年少。

　　所以她心理也一直在思想著那天郊外看跑馬賣解遇見的那位死釘著她看的人兒。吳月娘看出了孟三兒的心事，也只得把媒人喊了進來。孟玉樓的親事，便在男有心女有意的情況之下，三言兩語便說成了。雖說，孟玉樓已三十七歲，比那李衙內大六歲，被媒人瞞昧了三歲，「女大三黃金山」，反而成了好口碑呢。

　　離開西門家的幾個女人，只有孟玉樓是光明磊落正式嫁出去的。笑笑生們寫著說：

　　四月八日，縣中備辦了十六盤美果茶餅，一付金絲冠兒，一
副金頭面，一條瑪瑙帶，一付玎璫七事，金鐲銀釧之類，兩
件大紅富錦袍兒，四套粧花衣服，三十兩禮錢，其餘布絹棉
花，共約二十餘抬。兩個媒人跟隨，府吏何不違押擔。到了
西門家下了茶，十五日縣中撥了許多快手閒漢來，搬抬孟玉
樓床帳嫁妝箱籠。月娘看著，凡是她房中之物，盡數都交她
帶去。原舊西門慶在日，把他一張八步彩漆床陪了大姐，月
娘就把潘金蓮房中那張璆鈿床陪了他。

　　吳月娘要她把房內使的兩個丫頭，蘭香、小鸞，都帶了去。玉
樓只留下一對銀回回壺與孝哥耍子，做一念兒。其餘都帶去了。到晚
夕，一頂四人大轎，四對紅紗鐵落燈籠，八個皂隸跟隨，把孟玉樓娶
得去了。孟玉樓帶著金梁冠兒，插著滿頭珠翠，身穿太紅通袖袍兒，
繫金鑲瑪瑙帶，玎璫七事，下著柳黃百花裙，先辭西門慶靈位，然後
拜吳月娘。就這樣孟玉樓也離開了西門家。

　　離開西門家的女人，只有兩個最體面，一個是死了的李瓶兒，
喪禮的場面，雖誥命夫人，也未必有這樣排場。另一個便是這嫁了的
孟玉樓，比她當年嫁西門慶時，還要盛況些個。卻也應合了第二十九
回的吳神仙之說：「這位娘子三停平等，一生衣祿無虧，六府豐隆，
晚歲榮華定取。」

　　孟玉樓嫁了，西門家只餘下了吳月娘一人。是以孟玉樓拜別
時，吳月娘感慨的說：「孟三姐，妳好狠也。妳去了，撇的奴孤另
另，獨自一個，和誰做伴兒。」兩個攜手，哭了一回，然後家中大小
都送出大門。

　　這時際，西門家的人走得更多了。

　　來安兒走了。來興媳婦惠秀死了。陳經濟成天吵嚷著要告官，

　　說是西門慶在日，收著他父親寄放許多金銀箱籠細軟之物，甚且說那些東西，都是應沒官的楊戩的贓物。吳月娘怕惹麻煩，遂僱頂轎，打發大姐家去。又僱人把大姐當初陪嫁的床奩箱厨，都抬到陳家去。陳經濟還不滿足，說：「還有我家寄放的細軟金銀箱籠。」又要大姐原來房中的使女元宵兒。吳月娘打發另一個使女中秋給他，他卻非要元宵不可。只得把元宵打發與他。這麼一來，西門家的男男女女，至此已交代出去不少了。

　　李衙內房中的玉簪兒，居然在此湊合了半頁回目，「李衙內怒打玉簪兒」，若從小說的整體來看，此一情節頗為孤立，且嫌多餘。勉強說來，也只是強調孟玉樓嫁後深受寵愛而已。

　　雖然，玉簪挨了一頓打，把陶媽媽叫來，領去賣了；還為玉簪兒為了一段山坡羊訴苦。讀來，總覺得這小說的情節，寫得未免粗枝大葉，也俗俚不堪，不能與前八十回中的細致描寫比美矣！

第九十二回

陳經濟被陷嚴州府
吳月娘大鬧授官亭

　　笑笑生們對於陳經濟的後果交代，費了頗多筆墨。因為陳經濟牽涉的人物較多，除了金蓮、春梅，還有西門大姐。這一回的兩個情節，「被困嚴州府」，當是為了安排陳經濟的「經濟」落空，由於他到嚴州去了一趟，回到清江浦，所有船上的貨物，都被楊大郎拐跑了，只落得赤手空拳。「大鬧授官廳」，寫西門大姐之死，以及陳經濟今後與西門家的關係斷絕。所以說，這一回的兩個情節，全是為了交代陳經濟的結局而傅設。

　　首先，寫陳經濟天天向老娘嚷鬧，把家中財物折騰了二百兩銀子，與家人陳定在門首打開兩間房子開布店。整日與陸三郎、楊大郎等狐朋狗黨，在店中吃酒抹牌玩樂。不久又借辭把家人陳定夫婦攆了出去。改用楊大郎做夥計。信著楊大郎指使，又湊上五百兩到臨清販布去。到了臨清，又結交上了粉頭馮金寶，花了一百兩銀子娶到家來，氣死了老娘。

　　跟著，這陳經濟獲知孟玉樓嫁了李衙內，隨同李知縣改調到嚴州府做通判，一起上任去了。他竟憑著手中還藏有孟玉樓的一根簪子，竟意想天開地要去嚴州，尋究孟玉樓來個人財兩得。說是孟玉樓嫁了李衙內帶去的金銀箱籠，都是他家的揚戩應沒官之物。他認為這樣一說，「那李通判一個文官，屬對大湯水，聽見這個利（厲）害口聲，不怕不教他兒子把老婆送與我。」所以他在他娘的箱篋中，尋出

一千兩銀子，留下一百兩與馮金寶家中盤費，便攜同楊大郎與家人陳安，到湖州去販買絲綿綢絹，藉機繞到嚴州府去。再把陳定叫進來看家。

想不到，反而被孟玉樓與李衙內設計個圈套，把陳經濟當賊拿辦了。要不是嚴州府的徐知府「明鏡高懸」，險些兒連小命都送了。雖判無罪釋放，財物則盡失。楊大郎把船上財物運回臨清，據為己有了。

這一情節的安排，遂把陳經濟處理成一個光蛋，家財盡失矣！回到家來，又逐日與老婆合氣，竟狠狠打了西門大姐一頓，打得大姐鼻口流血，半日纔甦醒過來，一時氣惱不過，便一條索子，懸樑自縊身亡。

西門大姐便這樣交代了。

雖然，吳月娘以母親的身分，上了一狀，控訴陳經濟「毆妻至死」，希望置陳經濟於絞罪。陳經濟把舖子的本錢連同西門大姐遺下的頭面，方始湊了一百兩銀子，打點官府，遂改成了個「逼令身死」，乃係雜犯，准徒五年，運灰贖罪。對於吳月娘的哭鬧，也只是代向陳經濟取了一紙「杜絕文書，令他再不許上門就是了。」

陳經濟坐了半個月的牢，又花了贖罪的銀子，回到家，粉頭馮金寶也發回本院去了。家中所有都乾淨了，房兒也典了，只刮出個命兒來。

這裡寫楊大郎的祖貫是「沒州脫空縣拐帶村無底鄉人氏」，又說：「他父親 楊不來，母親白氏，他兄弟楊二風，他師父是峒峒山拖不洞火龍庵精光道人。他渾家是沒驚著小姐，生生吃謊諕死了。」像這種文詞，都未免過於油腔滑調，非大家手筆。

再說，情節上的演進時間，以及地理上的周折，亦多矛盾抵觸，我在《註釋》中已提到了。譬如陳經濟從八月中秋由清河起身往

湖州販布，辦了貨船到清江浦，陳經濟又到嚴州去尋孟玉樓，吃上官司，坐了半個月的牢，回到家與大姐合氣，打了大姐一頓，西門大姐上吊死亡，最快也應該是十月間的事。可是吳月娘的狀子，則寫著「死於本年八月廿三日」，如何可能？再者，嚴州府在浙江省，即今之建德，距離湖州最近。陳經濟到嚴州去，不從湖州動身，偏要在船到清江浦時，再去嚴州，清江已在長江以北了。

　　像上述這種情形，若說是笑笑生們分寫時造成的錯誤，毋寧說是執筆寫這一回的作者，缺乏小說家的才能，下筆著墨，也太馬虎了。似乎是匆匆草成付梓，不像是經過斟酌的情節。說來，都是值得我們研究的地方。

第九十三回

王杏菴仗義賙貧
任道士因財惹禍

　　我認為《金瓶梅》不是宿命論的作品，乃因果論。雖說書中夾有不少關乎宿命論的詩，或出世之思的詩詞，看來也只是一時的感觸而已。如以之與小說內容比況，則又十九不切。譬如這一回目證詩：

　　誰道人生運不通，吉凶禍福並肩行，
　　只因風月將身陷，未許人心直似針（針字不叶）。
　　自課官途無枉屈（曲），豈知天道不昭明。
　　早知成敗皆由命，信步而行暗黑中。

　　這首詩，按小說內容說，如放在上一回，還能符節上一些，放在這一回，可就離得遠了。再說「早知成敗皆由命，信步而行暗黑中」的詩意，以及「難道人生運不通，吉凶禍福並肩行」，也都不是宿命論的論調。說來，這問題應作專題研究，「《金瓶梅》中的詩詞」，探研起來，不就是一本大書嗎。

　　陳定早被攆走了，因為陳經濟要與楊大郎到南方去辦貨，又把陳定喊了回來，如今，卻又不得不再把陳定攆了。這時，陳經濟還餘下兩個丫頭一個元宵一個重喜，及一處房子。

　　他向楊家追尋貨船下落，反被楊大郎的弟弟楊二風倒咬一口，「你把我哥哥叫的外邊做買賣，這幾個月通無音信，不知拋在江中，（還是）推在河內？害了性命。倒還來我家尋貨船下落，人命要緊？

你那貨物要緊？」這楊二風還故意拾了塊三尖瓦把頭顱礦破，血流滿面，耍起賴來毆打陳經濟。陳經濟逃回家中，把大門關起，楊二風還拿大磚砸打他家的門呢！

　　後來，他把大房賣了，在僻巷典個小房，把重喜兒賣了，只留個元宵兒。過不上半月光景，小房也賣了，只得在外賃房屋住。跟著陳安走了，元宵死了。只剩下陳經濟一個單身獨自，連傢伙桌椅也賣了，只落得一貧如洗，連房錢也付不起。只得鑽入冷舖（討飯花子住處）存身。他在冷舖中學習燒伙夫以及打梆子搖鈴，巡更守夜。還得任令花子頭解饒呢！

　　笑笑生們為了交代春梅的「以淫死」，竟傅設了陳經濟與春梅的一段孽緣，遂寫了一個王杏菴來拯救陳經濟。

　　小說寫這拯救陳經濟的老人「姓王名宣字廷用，六十餘歲，家道殷實，為人心慈，好仗義疏財，廣結交，樂施捨。專一濟貧拔苦，好善敬神。所生二子，皆當家成立，長子王乾，襲祖職為牧馬所掌印正千戶，次子王震，為府學庠生。老者門首搭了個主管，開著解當舖兒，每日豐衣足食，閑散無拘。在梵宇聽經，琳宮講道，無事在家門首施藥救人，拈素珠念佛。」所以他看到陳經濟落在乞討之中，便施以援手，從冷舖裡拯救出來。

　　王杏菴可真算得上是一位善士，他救陳經濟，一而再，再而三，第一次，給了他衣帽鞋襪，還有一兩銀子外加五百銅錢，不上幾天，陳經濟就吃喝光了。第二次，再給他衣衫裏腳，以及銅錢一吊，米一斗。不幾天，陳經濟連布衫袷褲都輸了。第三次，便介紹他到臨清宴公廟任道士那裡去作小道士。像這些情節，全無細膩的描寫，只是三言兩語的簡單述說，交代了一個情節過程而已。把陳經濟從有說到無，從清河說到臨清，再由臨清與春梅搭上重逢的線路，幾無藝術之趣可以吟味。

　　說來，我們讀《金瓶梅》時，無不深切感於潘金蓮死後的小說情節，寫得確是太粗糙了，一樁樁一件件，只是提綱挈領的說到就算，像前八十回中的那類細膩的描寫，不惟極少見，可以說是幾乎沒有？如無第九十六回的「遊舊家池館」，幾無可讀之處。只不過讓讀者知道與西門慶有所往還的那些人的後果而已。

　　我曾說笑笑生們頗為尊崇道士，不過這一回中的任道士，以及他的幾個徒弟，均未寄於尊重，雖未描寫他們為非作歹，卻說：

　　　那時朝廷運河初開，臨清設二閘，以節水利，不拘官民船到閘上，都來廟裡，或求神賜福，或來祭願，或計封與箚，或做好事，也有布施錢米的，也有餽送香油紙燭的，也有留松篙蘆席的。這任道士將常署裡多餘錢糧，都令十下徒弟，在碼頭上，開設錢米舖，賣將銀子來，積儹私囊。他這大徒弟金宗明，也是個不守本分的，年約三十餘歲，常在娼樓包占樂婦……

是以宴公廟後院還養著一羣雞，房裡還藏著幾缸黃米酒。顯然，這宴公廟的道士，都是酒肉之徒。不像對黃真人那樣推崇了。

　　不過，這位王杏菴居然把這位陳經濟救助到宴公廟來，難道王杏菴不知這宴公廟的任道士，都是些把布施飽入私囊的酒肉之徒嗎？說不定市上開設著的錢米舖，與王杏菴合夥呢！

　　說到這裡，我便想到《金瓶梅》中的道士和尚問題，在《金瓶梅》中所寫的道士和尚，幾乎不易分別。廟裡也有道士，像這宴公廟，主持居然是道士，不是和尚。習稱的和尚住廟寺，尼姑住庵堂，道士住觀，卻不符合《金瓶梅》的社會。再說，《金瓶梅》的大眾信仰，也與今日臺灣尚存的大眾信仰類似，釋道幾成一家。我們只要去遊覽一番臺灣的寺廟或宮觀就知道了。廟中供的神是真人，是帝君，廟中法

事則多為佛家的設施，唸的也是佛家的經卷。《金瓶梅》的社會，亦若是也。

　　陳經濟到了宴公廟作小道士，寫他在臨清碼頭上的酒家，遇見了馮金寶，於是重燃舊情，把任道士的私蓄都盜來送給酒家了。

　　因為馮金寶是橋西酒家店劉二開的妓院中的粉頭，這劉二是守備府張勝的妻弟，遂使陳經濟與春梅連繫上了。

　　笑笑生們就是如此周折來交代陳經濟的。許是感於篇幅太長，在筆墨上只作了情節的串聯，未在動變上予以細筆描寫，因而失去小說藝術的神采矣！

第九十四回

劉二醉毆陳經濟
酒家店雪娥為娼

　　由於周守備府中親隨張勝的小舅子劉二，在臨清碼頭上包嫖包賭，所以陳經濟與馮金寶的勾搭，惹上了張勝，這劉二遂以討房錢為名，把馮金寶陳經濟打得不像人樣。驚動了地方保甲，一條繩子連粉頭都鎖了，解到守備府去。何以要解往守備府去？這裡說：「原來守備勑書上命他保障地方，巡捕盜賊，兼管河道。」笑笑生們寫了這幾句，便把陳經濟等人因為擾嚷地方的理由，被解到守備府審問。實際上的目的，也祇是讓陳經濟與春梅搭上線頭而已。

　　（祇要是牽連上與官府有關的事物，無論刑名軍公，沒有不要錢的。這就是《金瓶梅》的社會。陳經濟被鎖起解往守備府，眾軍牢都問他要錢。說：「俺們是廳上動刑的，一班十二人，隨你吧。正經管事的，你倒不可輕視了他。」陳經濟只有頭上關頂一根簪兒，拔下來與二位管事。可以說《金瓶梅》的社會，無論任何處所，都公開勒索，貪贖公行。）

　　當陳經濟解到守備府，正要審問。笑笑生們卻又交代了春梅「從去歲八月間，已生了個哥兒小衙內，今方半歲光景，貌如冠玉，唇若塗珠，守備喜似席上之珍，遇如無價之寶。未幾大奶奶下世，守備就把春梅冊正，做了夫人」了。

　　同時，還暗喻了春梅為周守備生下的哥兒，是陳經濟的孽種。這裡如此寫著：

頭一時叫上陳經濟並娼婦鄭金寶（即馮金寶）兒去。守備看了
呈狀，又見經濟面上帶傷，說著：「你這廝是個道士，不守那
清規，如何宿娼飲酒，騷擾我地方，行止有虧。左右拏下去
打二十棍，追了度牒還俗。那娼婦鄭氏，拶一拶敲五十敲，
責任歸院當差。」兩邊軍牢向前纏待扯翻經濟，剝去衣服，用
繩索綁起，轉起棍來，兩邊招呼叫時。可要作怪，張勝抱著
小衙內，正在廳前月台上觀看，那小衙內看見走過來打經
濟，在懷裡攔不住，撲著要經濟抱。張勝恐怕守備看見走過
來，（此處必有遺漏的文字，遺漏了張勝要抱小衙內走下來，）
亦發大哭起來。直哭到後邊春梅跟前。春梅問他怎的哭，張
勝便說：「老爺廳上發放公事，打那宴公廟道士，（姓陳），他
就撲著要他抱，小的走下來，他就哭了。」這春梅聽見是姓陳
的，不免輕移蓮步，疑蹙湘裙，走到軟屏後面，歡頭觀覷，
廳下打的那人，聲音模樣倒好似陳姐夫一般。他因何出家作
了道士？又叫過張勝，問他此人姓甚名誰？張勝道：「這道士
供狀上，年二十四歲，俗名叫陳經濟。」春梅暗道：「正是他
了。」一面使張勝請下老爺來。這守備廳上打經濟，纏打到十
棍，一邊還拶著娼婦。忽聽後邊夫人有請，吩咐牢子把棍且
攔住休打。一面走下廳來。春梅說道：「你打的那道士是我姑
表兄弟，看奴面上，饒了他吧！」……

這一段描寫中，便顯明的暗喻了春梅生的這哥兒是陳經濟的，要不
然，怎的要寫那金哥一見到陳經濟，就要撲過去想陳經濟抱他呢！春
梅之所以對陳經濟如此之多情，自也是基乎此一骨肉之牽攣吧。這情
節與前面第八十八回等所寫的春梅有了五六月的肚子，就更清楚了。

　　按情理說，陳經濟與春梅應在此時相見。可是，當周守備放了

陳經濟，又悄悄使了張勝叫那道士回來，且休去。問了你奶奶，（是否）請他相見。跟著笑笑生們這樣寫著說：「這春梅纔待使張勝請他，到後堂相見，忽然想起一件事來，口中不言，心內暗想道：「剗去眼前瘡，安上心頭肉。眼前瘡不去，心頭肉如何安上？」於是吩咐張勝：『你且叫那人去著，等我慢慢再叫他。』度牒也不曾追。」

可是，春梅心裡想著應剗去的「眼前瘡」，是什麼人呢？這「眼前瘡」，就是她買到家中上灶的孫雪娥。真格是，如不把孫雪娥弄出府去，又如何能把陳經濟以表兄弟的名義叫進府來重敍舊情呢！因而她便裝病發小性子，假借了要吃碗雞尖湯兒，教雪娥去做，遂藉此事故，又當眾褪了雪娥的小衣，毒打了三十大棍。打得皮開肉綻，然後再叫薛嫂來，即時連夜將她罄身領出去賣。只要價八兩銀子，條件是「好歹與我賣入娼門。」把這眼前瘡除去了，方始著人去尋陳經濟。

說來，這一情節，尚合春梅的心理與生活現實，只是寫得粗糙寥落，缺少活潑生動的情致。無小說趣味了。

雪娥被賣進娼門，改名小玉，與守備府的張勝姘上了。殆亦為後來交代雪娥後果的伏筆。

第九十五回

平安偷盜解當物
薛嫂喬計說人情

看來，有些回目的證詩證詞，只是寄予小說整體的感慨，如這一回的格言：

> 有福莫享盡，福盡身貧窮。有勢莫倚盡，勢盡冤相逢。福宜常自惜，勢宜常自恭。人間勢與福，有始多無終。

以之感慨西門慶其人則可，以之寄寓這第九十五回的情節，則不貼切了。

這一回，西門家的人，消失的更多了。

來昭死了（此處以及九十、九十一等回，均寫作劉昭），他妻子一丈青帶著小鐵棍兒，也嫁人去了。

繡春與了王姑子做了徒弟，出家去了。

來興兒雖然死了老婆惠秀，卻刮剌上奶子如意兒，被吳月娘發現，也就順水推舟的替他們揀個好日子，把如意兒給了來興做媳婦子，完了房。

玳安與小玉勾搭上了，也與他們完成了婚禮。

來興到來昭原住的房裡，看守大門。騰出的房屋給玳安小玉住。白日裡小玉在房中答應月娘，到晚夕臨關儀門時，便出去與玳安歇宿。但卻由於玳安娶了小玉，引起平安的不平，自以為比玳安還大兩歲，二十二了，倒不與他妻室，反而給了玳安。一日遂起心盜走了

典當人家的一副金頭面一柄鍍金鈎子，到南瓦子裡妓家去玩樂。一時土番看不過，就抓他起來，又被新陞的吳巡檢攔去。於是，吳典恩的「沒有一點恩義」的名諱喻義，便在此處展示出來。

吳典恩本是西門家的夥計，因與來保上京押送蔡太師生辰擔，謀得一個驛丞之職，上任時還向西門慶借了一百兩銀子。當時西門慶連利息也不算。可能始終未還。如今，居然借了平安偷盜的機會，在口詞上，硬要平安攀扯吳月娘與玳安有奸情，打算借機提得吳氏前來，有所勒索。

這裡除了寫吳典恩之「沒有一點恩義」，還寫了春梅之不忘舊主，好是拜託了春梅向周守備說了，把吳巡檢的這一誣攀事件，提到守備府審問。周守備喝叱吳典恩說：「你這狗官，可惡！多大職官，這等欺玩法度，抗違上司，我欽奉朝廷敕命，保障地方，巡捕盜賊，提督軍門，兼管河道，職賞開載已明，你如何拏了起件，不行申解，妄用刑杖，拷打犯人，誣攀無辜，顯有情弊。」那吳巡檢聽了，摘去冠帽在堦前，只顧磕頭。於是，周守備把平安提來，罵了一頓，打了三十大棍。叫本家人領去。贓物由吳二舅領去，交還典當人家，了結了這件案子。

吳月娘對付春梅的刻薄，春梅居然不念舊惡，不惟見了面時仍以奴婢之禮拜月娘眾人，還為月娘排除了如此大的誣陷，相較之下，對吳月娘來說，良是尖銳的譏諷。春梅與吳典恩，殆亦人性好惡的對比。可是，春梅對付孫雪娥，則又是另一副嘴臉。想來，春梅真是生性的奴才胚也。

經過這一次典當人家的頭面等物被盜，還引出了兩場官司——（一）吳典恩唆使平安的誣攀，（二）典當人家的狀請理賠，把傅夥計折騰病了。回到家便染患傷寒，一病不起。於是，吳月娘把印子舖也關了，只教吳二舅與玳安在門首照管著生藥舖子，日逐賺些錢來家

中盤纏。

　　事後，吳月娘備了四盤下飯，宰了一口鮮豬，一罈南酒，一疋紵絲尺頭，著玳安與薛嫂押著，到守備府致謝春梅。

　　春梅只受了豬酒與下飯，把尺頭回將來了。與了玳安一方手帕三錢銀子，抬盒人二錢。問了些家常，說是過了年到正月裡哥兒生日，要往家裡走走。吳月娘說：「到那日咱這邊使人接他去。」自此兩家交往不絕。正是「世情看冷煖，人面逐高低。」得失榮枯命裡該，皆因年月日時栽；胸中有志應須至，囊裡無財莫論才。

　　雖說三姑六婆們在大戶人家串門子，往往是傳播是非的媒介，卻也有時堪當大用。若這一回所寫薛嫂喬計說人情，則為吳月娘解除吳恩典的誣攀案。想來，如不是薛嫂從中穿引，吳月娘卻也未必能想得到去尋周守備。她不是說麼：「那周守備他是武職官，他管得著那巡檢司？」經過薛嫂一說，方始拜懇薛嫂去求春梅。五兩銀子的謝禮，自是值得的了。

　　薛嫂是媒婆，有時也賣花翠。

第九十六回

春梅遊舊家池館
守備使張勝尋經濟

　　《金瓶梅》到了這一回，已是西門慶死後三周年了。以編年記算，已宣和三年矣。

　　春梅和周守備說了，備一張祭桌，四樣羹果，一罈南酒，差家人送與吳月娘。一是為西門慶三周年忌辰作祭，二是為孝哥三周歲生辰作賀。這樣，吳月娘便正式具柬邀請。吳月娘柬稱春梅為「大德周老夫人粧次」，真格妻以夫貴之。

　　見面時，吳月娘稱春梅為「姐姐」，春梅稱呼月娘為「姥姥」。四月二十五日是春梅生日，月娘說：「奴到那日一定去。」兩家像至親似的走往起來。

　　笑笑生們之所以傅設了，「春梅遊玩舊家池館」的關目，無非藉了春梅的眼睛，交代西門家的衰落象而已。在寒暄時，交代了兩家的人事，西門家與周守備府相比，可真是無法並論。春梅的孩子，僅有兩個奶媽，輪番看顧，房裡還有兩個丫頭，以及唱的女樂。西門家則是死的死了，走的走了，嫁的嫁了。那周守備奉到朝廷敕書，教他兼管許多事情，如鎮守地方，巡理河道，提拿盜賊，操練人馬，常不時往外出巡，多在外，少在裡，沒得工夫在家。家中的一切，都由這春梅夫人掌理，比起吳月娘在西門家的地位，還要神氣。西門慶在日，吳月娘還不能在家中全權作主呢！

　　春梅向吳月娘說：「姥姥，妳引我往俺娘那邊花園山子下走走。」

這裡所要交代的，便是西門慶死後的園榭破敗之情。那吳月娘說：「我的姐姐，山子花園，還是那咱的山子花園哩？自從妳爹下世，沒有人收拾他，如今丟搭的破零破落，石頭也倒了，樹木也死了。俺等閒也不去了。」

小玉開了花園門，春梅到裡邊遊了半日，所能見到的是：

垣牆欹損，臺榭歪斜，兩邊畫壁長青苔。滿池花磚生碧草，山前怪石塌壞，不顯嵯峨。亭內涼床被滲漏，已無框檔。石洞口蛛絲結網。魚池內蝦蟆成羣。狐狸長睡臥雲亭，黃鼠往來藏春閣，料想經年人不到，也知盡日有雲來。

在第十九回（第一頁反面第二頁正面）寫吳月娘在家整置了酒餚細果，約同李嬌兒、孟玉樓、孫雪娥、大姐、潘金蓮眾人，開了新花園門，閒中遊賞，翫看園裡花木庭臺，一望無際。她們偕手遊芳徑下中，或鬥草或坐香茵之上。一個臨欄對景，戲將紅豆擲金鱗，一個扶檻觀花，笑把羅紈驚粉蝶。月娘走到一個最高亭之上，名喚臥雲亭，和孟玉樓李嬌兒下棋。潘金蓮和西門大姐孫雪娥，都在翫花樓上望下觀看。見樓前牡丹花畔，芍藥圃、海棠軒、薔薇架、木香棚，又有那耐寒君子竹，欺雪大夫松。端的有四時不謝之花，八節有長春之景。觀之不足，看之有餘。端的一座好花園，但見……（見第十九回第一、二頁文一，此不錄。）

前後對照，真是不堪昔比矣！

春梅看了一回，先走到李瓶兒那邊，見樓上丟著些折桌壞檯破椅子，下邊房都空鎖著，地下草長的荒荒的。再來到她娘這邊樓上，還堆著生藥香料，下邊她娘房裡，止有兩座廚櫃，床也沒了。問小玉，纔知道賠了三娘做嫁粧去了。大姐的那張床，因無錢使，賣了八兩銀子。在大姐的冤死官司上，打發縣中皂隸使了。六娘的那張螺甸床，也賣了，只賣了三十五兩。此實值要少了一半。

春梅遊玩舊家池館，還不是為了交代這一番衰落之景嗎！

唱的也換了下一代，韓金釧兒的妹子韓玉釧兒，鄭愛香兒的姪女鄭嬌兒，等於接掌西門慶遺缺的是張二官，一代接一代，官者官，民者民，俳優小唱，傳統依舊焉！

春梅吩咐歌女們唱的四段懶畫眉，盡是想冤家怨冤家之詞，笑笑生們說：「當時春梅為甚教妓女唱此詞？一向心中牽掛著陳經濟在外，不得相會，情種心苗，故有所感，發於吟咏。真格是：「冤家為你幾時休，捱過春來又到秋；」「冤家為你減風流，鵲噪簷前不肯休；」「冤家為你惹傷憂，坐思行思日夜愁；」「冤家為你惹閒愁，病枕看床無了休；滿懷憂悶鎖眉頭，天忘了還依舊……從前與你兩無休，誰想你經年把我丟。」真是一寸相思一汪淚，纔下眉頭又上心頭。春梅之思念陳經濟，一如潘金蓮相似，並非基於純真的情愛，殆亦情慾使然也。

笑笑生們寫春梅之好淫，無不步趨於潘金蓮，且有過之。潘金蓮之未死於男人臂膀間，竟死於武松利刃之下，自是局於《水滸》窠臼之囿，不得不這樣寫。也可以說，這樣寫武松之狠，寫武松之盜劫，寫武松之反鎖迎兒置之不理，正是此回執筆者之視梁山泊為賊寇之窩巢也。再說，笑笑生們的筆，之所以放在春梅身上，自是讓她去繼承潘金蓮未竟之功。是以東吳弄珠客說：「金蓮以姦死，春梅以淫死。」主婢悉以姦淫死也。西門慶與李瓶兒，又何嘗不是死於淫耶？

不過，如從小說情節的穿插看，西門慶死後的敗散情景，則有賴於春梅與陳經濟這一生活線路的延長，是以西門慶死後，在生活歷程上，受到周折最多的則是陳經濟，幾乎是十起十落。從他返回東京，打算到家取銀錢返清河向王婆購娶潘金蓮始，到了這一回，不僅坐過監、當過道士，還做了討飯花子。母親死後，家產都在他手上敗得精光。這裡又寫他遇到那位曾在冷舖中作過頭兒的飛天鬼侯林兒，

如今正在水月寺率工作建造寺殿的土作頭兒，因而他又在一籌莫展之下，再跟侯林兒去混生活。白天賺一工四分銀子，晚上便是侯林兒的「契兄弟」[1]。但不久就被守備府中的親隨張勝尋到，回到守備府，靠著春梅他又發跡了。

笑笑生們之所以這樣周折不盡的寫陳經濟，無非一步步把他寫到春梅身邊，由春梅把《金瓶梅》的人物交代完畢而已。所以我認為春梅是笑笑生筆下用來交代西門慶死後家庭敗散情況的一個主線人物，春梅死了，《金瓶梅》的故事也就全部結束了。

在這一回，笑笑生們還為陳經濟插入了水月寺一位獨眼頭陀看相的情節，一說他色嫩聲嬌：「色怕嫩兮聲怕嬌，聲嬌氣嫩不相饒；年老色嫩招辛苦，少年色嫩不堅牢。」只吃了面嫩的虧，一生多得陰人寵愛。再說他印堂太窄，子喪妻亡，懸壁昏暗，人亡家破，唇不蓋齒，一生惹是招非。鼻若竈門，家私傾喪。最後又說他「山根斷兮早虛花，祖業飄零定破家。」早年父祖丟下產業，不拘多少，到手都了當了。總後「久後營得成家計，猶如烈日照冰霜。」行走是「頭先過步」，初主好而晚景貧窮；「腳不點地」，賣盡田園走他鄉；還說他有三妻之命。

雖說這些全能一一與陳經濟的一生對照起來，若從小說藝術論之，也祇是再為陳經濟形相描出一個清晰的特徵而已。當然，這看相說命之事，亦當時社會一般的人生心理而已耳。

---

1 契兄弟乃同性戀也。

第九十七回

陳經濟守備府用事
薛嫂賣花說姻親

　　春梅以姑表兄弟的關係，把陳經濟收容在守備所。雖說，春梅生怕守備與經濟見面時，在談話之間露出了破綻，遂使眼色與經濟，還悄悄說：「等著回他若問你，只說是姑表兄弟，我大你一歲，二十五歲了，四月二十五日午時生的。」但我們仍不禁要問：「這幾句話，雖可騙過了周守備，陳經濟這個人兒，能騙過守備府的所有人役嗎？」

　　按周守備是西門家的常客，人情往還都是陳經濟經管受付，周守備府上的人役，那有不認識陳經濟是西門家的姑爺的道理？就這樣把陳經濟當作表弟認下了，還在守備府「用事」，說來，不合情理也。

　　四月二十五日春梅生日，還請吳月娘過府飲宴。玳安送禮帖到守備府，這禮上往來的受付，也是陳經濟。玳安看到了，也認出了。說來，陳經濟在周守備家，並未躲避什麼。他還「用事」親自打發西門家的禮帖來人呢！

　　儘管，這裡還插述了一些陳經濟阻攔春梅莫與吳月娘交往的話，終難彌補春梅以表弟名義收留陳經濟在守備府用事的缺點。這情節，終究不合邏輯。除此而外，春梅與陳經濟還暗中勾搭呢！這裡寫著說：「自此經濟在府中，與春梅暗地勾搭，人都不知。或守備不在，春梅就和經濟，在房中吃飯飲酒，閒時下棋調笑，無所不至。守

備在家，便使丫頭小廝，拿飯往書院與他吃。或白日裡，春梅常往書院內，和他坐半日方歸後邊來。彼此情熱，俱不必細說。」像這種「情熱」如火的情形，守備府居然無任何人談論，真是豈有此理！何況，守備府還有個孫二奶奶呢！

春梅先著丫頭海棠去喊陳經濟到後邊來，經濟不去。又使月桂去，竟說：「吩咐她：他不來，妳好歹與我拉將來；拉不來，回來把妳這賤人打十個嘴巴。」月桂去拉陳經濟，還受到陳經濟的輕薄。若此諸情，陳經濟與春梅的勾搭，那能在春梅的閨房中密如封瓶？這些，都不合情理。

看來，像這後十餘回的筆墨，纔真的像是「陋儒補以入刻」的呢！

除了收留陳經濟在守備府作了面首，還託薛嫂為他說了一門親事。這事似乎有些令人費解。

細細推繹起來，不外這兩種原因：（1）為了答報舊主潘金蓮的在世恩情，遂特別看顧陳經濟。（2）寫春梅的好淫，與潘金蓮之迴然不同；不霸攬漢子。捨此，那便是要遷就葉頭陀的命相之說：「三妻之命」。

還有，寫周守備奉旨率領本部人馬會同濟州府知府張叔夜征剿梁山泊賊王宋江，帶了陳經濟一個名字在軍門，「僥倖得功，朝廷恩典，陞他一官半職。」後來，居然招安了宋江，陳經濟也有了官了。

這些，也都是小說情節上的費解之處。讀到這裡，總不禁要問：寫這些有何意義？

不過，為了說合陳經濟的婚事，卻藉此情節交代了應伯爵與李三、黃四等人的下場。

這裡寫薛嫂過了兩日先來說城裡朱千戶家小姐，今年十五歲，也有好陪嫁，只是沒了娘的兒了。春梅嫌小不要。又說應伯爵第二個

女兒，年二十歲，春梅又嫌應伯爵死了。在大爺手內聘嫁，沒陪送，也不成。於是又遲了幾日，纔說合了開緞舖葛員外的大女兒年二十歲屬雞的葛翠屏。這年六月八日便娶過來了。

為了替葛翠屏買房內丫頭，薛嫂領了一個十三歲的女孩來，說是商人黃四家兒子房裡使的丫頭。那黃四因用下官錢粮，和李三家還有出去的來保，都為錢粮拿在監裡追贓，監了一年多，家產盡絕，房兒也賣了。李三先死，拿兒子李活監著。來保的兒子僧寶兒，流落在外，與人家跟馬。這丫頭祇要四兩半銀子，春梅只給了三兩五錢，便買下來了。

看來，這一回的情節，也只是交代了應伯爵與李三、黃四等人的結果而已。若以小說的情節說，這些人的結果，又何必非去說它呢！

第九十八回

陳經濟臨清開大店
韓愛姐翠舘遇情郎

　　周守備征剿梁山泊得勝歸來，晉陞為濟南兵馬制置，管理河道，提察盜賊，不日又要到濟南上任。在家只住了十個日子，十一月初旬，便收拾起身，帶領了張勝李安，留下周仁周義看家。這時的陳經濟，因為征剿宋江三十六人時，在軍門也有他的名字，已陞任參謀之職，穿起大紅圓領、頭戴冠帽、腳登朝靴、腰束角帶起來。周守備走時，又關照春梅為他打點些本錢，搭個主管，在家作些小買賣。於是，「陳經濟臨清開大店」的情節，便是這樣演出了。

　　陳經濟搭的主管是陸二哥陸秉義。雖說這陸秉義的建議，仗著守備府的威勢，一張狀子告到提刑所，又著家人周忠送上周制置的一封拜帖，給提刑所的何千戶與張二官府，遂把楊大郎楊光彥緝捕到案。據著陳經濟的狀子書問，一頓挾打，追打三百五十兩銀子，一百桶生眼布，還有酒店中的家活，共算了五十兩，房子賣了五十兩，便把楊大郎在臨清碼頭上開的大酒樓奪了過來。春梅又打點了五百兩本錢，共湊了一千兩，交陳經濟去經營。陳經濟委付陸秉義作主管，又拉了謝胖子合夥，重新把這酒樓裝修，油漆彩畫，闌干灼耀，棟宇光新，桌案鮮明，便鼓樂喧天笙簫雜奏，開起張來。四方遊妓，往來客商，也都陸續麇集了來。

　　當陸秉義道出楊大郎臨清開著大酒樓，出主意要經濟收回，笑笑生們還寫了幾句議論說：

看官聽說，當時不因這陸秉義說出這庄事來有分數，數個人
死於非命。陳經濟一種死，死之太苦，一種亡，亡之太屈；
死的不好，相似那五代的李存孝，漢書中彭越，正是：非于
前定數，半點不由人。

　　儘管陳經濟之死，以李存孝與彭越來比，比得不倫比類，但此
一情節安排，則是笑笑生們特為如此安排的陳經濟之死，可以說是預
先構想過的了。

　　正因為這酒樓開設在臨清碼頭上，四方客商雲集，遊妓也來此
尋求營生，身為酒樓老闆的陳經濟，自然成了這臨清碼頭上的恩官，
他遇到了韓道國一家三口。

　　笑笑生們之所以把韓道國三口子寫到這裡來，也只是為了交代
東京方面的這一夥人，以及印證上葉頭陀的命相說，陳經濟有「三妻
之命」而已。

　　這裡寫陳經濟與韓道國見面：「不一時，韓道國走來作揖，已是
摻白鬚鬢。因說起朝中蔡太師、童太尉、李右相、朱太尉、高太尉、
李太監六人，都被太學國子生陳東，上本參劾，後被科道交章彈奏倒
了。聖旨下來，拏送三法司問罪，發烟瘴地面，永遠充軍。太師兒
子，禮部尚書蔡攸處斬，家產抄沒入官。我等三口兒，各自逃生，投
到清河縣，我兄弟第二的那裡。第二的把房兒賣了，流落不知去向。
三口兒僱船，從河道中來，不想撞見姑夫在此，三生有幸。」韓道國
的這番話，便把東京的幾位素與西門慶有交往的高官們，也一一交代
清楚，死的死，竄的竄，都敗落了。只是未說到翟管家，憾然焉！

　　陳經濟與韓道國一家三口的相遇，主要的小說情節在於續上陳
經濟與韓愛姐的這段孽緣，以便完成陳經濟的「三妻之命」。本來，
韓道國帶著老婆（王六兒）與女兒（韓愛姐），在這臨清碼頭上，只

靠老婆作「隱名娼妓」在私窩子中營生。盤桓上一個湖州販絲綿的客人何官人，伏筆了韓氏夫婦的後果。

　　笑笑生們為了要寫韓愛姐對陳經濟的癡情，還特別把韓愛姐修飾得能唱會寫，說：「愛姐將來東京，在蔡太師府中，曾扶持過老太太，也學會彈唱，又能識字會寫。」是以這韓愛姐在多日不見陳經濟的時候，就寫起情書來。也像潘金蓮一樣，動輒舞文弄墨。說來，這都不合寫實，未免太理想了。

　　《金瓶梅詞話》是萬曆末年天啟初年方始修纂完成的作品，其中說及蔡京父子，在意圖上難免有嚴嵩父子的影射或隱喻，想來也是極其自然的事。譬如這裡的韓道國說出蔡太師等人的下場，特別說「禮部尚書蔡攸處斬，家產抄沒入官。」我們認為這話是影射嚴世蕃，也未嘗不可。但要說整部《金瓶梅詞話》都是為了仇答嚴嵩父子而作，則紆矣！

　　張竹坡的「苦孝說」，更是故作掩飾之詞。尤其竹坡之批點，不時把小說上的姓名或文詞，牽強附會的作寓意的比附，則更紆矣！

第九十九回

劉二醉罵王六兒
張勝怒殺陳經濟

　　這後幾回的回目證詩，都是勸世式的格言。如上一回的八句五言律云：

　　心安茅屋穩，性定菜根香。世味憐方好，人情淡最長。因人成事業，避難遇豪強。今日崢嶸貴，他年身必狹。

　　這一回，則更是人生戒律的格言：

　　一切諸煩惱，皆從不忍生，見機而耐性，妙悟生光明。佛語戒無倫，儒書貴莫爭。好個快活路，只是少人行。

　　儒家講恕，要修得一個忍字；佛家講空，更得修個忍字；道家講清，也得修個忍字；基督講愛，不也得具有不忍人之心嗎！「有一言可以終身行之者乎？」孔子只答一個「恕」字。可是，「己所不欲，勿施於人」的最低條件，也不易做到的。「儒書貴莫爭」，人與人如能莫爭，天下就太平了。只是「好個快活路，只是少人行」也。

　　陳經濟已多日不到臨清碼頭的店中，六月二十五日生日過後，便以去跟主管算帳並避暑熱為辭，到臨清去會韓愛姐。不想這次到了臨清，遇上了坐地虎劉二醉酒，尋何蠻子鬧事，把何官人也打了，把王六兒的酒桌家活也砸了。陳經濟獲知這劉二是守備府張勝的妻舅，就打算尋些破綻的由頭來鉗制他。終于得悉這張勝還包占著西門家出

來的孫雪娥，在酒家店做表子，劉二又仗著張勝在臨清各處窩巢加三
討利舉放私債。這些破綻，正是陳經濟要據以整治張勝與劉二的把
柄。湊巧這時的政治情況也變了。

　　本來，張勝已跟隨周守備到濟南任上去了。笑笑生們這樣寫著
說：

> 一者也是冤家相湊，二來合當有禍這般起來。不料東京朝中
> 徽宗天子見大金人馬犯邊，搶至腹內地方，聲息十分緊急，
> 天子慌了，與大臣計議，差官往北國講和。情願每年輸納歲
> 幣金銀采帛數百萬，一面傳位與太子登基，改宣和七年為靖
> 康元年。宣寰號為欽宗皇帝在位，徽宗自稱太上道君皇帝，
> 退居龍德宮，朝中陞了李綱為兵部尚書，分部諸路人馬，種
> 師道為大將總督內外軍務。一日降了一道敕書來濟南守備，
> 陞他為山東都統制，提調人馬一萬，往東昌府駐紮。會同巡
> 府都御史張叔夜防守地方，阻當金兵。

　　就因此一調動，張勝又跟著周統制由濟南返回到東昌府，又回
到清河來了。

　　周統制教張勝李安押了兩車箱馱行李細軟器物家去。因為時尚
不靖，要張勝李安在家巡風，他不但發現了春梅與陳經濟的奸情，還
聽到陳經濟向春梅告了他的狀，遂想到先下手為強。拿了鋼刀，走進
房去，把陳經濟殺了。因為春梅被小丫頭蘭花叫到後邊照管金哥去
了，未遭毒手。當張勝提刀去尋春梅，遇見李安，憑著他是山東夜叉
李貴的姪子，一身好武藝，把張勝捉了。報告統制，提出張勝不問長
短，喝令軍卒，五棍一換，一百棍活活打死。再捉來劉二，也是一百
棍活活打死。孫雪娥見拿了劉二，怕受到連累，也走到房中自縊身
亡。就是如此的，陳經濟與孫雪娥也結束了。

　　看起來，這幾回有關陳經濟的情節，還不祇是安排他這樣的了
斷一生嗎！

　　陳經濟有「三妻之命」，已經娶過兩個了，西門大姐與葛翠屏。
如今陳經濟已死，何來「三妻之命」？可是笑笑生們卻為陳經濟再安
排一個韓愛姐進來。

　　按說，這韓愛姐與陳經濟，只是妓女與嫖客的關係，最多只能
說是一個妓女對嫖客癡情而已。可是笑笑生們偏愛這樣寫韓愛姐：
「卻表韓愛姐母子，在謝家樓店中，聽見經濟已死，愛姐晝夜只是哭
泣，茶飯都不吃，一心只要往城內統制府中，見經濟屍首一面，死也
甘心。父母以及旁人，百般勸解不從。韓道國無法可處，使八老往統
制府中，打聽經濟靈柩已出了殯，埋在城外永福寺內。這八老走來回
了話，愛姐一心祇要到他墳上燒紙，哭一場也是和他相交一場。做父
母的只得依她。僱了一乘轎子，到永福寺中，問長老葬於何處？長老
令沙彌引到寺後，新墳堆便是。這韓愛姐下了轎子，到墳前點著紙
錢，道了萬福。道聲親郎，我的哥哥！奴指望我你同偕到老，誰想今
日死了！放聲大哭，哭得昏暈倒了，頭撞於地下，就死過去了。慌了
韓道國和王六兒，向前扶救。大姐姐大姐姐叫不應，越發慌了。只見
那日是葬後三日，春梅與渾家葛翠屏，坐著兩乘轎子，伴當跟隨，抬
三牲祭物來，與他煖墓燒紙。看見一個年少婦人，摟抱他扶起來又倒
了，不省人事，吃了一驚。因問那男子漢是那裡的？這韓道國夫婦向
前施禮，把從前已往話，告訴了一遍。這個是我的女孩兒韓愛姐。春
梅一聞愛姐之名，就想起昔日曾在西門慶家中會過，又認得王六兒。
韓道國悉把東京蔡府中出來一節，說了一遍。女孩兒曾與陳官人有一
面相交，不料死了。她只要來墳前見他一見，燒化紙錢。不想到這裡
又哭倒了。當下兩個救了半日，這愛姐吐了口痰，方纔甦醒。尚哽咽
哭不出聲來。痛哭了一場，起來與春梅葛翠屏插燭也似磕了四個頭。

說道:『奴與他雖是露水夫妻,他與奴說山盟言海誓,情意深厚。實指望和他同偕到老,誰知天可不從人願,一日他先死了,撇得奴四腑地。他在日曾與奴一方吳綾帕兒,上有四句情詩,知道宅中有姐姐,奴願做小。倘不信,』向袖中取出吳綾帕兒來,上面寫詩四句,春梅同葛翠屏看了,詩云:『吳綾帕兒織迴紋,洒翰揮毫墨跡新。寄與多情韓五姐,永諧鸞鳳百年情。』⋯⋯」春梅怎知這陳經濟與露水夫妻也山盟海誓的要「永諧鸞鳳百年情」呢!

這韓愛姐堅信自己是陳經濟的妻小,跪求春梅收容他,說:「情願不歸父母,同姐姐守孝寡居,也是奴和他恩情一場。說是他妻小,死傍他魂靈。」而且堅定的說:「雖刮目斷鼻也當守節。誓不再配他人。」囑咐他父母回去,她要隨同春梅和葛翠屏府中守節。韓道國夫婦只得依她,回到謝家酒樓去了。

笑笑生們為了要陳經濟符合「三妻之命」的命相之說,不得不寫韓愛姐的若是「堅貞」,說來,非寫實之筆矣!

第一百回

韓愛姐湖州尋父母
普靜師薦拔羣冤

韓道國失去了女兒，無能力在臨清繼續生活。何官人要他們跟他回湖州過日子，他們也就跟著去了。

雖說此一情節的安排，不惟替韓愛姐留下了一條去路，也為韓道國夫婦的下場，作了起筆。問題是，這何官人家中沒有人嗎？那有娶一個年老的妓女，連妓女的漢子也一併帶回去的情理？想來，這情節都太勉強了。

陳經濟死後，周統制又出征去了。笑笑生們說：

> 這春梅每日珍饈百味，綾錦衣衫，頭上黃的金，白的銀，圓
> 的珠，光照得無般不有。只是晚夕難禁，獨眠孤枕慾火燒心，

居然看上了李安，著養娘金匱去喊他來，給了一錠五十兩大元寶，又給了一些衣服與他母親。那想李安母子怕蹈張勝覆轍，不敢再回統制府，逃向青州投奔叔叔李貴去了。正是：「珍貴李安真智士，高飛逃出是非門。」

笑笑生們的這種寫法，也只是使春梅一步步走上「以淫死」的道路而已。只是這是情節的安排，湊扯牽強，缺乏小說藝術的趣味，讀來深感索然耳。

譬如李安走後，又寫周統制在東昌府屯住已久，使家人捎書來信，掇取春梅等女眷到東昌府同住。因為周統制忙於軍務，日不暇

食，疏於房幃，這春梅便與老人家周忠的次子十九歲的周義勾搭上
了。說：「朝朝暮暮，兩個在房中，下棋飲酒，只瞞過統制一人不
知。」不久，金兵繼續南侵，周統制陣亡。春梅只得搬運丈夫的靈
柩，返回清河發喪。後來，笑笑生們又寫著說：「這春梅在內，頤養
之餘，淫情愈盛。常留周義在香閣中，鎮日不出，朝來暮往，淫慾無
度，生出骨癆病症，早辰宴起，不料她摟著周義在床上，一洩之後，
鼻口皆出涼氣，淫津流下一窪口，就嗚呼哀哉。死在周義身上。亡年
二十九歲。」只是這麼一百餘字，便把春梅的「以淫死」草草交代了。
看來，與潘金蓮之死的描寫，其優劣則天地懸殊矣！

這時，照管周家的周統制的弟弟周宣，生怕此事被宣揚出去，
影響了金哥襲職，只把周義捉來，四十大棍杖斃了結。把金哥交孫二
娘看養，春梅與周統制合葬於祖塋。兩個養娘並海棠月桂，都打發各
尋投向嫁人去了。

春梅就是這樣草草被交代了。

春梅與孫二娘到東昌府任上去後，葛翠屏與韓愛姐留在清河周
府，笑笑生們還特地為她們寫了六首絕句，這就是馮沅君說的以詩代
言的俗講體式。若以寫實的理論來說，這兩個女人都有這分詩才。

莎草連綿厚似毡，榆莢遍地亂如錢；誰知蕩子多輕薄，沈醉
終朝花下眠。

試看這葛翠屏道出的詩句，詩情不是極雅致嗎！

金人入寇汴京，太上皇與靖康皇帝都被擄上北地去了。大隊番
兵又殺到了山東地界。「民間夫逃妻散，鬼哭神號，父子不相顧，葛
翠屏已被他娘家領去，各逃生命。」

葛翠屏就這樣交代去了。止留下韓愛姐無處依倚，不免收拾行裝，
穿著隨身慘淡衣衫，出離了清河縣，前往臨清找尋她父母；可是她父

母到湖州去了。於是，笑笑生們再寫韓愛姐懷抱月琴，唱小詞曲，往湖州去找尋父母。經過徐州，遇見了她叔叔韓二，又一同前往湖州。

到了湖州，會見了她父母。纔知道何官人已死了，韓道國與王六兒帶著何官人丟下的六歲女兒，靠著幾頃水稻田地過日子。不上一年，韓道國也死了，王六兒便配了韓二，種田過日。有當地富家子弟要娶韓愛姐，愛姐不肯，遂割髮毀目，出家為尼去了。還這樣加上交代說：「後年至卅二歲，以病而終。」

像韓道國一家人在湖州的情節，如按我國傳統風尚，可以說是不可能的事。這何官人雖死，還有家族出來承繼他的家業，族親們怎會心甘情願的任憑韓道國夫婦承襲去了？韓道國死了，卻又由他兄弟韓二娶了嫂子，「韓二與王六兒成其夫婦，情（承）受何官人家業田地」。恰像湖州何官人連朞功強近之親也無有似的。非情實矣！

這一回的主要任務，應是「普靜師薦拔羣冤」與交代吳月娘的後果。

小玉窃見的薦拔冤魂情況，有周統制、西門慶、陳經濟、潘金蓮、武大、李瓶、花子虛、來旺媳婦、春梅、張勝、孫雪娥、西門大姐、周義等人。一個個都托生去了；而且都托生為人。其中西門慶仍舊托生在富戶沈通家為次子，是以四橋居士撰寫《隔簾花影》，即為了不滿於西門慶死後仍舊托生為富戶之子，到了《續金瓶梅》，也享厚福而終。所以四橋居士的《隔簾花影》，便把南宮吉之名，來影射西門慶之三世報，也享福厚而終。所以四橋居士的《隔簾花影》，便把南宮吉之名，來影射西門慶之三世報，結果是妻散財亡，家門寥落而止。不過，笑笑生們之所以如此「薦拔羣冤」，目的即在不以報冤作結，這二十句偈語已說明了：

　　　勸爾莫結冤，冤深難解結。一日結成冤，千日解一徹，若將

冤報冤，如湯去潑雪；若將冤報冤，如狼重見蝎。我見結冤
人，盡被^{編按1}冤磨折。我見此懺悔，各把性悟徹。照見本來
心，冤怨自然雪。仗此經力深，薦拔諸惡業，汝當各托生，
再勿將冤結。改頭換面輪迴去，來世機緣莫再攀

這二十句偈語，便說明了普靜禪師的薦拔意旨，「冤仇宜解不宜結」
也。這自應是笑笑生們未以報冤在西門慶身上作結的道理。

　　孝哥皈佛，早在月娘懷孕聽經時，就已安排定了。第八十四回
吳月娘答應十五年後，許把孝哥交與普靜禪師在永福寺落髮為僧，當
時只是一句不便推辭的答話，心裡想著過十五年後再作道理。想不到
「十五年」後，居然又遇見了這位禪師，要他兌現了。月娘當然不肯。

　　本來，吳月娘帶著孝哥偕同吳二舅以及玳安小玉等人，要去濟
南投靠雲裡守，暫避兵燹，同時，也好與孝哥完成婚事。孝哥與雲裡
求的小姐，已行過割襟之禮。不想一夢醒覺，方知投靠雲裡守是不能
指望的一條路，甚而會比去泰山燒香遇到的災難，還要嚴重，因而省
悟，應允把唯一的兒子，留給普靜和尚，皈依佛祖為僧。

　　就這樣，《金瓶梅》的故事結束了。

　　後來，高宗南渡在臨安即位，宗澤收復了山東河北，人民復
業。吳月娘歸家，把玳安收為義子，改名為西門安，承受了西門的家
業，人稱西門小員外。吳月娘活到七十歲，善終。

　　雖說，笑笑生們把《金瓶梅》中的人物後果，大都一一交代清
楚，卻有那林太太與王三官夫婦的這一家三口，忘了提及一筆，不無
遺憾之感焉！

　　若以小說的演進時間，來探討結尾這幾回，缺漏之處太多了。

編按1　「我見結冤人，晝夜冤磨折」今本據《金瓶梅詞話》改為「我見結冤人，盡被
　　　　冤磨折」。

我在《註釋》以及《編年紀事》，業已提到。但如以小說的結構藝術論之，結尾的這十餘回，真可說是散漫無章，毫無藝術意味可以品嘗，容在待寫之「《金瓶梅》小說藝術論」中論之，此不絮言矣！

附錄一

賈廉、賈慶、西門慶

——《金瓶梅》的問題

　　對於《金瓶梅》的研究，我的結論是，應作兩個階段去看這部
書：

　　第一，《金瓶梅詞話》是萬曆末年天啟初年，方行改寫完成的一
個本子，我在《金瓶梅的問世與演變》書中，業已舉出證據肯定。

　　第二，至於《金瓶梅詞話》以前的「《金瓶梅》」——即袁中郎
亟稱之的那「半」部，究竟是怎樣的內容？因已無實物——原書可
徵，自難懸揣。雖說，我已依據《金瓶梅詞話》第一回的眼兒媚一詞
的詞意，以及劉項不能不屈於女人——特別是劉季寵愛戚夫人有廢嫡
立庶的入話，再加上第七十、七十一回隱寓的一年兩個冬至，來判斷
《金瓶梅詞話》前身的《金瓶梅》，必然是一部有關政治諷喻的小說，
可能是諷喻明神宗寵愛鄭氏貴妃有廢長立幼的內容。如今，我又從第
十七回的宇文虛中參劾本章，領悟到「賈廉」這個人的問題。

　　小說上說宇文虛中是兵科給事中，他參劾的誤國權奸是崇政殿
大學士蔡京、兵部尚書王黼、兵馬提督楊戩等三人。「此三臣者，皆
朋黨固結，內外萌蔽，為陛下腹心之蠹者也。……伏乞宸斷，將京等
一干黨惡人犯，或下廷尉，以示薄罰，或置極典，以彰顯戮，或照例
枷號，或搬之荒裔，以禦魑魅，庶天意可回，人心暢快。國法已正，
慮患自消，天下幸甚！臣民幸甚！」奉到聖旨的批示是：「蔡京姑留
輔政，王黼、楊戩便拿送三法司，會問明白來說。欽此欽遵。」待該

三法司會問過，並黨惡人犯，是這樣判決的：

> 王黼、楊戩，本兵不職，縱虜深入，荼毒生民，損兵折將，律應處斬。手下壞事家人、書辦、官掾、親黨：董升、盧虎、楊盛、龐宣、韓宗仁、陳洪、黃玉、賈廉、劉盛、趙弘道等，查出有名人犯，俱問枷號一個月，滿日發邊衛充軍。

　　我們看，三司法的判決書上，並無西門慶的名字在內。西門慶又如何會「不看萬事皆休，看了耳邊廂只聽颼的一聲，魂魄不知往那裡去了。」

　　這判決書上，明明說：「查出有名人犯」，可是西門慶的名字並不在上面，何以看了如此懼怕？

　　我們再看下一張名單，這名單寫在第十八回（第三頁）。

　　西門慶派了來保來旺兩個家人晉京打點，幾經周折，終於攀求到資政殿大學士兼禮部尚書李邦彥，遞上了蔡攸（蔡京之子）的封緘信函及禮物揭帖，見到了這位李爺。這位李尚書說：「你蔡大爺分上，又是你楊爺親（友），我怎好受此禮物。況你楊爺昨日聖心回動，已沒事。但只是手下之人，科道參語甚重，已定問發幾個。即令候官取過昨日科中送的那幾個名字與他瞧，上寫著：「王黼名下，書辦官董升，家人王廉，班頭黃玉；楊戩名下，壞事書辦官盧虎、幹辦楊盛，府掾韓宗仁、趙弘道，班頭劉成、親黨陳洪、西門慶、胡四等，皆鷹犬之徒，狐假虎威之輩。摸置本官，倚勢害人，貪賤無比，積弊如山，小民蹙額，市肆為之騷然。乞敕下法司，將一干人犯，或投之荒裔，以禦魑魅，或置之典刑，以正國法，不可一日使之留於世也。」

　　若將這兩張名單一對，我們發現人名略有出入，上一張名單中的賈廉、龐宣，這張名單中不見了，卻多了一個王廉，一個胡四及一

個西門慶。上一張名單是十名，這一張名單是十一名，多了一位。小
說上寫明這張名單是「昨日科中送（來）的」，比上一張名單要後多
了，上一張名單是邸報上抄來的，邸報已到達東平府了。

　　儘管我們可以這樣說，後一張名單的人名，是科官後來再找出
添上去的，同時也糾正了上一張名單的錯誤，刪去了賈廉、龐宣，添
上了王廉、胡四、西門慶，在情理上可說得通的。但問題是，上一張
名單既然沒有西門慶的名字，西門慶又為何那麼驚懼萬分，又漏夜遣
家人晉京打點呢？

　　說到這裡，我們再看下面的問題。

　　小說上寫著：「邦彥見五百兩金銀，只買一個名字，如何不做分
上，即令左右抬書案過來，取筆將文卷上西門慶名字，改作賈慶，一
面收上禮物去。」

　　把西門二字，改為「賈」字，從字形上看，這樣改也頗合原則，
但如把「賈廉」改成「賈慶」呢，豈不是耗費手腳更少，只改一個
「廉」字為「慶」字。要是改「西門」二字為一個「賈」字，在筆畫上，
在所占紙張的格位上，都比改「廉」字為「慶」字麻煩得多。那麼，
我們若是從這一點來看，或可從而蠡測這「西門慶」是從「賈廉」改
過來的。極可能，原來的《金瓶梅》的故事，主角不是西門慶，是賈
廉，改寫成《金瓶梅》（詞話）之後，方始變成了西門慶的家乘故事。
這宇文虛中的參本，不就是一大證言嗎。

　　從《金瓶梅詞話》的整體情節看，可以證明《金瓶梅詞話》的成
書，極為倉卒，如其中的血脈不貫與重複，人名的不統一，在在都足
以證明《金瓶梅詞話》是大家夥分寫而倉卒完成付梓的，這一問題，
我已說過不少了。像「賈廉」的問題，顯然的，是改寫者忽略了原稿
（參本邸報）之文的改寫，只在後一張名單上改了，因而前後不符。

　　還有一點，在參本的邸報，「黃玉」、「賈廉」的名字都在陳洪名

下，後一張名單，「黃玉」則列為王黼的班頭，「王廉」列為家人。
從這些地方，也鮮明的見及改寫者的意想，改賈廉為王廉，改列在王
黼名下，加入西門慶胡四為陳洪名下的楊戩親黨。只是改寫者忘了改
「賈廉」為「王廉」再加入西門慶的名字。更可以說，改寫者忘了把
改寫的名單，再去改正參本的邸報之文，因而遺下了這一大漏洞。

　　我們從西門慶閱讀那沒有他西門慶名字的參本邸報，竟讀得魂
飛魄散，再從「賈廉」之與「賈慶」、「西門慶」的改竄，足以證見《金
瓶梅詞話》之前身的《金瓶梅》，不是西門慶的故事，豈不甚明。

　　　　　　　　　　民國七十二年（1983）元月寫成，
　　　　　　　　　　同年二月一日刊於《新生報》副刊。

附錄二

〈殘紅水上飄〉衍說
——論《金梅瓶詞話》非李開先作

　　大陸方面的學人如北平的吳曉鈴，對於《金瓶梅》一書之成書年代，仍持嘉靖年代之說，雖未再附和是王世貞所作，卻又上推了二十餘年，認為《金瓶梅》作者是李開先。持此一說的，尚有一位徐朔方。另一位天津方面的朱星，則仍持作者是王世貞之說。這兩個問題，我都表示過意見。（1）李開先不可能寫定《金梅瓶》，（2）〈論金瓶梅考證〉（朱星作），都印在客歲（七十一年）「商務」出版之《金瓶梅審探》中。

　　關於此一問題，我要再提出一些證言，來說明《金瓶梅詞話》不可能是嘉靖年間的作品，至於袁中郎時代傳抄的那半部《金瓶梅》，據我的研究判斷，也是萬曆年間的作品，證言已詳述在拙作《金瓶梅探原》[1]及《金瓶梅的問世與演變》[2]等書中，本文只是再加補充而已。

一　《玉芙蓉》

　　在《金瓶梅詞話》第三十五回，書童裝旦，在席上唱了四段〈玉芙蓉〉曲。

1　拙作：《金瓶梅探原》。
2　拙作：《金瓶梅的問世與演變》。

第一段：

殘紅水上飄，梅子枝頭小。這些時淡了眉兒誰描？因春帶得
愁來到，春去緣何愁未消？人別後山遙水遙，我為你，數盡
歸期，畫損了掠兒稍。

第二段：

新荷池內翻，過雨瓊珠濺，對南薰燕侶鶯儔心煩。啼痕界破
殘粧面，瘦對腰肢憶小蠻。從別後千難萬難，我為你，盼歸
期，靠損了玉欄杆。

第三段：

東籬菊綻開，金井梧桐敗。聽南樓塞雁聲哀傷懷。春情欲寄
梅花信，鴻雁來時人未來，從別後，音乖信乖。我為你，恨
歸期，跌綻了繡羅鞋。

第四段：

漫空柳絮飛，亂舞蜂蝶翅。嶺頭梅開了南枝，折梅須寄皇華
使。幾度停針長嘆時，從別後，朝思暮思，我為你[編按1]數歸期
搯破了指尖兒。

　　姚靈犀在所著《瓶外巵言》中，指此四段曲子，乃李日華之四時
閨怨。查明沈璟編《南詞韻選》，選有書童唱的玉芙蓉四段中的三
段，如〈殘紅水上飄〉、〈東籬菊艷開〉、〈漫空柳絮飛〉。只有極少

編按1　「「朝思暮思，數歸期搯破了指尖兒」今本據《金瓶梅詞話》增補為「朝思暮
　　　　思，我為你，數歸期搯破了指尖兒」。

文詞不同。〈東籬菊艷開〉一曲,異詞較多,茲附錄之:

> ……隔窗聞,瀟瀟夜雨傷懷,薄情羈絆天涯外,鴻雁來時書未來。人別後朝猜暮猜,我為他,數歸期,趺綻鳳頭鞋。

雖曲詞略有異辭,但曲牌同,足徵金瓶所唱,南詞所選,悉為當時萬曆中葉以後,在社會上極為流行的歌曲。

再查萬曆三十三年間,陳所聞編《南宮詞紀》也選有〈殘紅水上飄〉一曲,上署作者為李日華,沈璟之《南詞韻選》,亦署〈殘紅水上飄〉的作者為李日華。不過,《南詞韻選》記有「詞人姓字」於扉頁,書「李日華」是「直隸吳縣人」。看來非秀水之李日華君實矣。

《吳縣志》,無李日華其人,憾然!是以人多誤為李君實。

〈殘紅水上飄〉一曲,在嘉靖初年編選之《詞林摘艷》乙集,也選有一曲,首句雖同為「殘紅水上飄」五字,第二句「青杏枝頭小」亦僅二字與《金瓶梅》之書童所唱暨南詞所選異詞,但以後文詞,則全部不同,曲牌名亦不同,此為〈南宮金紫掛梧桐〉,非〈玉芙蓉〉也。茲錄全曲詞如下:

> 殘紅水上飄,青杏枝頭小,燕子來時,綠水人家繞,天涯何處無芳草。墙裡秋千聽得墙外行人道,墙外行人聽得墙裡佳人笑,正是多情反被無情惱。

試看此曲,除首句「殘紅水上飄」而外,餘則是由東坡之蝶戀花一詞改纂而來,與《金瓶梅》所唱,南詞所選,非一曲也。

二　《玉環記》

　　在李瓶兒的葬禮開弔期間，海鹽戲子演唱了一齣：《韋皋玉簫女兩世姻緣玉環記》[3]。小說寫：「不一時弔場，生扮韋皋唱了一回下去，貼旦扮玉簫又唱了一回下去。再寫關目生上來，生扮韋皋，淨扮包知木同到勾欄院裡玉簫家來。那媽兒出來迎接，包知木道：『你去叫那姐兒出來。』媽云：『包官人，你好不著人，俺女兒等閒不便出來，說不的一個請字兒。你如何說叫他出來？』……」當酒吃到三更天氣，客人都要走了，西門慶還要繼續演，要演得熱鬧，唱「小的寄真容的那一摺」，於是，「貼旦扮玉簫唱了一回，西門慶看唱到今生難會因此上寄丹青句，忽想起……」。雖小說所寫只是三言兩語，卻也足以印證，這些海鹽戲子所唱的是明人的《玉環記》，不是元人喬吉的《玉簫女兩世姻緣》。

　　按明人的《玉環記》，雖無作者姓名，（開明書局排印本《六十種曲》，寫作者為楊柔勝，不知何所據？）但從曲家著錄，最早出版年代，均足以證明此劇是萬曆年間作品，最低限度，也只是萬曆中葉方始流行的作品。

　　據傅惜華著《明代傳奇全目》，記《玉環記》為明無名氏作，最早之書目著錄，為萬曆末之呂天成《曲品》，流行之版本，有富春堂及慎餘堂以及汲古閣之六十種曲，前兩刻時在萬曆間，後一刻在崇禎間，尚未發現嘉靖間有人談及《玉環記》，或在書目中記有《玉環記》一劇。其亦足以證明《玉環記》乃萬曆間流行的作品。

　　《金瓶梅詞話》搬演的《玉環記》，確實是萬曆間流行的這部《玉環記》，以《六十種曲》的版本校對，悉可符節。當然，《金瓶梅詞話》

3　〔明〕蘭陵笑笑生：《金瓶梅詞話》，第六十三回。

演唱的《玉環記》，就是萬曆間流行的這部《玉環記》，已無疑義。
雖說，《玉環記》的故事，乃襲自元人喬吉的《玉簫女兩世姻緣》，
但兩者間的情節關目，則多不符合。金夢華汲古閣《六十種曲敘》錄
說：

> 元劇以玉簫為主，延賞附之，不另串插瓊英事，直以再世之
> 玉簫為延賞義女。而此記詳於延賞，略於玉簫，借以諷延賞
> 之不識俊傑。玉環之約，僅為前後關目而已。作者聯綴二
> 事，另緣飾若干情節而敷演之。

　　且與唐人之原故事〈玉簫傳〉也不符合。金氏又說：「傳以玉簫
為姜氏青衣，今記以之為平康妓；傳中但云絕食而終，未云題真一
節，今記以其臨危題真寄皋，且略去皋與玉簫陰魂相見之事。又再世
之玉簫乃盧八座所獻之歌姬，今記云姜承女，因賭約平寇事而送皋
者。又張延賞厭薄韋皋，非由富童兒所僭。今記添出富童兒及瓊英諸
情節。凡此皆作者撮撰以作關目者也，非盡與本傳相合也。」這些，
都說明了《玉環記》乃明朝人的新編，與元人喬夢符的《玉簫女兩世
姻緣》，實為兩部不同情節的劇作。

　　既然《金瓶梅詞話》所演唱的《玉環記》情節，與萬曆年間印行
的《玉環記》相同。如韋皋嫖院，在第六齣，寄真容在第十一齣，可
以印證無誤。那麼，卒於隆慶二年（1568）的李開先，若是《金瓶梅
詞話》的作者，如何能引錄到《玉環記》？除非有證據可以證明《玉
環記》是李開先的作品。

　　想來，疑李開先是《金瓶梅詞話》的作者，大不可能。

三 《西廂記》

　　距今四十年前馮沅君作〈金瓶梅詞話中的文學史料〉，說到《金瓶梅詞話》第七十四回清唱的《西廂記》，曲文與南調的《西廂記》同。因而使他懷疑的在註釋上說：「拿李日華的《西廂記》第十八出和這段曲文相較，兩者本子的辭句全同。故《金瓶梅詞話》所歌者，很有出於李日華之手的可能。不過李日華在嘉靖四十四年（1565）方生，時代似乎太晚。也許李西廂第十八出這段曲文是從別個較早的傳奇上採摘來的。」看來，馮沅君也認為南《詞西廂》是秀水李日華作。卻也由於馮沅君過於堅持《金瓶梅詞話》是嘉靖間作品的成見，反而推想南西廂第十八齣的曲文，是李日華從較早的傳奇上採摘來的，竟不懷疑《金瓶梅詞話》是萬曆年間的作品，怪乎？

　　關于這一點，我們可以引錄《雍熙樂府》卷七的〈半萬賊兵〉，與南西廂的〈半萬賊兵〉比對一下，就知道流行於嘉靖時代的《西廂記》，到了南調《西廂》，已經改了不少，兩者出入頗多。

《雍熙樂府》卷七
（粉蝶兒）半萬賊兵，捲浮雲片時掃盡。俺一家兒死裡逃生，舒心的列山靈。陳水陸，張君瑞合當欽敬。當日個所望無成，誰承望一封書到為媒證。

《南西廂》第十七齣〈東閣邀賞〉
（花心動）貼上。半萬賊兵，捲浮雲片時掃盡，孤兒幼女，照逃生，列山靈，陳水陸，張君瑞合理當敬。

　　試看兩者的出入，幾近一半的文詞不同，曲牌也不同，以別南

北詞調也。再對北調《西廂》，我們就會發現《雍熙樂府選》的《西廂記》，全是王實甫的《北西廂》，一段段的曲牌與曲文，完全一樣。由此亦足證在嘉靖初年，社會上流行的《西廂記》，還是北調，不是南詞。或者可以說，主選郭武定，不諳南調。可是，《金瓶梅詞話》中的劇曲，演唱的十九都是南調，那麼，《金瓶梅詞話》第六十一回申二姐在西門家唱的〈半萬賊兵〉，十九是《南西廂》第十七齣的〈花心動〉，未必是《北西廂》的〈粉蝶兒〉也。

至於《南西廂》是何人所作？何時流行？迄今尚無定論。

一般說法，咸認為此劇乃崔時佩與李日華合作。此一問題，今人金夢華著《明六十種曲敘錄》說：

> 《南西廂記》，相傳為明李日華撰。日華字君實，嘉興人，萬曆壬辰進士，官至太僕寺少卿。精書法繪事，著作甚富，斐然可觀，然其於《紫桃軒雜綴》嘗自云：「近人翻改西廂北詞，強託賤名，實不敢掠美。」據此，則撰《南西廂》者非紫桃軒之李君實，而為別一李日華矣。或謂時人冒假君實之名而作，長洲吳梅氏云：「明人梨園子弟，每有所作，輒喜託名詞流，以傾動聾瞽，《南西廂》殆亦此類耳。」未知的否？此劇明鬱藍生《曲品》、清無名氏《傳奇彙考》、黃文暘《曲海目》、姚燮《今樂考證》、王國維《曲錄》，俱見著錄。其版本除毛晉汲古閣《六十種曲》所收外，尚有富春堂刊本、西廂六幻本、暖紅室翻刻六幻本行世。又說：又按《百川書志》載此記云：「海鹽崔時佩編集，吳門李日華新增，三十八折。」梁伯龍〈南西廂題辭〉云：「崔割王腴，李奪崔席，俱堪齒冷。」祁彪佳《遠山堂曲品》因之云：「此實崔時佩筆，李第較增之，人知李之竊王，不知李之竊崔也。」長洲吳每氏亦云：「吾鄉

崔時佩，疾《西廂》原文，不便於吳騷清唱，因將王詞改為南曲，時人未之知也。同時李日華好填詞，輾轉得崔作，竄易己名，付之管絃，於是人知日華有《南西廂》。時佩轉煙沒無稱，即世所傳《南西廂》刻入汲古六十種曲者也。」然後所見《富春堂本》，所記亦與《百川書志》同。凡係李日華增入者，下皆註「新增」二字。極力保全崔本面目。據此知日華原無意竊撰。然後因輾轉傳抄失真，遂訛為李日華撰。致令其負有竊攘之名，此殆非日華初意也。

葉德均之《戲曲小說叢考》刊〈祁氏（彪佳）曲品劇品補校〉一文，也說：「蓋日華止增益，非掠奪。且崔李為友輩（《元宮正始》第二冊）更無攘奪可言也。」

依據上述二人所記，可徵《南西廂》是崔時佩所寫，李日華之增益。此李日華乃吳縣人，非嘉興之李君實。

看來，這《南西廂》是嘉靖末年的作品，流行於萬曆間。因為《南西廂》是崑山腔，萬曆間崑腔最盛的時期。《金瓶梅詞話》的作者把它寫實進來，也是極自然的事。

四　《香囊記》

《金瓶梅詞話》第三十六回，西門慶宴請蔡狀元、安進士，叫了四個戲子，兩生兩旦，再加上書童裝旦，在席前清唱了《香囊記》、《玉環記》兩劇中的曲文，《香囊記》的兩段唱詞，如〈花邊柳邊，簷外青絲捲〉，在第六齣，下一番唱的〈紅入仙桃〉，在第二齣，《玉環記》的〈恩德浩無邊〉，在第十八齣。關于《玉環記》，我們業已說過，這裡再談談《香囊記》。

　　關於《香囊記》，據《金夢華敍錄》說，作者是邵宏治，字文明，江蘇人，生平事蹟不詳。明徐渭的《南詞敍錄》說：「《香囊》乃宜興老生員邵文明作。」焦循《劇說》引焦周《說楛》云：「邵宏治荊溪人，作《香囊傳奇》。」呂天成《曲品》又有「常州邵給諫之語。」王國維《曲錄》因之以為「宏治字文明，常州人，官給事中。」看來，作者是誰？也無確說。但既有徐渭的著錄，該劇可能是嘉靖年間人作。徐渭卒於萬曆二十一年，自可推想《香囊記》一劇在嘉靖末萬曆初已行世。且也可以據此推想，此劇之流行。亦當在萬曆間崑曲之盛行期間。

　　馮沅君說，《金瓶梅詞話》的曲文唱詞，可以作為曲本的校正參考（見馮氏〈金瓶梅詞話中的文學資料〉一文）這話不錯。譬如汲古《六十種曲本》，把「窗外晴絲捲」寫成「燕外晴絲捲」，當然是「簷外」較妥，「燕外」則非義。他如「盼望家鄉留戀，雁杳魚沈，離愁滿懷誰與傳。」《六十種曲》則是「盼望鄉山留戀，雁素魚箋，離愁滿懷誰與傳。」文詞亦略有不同，「鄉山」、「家鄉」、「雁素魚箋」、「雁杳魚沈」，也看得出小說的唱，較入俗語。

　　至於第二齣的慶壽，只有一字不同，小說唱作「但願人景長景，醉遊蓬島。」[4]，其中「人景長景，當然是「人景長春」。看來，《六十種曲》是，《金瓶梅詞話》刻錯了。

　　《六十種曲》編成較遲，但《香囊記》尚有世德堂本、繼志齋本、以及李卓吾評本，也都是萬曆間的刻本。刻足徵該劇之流行，在萬曆間，非在嘉靖間也。

　　基此，亦可證諸《金瓶梅詞話》之成書，應在萬曆或更後，比成書於嘉慶之說的理由，要充分得多。

4　同前註，第三十六回，頁四。

五 《寶劍記》

　　吳曉鈴去年在美國柏克萊加州大學演講，也推說《金瓶梅詞話》的作者是李開先。我沒聽到錄音也沒有讀到講稿，不知以何為推論之據。然我卻讀到徐朔方的一篇〈金瓶梅的寫定是李開先〉一文。他的主要理由，認為《金瓶梅詞話》第七十回，俳優在朱太尉府唱的正宮端正好套曲，是李開先的《寶劍記》，遂據此擬出三個看法。（1）李開先是山東章邱人，對詞曲等市井文學有極深的愛好，又是嘉靖八子之一，與沈德符「嘉靖間大名士手筆」的說法，不謀而合。（2）《金瓶梅》襲用前人曲文，固屬常見，但如《寶劍記》中的套曲，第一，不是古代名家作品，第二，本身又不見佳，同一般的摹似，引用不同。（3）以《金瓶梅》同《寶劍記》比較，可以發現不少相同對處；他舉出的相同之處，乃在於《金瓶梅》、《寶劍記》，都是從《水滸》的故事中取來的。（他這篇文章的立論點，就是如此。）我認為徐朔方的這些說法，不惟證據薄弱，理由也無說服力。譬如《金瓶梅詞話》襲用的前人曲文，俗俚不堪入乎耳目的市諢之語，比比皆是，《寶劍記》的這套正宮端正好，與那「二八佳人體似酥」或「夫人聽說淚不乾，苦勸員外莫歸山。顧家園，兒女永團圓。休遠去，在家修行都一般」等文詞，可要雅麗多了吧！怎能說《寶劍記》的曲文「本文又不見佳，同一般的曲文引用不同」呢？《寶劍記》可以採取《水滸》的故事，入乎劇曲，《金瓶梅》自也可以採取《水滸》故事，入乎小說。何況，《寶劍記》完成於嘉靖二十六年，遲《寶劍記》最少四十年或六十年間也的《金瓶梅》，當然可以引用到《寶劍記》的曲文，毫無可疑之處。再說，沈德符的一句「聞此為嘉靖間大名士手筆」之語，正如吳晗所說：「嘉靖間大名士是一句空洞的話」，怎能

拿沈氏的這句話，作為牽扯的由頭？沈德府的話，漏洞太多，我早在《金瓶梅探原》中一一指摘出了，此不再贅。

《金瓶梅詞話》引錄《寶劍記》第五十齣的〈正宮端正好〉、〈滾綉球〉、〈倘秀才〉、〈又滾綉球〉及〈煞屋〉等五段，曲文稍有異詞。由於曲文與本文論及的問題，不太重要，這裡不錄它了。總之，光憑《寶劍記》的問題，來推定《金瓶梅詞話》是李開先所作，不惟證據薄弱，理由也不充分，實難令人信服也。

近年來，中共方面又在吹噓運河師範的張遠芬所論，推斷該書作者是山東嶧縣人賈三近。按賈三近卒於萬曆二十年，時間因素尚能配合。（《金瓶梅》最早問世於萬曆二十四年。）但如以所謂「山東土白」去推論《金瓶梅》作者「必是山東人」，勢必南轅北轍矣！

民國七十二年（1983）四月寫成
刊於《臺灣新生報》副刊六月九至十一日

後記

　　多謝老友何欣，還有李殿魁博士、杜松柏博士在百忙中贈敍，且多譽詞，高宜隆情，銘感無既。海外之羅錦堂博士、趙岡博士、黃慶萱博士不時郵賜有關《金瓶梅》論述資料，助我多知；中研院老友蘇同炳，東吳大學翁同文，賜我啟示不少。巨流之老友熊嶺，不計成本，慨允印行，得使本書早日問世，悉盛情焉！至於內子馮元娥之俾我無憂，復何可言！

　　溯思我進行本書之研究，瞬蹦一紀，出版之之蕪文，已過百萬言，業獲東西方學界注目；十載辛勤，喜未白費。古語有云：「正其誼不謀其利，明其道不計其功。」斯我一生處世之旨趣。是以十年以來，一如老蠶吐絲結繭，其所成就，已何期焉！自然之孳生而已。

民國七十三年（1984）一月七日